新説 狼と香辛料
狼と羊皮紙 Ⅶ

支倉凍砂
Isuna Hasekura

Illustration
文倉 十
Jyuu Ayakura

「父様と母様もこんな感じだったんだよね？」
狼と行商人の娘
ミューリ

教会改革を進める〝薄明の枢機卿〟
トート・コル

「ジャンという職人の方を探しています」
教皇庁の書庫管理手習い
カナン・ヨハイエム

禁忌の技術を知る職人
ジャン

「逆賊とわかり次第、捕えよというお達しだ」
ウィンフィール王国貴族
ハイランド

「逆賊か。だったら問題ないな」
ウィンフィール王国第二皇子
クリーベント

Contents

Designed by Hirokazu Watanabe(2725 inc.)

新説　狼と香辛料

狼と羊皮紙Ⅶ

MAPイラスト／出光秀匡

序幕

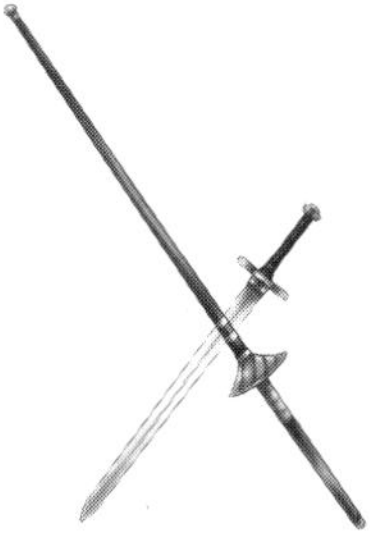

手のひらに収まる小さな砥石《といし》で、使い慣れたナイフの刃《は》を研《と》ぐ。

旅先の応急処置程度だが、うっかりすると指を切ってしまう適度な緊張感《きんちょう》に、ちまちました繰《く》り返《かえ》しの作業というのが相まって、つい夢中になってしまう。

あんまりやりすぎるとナイフがどんどん細ってしまうし、町の工房《こうぼう》に持ち込んだ時にでこぼこの刃《は》について嫌味《いやみ》を言われるので、適度なところで切り上げる。

青みの増した刃《は》を布で拭《ぬぐ》い、机の上に視線を巡《めぐ》らせれば、そこには三本の鳥の羽と、牛の革《かわ》で作った小さな壺《つぼ》がある。濃《こ》い乳色の羽は、手の指先から肘《ひじ》の手前くらいまである鵞鳥《がちょう》のものだ。一羽《わ》から数本しか取れない風切羽《かざきりば》は眺《なが》めているだけでも飽《あ》きないし、物思いにふける時などは、その滑《なめ》らかな毛並みをついつい撫《な》でてしまう。

鳥の羽なので、左右どちらの翼《つばさ》に生えていたものかによって、湾曲《わんきょく》の向きが異なっている。そのために、右手で持った時にしっくりくるのは左右どちらの翼《つばさ》のものかで延々論争がある。自分としてはあまりこだわりがなく、むしろ羽の芯《しん》の太さのほうに関心があって、細いほうが好みだった。

その羽を左手で押さえ、研《と》いだばかりのナイフを右手に持つ。羽の芯《しん》の先端《せんたん》部分を野菜のように切り落とし、それから斜《なな》めに削《そ》いでいく。尖《とが》った部分を指で撫《な》で、満足のいく角度になるまでさらに細く削《けず》っていくのだが、ここでいつも削《けず》りすぎてしまう。

先端《せんたん》が細ければ細いほど好みなのは、そうしたほうがなにか峻厳《しゅんげん》な雰囲気《ふんいき》が増す気がするのと、細くて小さな文字を書くことができれば、一枚の紙にそれだけ多く文字を書けるという経済的な理由からだ。

けれどあまり細いとインクの乗りが悪くなるし、先端《せんたん》は脆《もろ》くなるから、力を込《こ》めて書きたがる書き手にはまともに使えたものではないと嫌《きら》われる。それこそ、肩《かた》に力を込《こ》めすぎるせいで、文章がいつも右肩上《みぎかた》がりにひん曲がってしまうような書き手には。

薄《うす》く笑い、最後に羽の先端《せんたん》に縦の刻みを入れていく。この溝《みぞ》にインクが乗り、紙の上に新たな世界を作り出してくれる。先端《せんたん》を光にかざして具合を確かめ、指で埃《ほこり》を拭《ぬぐ》ってから、牛の革《かわ》で作った壺《つぼ》に入れられたインクに浸《ひた》す。

今の世にあるすべての書物、つまり世界に残るほとんどの知恵《ちえ》はこの作業を経てから編まれたのだと思うと、自分が大きな川の流れの一部になったような気さえする。

余分なインクを壺《つぼ》の縁《ふち》で落とし、先端《せんたん》を紙に当てる。

羽ペンはなんの抵抗《ていこう》もなく、美しい曲線を紙の上に残したのだった。

第一幕

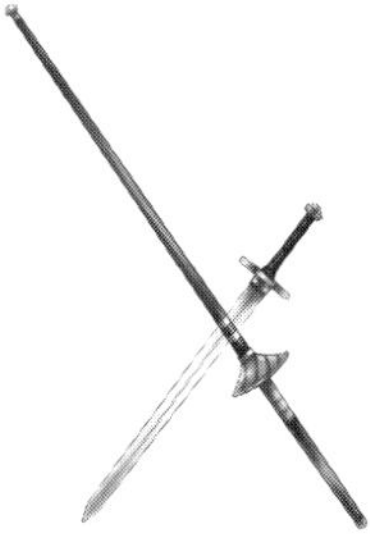

死者の乗る船が度々《たびたび》やってくるという噂《うわさ》の絶えなかった港町、ラポネルでの騒《さわ》ぎを経て二週間。自分たちはラウズボーンへと向かう帰路の途中《とちゅう》にあった。

ウィンフィール王国と大陸に挟《はさ》まれたこの海峡《かいきょう》は、一年中安定した海流が北に向かって流れているので、北上航路はさほど天気に左右されない航海となる。そして天気にはむしろ恵《めぐ》まれすぎで、見渡《みわた》す限りの青空の下《もと》、甲板《かんぱん》にいると少し暑いくらいだった。

ラポネルの大騒《おおさわ》ぎでは様々なことがあり、最後には高熱を出して寝《ね》込んでしまっていたから、これくらいの陽気の下《もと》で日向《ひなた》ぼっこをしているのがちょうどいい。

抜《ぬ》けるような青空を見ていれば、人骨を載せた幽霊《ゆうれい》船が実在したとかいう話はどこか遠い国のものに思えたし、すべては月明かりが照らす森の中で見た夢のように思えてくる。

雲ひとつない空では太陽がさんさんと輝《かがや》いていて、手でひさしを作って目を細めると、わずかに丸い形が見て取れた。目の良《い》い船乗りたちなら、昼間でも青い空の向こうに白々とした星や月が見えるという。

自分はあの大騒《おおさわ》ぎ以来、空を見ることが多くなった。

どうしてもそこに、あの大騒《おおさわ》ぎの中で見た金属の球体を思い出してしまうからだ。

老領主ノードストンを巡《めぐ》る騒《さわ》ぎの最後の夜、森の中の屋敷《やしき》から夜空を見上げれば、黄金で作ったような月が輝《かがや》いていた。そしてあの屋敷《やしき》には、まさにその月を模したような球体が置かれていたのだ。

ノードストンの屋敷《やしき》にはかつて、いかなる禁忌《きんき》をも恐《おそ》れない錬金術師《れんきんじゅつし》が住んでいた。それゆえにあの球体が、禁忌《きんき》の中でも最たるものなのではと考えるのは、自然な流れだった。

「あれがもしも、この世界の形を示しているのだとしたら」

呟《つぶや》き、首から提《さ》げた教会の紋章《もんしょう》を強く握《にぎ》る。この世にはたくさんの突拍子《とっぴょうし》もない考えが存在し、たとえば大地は大きな亀《かめ》が支えているとか、海の果ては崖《がけ》になっているだとか、大真面目に古い書物に記されている。

もちろんほとんどは子供騙《こどもだま》しのようなおとぎ話で、世の大人はまともに取り合わないが、そうではない考えもまた、確かに存在する。途方《とほう》もないが、奇妙《きみょう》な説得力を持つものが存在するのだ。

あの球体はおそらくこの世界の模型であり、この世界が丸いのではないかという、古《いにしえ》の時代から根強く存在する思想を形にしたものに違《ちが》いなかった。

ノードストンの屋敷《やしき》に住んでいた錬金術師《れんきんじゅつし》は、新大陸を追いかけ続け、ある日唐突《とうとつ》に姿を消したという。彼女が西の海の果てにあると言われる新大陸を追いかけていたのだとすれば、海の果て、世界の形がどうなっているかは、ぜひとも知らなくてはならなかったことだろう。ひたすら西に向かった挙句に巨大《きょだい》な滝《たき》になっていたのでは、どうしようもないのだから。

「けれど、教会がそのことを知ったとしたら――」

世の中には決して口にしてはならないことがあり、存在してはならないものごとがある。

たとえば人の言葉を解《かい》し、時には人の形をとるという人ならざる者などがその最たる例だ。自分はそういう意味では教会に対して正直ではないのだが、ノードストンの屋敷《やしき》で見たものは、それとはまた一線を画している。

ただ、不幸中の幸いというべきか、屋敷《やしき》であの球体を見かけ、大騒《おおさわ》ぎの後にもう一度屋敷《やしき》を訪《おとず》れた時には、球体は忽然《こつぜん》と消えていた。その後、ノードストンに確かめる機会も持てなかったため、あの球体は自分の見間違《みまちが》い、あるいは高熱にうなされて見た夢かもしれない、と言い訳をすることも可能だった。

すべてを忘れることこそ、神の僕《しもべ》である身としては正しいことなのだろう。しかしもしも自分たちがこの先も新大陸を追いかけようとするのならば、避《さ》けては通れない問題となるはずだし、その時、自分は一体どうするべきなのだろうかと思うとわからなかった。自分の信じてきた聖典を、根底からひっくり返しかねないような事実を目の当《ま》《あ》たりにした時、自分がどんな反応をするかなんて想像さえできなかった。

しかし覚悟《かくご》をしていなければ、またいざという時に立ちすくむことになる。そう思って自らを叱咤《しった》するのだが、頭に霧《きり》がかかったようにうまく思考がまとまらず、船酔《ふなよ》いに似た不快感を胸に覚えるばかりなのだ。この日もまたせっかくの陽気に関わらず、気分が沈《しず》み込みそうになった時のこと。突然甲板《とつぜんかんぱん》いっぱいに、海鳥の悲鳴と少女の大声が響《ひび》き渡《わた》り、思考の底から意識が引《ひ》き揚《あ》げられた。

「うわ！　ちょっと！　だい……大丈夫《だいじょうぶ》だから！　暴れないでってば！」

聞き慣れた騒《さわ》がしい声にもはや驚《おどろ》きすらしない。ため息をついて目を向ければ、ミューリが船員たちの注目を集める中、暴れる海鳥を捕《つか》まえていた。

「ちょっと羽が欲《ほ》しいだけなんだって！　あ、ねえねえ、兄様！　羽ペンには鳥さんのどこの羽を使うんだっけ⁉」

無表情に見える鳥たちにも、必死の形相というものがあるらしい。けれど死《し》に物狂《ものぐる》いの海鳥をよそに、ミューリのほうは無邪気《むじゃき》な笑顔《えがお》だ。

「風切り羽ですが……それを取ったらその子は飛べなくなってしまいますよ」

「え、そうなの？」

と、ミューリは小脇《こわき》に抱《かか》えた海鳥を見る。

「飛べなくなるのは困るよね……。食べちゃうわけにもいかないし」

船と港の景色には欠かせない海鳥だが、見た目の優美さと違《ちが》って案外に凶暴《きょうぼう》だ。自分などは昔の旅で、よく空から急襲《きゅうしゅう》されて食べ物を強奪《ごうだつ》された。その海鳥が体を凍《こお》りつかせているのだから、森の覇者《はしゃ》である狼《オオカミ》は海の上でも覇者《はしゃ》なのだった。

「かわいそうだから放してあげなさい。鳥の皆《みな》さんには何度も助けられていますし」

再び熱が出てきそうな倦怠感《けんたいかん》はあるものの、ミューリの騒《さわ》がしさのおかげで、あの錬金術師《れんきんじゅつし》にまつわる問題に引きずられずに済んでいるところもある。

やれやれと立ち上がって、少し腰《こし》を伸《の》ばした。

「というか、もう羽ペンを駄目《だめ》にしてしまったんですか？　先端《せんたん》を切り直してあげたでしょう？」

ミューリはしばしためらったのち、哀《あわ》れな海鳥を放してやっていた。いつもはほとんど羽ばたきもせず風に乗り、空を飛べない人間どもを憐《あわれ》みの視線で見下ろしている海鳥が、鶏《にわとり》のように羽ばたいて飛んでいった。

気の毒な海鳥から落ちた羽を拾い上げたミューリは、小ぶりな羽をためつすがめつしていた。

「これは使えない？」

「使えないことはないと思いますが、あなたの手でも小さすぎるでしょう」

ミューリが海鳥の羽をペンとして構えてみるが、少女の手の中でさえあまりに頼《たよ》りない。

「鵞鳥《がちょう》の羽が、大きすぎず、小さすぎず、なのですよ」

「お肉もおいしいしね」

そう言ってから、ミューリはお腹《なか》に手を当てていた。

「そろそろお昼かあ。今日はなにかな！」

まったく落ち着きがないと呆《あき》れながら、その頭を小突《こづ》く。

「道具は常に大切に使いなさい」

「使ってるよ！　でも、つい夢中になっちゃうんだもの」

むしろすぐにだめになる羽ペンのほうが悪い、と言わんばかりだ。

ラポネルでの大騒《おおさわ》ぎを終えて数日、自分たちには若干《じゃっかん》の変化があった。

それは自分が空を眺《なが》める時間が長くなったことがひとつ。もうひとつは、ミューリが自分とは反対に、机に向かって羽ペンを握《にぎ》ることが増えたことだった。

「力みすぎな上に、乱暴なんですよ」

「たくさん書いてるせいだよ！」

その言葉に嘘《うそ》はなく、きっと生まれてから今までに書いてきたよりも多くの文字を、ここ数日で書いているだろう。もちろんミューリは今まで筆まめだったことなどなく、むしろ文字の練習の際には椅子《いす》に縛《しば》りつけていたくらいだ。

それがノードストンを巡《めぐ》る冒険《ぼうけん》を経たある晩、ミューリが真剣《しんけん》な顔をして筆記用具を抱《かか》えて自分の前に立っていた。戸惑《とまど》う自分をよそに、書きたいことがあるから文字の書き方をきちんと教えて欲しい、と頼《たの》み込んできたのだ。

何年も前、幼かったミューリに文字を教えた時の苦労がまだまざまざと記憶《きおく》に残っている身として、その申し出がどれほど嬉《うれ》しかったかを言葉で表すのは、端的《たんてき》に言って不可能だった。

この世界を模した球体という、教会が禁じる中でもとりわけ危険な思想の存在に気がつき、高熱まで出して床《ゆか》に伏《ふ》せっていた自分だが、たちまち元気になってミューリに正しい文字と文法を教え込んだ。

うろ覚えの文字、間違《まちが》いだらけの綴《つづ》り、奇妙《きみょう》な文法は見る見るうちに正しいものに置《お》き換《か》えられていった。元々賢《かしこ》い娘《むすめ》で、やる気になった時には向かうところ敵なし、というところをいかんなく発揮していた。

それだけでも兄代わりの身としては嬉《うれ》しかったのに、なによりも感動的だったのは、文章の手本として聖典の俗語《ぞくご》翻訳《ほんやく》版を用いていたことだ。

あのミューリが神の言葉を口ずさみ、書き写していく様をいったい何度想像したことか。正しい信仰《しんこう》と美しい文章をしたためる技能というものは、淑女《しゅくじょ》に必須《ひっす》の教養である。ミューリが微笑《ほほえ》みに目を細め、窓際《まどぎわ》の明るい机の前で穏《おだ》やかに使徒信条の朗読をする様は、間違《まちが》いなくほれぼれするもののはずだ。

生まれた頃《ころ》からこの少女の世話を焼いている身として、ついに正しい道に導くことができたと目頭《めがしら》が熱くなる思いだった。

しかし、感動というものが様々なことを覆《おお》い隠《かく》せるのは、ほんの短い時間でしかない。ミューリがこちらの教えをあっという間に吸収し、なにか質問はありませんか？　と尋《たず》ねてもうるさそうにし始めたあたりから、満ち潮が引くように海の下の現実がゆっくりと見えてきた。

そもそも、こう問うて然《しか》るべきだったのだ。

一体なぜこの少女は、急に文字の練習を？　と。

ミューリは机にかじりつき、頬《ほお》にインクをつけて、あまり手にしたことのなかった羽ペンで悪戦苦闘《あくせんくとう》していた。しかも文章のお手本としてせっせと書き写していたはずの兄手製の聖典は、気がつけば部屋の片隅《かたすみ》で冷たくなっていた。

代わりにミューリが眠《ねむ》る時も胸に抱《だ》いていたのは、くたくたのぼろ紙が紐《ひも》でくくられた冊子であり、書いているのも神への祈《いの》りなどではなかったのだ。

「ねえねえ、兄様。またわからない綴《つづ》りがいくつかあったんだけど」

そんなふうに袖《そで》を引かれ、単語の綴《つづ》り方を問われるなんて、ちょっと前には夢にさえ見なかったこと。けれど腕《うで》を揺《ゆ》すられながらも気が重くなるのは、ミューリが書く文章のせいにほかならない。

「腕《うで》とかに突《つ》き刺《さ》さった矢じりを引《ひ》き抜《ぬ》く、やっとこってどうやって書くの？　あとさ、血《ち》飛沫《しぶき》ってこの綴《つづ》りであってる？」

ミューリの尋《たず》ねてくる単語は、どれも年頃《としごろ》の女の子がたしなむべき教養からは、あまりにも縁遠《えんどお》いものばかり。この少女は覚え直した文字で、一体どんなことを書き記そうとしているのか。ついにその問いを向けたところ、ミューリはこう答えたのだ。

——考えれば考えるほど、ラポネルでの大騒《おおさわ》ぎの結末が気に入らないんだもの。

そう答えたミューリの横では、騎士《きし》の証《あかし》である、狼《オオカミ》の紋章《もんしょう》が刻まれた長剣《ちょうけん》が光っていた。

自分のような平凡《へいぼん》な人間にはおよそ思いつきもしないことが、この少女が羽ペンを手に取った理由なのだ。

「運命を切り開く、とはよく言うが」

　ラポネルからの船がラウズボーンに入港したその日、船から降りると港で商談をしていたエーブと偶然《ぐうぜん》出くわした。

　するとミューリはこれ幸いとばかり、使い果たしてしまった羽ペンと、追加の紙の注文をエーブに出していた。無駄遣《むだづか》いを戒《いまし》める小言を口にする間もなく、エーブはさっと手元の木の板に注文を書きつけて、契約締結《けいやくていけつ》の握手《あくしゅ》を銀色の少女とかわしてしまう。

　そして契約《けいやく》を結んでからようやく、紙と羽ペンの注文の理由を聞き、笑ったのだった。

「運命を書《か》き換《か》えてやる、という奴《やつ》は珍《めずら》しいな。しかも、文字どおりに」

　楽しげに笑うエーブを前に、自分からはため息しか出てこない。

　そんな自分を哀《あわ》れに思ったのか、エーブは羽ペンの羽で顎《あご》を掻《か》きながら言った。

「紙とインクの代金は、まあ、ノードストン家の情報で相殺《そうさい》してやろう。あそこの麦はどうやら値上がりしそうだが、値《ね》が上がるとわかっていれば一儲《ひともう》けできる」

　手が小さい割に力が強いせいで、どうにも羽ペンを持つ様がしっくりこないミューリとは違《ちが》い、エーブは実に優雅《ゆうが》に羽ペンを操《あやつ》っている。

「しかし、憧《あこが》れの騎士《きし》になったなら、次は理想の騎士《きし》としての冒険譚《ぼうけんたん》か。まったく、私よりよほど欲張りだな」

　エーブの言葉に、ミューリは褒《ほ》められたと思ったらしい。笑顔《えがお》で胸を張っていた。

あの大騒《おおさわ》ぎの後に急に文字を学び直したいと言い出して、それ以降は片時もペンを放さないミューリが書き記していたのは、ノードストンを巡《めぐ》る大騒《おおさわ》ぎの顛末《てんまつ》だった。

もちろん、それ自体は格段おかしなことでもない。世の中にはたくさんの冒険譚《ぼうけんたん》が残り、大きな町にはその土地の歴史を記した年代記があり、偉大《いだい》なる王は自分の波乱に満ちた人生を書き残すものなのだから。

自分とミューリが見聞きしたラポネルでの大騒《おおさわ》ぎは、そのどれに収録されていても遜色《そんしょく》ないと胸を張れるものだろう。人骨を満載《まんさい》にした幽霊《ゆうれい》船、月明かりの下で山羊《やぎ》のいけにえを捧《ささ》げて麦の豊作を祈《いの》っていた錬金術師《れんきんじゅつし》、そして、古い時代の戦《いくさ》に翻弄《ほんろう》された二人の貴族の少年少女の、運命の物語。

酒場にふらりと現れる流しの吟遊詩人《ぎんゆうしじん》ならば、十年は酔客《すいきゃく》を楽しませられる内容だが、羽ペンを握《にぎ》るのはあのミューリなのだ。ミューリの関心は、大冒険《ぼうけん》の最後にあった。

そもそも騒《さわ》ぎの発端《ほったん》は、死者の乗った船を通じて悪魔《あくま》と取引していると噂《うわさ》されていた、偏屈《へんくつ》な元領主のノードストンの存在だ。彼は奇矯《ききょう》な行動が多いせいで、実り少ない領地を麦の大産地に変えて多くの領民を飢饉《ききん》から救った功績がありつつも、地元教会の司教と折り合いが大変に悪かった。騒《さわ》ぎの最後となった夜、ついに不信心者を討伐《とうばつ》せんと決意した司教は、武装した民衆を率いてノードストンの下《もと》へと向かうことになった。

松明《たいまつ》を手に夜の麦畑を討伐《とうばつ》の人々が進む様は、まるで聖地奪還《だっかん》の戦いに赴《おもむ》く従軍司祭と聖戦士の群れだった。対するノードストンに味方などおらず、しかも彼を討《う》とうとしているのは、彼が人生をかけて麦の生産に努め、その生活を豊かにしようと心を砕《くだ》いてきた領民たちだ。ノノードストンは、助けようと人生を捧《ささ》げてきたまさにその領民の手によって、討《う》たれようとしていた。

そんな悲劇があってはならない、と自分は胸を裂《さ》かれる思いだったし、せめて自分たちだけでも味方をするべきだと、ノードストンの屋敷《やしき》に駆《か》けつけた。そしてその自分たちの前に現れたのは、打ちひしがれ、絶望した元老領主などではなかった。完全武装で待ち構え、来るなら来い恩知らずどもめ、と気炎《きえん》を上げている不屈《ふくつ》の老戦士だった。しかも自分の横に控《ひか》えていた狼《オオカミ》姿のミューリを見つけるや、訓練された猟犬《りょうけん》だと思ったのか、牙《きば》を貸せと言ってミューリを従え、こちらが止める間もなく勇ましく森から出ていってしまった。

結局は民衆たち自身が、司教の命令よりも領地を豊かにしてくれたノードストンへの恩を優先させたことによって、領主と領民とが戦う悲劇は避《さ》けられた。

しかし、あのミューリにはそういうことよりも、もっと鮮烈《せんれつ》に心に刻まれたことがあったらしい。それが、これから戦場に赴《おもむ》くという、あの独特の緊張《きんちょう》と興奮の感覚だった。

これまでも突発的《とっぱつ》に、奇襲《きしゅう》のように狼《オオカミ》姿のミューリが戦うことはあったものの、隊列を組んで明確な敵を向こうに回し、信念の下に真正面から敵へと立ち向かうというような場面は、初めてのことだ。ニョッヒラの山奥《やまおく》にいた頃《ころ》から冒険《ぼうけん》に憧《あこが》れ、木の枝を振《ふ》り回《まわ》し、色々事情がありつつもついに騎士《きし》の称号《しょうごう》まで手に入れてしまったミューリのこと。牛骨を渡《わた》された子犬が延々としゃぶりつくように、生まれて初めて実体験した戦物語《いくさものがたり》を兄に語り、あるいはベッドの毛布の中で反芻《はんすう》していた。

しかし、当初は興奮ときらめきが支配していた物ごとも、繰《く》り返《かえ》していればやがて粗《あら》が目につくる。しかも欲深さで言えばあのエーブでさえ舌を巻くほどのミューリなのだから、ほどなくこんなことを思ったらしい。

あの素晴《すば》らしい経験には、もっとあるべき姿があったのではないかと。もっともっと、素晴《すば》らしい経験になったはずではなかったのかと。

特に、あれは騎士《きし》としての記念すべき初陣《ういじん》だったのだから、真に相応《ふさわ》しい形があったはずではないのかと。たとえば、一緒《いっしょ》に敵地に赴《おもむ》いた際の、隣《となり》に立つのに相応《ふさわ》しい人物についてなど。

戦いの仲間として、確かにあの偏屈《へんくつ》領主はまあまあ悪い相手ではなかっただろう。しかしミューリの腰《こし》に提《さ》げられた長剣《ちょうけん》には、世界でたった二人にしか使えない紋章《もんしょう》が刻まれている。

だからミューリは、恨《うら》めし気な顔までして、こう言ったのだ。

——初めては兄様とがよかったのに。

ミューリの口を大慌《おおあわ》てで手で塞《ふさ》ぎ、周囲を見回したのは言うまでもない。

誤解を招くので二度とそんなことは人前で言わないように、ときつく釘《くぎ》を刺《さ》したのだが、きょとんとしたミューリは、ほどなく口を手で押さえられたまま、やたら尻尾《しっぽ》をぱたぱたさせていた。ニョッヒラは湯と歓楽《かんらく》の里であり、このおてんば娘《むすめ》は奔放《ほんぽう》な踊《おど》り子《こ》たちからろくでもないことを山ほど吹《ふ》き込まれている。あの村では神の御威光《いこう》でさえ湯けむりに曇《くも》りがちなので、ミューリは余計な知識ばかり蓄《たくわ》えた耳年増だ。

しかも耳が四つもあるのだから、目を閉じた暗がりの向こうに夢の足音を聞きつけるのは、そう難しいことではないのだろう。

ミューリはあの戦場独特の緊張《きんちょう》感が走った夜の音を聞きつけては、書き記しているのだ。自分の望む騎士《きし》としての初陣《ういじん》に相応《ふさわ》しい、胸躍《おど》る理想の熱い夜の物語を。

「ですが、もう何回その時の話を書き直しているかわからないのですよ」

呆《あき》れて言うと、エーブは実に機嫌《きげん》が良《よ》さそうだった。

「なあに、私も大きな商《あきな》いの後は、よく反省するものだ。こうすべきだった、ああすべきだった、こうだったらよかったんだがな、と」

ミューリはそんなエーブの話を聞きつけて、さすがわかっているじゃないか、とばかりに腕《うで》組《ぐ》みをしてうなずいている。

「そんな高尚《こうしょう》なことではありません。もはや完全に荒唐無稽《こうとうむけい》な作り話になっていて、昨日読んだ限りでは、一万の軍勢に私と二人だけで立ち向かう話になっていたのですから」

ミューリを呆《あき》れたように横目で見ても、あっさり無視された。

「紙の無駄《むだ》だと叱《しか》っても聞く耳を持ちませんし。今はまあ、文章の練習になるので我慢《がまん》していますが……」

　実際、たくさん文字を書くうえで、あの歪《いびつ》な右肩上《みぎかた》がりはかなり矯正《きょうせい》されてきた。大きな字で書くと紙幅《しふく》が無駄《むだ》になることに気がついて以来は、小さな文字を書き始めている。すると汚《きたな》い文字では読めないからという理由で、見る見るうちに字が綺麗《きれい》になっていった。

　使用される単語には物騒《ぶっそう》なものが多いものの、騎士《きし》が戦場で戦えば神に祈《いの》る場面も少なくない。時折は聖典の翻訳《ほんやく》を開いたりもして、こんな場面ならどんな風にお祈《いの》りするの？　と聞かれることもある。だから信仰《しんこう》の種まきと言えなくもない。

　それに単純な自分に呆《あき》れるのだが、学んできた信仰《しんこう》の知識を頼《たよ》られると純粋《じゅんすい》に嬉《うれ》しかった。

　それらを勘案《かんあん》すると、今のところは差し引きで益のほうが多い……かもしれないと、苦々しい気持ちの自分に言い聞かせているという状況《じょうきょう》なのだった。

「なんであれ、私は新たな取引ができてなによりだが」

　いくつもの海を股《また》に掛《か》けるエーブの商会にとって、羊皮紙ですらないただの紙など、いくら注文されたところで大した儲《もう》けにはならないはずだ。完全に楽しんでいるのだろうが、こちらにとっては無視できる出費ではない。

「私の知らないところで注文を受けられても、お金は払《はら》いませんよ」

「なあに、そうしたらハイランドのところに直接行くさ。どうせ支払《しはら》いはお前個人の財布《さいふ》ではないんだろ？　あいつはお人好《ひとよ》しの貴族だが、ことのほかこの娘《むすめ》に甘いからな」

悪徳商人め……と苦々しい視線を向けたところで、エーブは涼《すず》しそうに微笑《ほほえ》むばかり。

「あなたも、これ以上勝手に注文したらだめですからね」

我関せずと船の荷下ろしを眺《なが》めていたミューリに言うが、振《ふ》り向《む》きもしない。ミューリが理想とする物語の中では、どんな困難な場面でも聖職者の兄を守り、同時に兄の指揮の下、忠実に戦う高潔な騎士《きし》なのに、現実ではこれだ。

港で荷物を吊《つ》り上《あ》げる鶴《つる》のような形をした装置を、口をぽかんと開けて眺《なが》めていたミューリの頭を小突《こづ》いてから、荷物を背負い直した。

「それはともかく、アズさんにはとてもお世話になりました」

エーブが自分たちにつけてくれた護衛だ。ミューリなどは剣《けん》や体術の訓練までせがんでいて、すっかり第二の師匠《ししょう》となっていた。

「あいつも楽しかったようだ。普段《ふだん》は不愛想《ぶあいそう》な癖《くせ》に、ずいぶんいい顔をしていたよ」

そのアズは、船旅を終えたばかりにも関わらず、エーブを見かけるや早速《さっそく》仕事の手伝いを買って出てどこかに行ってしまった。またエーブの屋敷《やしき》で会った時に挨拶《あいさつ》すればいいとは思うものの、冒険《ぼうけん》の終わりの別れ方としては、なんとなくそっけなさが寂《さび》しかった。

「さっさと消えたのは、別れが名残惜《なごりお》しくて照《て》れ臭《くさ》いからだろ」

表情に乏《とぼ》しく、与《あた》えられた使命を粛々《しゅくしゅく》と遂行《すいこう》する鉄のような人物に思えたが、人は見た目に依《よ》らないようだ。

あるいは、そんな人物とさえ仲良くなってしまう、ミューリの天賦《てんぷ》の才かもしれないが。

「まあ、ひとまず屋敷《やしき》に戻《もど》って休んでくるといい。ずいぶんな冒険《ぼうけん》だと聞いている」

するとそこに、ミューリが口を挟《はさ》む。

「あ、そうだ。大陸で出会ったキーマンって人がいたんだけど」

「ん？」

意外な名前だとばかりに目を開いたエーブに、ミューリはにんまり目を細める。

「エーブお姉さんより、自分のほうが悪い商人さんだって言ってたよ」

悪い、という単語にはずる賢《がしこ》いというような意味も含《ふく》まれるし、あるいは何物にも物怖《ものお》じしない度胸、みたいな意味も含《ふく》まれる。

エーブは海を挟《はさ》んだ王国と大陸の商売で、キーマンと縄張り争いを演じているらしい。ミューリからもたらされた好敵手の報告を聞くや否《いな》や、辛《から》みの利《き》いた干し肉をかじったような笑《え》みを浮《う》かべていた。

「言わせておけばいい。あいつは昔から、私のことが気になって仕方のない男の子だから」

ミューリは目を見開いて、悪い商人たちの妙《みょう》に子供っぽい争いに大喜びなのだった。

勝手知ったる屋敷《やしき》にたどり着くと、若い下女たちが顔を輝《かがや》かせて出迎《でむか》えてくれた。

もちろんそれは、謹厳実直な聖職者の卵の帰還を、信仰心ゆえに心待ちにしていたというわけではない。甘え上手でなにを食べさせても喜ぶミューリを、それこそ大きな犬かなにかだと思って可愛《かわい》がっているのだ。

狼《オオカミ》の耳と尻尾《しっぽ》を有するミューリの、春の抜《ぬ》け毛《げ》を誤魔化《ごまか》すために屋敷《やしき》に引っ張り込んだ子犬もやってきて、真っ先にまとわりついたのは当然、ミューリの足だった。

別になにも気にしませんとも、と背筋を伸《の》ばしていたら、年老いた下男がこちらの荷物を受け取ってくれた。早朝の屋敷《やしき》の礼拝堂で、よく一緒《いっしょ》に祈《いの》りを捧《ささ》げている人物だ。

「コル様がいらっしゃらず、朝の礼拝が寂《さび》しくありました」

神以外にもきちんと自分の振《ふ》る舞《ま》いを見てくれている人はいる。

そのことに勇気づけられ、下男とは明日の礼拝を約束した。

それから彼の説明では、ハイランドは街の参事会に参加していて不在とのことだった。自分たちの到着《とうちゃく》を知らせに使いは出したので、早めに切り上げてくるかもしれないが、それまでは旅の垢《あか》を落として休むことを勧《すす》められた。

帰りの船旅はのんびりしたものだったが、それでも固い床板《ゆかいた》の上で何泊《ぱく》もし、潮風に晒《さら》されていれば疲《つか》れがたまる。それにノードストンのところで見たあれこれのこともあり、それら気苦労もひっくるめて体から追い出すため、一度頭まで湯の中に沈《しず》みたいと思っていた。

もちろんそんな贅沢《ぜいたく》は言えないので、用意してもらった湯で顔を洗い、湯に浸《ひた》した手拭《てぬぐ》いで体を拭《ふ》き、最後に足を洗った。ニョッヒラの溢《あふ》れる湯に囲まれた生活に慣れた身としては物足りなさがあったものの、これだけで生まれ変わったかのようにさっぱりした。

一方のミューリは子供の特権で、素《す》っ裸《ぱだか》になって盥《たらい》に張った湯に入り、ぱちゃぱちゃやっていた。無邪気《むじゃき》な様子に呆《あき》れつつ、やや羨《うらや》ましく思いながら、荷物の整理に取《と》り掛《か》かる。

大荷物の大半は、ラポネルの領主ステファンから預かった、ハイランドに向けての書簡や土産《みやげ》類だ。残りは自分が報告用にしたためてきた一連の騒《さわ》ぎの覚書と、捨てるのももったいなくてついしまい込んでいた、ミューリが駄目《だめ》にした羽ペンの数々に、早々に興味をなくされた聖典の抄訳《しょうやく》冊子。

ミューリがそれを手本に文章を筆写している様を見た時の感動は、それこそ視界がぼやけるほどだったのにと、鼻歌交じりに海綿で体をこすっているミューリを見やり、信仰心《しんこう》が芽生えるのはいつのことなのかとため息をつく。

「ミューリ、自分の荷物は自分で整理しておくんですよ」

「ん？　はあーい」

呑気《のんき》な返事をするミューリの荷物に目を向ければ、こちらもまたずいぶん重そうに膨《ふく》らんでいる。中身はミューリがせっせと書いていた理想の冒険譚《ぼうけんたん》と、ラポネルの新領主にして、律義《りちぎ》な青年ステファンからもらった山ほどの干した果物と砂糖漬《づ》けだ。

騎士《きし》なのだから、と町中で兄の手を握《にぎ》るようなことはなくなったものの、甘いお菓子《かし》が好きだという子供っぽいところはまだたっぷり残っているらしい。それに苦笑いするやら、ほっとするやらしていると、元気な当人の声がした。

「ねえ兄様、髪《かみ》の毛《け》の泡《あわ》を流してよ！」

船の上では人目があるためにずっと隠《かく》していた狼《オオカミ》の耳が、ぴんと水を弾《はじ》いていた。いつもはふわふわの尻尾《しっぽ》も泡《あわ》だらけだ。

「誇《ほこ》り高《たか》い騎士《きし》はお休みですか？」

そんなことを言いつつ、気がつけば腕《うで》まくりをしていた。さっさと独り立ちして欲しいと思いながらも、いつものように甘えられたらつい応えてしまうのは、長年の世話で染《し》みついた習慣のせいだと言い訳する。

「騎士《きし》道とは、助け合いの精神だよ。知らないの？」

もちろんミューリも、こういう時だけは相変わらずだ。

「それに、手が痛くて髪《かみ》の毛《け》をうまく洗えないんだもの」

「手が？」

こちらに背を向けたミューリの後ろに膝《ひざ》をついたところ、泡《あわ》まみれの少女はそんなことを言った。

「握《にぎ》ると、手のひらが痛い」

ミューリが細い指をゆっくりとわきわきさせて見せる後ろで、桶《おけ》に湯を汲《く》み、その長い髪《かみ》の毛《け》にかけてやる。

「羽ペンを強く握《にぎ》りすぎだと言ったでしょう。もっと力を抜《ぬ》かないとだめです」

「兄様だってたくさん文字を書いている時、手が痛いってしょっちゅう言ってたじゃない」

自分がミューリのことを生まれた時から見ているように、ミューリもまた、生まれてからずっとこちらのことをよく見ている。

「でも、変なの。羽ペンよりもずっと重い剣《けん》を握《にぎ》ってるのは、平気だったのに」

「ペンのほうが剣《けん》より重要ということですね」

剣《けん》を振《ふ》り回《まわ》すことにしょっちゅう小言を言われているミューリは、肩越《かたご》しにこちらを振《ふ》り向《む》いて嫌《いや》そうな顔をしていた。

「まあ、そのうち慣れますよ。あなたの文字はずいぶん綺麗《きれい》になりましたし」

ミューリの狼《オオカミ》の耳は、髪《かみ》の毛《け》と違《ちが》って水をよく弾《はじ》く。

勢いよく耳が伸《の》びると、飛沫《しぶき》が顔に飛んできた。

「ほんと？　綺麗《きれい》になった？」

嬉《うれ》しそうに振《ふ》り向《む》くミューリに、苦笑いしながら顔を袖《そで》で拭《ぬぐ》う。

「文章が右肩上《みぎかた》がりになるのも治りましたしね。手のひらは、昔あなたが私にしてくれた分くらいは、後で揉《も》んであげます」

湯屋の手伝いをしながら勉学に励《はげ》んでいた時、羽ペンの持ちすぎで手が痛くなったところを、当時のミューリがよくほぐしてくれた。まだふわふわの尻尾《しっぽ》と体の大きさがあまり変わらない幼い頃《ころ》のことで、手のひらの上に乗ってくれると、重さが実にちょうどよかったのだ。

「また兄様の手の上に乗ってあげようか？」

もちろんその時のことを覚えているミューリが、無邪気《むじゃき》に言う。

「今のあなたに乗られたら、骨が折れてしまいます」

たちまちミューリは目を細め、喉《のど》の奥でうなっていた。

そんなやり取りをしながら、ミューリの豊かな髪《かみ》の毛《け》にお湯をかけていく。旅の塵《ちり》が落ちていく様は、まるで茹《ゆ》で卵《たまご》の殻《から》を剝《む》くかのようだ。一体この先、何度こんなふうに世話を焼けるかと思えば、甘えられて鬱陶《うっとう》しがることも、いつか懐《なつ》かしい思い出に変わるのだろう。

できれば早くそうなって欲しいものなのだが、などと一人で笑っていたら、立てた膝《ひざ》の上に顎《あご》を載《の》せていたミューリがふと口を開く。

「そういえば、ずいぶん前に兄様が本をたくさん書く人を雇《やと》ってたけど、あれってすごく大変なことだったんだね」

ニョッヒラから旅立ったばかりで、ミューリと二人の生活がまだぎこちなかった頃《ころ》の話だ。町の教会と対立し、その牽制《けんせい》にと神の教えを人々に知らしめるべく、筆写を専門にする職人を呼び集めて、俗語《ぞくご》に翻訳《ほんやく》した聖典の一部を複写した。

「筆写……文字の書き写しは、修道士の方たちの厳しい修行《しゅぎょう》の一環《いっかん》に取り入れられるくらいのことですから」

　その胸の中に少年の心もまた宿しているミューリの尻尾《しっぽ》は、修行《しゅぎょう》、という単語にやたら反応していたが、右手をぎこちなく握《にぎ》ったり開いたりして、納得《なっとく》したようにうなずいていた。

「書庫で本が鎖《くさり》に繋《つな》がれてるのは、理由があったんだね」

「人の苦労を理解するのはよいことです」

　ミューリは説教めいたことに、軽く頰《ほお》を膨《ふく》らませていた。

「ほら、お湯をかけますから耳を押さえて」

　狼《オオカミ》の耳の中に水が入るのを嫌《いや》がるミューリは、慌《あわ》てて三角の耳を両手で押さえていた。その上から二度、三度とお湯をかけ、一段落する。

「はい、おしまいです」

「髪《かみ》の毛《け》絞《しぼ》って」

「……」

　ミューリは小さな手を、ことさら辛《つら》そうに開閉して、こちらに訴《うった》えかけてくる。ため息をついて髪《かみ》の毛《け》を手で絞《しぼ》り始めたら、調子のいい少女はにんまり笑っていた。

「あ、それとさ、兄様」

「尻尾《しっぽ》は自分でやりなさい。くすぐったがって、すぐ水飛沫《みずしぶき》を飛ばすでしょう」

「違《ちが》うよ！　あのお爺《じい》さんたちのこと！」

「ノードストン様ですか？　はい、髪《かみ》の毛《け》はこんなもんですね。残りは自分で拭《ふ》きなさい」

髪《かみ》の毛《け》の水を大まかに絞《しぼ》り終えてから、真っ白な亜麻布《あまぬの》を手に取ってミューリの頭に被《かぶ》せてやる。てっきり拭《ふ》いてもらえるものだと思っていたのか、ミューリは不服そうにこちらを振《ふ》り向《む》いてから、渋々《しぶしぶ》といった感じでわしわし拭《ふ》き始めた。

けれどミューリの頭に亜麻布《あまぬの》を被せたのは、その視線を遮《さえぎ》る意味もあった。ノードストンの話題が出ると、どうしてもあの球体のことを思い出して、緊張《きんちょう》してしまうからだ。

自分はあの球体にまつわる話を、ミューリにさえ伏《ふ》せている。

「イレニアさんも同じ船に乗っていっちゃったからさ、会いたいなって」

こちらの隠《かく》しごとには気がついていない様子のミューリが、少し寂《さび》しそうにそう言った。

羊の化身《けしん》であるイレニアは、人ならざる者たちの国を創るのだと、新大陸の話をミューリよりも強く追いかけている。ノードストンはあの騒《さわ》ぎの後、領地の追放処分を科されたのをいいことに船で旅に出ていたのだが、新大陸の存在を信じている錬金術師《れんきんじゅつし》と繋《つな》がっていたことから、イレニアはノードストンから話を聞くため同じ船に乗り、自分たちより一足先に旅立っていた。

ニョッヒラを出て初めての友達と言えるイレニアに、ミューリは置いていかれたような気持になっているのだろう。

「シャロンさんならご存じなのでは。確か、帰り道が一緒《いっしょ》だからと同じ船に乗ったんですよね？」

「うーん、どうだったかな。なんか忙《いそが》しいとか言って、さっさと一人で飛んで帰っちゃった気もするけど」

ラウズボーンで孤児《こじ》院を管理するシャロンは鳥の化身《けしん》なので、その辺りは自分たちよりよほど自由だ。ただ、イレニアとの付き合いはシャロンのほうが長いし、イレニアの動向も知っている可能性が高い。ミューリは、湯で血色の良《よ》くなった唇《くちびる》を尖《とが》らせながら、こう言った。

「兄様、代わりに聞いてきてよ」

シャロンとミューリの二人は、顔を合わせれば鶏《にわとり》、犬っころとやり合っている。傍《はた》から見るとある意味息が合っていて、なんだかんだ仲が良《よ》いのではと思っているのだが。

「今回もたくさん助けてもらったでしょう。お礼を言いに行っても罰《ばつ》は当たりませんし、そうですね。ついでにシャロンさんたちの修道院のために手伝いをしたらどうですか」

「えーっ！」

心底嫌《いや》そうな声に、子犬が驚《おどろ》いてキャンと鳴いていた。

「騎士《きし》道とは、奉仕《ほうし》の精神です」

「う〜……」

唸《うな》るミューリを、子犬がきょとんと見上げている。ミューリは畳《たた》んでいた細い足を盥《たらい》から投げ出し、成長期らしい尖《とが》った細い肩《かた》をすくめて天井《てんじょう》を仰《あお》ぐ。

「騎士《きし》になれたのに、全然格好良《い》い場面がないんだけど！」

「本物の騎士《きし》がよって立つのは、地道な善行の積み重ねの上なのですよ」

ミューリはお説教に頰《ほお》を膨《ふく》らませ、立ち上がるや尻尾《しっぽ》をぶるぶる振《ふ》って、こちらに水飛沫《みずしぶき》をかけてきたのだった。


夕食までの繫《つな》ぎにと、下女たちから差し入れられた甘い蜂蜜《はちみつ》入りの小麦パンを食べた後、ミューリはふて寝《ね》をしてしまった。

元気そうに見えても、船旅でまったく疲《つか》れていない、なんてこともないようで、あっという間に眠《ねむ》りこけていた。久しぶりに戻《もど》ってきた興奮から、ラウズボーンを駆《か》けずり回《まわ》って体調を崩《くず》されるよりかは、おとなしく寝《ね》てくれていたほうがいいのも確かだ。

ただ、屋敷《やしき》に戻《もど》ったら柔《やわ》らかいベッドで存分に寝《ね》たいと思っていた自分のほうが、船でも横になっている時間が長かったせいか、妙《みょう》に目が冴《さ》えてしまっていた。

日はまだ高く、ハイランドも参事会の会議に出ているというのなら、しばらくは戻《もど》ってこないだろう。そのハイランドへの報告は、すでに船の上でまとめ終えている。

そこでふと、ミューリにはああ言ったが、シャロンを訪ねてイレニアの動向を聞きにいっておいたら喜ぶかもしれないと思い至る。それに、自分のほうもミューリ以外の口から、事件後のノードストンの様子を聞いておきたかった。ノードストンが自分の寝込《ねこ》んでいる間に旅立ったのは、あの球体の存在を問《と》い詰《つ》められるのを避《さ》けたからなのでは、という懸念《けねん》も確認《かくにん》しておきたかった。

毛布にしがみつくようにして高いびきのミューリの頭を軽く撫《な》で、じゃれついてくる子犬の相手も軽くしてやってから、蠟《ろう》をひいた木の板に、シャロンの下《もと》に向かうと伝言を残しておく。屋敷《やしき》を出る際、下男とすれ違《ちが》って散歩に出ると告げれば奇妙《きみよう》な顔をされたが、恭《うやうや》しい挨拶《あいさつ》と共に見送られた。

シャロンが管理する私設の孤児院《こじいん》は、ラウズボーンの中でも特に入り組んだ区画にある。いつもはミューリの案内に頼《たよ》りきりだったので、果たして自分の足でたどり着けるものだろうかと不安になったが、孤児院《こじいん》近くにまでくると、近所の人たちに顔を覚えられていたようで、親切に道を教えてもらうことができた。

武骨な鉄の覗《のぞ》き窓がついた扉が見えて、ほっとする。

屋根の上には鳩《はと》が数羽《わ》いて、こちらを見下ろしていた。ラウズボーン一帯の鳥は、鷲《わし》の化身《けしん》であるシャロンの支配下にある。自分が一人でのこのこやってきたことはとっくに通報済みだろうし、もしかしたらミューリが船の上で海鳥を捕《つか》まえたことさえ知っているかもしれない。

こちらが扉《とびら》をノックする前に、覗《のぞ》き窓がしゃっと開いた。

「犬っころはどうした？」

挨拶《あいさつ》より先にミューリの存在を聞くあたり、やっぱり二人は仲が良《よ》いのだろうと思う。

「ミューリは部屋で眠《ねむ》りこけていますよ。先ほど街に到着《とうちゃく》したばかりなので、旅の疲《つか》れがあったのでしょう」

「あんたはずいぶん元気だな」

シャロンは小さく鼻を鳴らしたものの、覗《のぞ》き窓をいったん閉じると、扉《とびら》を開けてくれた。

「クラークの奴《やつ》はあんたに会いたがってるが、いつも間が悪い」

建物に入るとどこか乳臭《ちちくさ》いような匂《にお》いがするのは、幼い子供たちが多いせいだろう。ミューリが小さかった頃《ころ》のことを思い出す。

この時刻は子供たちも働きに出ているのか、あるいはミューリと同じく昼寝《ひるね》の時間なのか、ずいぶん静かだった。

「修道院建設の件でお忙《いそが》しいのですか？」

そもそもシャロンと出会ったのは、シャロン率いる徴税人《ちょうぜいにん》の組合と、遠隔《えんかく》地貿易商人たちの陰謀《いんぼう》を巡《めぐ》る大騒《おおさわ》ぎがきっかけだった。その時に教会との間に立ち、シャロンのことを側《そば》で支え続けていたのが、自分より少し年下の青年である、助司祭のクラークだ。

このクラークは紆余《うよ》曲折《きょくせつ》あって、シャロンたちと新しい修道院を建設し、その院長に就任することが決まっている。けれど決して偉《えら》ぶらず、今も身を粉にして修道院を立ち上げるために奔走《ほんそう》しているらしい。

「修道院にするための廃墟《はいきょ》をせっせと片付けているよ。最近はずいぶんたくましくなった」

「私たちもしばらくは時間があるはずなので、お手伝いいたします」

シャロンはおやという顔をしてから、皮肉っぽく笑う。

「ちょっと前のクラークと同じくらいは役に立つか」

青年クラークは、自分とずいぶん似ているとミューリも言っていた。力仕事に縁《えん》がなさそうなところは、見ただけでわかる。

「ただ、私はどちらかと言うと、あんたの名前で資金の問題をどうにかして欲しいがね」

「資金？　ですが、そのあたりは……」

大聖堂の特権状と、後ろ盾《うしだて》には王族のハイランドがいて、さらにあのエーブも資金を出してくれている。それで十分すぎるほどなのでは、と思っていたら、シャロンはため息をついて、世間知らずを諭《さと》すように言った。

「資金なんてどれだけあったって足りはしない。ハイランドが貴族の元邸宅《ていたく》を用意してくれたが、手入れをしないとどうにもならない廃墟《はいきょ》だった。まずその修理の費用だけでもどう工面したらいいか頭が痛い。よしんば修理が終わったとして、聖典だけ用意すれば修道院を運営できるとでも思ってるのか？　私は元徴税人《ちょうぜいにん》だ。うまくいかない経営ってやつをこれまで山ほど見てきているせいで、悪い予想ばかり頭に湧《わ》いてくるんだよ」

シャロンの怒《いか》りを含《ふく》んだ冷たい目に、つい首がすくんでしまう。確かに備品の買いつけの手伝いでミューリが奔走《ほんそう》していた時、その一覧のあまりの膨大《ぼうだい》さに目がくらんだのを思い出した。廃墟《はいきょ》同然の建物の補修費用と合わせ、今後の安定した経営のための資金となると、どれだけの金額になるのか予想もつかなかった。

そう思ってよく見れば、シャロンの目の下にはうっすら隈《くま》があり、手はインクで汚《よご》れている。子供たちが寝《ね》静《しず》まった後、獣脂《じゅうし》の蠟燭《ろうそく》の弱々しい灯《あか》りの下で、眉間《みけん》に深い皺《しわ》を寄せながら修道院と併設《へいせつ》の孤児《こじ》院の運営計画に頭を悩《なや》ませる姿が容易に想像できた。シャロンがノードストンの問題解決のために引っ張り出されてきた時、心底面倒《めんどう》臭そうだったことにも合点《がてん》がいく。むしろこれだけ現実的な問題を抱《かか》えている中、なんだかんだ騒《さわ》ぎに手を貸してくれたのだから、いかにシャロンが律義《りちぎ》な人物かという話だ。

「聖遺物でもあれば、勝手に巡礼《じゅんれい》の客がやってくるから、修道院の運営も目途《めど》が立つんだが」

シャロンはそんなことを言って、こちらを見る。知人を見る目というより、それは羊の毛の生え具合を確かめる牧夫《ぼくふ》のような、いや、伝説の剣《けん》のために聖人の骨が欲《ほ》しいと喚《わめ》いていたミューリに近い目つきだった。

今や薄明《はくめい》の枢機卿《すうききょう》などと呼ばれている自分なら、聖遺物というのは大袈裟《おおげさ》にしても、いくらかの人寄せにはなるかもしれない。手書きの聖典を献呈《けんてい》することは決まっていたが、もっと聖遺物らしいものを渡《わた》したほうがよいだろうかと思う。定番の歯や骨は難しいが、衣服くらいならと半ば本気で思ったところ、シャロンは肩《かた》をすくめていた。

「まあ、お前を利用しようとすると、あの犬っころがうるさいからな」

「そんなことは……」

ない、とは言いきれないのだった。

「ハイランドにもこれ以上資金のことを相談するのは憚《はばか》られる。まったく頭が痛いよ」

その言葉は、ちょっと意外だった。

「ハイランド様なら、相談に乗ってくれると思いますが」

すると、シャロンは嫌《いや》そうに笑った。

「わかってる。呆《あき》れるくらい真剣《しんけん》に乗ってくれるだろう。だから嫌《いや》なんだ」

シャロンはため息をついて、両腕《りょううで》を胸の前で組む。

「あいつはお人好《ひとよ》しの貴族だ。自分のことしか考えない連中で溢《あふ》れている世の中で、あんな正直な領主の経営する領地が儲《もう》かると思うか？」

ハイランドが領民に重税を課す様子など、もちろん想像できない。

そして、そんなハイランドがシャロンから修道院の資金繰《しきんぐ》りを相談されたら、どうするか。

「絶対、無理してでもお金を用意しますね……」

シャロンは肩《かた》を大きくすくめていた。

「大聖堂にあまり金を無心するのも、王国と教会が争っている今は控《ひか》えたほうが無難だろう？　そうなると、選択肢《せんたくし》は限られてくる」

残された選択肢《せんたくし》がどんなものかは、すぐにわかった。

「エーブさんももちろん、相談に乗ってくれるはずですよ」

シャロンたちの修道院には、エーブもまた資金を出してくれている。

しかし、シャロンの眉間《みけん》から皺《しわ》は消えなかった。

「あいつは確かに相談に乗ってくれるだろう。だがな、あいつは死肉を漁《あさ》る烏《からす》みたいなもんだろ。金を借りたら何倍にして返さなければならないかと考えるだけで、頭が痛い」

そこまで悪い人ではないはずだ、と思うのは、エーブに子供の頃《ころ》から可愛《かわい》がられている身だからかもしれない。

「まあ、修道院がうまく立ち上がらないと、今まで出資した分が丸損になるぞと脅《おど》す方法も残ってはいる。いざとなったら、あいつの交易記録を調べたらいいんだしな。いくらでも悪事が出てくるだろうから、口止め料を取れるはずだ」

さすがその辺りは元徴税人《ちょうぜいにん》だった。

「まったく、神は試練を与《あた》えたもうたってやつだ。で？　世間話をしにきたのか？」

疲《つか》れたような目つきのシャロンに、思わず背筋が伸《の》びる。

「あ、えーっと……」

資金問題というずいぶん生々しい話の後だと、自分が聞きにきたことがいかにも間抜《まぬ》けに思えて仕方なかったが、今更《いまさら》聞かないのも変だ。

「その、ノードストン様と、イレニアさんの動向とか……」

話ながら冷たい井戸水を出してくれたシャロンは、皮肉っぽく笑う。

「お前はあの犬っころを甘やかしすぎだな」

抗弁《こうべん》はしなかった。

「しかし、あいつもほんとにイレニアが好きだな。羊のいい匂《にお》いがするのか？」

確かに再会するたびに、熱烈《ねつれつ》に抱《だ》きついている気がする。

「イレニアとあの爺《じじい》は、ここよりもう少し北上して、王宮に向かうと言っていた。新大陸に向けた航海のための費用を募《つの》りにいくんだとさ」

「イレニアさんも？」

シャロンは呆《あき》れたように肩《かた》をすくめていた。鳥の化身《けしん》であるシャロンだが、イレニアのように人ならざる者の国を新大陸に作ろう、という情熱にはあまり共感していないらしい。むしろシャロンは今の人の世の中で、クラークと共に孤児《こじ》たちのために生きていこうと決めている。

「海の向こうに大陸があるかも……なんていい加減な思い込みだけで、よくもまあ船を出そうなどと思うものだ。信じられん」

ラウズボーン一帯の鳥たちを支配下に治めるシャロンがそう言うのだから、空高く飛ぶことのできる鳥たちでも海の向こうに大陸を見たことがないのだ。

「イレニアは渡《わた》り鳥《どり》にも声をかけていたみたいだが」

「ミューリは島のように巨大《きょだい》な鯨《くじら》の方にも話を聞いていましたよ」

シャロンのくつくつと喉《のど》を鳴らす笑いは、ほどなくため息に変わる。

「そこにあのノードストンが関わっていたという錬金術師《れんきんじゅつし》だ。私としては、犬っころはともかく、イレニアにはさっさと目を覚まして欲しかったのに、厄介《やっかい》な奴《やつ》が出てきたものだよ」

死者の船を通じて悪魔《あくま》と取引していたと噂《うわさ》されるノードストンには、仲間がいた。それが、痩《や》せた土地を麦の大産地に変える一方で、新大陸の存在を追いかけていたという女錬金術師《れんきんじゅつし》だ。シャロンはその錬金術師《れんきんじゅつし》のことを、友達に悪い夢を見せる魔女《まじょ》だとばかりの言い草だったが、まさに悪い夢に苛《さいな》まれている自分は、その気持ちがよくわかる。

「騒《さわ》ぎの後、ヴァダンさんたちやノードストン様から、新しい情報は聞きませんでした？」

シャロンの目が細まったのは、こちらの隠《かく》しごとを見据《みす》えたせいかと一瞬《いっしゅん》思う。

「私は窓辺で敵の情報を探《さぐ》る梟《ふくろう》じゃないんだがね」

そんなつもりは、と首をすくめていると、シャロンはふんと鼻を鳴らす。

「あんたはどちらかというと新大陸みたいな話には乗らないほうだと思ってたんだが……。まあ、耳にしたことはせいぜい、錬金術師《れんきんじゅつし》の奴《やつ》は新大陸についての情報を集めるため、砂漠《さばく》の国を中心に資料を漁《あさ》るようにと、ヴァダンたちに命令していたってことくらいだな」

ヴァダンは船につきものの鼠《ねずみ》の群れを率いる人ならざる者で、件《くだん》の錬金術師《れんきんじゅつし》の命令でノードストンに協力していた。今では鼠《ねずみ》の化身《けしん》ながら、立派な船乗りの親分だ。

「砂漠《さばく》の国、ですか」

シャロンは肩《かた》をすくめていた。

「錬金術師《れんきんじゅつし》の手に入れていた知識は、麦の育成方法も含《ふく》めて、ほとんどが古代の帝国《ていこく》が瓦解《がかい》する中で失われた知識だそうだ。教会の勢力圏《けん》では、古代帝国《ていこく》の知識は失われて久しいからな」

このウィンフィール王国がある大きな島も、元々は古代の帝国《ていこく》が教会の兵と共に攻《せ》め込んで占領《せんりょう》した土地だと言われている。けれどその帝国《ていこく》は、歴史の流れの中で崩壊《ほうかい》して、羊皮紙に記されるのみとなった。

また帝国《ていこく》が覇《は》を唱えていた時代には、教会も今のような大きな組織ではなく、世界には異教の神話が満ち満ちていたと聞く。帝国崩壊《ていこくほうかい》後に勢力を拡大した教会は、これ幸いと教義にそぐわない神話や文化を異端《いたん》の名の許《もと》に葬《ほうむ》っていったらしいが、その一例が、ミューリも憤慨《ふんがい》していたことである、貴族の旗印に狼《オオカミ》が用いられなくなったというようなものだ。

きっとその過程で、神話や迷信《めいしん》以外にも、たくさんの知識が失われていったのだろう。

新大陸の話が帝国《ていこく》時代の知識に端《たん》を発しているならば、砂漠《さばく》の地方に残っているというのは納得《なっとく》できる話だ。のみならず、教会が異端《いたん》だとして取《と》り締《し》まってきた危険な知識であればなおのこと、砂漠《さばく》の地方に残っているのかもしれない。つまりはあの星の形を模した球体の存在も、砂漠《さばく》で手に入れた知識によって導かれたことなのではなかろうかと推測できた。

「しかし、ヴァダンさんたちは砂漠《さばく》の地方からよく写本を集めてきましたね」

「そうか？　船なら南下も容易だし、盗《ぬす》みはあいつらの得意技《わざ》だろ」

人ならざる者の真の姿は、時に人が抗《あらが》うことなど思いもよらない巨大《きょだい》な獣《けもの》の姿なのだが、ヴァダンたちは鼠《ねずみ》に戻《もど》っても壁《かべ》の隙間《すきま》に容易に潜《もぐ》り込むことができる大きさだった。おまけに壁《かべ》をかじって穴を開けるのは鼠《ねずみ》の得意技《わざ》だから、盗《ぬす》みに関して彼らの右に出る者はいない。

ただ、この時の自分の言いたいことは別にあった。

「それもそうなのですが、そもそも貴重な本の在処《ありか》を見つけるのが、容易ではないという意味です」

「ふん……？　確かに、あいつらにそんな学があるようには思えなかったな。ただ、件《くだん》の錬金《れんきん》術師《じゅつし》が確か猫《ねこ》の化身《けしん》なんだろう？　猫《ねこ》ははるか昔、砂漠《さばく》の国からやってきた生き物だと聞いたことがある。向こうの知識をもともと持っていたか、へたをしたら古代の帝国《ていこく》の時代を直接知っている可能性だってあるだろ」

「あ、そうか。そうですね……」

人ならざる者たちの長命さは、こちらの常識を平気で越《こ》えてくる。ヴァダンたちが砂漠《さばく》の土地で写本を見つけるにはなんらかの案内人が必要だったはずだが、砂漠《さばく》出身の人ならざる者ならば資格は十分だろう。ましてや当時のことを直接知っているとしたら、なおのことといい。

「まあ、それ以外にはなにか目新しい話が出た感じでもなかった。イレニアはずいぶん熱心に話を聞いてたが、浮《う》かない様子だったな」

新大陸についてはノードストン自身も、錬金術師《れんきんじゅつし》がなぜその存在を確信できているのか、その理由を測りかねている風ではあった。あるいは錬金術師《れんきんじゅつし》は単純に、世界が丸いことを確かめるために海に出て、新大陸はおまけだと考えていたのだろうか。

「では、ノードストン様はさほど新大陸の情報を持っている、というわけではなさそうですか」

猫《ねこ》の錬金術師《れんきんじゅつし》がなんらかの方法で新大陸の存在を確信していたとしても、ノードストンにそれを確かめる術《すべ》はなく、ただその錬金術師《れんきんじゅつし》のことを信じている、というところが正解なのかもしれない。

「あるいは、まだ新大陸に夢中なイレニアのことを信用しておらず、隠《かく》していたか、だ。あのノードストンは、私が見たことのある人間の中でも飛び抜けて偏屈《へんくつ》だ。すっとぼけた顔でとんでもない情報を隠《かく》し持《も》っていたとしても、驚《おどろ》きはしない」

表面に世界地図の描《えが》かれた球体の件があるせいで、つい同意の笑いも強張《こわば》ってしまう。

シャロンは壁《かべ》に寄りかかり、腕組《うでぐ》みをしながら疲《つか》れたように言った。

「別にお前らがなにもない海に向かった挙句、海の藻屑《もくず》になろうが魚の餌《えさ》になろうが構わないがね。あまり変な話を追いかけて、ハイランドを困らせるなよ」

それはシャロンがハイランドを慕《した》っている、ということではないことくらい、自分にもわかった。シャロンの守るべき孤児《こじ》たちが暮らすことになる孤児《こじ》院は、ハイランドが後《うし》ろ盾《だて》になっている修道院に付属するものだ。ハイランドが失脚《しっきゃく》すれば、その修道院も立場がまずくなる。

「それは、もちろん」

真面目に返答をしたのだが、シャロンの顔つきを見る限り、食べすぎを戒《いまし》められたことに対するミューリの返答くらい、信用できないものに映ったようだ。

「まあ、廃墟《はいきょ》の片付けの申し出は受け取っておこう。人手があれば、クラークも少しは楽ができる」

「それは、はい」

「しかし」

と、シャロンは顔の半分だけ笑いながら言った。

「あの犬っころは承知しているのか？」

口をつけようとした素焼《すや》きのコップを持つ手が止まる。

神の僕《しもべ》として、嘘《うそ》はつけない。

「あの娘《むすめ》も、騎士《きし》、ですから」

困っている人を助けるのは義務……のはずである。

シャロンは肩《かた》をすくめ、帰り道の案内用に鳩《はと》を一羽《わ》、呼んでくれたのだった。

新大陸については、大洋を泳ぐ鯨《くじら》の化身《けしん》オータムや、渡《わた》り鳥《どり》に話を聞いていたイレニアでさえ、確たる情報を得られていない。今のところ、ノードストンも同様だと思ってよさそうだ。

元々は冒険《ぼうけん》好きのミューリが夢中になっていたような、新大陸の話。

これを自分が真剣《しんけん》に考えるようになったのは、イレニアが語ったような、人ならざる者だけの国という発想に共感したからというだけではない。確かに、狼《オオカミ》の血を引いて人の世と深い森の狭間《はざま》に立つミューリのためにも、イレニアの夢を応援《おうえん》したい気持ちはある。

しかし、自分は人の身であり、同時に神の教えに帰依《きえ》する子羊でもあった。

ウィンフィール王国を中心とした勢力と教会とが争いを始めて、もう何年も経《た》つ。互《たが》いに決め手を打ち出せず、正面からの戦《いくさ》という選択肢《せんたくし》を見据《みす》えたまま、膠着《こうちゃく》状態に陥《おちい》っている中、新大陸の存在はこの膠着《こうちゃく》状況《じょうきょう》を打ち破る、新たな一手となるのではと思っていた。

だからノードストンの下《もと》に赴《おもむ》いたのも、ハイランドから依頼《いらい》された以上に、ノードストンが新大陸を追いかけているらしいという情報があったからだった。

確かに収穫《しゅうかく》はいくつかあった。けれど決定的なものはなく、むしろ世界の謎《なぞ》はより深く大きくなったような気さえする。砂漠《さばく》に残された古代の知識、とシャロンは言っていた。

ミューリが大喜びしそうなことがまた増えてしまったことにため息をつきつつ、一体この世界にはどんな秘密が隠《かく》されているのですかと、天の向こうにいるはずの神に向かって問いかけいた。

そんなことをつらつら思いながら歩いていたら、いつの間にか見慣れた屋敷《やしき》の前に到着《とうちゃく》していた。

「道案内、ありがとうございました」

屋敷《やしき》を取り囲む石壁《いしかべ》の上に留まった鳩《はと》の喉元《のどもと》を、指の背で撫《な》でて礼を言う。鳩《はと》は胸を膨《ふく》らませ、お安いご用だとばかりにくるっくーと鳴いてから飛び立った。それを目で追って空を見上げたら、神の姿こそなかったが、屋敷《やしき》の窓から顔を出す人物を見つけることになった。

「もうお昼寝《ひるね》はよいのですか？」

ミューリはまだ眠《ねむ》そうな寝起《ねお》きの顔をしかめ、引っ込んでしまう。目を覚ましたら自分がいなかったことと、シャロンのところに向かったというのが、揃《そろ》ってお気に召《め》さなかったようだ。

苦笑いしつつ部屋に戻《もど》れば、騎士《きし》の見栄《みえ》もどこへやら、ぎゅっとしがみついてきた。

「どこにも行きませんよ」

あるいは昼寝《ひるね》にありがちな悪い夢でも見たのかもしれない。寝汗《ねあせ》でちょっと湿《しめ》っているミューリの頭を撫《な》でてやると、へこたれていた尻尾《しっぽ》をゆっくり振《ふ》っていた。

まだまだ甘えん坊《ぼう》なミューリに小さく笑っていれば、自分も眠気《ねむけ》が湧《わ》いてきた。ここで少し寝《ね》ておいたほうがいいかもしれない、と思ったのは、せっかくハイランドが晩餐《ばんさん》を用意してくれたとしても、あくびばかりでは申し訳ないからだ。

腕《うで》の中で眠《ねむ》りそうになっているミューリをベッドに戻《もど》そうとしたら、足を踏《ふ》ん張《ば》って抵抗《ていこう》された。

「こら、ミューリ」

こちらの胸に顔を埋《うず》めているミューリは、喉《のど》で笑って尻尾《しっぽ》を振《ふ》っている。子犬が楽しげな空気を嗅《か》ぎつけたようで、ミューリの尻尾《しっぽ》を追いかけて転がっていた。

独り立ちの兆《きざ》しに寂《さび》しさを感じたのも束《つか》の間《ま》のこと。やっぱり早く兄離《ばな》れして欲しいと思い直す。

「いい加減にしなさい。そんなことでは騎士《きし》の名が――」

泣きますよ、と言いかけた時、ふわふわしていたミューリの狼《オオカミ》の耳の毛先がぴんと伸《の》びた。

直後に窓の外から荷馬車の音が聞こえてきたので、体をひねって木窓に近寄り顔を覗《のぞ》かせれば、見慣れた馬車が屋敷《やしき》の敷地《しきち》に入ってくるところだった。

「また邪魔《じゃま》ばっかり……」

狼《オオカミ》の耳だけで、十分その馬車に誰《だれ》が乗っているかわかったのだろう。ミューリが恨《うら》めしげに言う。

「兄様ぁ、晩ご飯《はん》まで寝《ね》てようよ～」

甘ったれた声に思い出すのは、先ほど会ったばかりのシャロンの姿だ。

「シャロンさんは目の下に隈《くま》を作って、孤児《こじ》院建設のため働いていましたよ」

「……」

ミューリは無言で足を踏《ふ》んできた。

「ほら、しゃんとして、さっさと着替《きが》えてください」

「……」

「……髪《かみ》の毛《け》は編んであげますから」

「は～い」

ここで譲歩《じょうほ》するからいけないのだろうか、と思いつつ、最近お気に入りのおさげを編まれている間、嬉《うれ》しそうにしているミューリを見ると諦《あきら》めに似た感情を抱《いだ》いてしまう。

そんなふうにおてんば娘《むすめ》の身支度《みじたく》を整えていたら、下女がハイランドの到着《とうちゃく》を告げにきた。

おやと思ったのは、呼び出された先が執務《しつむ》室だったからなのだが、三つ編みを満足そうに尻尾《しっぽ》のように揺《ゆ》らしていたミューリが、体を翻《ひるがえ》しながら言った。

「そう言われると、馬車の音がずいぶん重かったかも」

あれだけふにゃふにゃしていても、狼《オオカミ》の耳は大事なことを聞き漏《も》らさない。

「ハイランド様以外にも、人が乗っていたということですか？」

「私は、たっぷりのお土産《みやげ》だろうなって思ってたけど」

「それなら執務《しつむ》室に呼ぶこともないですよね」

間違《まちが》いなく、食堂だ。

「留守中になにかあったのかもしれません。教会との問題についてとか」

旅の疲《つか》れにへこたれている場合ではない、と気合を入れ直していたら、ミューリになにかを押しつけられた。

「じゃあ兄様は、はい、これ」

胸に押しつけられた聖典を訳もわからず受け取ると、ミューリは腰《こし》に剣《けん》を佩《は》いていた。その浮《う》き浮《う》きした様子とは対照的に、こちらは肩《かた》を落とす。

「まだ寝《ね》ぼけて夢を見ているんですか？」

「え？　あ、ちょっと！」

ミューリの腰《こし》から剣《けん》を取り上げて、聖典と一緒《いっしょ》に机の上に置く。

「むやみに剣《けん》を持ち歩くんじゃありません」

即座《そくざ》に反論しようとしたミューリの機先を制して、こう言った。

「あなたは剣《けん》以外でも、その知恵《ちえ》で戦うことができるでしょう？」

腹に一物隠《かく》し持《も》つ相手に向かう時などは、実際に自分よりミューリのほうがよほど強い。

「理知と冷静な判断力で場を制するのも、立派な騎《き》士《し》の姿だと思います」

ミューリはぽかんとした後、そんな様子を想像したのだろう。たちまち尻尾《しっぽ》をぱたぱた振《ふ》って目を輝《かがや》かせた。

「任せてよ！」

「はい、お願いします」

おてんば娘《むすめ》に口で負けることがだいぶ増えてきたが、まだまだその手綱《たづな》を放すわけにはいかない。騎士《きし》という身分は、しばらくはミューリを御《ぎょ》するよい口実になりそうだった。

それから自分は、おさげを尻尾《しっぽ》のように揺《ゆ》らしながらこちらの一歩前を歩くミューリについていき、執務《しつむ》室に向かった。大股《おおまた》に意気揚々《いきようよう》と歩くミューリを見ていると、それだけでほっと笑えてしまう。心配でしかなかったその後ろ姿にも、いつの間にかずいぶん頼《たよ》りがいを感じられるようになった。

「ねえ、兄様」

と、そんなことを考えていたら、ミューリが振《ふ》り向《む》かないままに言った。

「やっぱり、剣《けん》を持ってきたほうがよかったんじゃないの？」

ミューリが小さく言ったのは、執務《しつむ》室の扉《とびら》の前に二人も護衛が立っていたからだ。一人はよく知った顔で、ミューリに剣《けん》を教えてくれるハイランド直属の騎士《きし》。気になるのは、その隣《となり》に立つ、体つきからして相当に鍛錬《たんれん》を積んでいると思《おぼ》しき人物が、敵意さえ感じる目で周囲を警戒《けいかい》していたことだ。つまり扉《とびら》の向こうには、こんな人物が守る誰《だれ》かがいることになる。

自分たちが近づく間も、遠慮《えんりょ》なくじっと睨《にら》みつけられ、ミューリが唸《うな》り出さないかとちょっとはらはらした。

「ハイランド様が中でお待ちです」

ミューリに剣《けん》を教えてくれる騎士《きし》から案内され、隣《となり》から向けられる鋭《するど》い視線に気がつかないふりをして、ゆっくりとうなずいた。

騎士《きし》が扉《とびら》をノックし、主に告げる。

「コル様のご到着《とうちゃく》です」

開けてくれ、と部屋の中から返事が戻《もど》るのと同時に、扉《とびら》が開かれた。

「休んでいたところだろうに、すまないね」

「いえ」

と、下げた頭を戻《もど》す頃《ころ》、執務《しつむ》室にいた客人が立ち上がった。

さてどんな大貴族なのか。

腹に力を込《こ》めて顔を上げたのだが、階段を踏《ふ》み損《そこ》ねたような感覚に襲《おそ》われたのは、そこにいたのが傲岸《ごうがん》な貴族でも、貪欲《どんよく》そうな大商人でもなかったから。

椅子《いす》から立ち上がったその人物の第一印象は、聖職者。けれども見習いのそれで、年の頃《ころ》はミューリよりもちょっと上くらいだろうか。教皇お抱《かか》えの聖クルザ騎士《きし》団がこの街にきた時に知り合った、騎士《きし》見習いのローズとちょうど好対照だ。柔《やわ》らかそうな明るい髪《かみ》色と、澄《す》んだ宝石のような青い目は、はっきり言えば上品な少年の模範《もはん》像のようで、部屋の前に陣取《じんど》っていた物々しい護衛の姿とうまくそぐわなかった。

「あなたが薄明《はくめい》の枢機《すうき》卿《きょう》様ですか」

こちらの戸惑《とまど》いをよそに、立ち上がった少年が人好きのする笑顔《えがお》と共にそう言った。

けれどそれは少年の人の好《よ》さではなく、場慣れした者が見せる余裕《よゆう》なのだ、ということくらいはすぐにわかった。ここで雰囲気《ふんいき》に呑《の》まれたら、隣《となり》にいる狼《オオカミ》から後でなじられる。

対峙《たいじ》する少年の目をどうにかまっすぐに見据《みす》えたまま、握手《あくしゅ》を交《か》わした。

「トート・コルと申します。世間からは薄明《はくめい》の枢機卿《すうききょう》などと呼ばれておりますが、過大な評価です」

少年は微笑《ほほえ》んでから、言った。

「私は、カナン・ヨハイエムと申します。カナンとお呼びください」

ずいぶん古雅《こが》な響《ひび》きのある家名だと思った直後、カナンが続けた言葉にぎょっとした。

「教皇庁の書庫管理部門で、手習いの地位にあります」

熱いものに触《ふ》れてしまったかのように握手《あくしゅ》の手を放しかけたところ、カナンが少年らしい悪戯《いたずら》っぽさを目に湛《たた》えていた。

「私は皆《みな》さまの敵ではありません。代わりに、教会内では裏切り者と呼ばれるやも」

動揺《どうよう》を隠《かく》しきれていなかったことは、横で不機嫌《ふきげん》そうにため息をつくミューリの様子でわかったが、ハイランドも苦笑《くしょう》していたのは、自分の胆力《たんりょく》のなさのせいではなかったらしい。

「大丈夫《だいじょうぶ》。私も初めて連絡《れんらく》を受けた時は驚《おどろ》いたよ」

カナンは教皇庁という単語を口にした。それはたとえ手習いであろうと、聖職者の世界で特

別な地位にあることを示している。王国と教会が真正面から対立している今、カナンがここにいることは公《おおやけ》になってはならないことのはず。

そこまで思考がいたり、ようやく、部屋の前の護衛の存在が腑《ふ》に落ちた。

この会合は、屈強《くっきょう》な護衛が必要な類《たぐい》のものなのだ。

「察しのとおり、彼が王国にいるのがばれると厄介《やっかい》なことになる。旅から戻《もど》ってきたばかりで悪いのだが、話が漏《も》れる前に一刻も早く顔合わせを終えるべきだと思った次第《しだい》だ」

それはラポネルからの帰還《きかん》に際し、ハイランドらしい労《ねぎら》いの宴《うたげ》や、ミューリから冒険《ぼうけん》の話を聞き出すようなことさえも後回しにする話なのだろう。

カナンはハイランドの言葉を引き取って、言った。

「私は王国と教会の争いを仲裁《ちゅうさい》するため、王国にやってきました」

カナンは青い目を軽く細めて、微笑《ほほえ》んだのだった。

教会とは、神に最も近い聖職者である教皇を頂点に戴《いただ》く組織である。世界に散らばる教会はすべて厳格な上下関係で結ばれ、教皇の権威《けんい》の下に服従する。そんな教皇を補佐する存在として複数の枢機卿《すうききょう》が控《ひか》え、教皇庁にて教会全体についての決定を下していく。

教皇庁とはいわば教会の心臓部であり、そこに仕える人間は文字どおり世界の信仰《しんこう》のありようを体現する人々だ。その教皇庁で働くカナンが王国にいるのは、自身で口にしたように、教会組織全体への裏切りと言えるだろう。

「端的《たんてき》に言えば、教会内も一枚岩ではないということです」

カナンは自らの立場を、その一言で表した。

ハイランドは補足として、カナンの古雅《こが》な響《ひび》きを持つ家名についても教えてくれた。

「ヨハイエム家は古代帝国《ていこく》時代の教会勃興《ぼっこう》期、組織づくりに貢献《こうけん》した教父に連なる家系だ。ヨハイエム家そのものからはまだだけれど、家系図には何人も教皇の名前が出てくる名門だよ。身元が確かなのは、それこそ神が保証してくれる」

世界を統《す》べる王たちがこぞって膝《ひざ》をつく教皇が、親戚《しんせき》にいる。その現実味のなさをどうにか飲み込もうとしていたら、カナンはハイランドの説明にやんわりと微笑《ほほえ》んでいた。

「大きな樹《き》にどうにかくっついている、小さな枝のようなものです。我が家名はこういう時に諸侯《しょこう》から信頼《しんらい》を得るくらいにしか役に立ちません」

卑下《ひげ》や謙遜《けんそん》と感じなかったのは、カナンという少年の態度のせいだ。事実を事実として受け入れて、過大でも過小でもなく、的確に状況《じょうきょう》を見極《みきわ》めているような冷たさにも似た落ち着きがあった。

そして、それは決して買いかぶりではなかったらしい。

「ただ、小さな枝でいる利点もあります。仮に私の裏切りが公《おおやけ》になったとしても、無知ゆえに誤った道を進んでしまった愚《おろ》かな小僧《こぞう》の独断、として処理できます」

カナンは、自身をある種の捨て駒《ごま》として理解しているようだった。けれどそこに悲壮《ひそう》なものが感じられないのは、教会という組織がそもそも、命も顧《かえり》みずに異教の地へと宣教に赴《おもむ》く聖職者たちの歴史でもあるからだろうか。

「身元も確かなヨハイエム家からの提案だ。王国と教会の対立に和解の道があるのならば、私たちは真剣《しんけん》に検討しなければならない。特に、彼らの話が本当なのだとしたら」

「話？」

その問いに、カナンがうなずいた。

「教会内では、膠着《こうちゃく》した状況《じょうきょう》に業《ごう》を煮《に》やし、開戦を望む者たちが多くなっています。手をこまねいていては、次の麦の収穫《しゅうかく》を待って、戦《いくさ》が決定されてもおかしくない雰囲気《ふんいき》です」

「そ、んな」

王国と教会の対立がこのまま深刻化すれば、向かう先は戦《いくさ》しかないのではないか、とは確かに思っていた。だからそれをどうにかできないものかと、自分はミューリが夢見る新大陸のような話まで俎上《そじょう》に上げていた。

そして思っていたほど、時間は残されていなかったのかもしれない。

「でも、おかしくない？」

全員の視線が、隣《となり》のミューリに集まる。驚《おどろ》くこちらに目もくれず、ミューリが口調の割に油断のない目で見据《みす》えているのは、どこか無感情な微笑《ほほえ》みを湛《たた》えているカナンだ。

「仲裁《ちゅうさい》って言ったよね？」

カナンは、ゆっくりとうなずいた。

「喧嘩《けんか》はいつだって面子《メンツ》が大事なんだよ。やめましょうって言ってやめられるなら、誰《だれ》も苦労しないと思うんだけどな」

子供が口を挟《はさ》むんじゃありません、と言えなかったのは、ミューリのほうがよほど喧嘩《けんか》というものに慣れているからだし、同時にエーブの言葉を思い出していたからだ。

あの強欲《ごうよく》商人は王国と教会の争いを、正しい信仰《しんこう》を巡《めぐ》るという高尚《こうしょう》な話ではなく、もっとわかりやすい、卑俗《ひぞく》な縄張り争いだと言っていた。

「十分の一税だっけ。元々は異教の人たちとの戦いの費用だったそれを、教会は戦《いくさ》が終わってからも税として集め続けてる。今はそのお金を、戦《いくさ》に貢献《こうけん》した人たちのご褒美《ほうび》にあててるんだよね？　で、教会は我こそが戦《いくさ》の功労者だと思ってるから、税の廃止《はいし》はご褒美《ほうび》の廃止《はいし》だと思っている。だから聞く耳を持たない。でしょ？」

いつもは舌ったらずに、あるいは狼《オオカミ》の血を引く人ならざる者としていくらかの軽蔑《けいべつ》を含《ふく》んで、きょーかい、と発音するミューリは、こういう時にはしゃんとする。

それにエーブが喝破《かっぱ》した争いの構図を、実に的確に要約してみせたことは、カナンの眼鏡にかなったらしい。

「なぜ可愛《かわい》らしいお嬢《じょう》さんがここにいるのかと思ったのですが」

やや驚《おどろ》きの表情さえ見せるカナンに対し、ミューリ本人以上に、ハイランドが得意げにしていたことには気がつかないふりをした。

「ええ、仰《おつしや》るとおりです。ですから、面子《メンツ》……そうですね。まったく面子《メンツ》の問題です」

カナンはやや呆《あき》れるように言った。戦《いくさ》が終わったのだから税は廃止《はいし》すべきだとする王国と、税は戦《いくさ》の報酬《ほうしゅう》だとする教会のどちらの言い分にも一定の理がある以上、争いを解消するには互《たが》いの面子《メンツ》を潰《つぶ》さないようにしなければならない。そのために自分は、片方が得をすれば片方が損をするような十分の一税を巡《めぐ》る話から、テーブルの上の金貨を増やす存在である新大陸に目をつけたのだ。

限りある税収の取り分を争うのではなく、新しく獲得《かくとく》できる土地を協力して目指すという旗印の下《もと》、王国と教会は再び手を組めるのではないか、と。

ではまさか、カナンもまた新大陸に目をつけていたのだろうか？

そう思ったところに、ミューリが言った。

「面子《メンツ》の問題はややこしいんだよ。なのに和解できるって言うんだから、どんな悪いことを企《たくら》んでるのかなって気になるよね」

その悪い企《たくら》みに、我が家の間抜《まぬ》けな羊を利用するつもりか、とミューリは言いたいのだろう。

危険を冒《おか》してまで敵地にやってきた和平の使者に、こんな物言いは本来ならば許されないことだ。しかし当のカナンが、さっきまでの作り物めいた笑顔《えがお》を消し、年相応の少年らしい表情を見せていた。

「旅は思いもよらない出会いをもたらしてくれます。神に感謝です」

にこやかに微笑《ほほえ》み、言葉を続けた。

「もちろん私たちは一計を案じております。ええ、もちろん私たちは、教会の権威《けんい》のため、王国との争いで一方的に譲歩《じょうほ》し、負けるつもりはありませんとも」

なにやら企《たくら》みがありそうだぞと嗅《か》ぎつけたミューリが、目の光を増しながらやや顔を斜《なな》めに傾《かたむ》けている。森の奥の獲物《えもの》を見据《みす》え、その足音を両の耳で聞き分けるように。

「ただ、私たちの考える勝利と、教皇様を含《ふく》む主流派の勝利の定義は違《ちが》うのです。そこに、私たちの派閥《はばつ》と王国とが、共同戦線を張れる余地があると思っています」

眉《まゆ》をひそめたミューリが、なにか聞きたそうにこちらを見た。教会組織のことがよくわからなかったからだろう。

一方の自分は、ミューリのことなど忘れ、驚《おどろ》いていた。

「これは、教皇様が了承《りょうしょう》されていないお話なのですか？」

だとすると、カナンが自身を裏切り者と評したのは、決して大袈裟《おおげさ》なことではない。

「有力な枢機《すうき》卿《きょう》様が揃《そろ》って、王国とは徹底抗戦《てっていこうせん》の構えですからね。そして教皇様は、幅広《はばひろ》い見識と寛大《かんだい》な御心《みこころ》により、枢機《すうき》卿《きょう》様たちの意見を聞き入れ、公平に判断されるお方です」

いかにうぶだとミューリにからかわれる自分でも、カナンの言葉を額面どおりに受け取ることはなかった。枢機卿《すうききょう》は位階としては教皇の下に位置するが、教皇の地位に就《つ》く人物は必ず枢《すう》機卿《ききょう》の中から選ばれるので、彼らは単純な主君と家臣という関係ではない。時には臣下であり、時には同等の仲間であり、場合によっては教皇が枢機卿《すうききょう》団の傀儡《かいらい》にもなると聞く。

要するにある種の運命共同体に近いのだが、現教皇はどうやら、枢機卿《すうききょう》団に対してやや弱《よわ》腰《ごし》なようだった。

「では、カナン様たちの勝利とは一体？」

カナンは少しだけ目を細め、言った。

「教会の浄化《じょうか》です」

「浄《じょう》、化《か》？」

「はい。私たちのことは異端審問官《いたんしんもん》だとお考えください」

ミューリがしかめ面《つら》をして、自分が息を呑《の》むのを期待しての一言だったようだ。カナンはローブの袖《そで》を払《はら》い、居住まいを正して微笑《ほほえ》んだ。

「ただし私たちが取り締《と》まるのは、神についての誤った思想ではなく、教会の風紀のほう。特に、黄金の誘惑《ゆうわく》に目がくらんでいる連中についてです」

カナンは教皇庁の書庫管理部門と言った。その書庫には教会に関わるありとあらゆる文書が収められ、その広さたるや遭難者《そうなん》が出るほどの迷宮《めいきゅう》と化していると耳にしたことがある。

ならばそこには、数々の書物や文書に混じり、そういうものもあるのだろう。

「カナン様たちは、会計を司《つかさど》っているのですか」

広大な地に散らばる教会には、寄付に限らず大きな収入がある。

その黄金の奔流《ほんりゅう》は渦《うず》を巻いて、教会組織の心臓部である教皇庁に還流《かんりゅう》する。

「会計院は書庫管理部門の一機関です。そこでは教会全体の資金の流れを記録し、正しき流れに導くよう、神から任されています。ですが、現実の川と同じく、そう簡単に資金の流れを変えることはできません。土手を築いても崩《くず》され、氾濫《はんらん》した川があらゆる美しい土地を泥《どろ》で汚《よご》す様を、私たちはただ見つめるほかありませんでした」

と、カナンは執務室《しつむ》の大きな卓《たく》に手をついて、身を乗り出す。

「ですがあなたが現れました。薄明《はくめい》の枢機卿《すうききょう》様。教会の不正を糺《ただ》す、あなたです」

まっすぐにカナンに見つめられて言葉に詰《つ》まる中、ハイランドが言った。

「君たちはいくつもの町で教会の不正や悪《あ》しき蓄財《ちくざい》を暴いたが、それは決して教会の権威《けんい》を貶《おとし》めるようなかたちではなかった。むしろ民衆と向き合った結果、地に落ちていた教会の評判が戻《もど》ったと言ってもいい」

「私たちは、そこに希望を見出《みいだ》したのです」

カナンはもうあの余裕《よゆう》の笑《え》みを浮《う》かべておらず、固い決意に満ちた顔でそう言った。

そして自身の興奮にようやく気がついたのか、不意に咳払《せきばら》いをすると、椅子《いす》に座り直す。

カナンが落ち着きを取《と》り戻《もど》す間を取り持つように、ハイランドが口を開く。

「我々王国も、教会と争う前、教皇庁の中で腐《ふ》敗《はい》と戦う聖職者たちと協力することがあった。君も知っているように、王国内での貿易を掌《しょう》握《あく》し、不当に富を蓄《ちく》積《せき》している教会が少なくなかったからね」

「今回ハイランド様にお声がけしたのは、その経《けい》緯《い》があってのことです」

つまりカナンの持ち込んできた案は、にわかに立案され、破れかぶれで用意されたものではなく、教会の長い歴史の中で元々あったものの延長ということになる。

「しかし堕《だ》落《らく》した聖職者の貯《たくわ》えた富は、時に神の御言葉よりも真実のように振《ふ》る舞《ま》うのです。黄金の輝《かがや》きは、多くの人たちの目をくらませて、味方につけてしまいます。私たちが信徒の皆《みな》様《さま》からの寄付金を正しく使うようにと諫《かん》言《げん》したところで、蠅《はえ》の羽音かなにかだとあしらわれておしまいということがほとんどでした。しかも、私たちは神の教えを実《じっ》践《せん》し、正直であろうとしているがゆえに、俗《ぞく》世《せい》の武器である黄金を持ちません。黄金の重みがない私たちの話など、誰《だれ》も聞く耳を持たないのです」

思わず強くうなずいてしまったのは、質素倹《けん》約《やく》の小言を、隣《となり》にいる少女からさえ散々軽くあしらわれてきたからだ。正しくあろうという振《ふ》る舞《ま》いは、世の中では馬鹿正直だと嘲《あざ》笑《わら》われるのが関の山なのだ。

カナンの世慣れた態度は磨《みが》かれた交《こう》渉《しょう》術だとしても、垣《かい》間《ま》見《み》えた憤《いきどお》りは本物と思えた。

「異教徒との戦《いくさ》の後、十分の一税という巨額《きょがく》の収入によって、腐敗《ふはい》者たちはかつてない金貨の輝《かがや》きを手に入れています。それを梃子《てこ》に、権力を不正に拡大、維持《いじ》している者たちが大勢います。彼らはその収入を手放すことはおろか、王国と教会の間に戦端《せんたん》を開かせ、戦《いくさ》の火で金庫をさらに輝《かがや》かせようというのです」

戦《いくさ》から儲《もう》けを得ようと画策していた悪い商人の顔を思い出す。そこに儲《もう》けの機会があるのなら、悪そうな者たちが何度だって引き寄せられる。

そしてそこまで言われたら、鈍《にぶ》い自分にもカナンたちの思惑《おもわく》が見えてきた。

「では、あなたたちは、十分の一税を廃止《はいし》することで王国との対立を平和裏に終える一方、資金の流れを止めることで、腐敗《ふはい》した人たちの権力を弱らせて一掃《いっそう》すると、そういうわけですか」

一見すれば、教会は王国との争いで大きく譲歩《じょうほ》して、敗北するかのようだ。けれど実はカナンたちの正しい信条によって、教会は本当の勝利を手に入れる。そういう計画なのだ。

その直後、がたん、と椅子《いす》を蹴《け》って立ち上がる音がした。

「肉を切らせて骨を断《た》つ！　だね！」

戦《いくさ》の話が大好きなミューリは、この手の戦略めいたことにも目がないらしい。カナンはミューリの興奮した様子に目をぱちくりとさせてから、楽しそうに笑っていた。

「今、皆様《みなさま》の活躍《かつやく》により、教会の黄金の流れに大きな疑問の目が向けられています。一時的ではありますが、その川から水を汲《く》もうとするのをためらう者たちも出てきています。荒《あ》れ狂《くる》っていた川の堤《つつみ》を作り直し、正しい信仰《しんこう》の畑へと水を引く機会は、今を措《お》いてないのです」

確かにこれは、正直であるがゆえに今まで立場の弱かったカナンたち一派のみならず、教会との対立で決め手に欠けていた王国にとっても、渡《わた》りに船の提案だろう。

ただ、気になることが当然ある。

「お話はわかりましたが……」

その計画の中で、自分は一体どんな役回りを期待されているのかと思うと、しっくりこないのだ。

「教会の不正を大陸側でも暴《あば》く……そういう役目を、私がということですか？　その、目的は強く賛同できるのですが、私より適任がいるのではないでしょうか」

蹴《け》倒《たお》した椅子《いす》を戻《もど》していたミューリが、呆《あき》れたような目を向けてくる。またそんな、自信のなさそうな軟弱《なんじゃく》なことを言っているのかという目だった。しかしこの話については、ある程度そういう面もありつつ、もっと現実的な理由からそう思ったのだ。

「王国で、今まさに聖クルザ騎士《きし》団の皆様《みなさま》がそうしている最中ですよね」

「あっ」

と、ミューリが間抜《まぬ》けな声を上げた。

自分たちは少し前、行き場を失《な》くしていた騎士《きし》団の面々と出会い、紆余《うよ》曲折《きょくせつ》の後、騎士《きし》としての誇《ほこ》りと役目を彼らに取《と》り戻《もど》させた。その役目というのが、王国内で民衆から嫌《きら》われていた教会の不正を暴《あば》くことだった。

「騎士《きし》の皆《みな》さんは教皇様の懐刀《ふところがたな》とまで称《しよう》された人たちです。彼らにお任せしたほうが、教会内での反感も少ないのではないでしょうか」

「ある面では、そのとおりなのですが」

しかしカナンの歯切れは悪く、代わりに口を開いたのは、立て直した椅子《いす》にどすんと座ったミューリだ。

「確かにそうだよね。あの騎士《きし》さんたちは、伝説に謳《うた》われるほどの騎士《きし》様だもん。それじゃだめってことか」

意味を掴《つか》みかねていると、カナンがミューリの言葉に同意する。

「はい。教皇様から命令されたら、彼らはおとなしく従うことでしょう。たとえば正しい行いを今すぐやめるようにという、理不尽《りふじん》なものであったとしても」

黒いものでも白と言われたら白。忠実なる騎士《きし》と主人の関係とは、そういうものだった。

そして大陸側の教会の不正を暴《あば》くことは、時にお偉《えら》い様の財布《さいふ》を直接叩《たた》くことにもなる。

その時にどうなるか、なんとなく想像がついた。

「私たちは、神の教えよりも黄金を優先させるその悪癖《あくへき》を打《う》ち砕《くだ》き、教皇様や枢機《すうき》卿《きよう》様たちの考えを正さねばなりません。ただ、私たちだけではだめなのです。外圧が必要なのです」

聞き慣れた、敵の敵は味方、の理屈《りくつ》らしい。

カナンの視線に乗せて、ハイランドが言う。

「外圧といっても、我々王国側が信仰《しんこう》の正しさを旗印に、強硬《きょうこう》姿勢で教会へと自浄《じじょう》を迫《せま》れば、対立の火が燃え上がるのは目に見えている」

確かにそうだ。そして全面的な戦《いくさ》に突入《とつにゅう》するのは王国としても望むことではないから、膠着《こうちゃく》状態が続いていた。

「王国と教会がそれぞれの立場からものを言っていては、争いを静めるのは不可能だと私も思う。そこのお嬢《じょう》さんが言ったように、嘆《なげ》かわしいが面子《メンツ》の問題がある。だから第三の勢力に、それを委託《いたく》するかたちをとろう、ということだ」

第三の勢力？

自分はまったく想像もつかなかったのだが、こちらが戸惑《とまど》うのをよそに、ハイランドは椅子《いす》から立ち上がる。そして部屋の中でも大きな場所を占《し》める豪華《ごうか》な造りの戸棚《とだな》に向かうと、そこから取り出したのは一冊の本だった。まだ装丁《そうてい》がなされておらず、紐《ひも》で綴《と》じられただけのそれには、見覚えがあった。

「我々が協力を取りつけるべきは、ここに書かれている正しい信仰《しんこう》を知った、市井《しせい》の人々だよ」

ハイランドが取り出した分厚い羊皮紙の束は、ハイランド主導で多くの顕学《けんがく》の知恵《ちえ》を借りて進めていた、聖典を市井《しせい》の人々でもわかる言語で書き直した俗語《ぞくご》翻訳《ほんやく》版だった。

「俗語《ぞくご》版……ということは」

ハイランドの話の進む先が見えてきたところに、カナンが言った。

「一冊の本は、一人の熱心な説教者でも敵《かな》わないほど多くの人々に知識を伝えられます。実際に、アティフの港町でコル様とハイランド様が町の人々に配られた抄訳《しょうやく》の冊子は、素晴《すば》らしい評判と共に写本が作られ、ほかの町にもどんどん行《い》き渡《わた》っていきます。これを抄訳《しょうやく》ではなく完全版で、もっと大規模に、大陸中に広められれば、教皇様も無視できないほどの影響《えいきょう》があるはずです」

誰《だれ》にでもわかる平易な言葉で記された神の教えを読めば、いかに今の教会が欺瞞《ぎまん》に陥《おちい》っているかは一目瞭然《いちもくりょうぜん》である。とすれば自浄《じじょう》を求める声が高まるのは必定だろう。

理屈《りくつ》はあまりにわかりやすい。なぜなら、自分たちはまさに、そうなったらいいと思っていたのだから。

けれどアティフ以来、その計画を進められていないのには、理由があった。

「コル、私はこの聖典の翻訳《ほんやく》を君が完成させてくれたのに、世に大々的に広められないことを悔《く》やんでいた」

ハイランドはじっとこちらを見て、頭を下げるかのように、一度ゆっくり瞼《まぶた》を閉じてみせる。

「王が教会との緊張《きんちょう》をこれ以上強くできないと判断されたため、大陸側での配布はいったん棚《たな》上《あ》げにせざるをえなかった。教会との全面的な戦《いくさ》は、私自身も望んでいない。けれど秘密裏《り》にでも計画を遂行《すいこう》できなかったのは、王宮の協力なしには、膨大《ぼうだい》な量の写本製作にかかる人手と費用を賄《まかな》えないからだ。現実的に、無理だったんだ」

ハイランドは己《おのれ》の非力さを悔《く》やむように、悲しげに微笑《ほほえ》みながら少し唇《くちびる》を噛《か》む。

「だからあくまで興味を惹《ひ》かれた者たちが、自発的に写本を製作してくれるのを待つほかなかった。しかも、アティフで配った不完全な抄訳《しょうやく》版をね」

「では……その写本製作や配布を、カナン様たちが肩代《かたが》わりする、ということですか？」

王国と教会は互《たが》いに、相手を倒《たお》しきることも、譲歩《じょうほ》のための糸口も見つけられていなかった。

そのために、ウィンフィール国王はこれ以上教会との緊張《きんちょう》を高めることは戦《いくさ》に繋《つな》がると判断し、自分たちの行動を制限したり、俗語《ぞくご》の聖典を広めることにも待ったをかけた。

しかし、カナンたち教会内部の者が自身で配布するのであれば、その限りにないということだろうか。

そう思ったところ、カナンの表情は全面的な同意ではなく、曖昧《あいまい》な笑顔《えがお》だった。

「私たちとしても、そうしたいと思っていました。ですがハイランド様と同じ問題に直面したのです。とても、現実的な問題です」

その言葉に、ついさっき港で目の当《ま あ》たりにしたことに思い至る。ミューリは夢物語を書くのに、エーブから羽ペンと紙を買う必要があった。

「費用の問題ですか」

「はい。広く大陸に行《い》き渡《わた》らせるほどの分量となると、それこそ千人隊長を雇《やと》わなければならないような人員が必要になります。それでなくとも、大規模な筆写作業となると、教皇や敵対する枢機《すうき》卿《きょう》様たちの目から隠《かく》し続けるのはとても難しいことです。大陸側で成《な》し遂《と》げるのは、私たちの手に余ります」

「これだけ分厚い聖典の写本だと、熟練の筆写職人でも一人では一冊につき数か月かかる。立派な装丁《そうてい》にしようと思えばそれ以上だ。そして大陸側の主要な港町だけで数十はくだらず、内陸の主だった町も含《ふく》めたらあっという間に百、二百だ」

ミューリは指折り計算していたが、結局桁数《けたすう》を見失ったようでぽかんとしていた。自分もその途方《とほう》もなさは、想像に余りある。

そして、ハイランドだけでその費用を賄《まかな》えるとは思えなかったので、思わずこう聞いていた。

「王へと取次ぎを？」

西の大陸に向かうという夢のため、ノードストンは宮廷《きゅうてい》へと掛《か》け合《あ》いに行っているらしい。この計画は、ノードストンのそれよりかは幾分《いくぶん》現実的だろう。

「いや……この計画は、王には奏上していない」

ハイランドは固い顔つきで言った。

「宮廷《きゅうてい》には教会内部の腐敗《ふはい》した聖職者と繋《つな》がっている者たちも多い。我々だけで話を進める必要があるんだ」

カナンは、自身のことを教会の裏切り者と言った。その意味ではハイランドもまた、王の命に背《そむ》くかたちだ。けれどカナンたちの手による配布であれば、それは王国と教会ではなく、教会内部の問題となる。そんなふうに自分を納得《なっとく》させているのかもしれない。

それに、ハイランドがこの計画をぜひとも推進したい気持ちは痛いほどよくわかる。まさか教皇庁内部から協力者が現れ、しかも教会の腐敗《ふはい》を一掃《いっそう》しようと決意しているなどと、神の采配《さいはい》としか思えないのだから。

「王はもちろん、宮廷《きゅうてい》に集《つど》う貴族たちの資金力を当てにすることもできない。だから私たちは、自分たちの力だけで大量の聖典を用意する必要がある」

想像したのは、薄明《はくめい》の枢機卿《すうききょう》の名を使い、大々的に協力者を募《つの》ることだった。けれどそれでは誰《だれ》が聖典のばらまきを主導しているかと、満天下に知らしめてしまう。それが引き起こすのは教会の自浄《じじょう》ではなく、王国との対立の激化であり、全面的な戦《いくさ》だろう。

また理屈《りくつ》の堂々《どうどう》巡《めぐ》りだと思ったのだが、当然、カナンたちは新しい道を見つけたからこそ、ここにきていたらしい。

しかしそれは、予想もしなかった方向に続く道だった。

「コル様。教会によって潰《つぶ》された、異端《いたん》と見なされた技術があるのです。それがあれば、不可能を可能にし、奇跡《きせき》を起こすことができるはずなのです」

「技術？」

カナンの言葉に驚《おどろ》いたのは、自分だけではない。伝説の剣《けん》だのに興味津々《きょうみしんしん》なミューリもまた、なにか冒険《ぼうけん》の匂《にお》いを嗅《か》ぎつけている。

「私たちが王国にきた理由はふたつ。ひとつは、聖典の俗語《ぞくご》翻訳《ほんやく》を作られた皆様方《みなさまがた》の協力をとりつけること。それから」

カナンは、大きく息を吸った。

「過去、教会によって潰《つぶ》された技術の復活です。この技術を受けついでいる職人が、王国にいるはずなのです」

狼《オオカミ》の耳を出していたら毛が逆立っていただろうミューリを横目に、ハイランドが言った。

「その技術を発明した工房《こうぼう》は、元々大陸のほうにあったのだが、異端《いたん》の廉《かど》で閉鎖《へいさ》されてしまったようなのだ。それ以降、散り散りになった職人を捕《と》らえるべく異端審問官《いたんしんもんかん》が派遣《はけん》され、ほとんどの者たちが捕《つか》まった。けれど、一人だけ逃《に》げおおせることができたらしい」

ミューリから期待に満ちたキラキラした目を向けられて、ハイランドは場違《ばちが》いながら緊張《きんちょう》しているようだった。

「異端審問官《いたんしんもん》たちは、最後の一人を捕《と》らえるべく捜索《そうさく》を続けていた。そして大陸側の港町から王国行きの船に乗った話を摑《つか》んだところ、王国と教会の争いが本格化してしまったのだそうだ。

異端審問官《いたんしんもん》は追跡《ついせき》を諦《あきら》め、それから何年も経《た》った。その記録を、カナン殿《どの》たちが書庫に見つけることとなったわけだ」

「はい。異端審問官《いたんしんもん》の記録を見ると、今もなお最後の職人は捕《つか》まっていないようなのです」

当時はこれほど争いが長期化するとは想像しておらず、いったん手を引いたら何年も捜索《そうさく》が停滞《ていたい》することになってしまった、というあたりだろうか。なんであれ、隣《となり》の狼《オオカミ》娘《むすめ》の好奇《こうき》心が今にも破裂《はれつ》しそうなので、耳と尻尾《しっぽ》が出てくる前に核心《かくしん》を尋《たず》ねた。

「ちなみに、その技術とは?」

教会が抹殺《まっさつ》しようとした、禁忌《きんき》の技術。自分の脳裏《のうり》には、ノードストンの屋敷《やしき》で見た金属の球体がちらついている。

カナンは神経質そうに短く息を吸い、語り始めたのだった。

第二幕

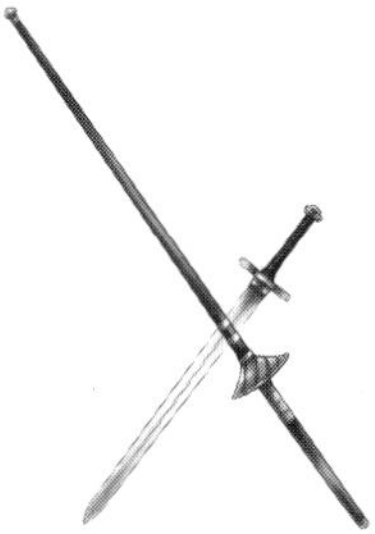

「職人の追跡《ついせき》には困難を伴《ともな》うと思われます。また、危険な技術を復活させることは、見つけ出す以上の困難を伴《ともな》うかもしれません。ですが、私たちはこれこそが神の示された道と信じております」

カナンは技術の詳細《しようさい》を説明した後、そう締《し》めくくった。

王国と教会の争いは何年も膠着《こうちやく》状態に陥《おちい》り、どちらも引くに引けず、待ち構えているのは戦《いくさ》の暗雲ばかり。そんな王国と教会の争いを平和裏《り》に解決したうえで、長い年月に渡《わた》り教会に巣くっていた腐敗《ふはい》の問題をも一掃《いつそう》できる。

確かにこれを神の采配《さいはい》だと思わなければ、一体どうして信仰《しんこう》を抱《いだ》き続けられるかわからない。

カナンの語った技術というのは、まさしく不可能を可能にするものだったのだから。

「正しき信仰《しんこう》のために」

説明を終えて立ち上がったカナンは、こちらの前に歩み出ると、右手を差し出してくる。その顔には先ほどまでの自信に満ちた余裕《よゆう》はなく、けれど少年らしい、無理を承知といった決意があらわになっている。

そんなカナンの向こう側では、ハイランドがかすかにこちらに向けてうなずいている。カナンは文字どおり命がけで敵地にやってきて、この途方《とほう》もない計画を持ち込んだ。困難の大きさは、それが世界の運命を動かせることを意味している。平和と正しき信仰《しんこう》のため、ここで手を取れなければ嘘《うそ》だった。

「神の、お導きのままに」

カナンの手を握《にぎ》ると、カナンはほっとしたように頰《ほお》を緩《ゆる》めていた。それから礼を口にする代わりにこちらの手を引くと、聖職者らしく甲《こう》に口づけをして、自らの額に当てていた。

「コル様とお会いできたことを、神と、またハイランド様に感謝いたします」

ハイランドも椅子《いす》から立ち上がり、カナンと強く握手《あくしゅ》を交《か》わす。

「カナン殿《どの》、我々の協力があればこの困難を切《き》り抜《ぬ》けることも不可能ではないと信じている」

「もちろんです。祈《いの》りましょう、神の治める世の平和のために」

他の誰《だれ》が言っても白々しく聞こえるだろうが、この場ではそうではなかった。三人で肩《かた》を支え合っていれば、一人ミューリだけがむすっとした顔で、椅子《いす》に座ったままだった。

カナンとは時間が許せばぜひ信仰《しんこう》についても話したかったのだが、あまり屋敷《やしき》に長居すれば誰《だれ》の目につくかわからない。カナンはひとまずの用件を終えたと判断し、きた時と同じように、ハイランドが出かけるのを装《よそお》った馬車に乗って屋敷《やしき》をあとにした。

ハイランドとカナンの乗る馬車を見送ってから、自分とミューリが自分たちの部屋に戻《もど》ると、ミューリがどすんとベットに腰《こし》を下ろしてこう言った。

「あーあ、つまんないの！」

耳と尻尾《しっぽ》を出してぶんぶん振《ふ》って、迂闊《うかつ》にじゃれついた子犬を両手で持ち上げるや、右に左に揺《ゆ》すっていた。

「こらっ。かわいそうでしょう」

「喜んでるよ！」

　ベッドにポンと放り出された子犬は、やや目を回したようによたついていたが、もっとやって欲しいとばかりに尻尾《しっぽ》を振《ふ》ってミューリの手元に駆《か》けていく。

「きょーかいが滅《ほろ》ぼそうとした伝説の技術って言うんだもの！　絶対にすっごい大魔法《まほう》だと思うじゃない！」

　カナンは当然、伝説の技術などという大仰《おおぎょう》な言い方をしなかったが、他のことでは誰《だれ》よりも現実的なはずのミューリの耳は、四つもあるおかげか自分の好きな言葉を聞き取れるのだ。

「すごい魔法《まほう》ですよ」

　木窓の外はまだ明るいが、日が傾《かたむ》き始めたので少し風が冷たい。半分だけ閉じながらそう言うと、また子犬に意地悪したのか、ワンっと元気な声が聞こえてきた。

「本をたくさん作れる技術って、それのなにがすごいわけ？」

　ミューリはきっと、それこそ伝説の剣《けん》だとかそういうのを想像していたのだろうが、カナンが語った技術というのもそれに負けずとも劣《おと》らない代物《しろもの》だと自分は思う。

「本を素早《すばや》く作れるのなら、それはもはや奇跡《きせき》です。あなただって、文字を書く大変さはわかっているでしょう？」

　手が痛くて髪《かみ》を洗えない、というのは嘘《うそ》でも、痛いのは本当だったはずだ。

「その大変さを吹《ふ》き飛《と》ばし、膨大《ぼうだい》な量の本を短期間に製作する方法というのです。とても恐《おそ》ろしい技術ですよ」

カナンが語ったのは、まったく新しい印刷術と、その印刷術を修めた職人の話だった。

分厚い聖典の写本では、熟練の写字生でも筆写に数か月はかかる。しかしカナンの語った技術を使えば、数人の職人で、なんならたった一人の職人の手で、一月に何冊も作れるという。

「念じるだけで文字が浮《う》かび上《あ》がるなら、すごいと思うけど」

ミューリはそんなことを言って、ぷいとそっぽを向いている。

意固地なのは、よほど期待していた裏返しだ。

「大体、あの子の話したやつなんて、ニョッヒラで私も見たよ」

教皇庁で働き、家系図に教皇の名が乗るようなカナンに対し、あの子と言うミューリの図太さに目を閉じつつ、反論する。

「それは木の板に絵を彫《ほ》って、インクを塗《ぬ》って紙に押し当てる木版画でしょう?」

「そうそう。竜《りゅう》と戦う騎士《きし》さんの場面だったかな」

長逗留《とうりゅう》の客が多いニョッヒラでは、様々な技芸を持つ者が、客の無聊《ぶりょう》を慰《なぐさ》めにやってくる。

ミューリが言っているのは、吟遊詩人《ぎんゆうしじん》の唄《うた》に合わせて印象的な場面を刷って売り歩くものだ。

「なんであれが危険なの?」

「あれとは別物だからです」

ミューリは肩《かた》をすくめていたが、何倍、何十倍どころではなく、何百倍の速度で本を増やすことができる技術だというのだ。ならば教会が恐《おそ》れおののく理由は、書に関わる者ならば誰《だれ》でも理解できる。

しかし、技術を説明するカナンのみならず、それを聞くハイランドと自分がそろって深刻な顔をするのを、ミューリは怪訝《けげん》そうに見ているばかりだった。あるいはミューリのその不満げな顔は、自分だけすごさを共有できない、仲間外れだという感覚もあったのかもしれない。

「だってさ、紙にぺったんって文字を捺《お》すだけのことじゃない」

「まあ……おおまかには……」

ミューリにかかると、すごい技術もすごく聞こえなくなるので不思議だった。

カナンの語った封印《ふういん》されし技術というのはこうだ。

文字の形に鋳造《ちゅうぞう》した鉛《なまり》の判子を山ほど用意して、複写したい文章と同じように配列してから、インクを塗《ぬ》って紙に押し当てる。一見すると木版画と変わらないのだが、文字を刻み込んだ金属の判子を使うことで、木版では到底《とうてい》不可能な細かい文字でも美しく、一瞬《いっしゅん》で紙に写すことができる。そしてこれだけならば、実のところミューリが語るように木版を金属に変えただけに思われる。革命的なのは、文章というものを文字に分解し、金属の判子の組み合わせにしたことであり、自由な文章を同じ道具を用いて印刷できるところだった。版画の形式ではこうはいかないし、なによりすごいのは、その判子を鋳物《いもの》の職人の技術を借りることで、容易に増やせるという点だった。

さらに数十枚も刷れば細かい箇所《かしょ》から潰《つぶ》れていってしまう木版を金属に変えることで、耐《たい》久《きゅう》力が飛《ひ》躍《やく》的に上がる。金属の塊《かたまり》に叩《たた》きつけて紋様《もんよう》を刻み込む貨幣《かへい》の打刻槌《つち》でさえ、一本の槌《つち》でおよそ千枚は貨幣《かへい》を打ち出せるというのだから、紙が相手ならば、何万枚でも同じように刷れるはずだ。

カナンの語った技術の核心《かくしん》とは、よく知られてはいるがばらばらに存在していた技術を、思ってもみない組み合わせで活用したことなのだ。

「十分な道具がそろっていれば、一か月もあれば部屋いっぱいに本を複製できるそうです。しかも写し間違《まち》えもなく、書き損じもなく、完璧《かんぺき》に同じ形の文字を、常に同じ配置で。これは……恐《おそ》ろしいことですよ」

方法は単純なのに、その効果を考えれば考えるほど、影響《えいきょう》の大きさが理解できてくる。

けれどやっぱりミューリは腑《ふ》に落ちない様子だった。

「確かに便利かなあとは思うけど、そんな大騒《おおさわ》ぎするほどのもの？」

子犬と似た毛色の耳と尻尾《しっぽ》を、不満げに揺《ゆ》らしている。

「それほどのものですよ」

ミューリはまったく信じていない目でこちらを見てから、抱《だ》き直した子犬に向けてわざとらしく首を傾《かし》げたりしていた。

「考えてもみてください。たとえば嘘《うそ》の書かれた文章を、簡単に複製してばら撒《ま》けるのですよ」

「え？」

教会が恐《おそ》れたのは、異端《いたん》の思想を記した書物の複製のはずだった。探し出して燃やす以上の速度でばら撒《ま》かれたら、対処のしようがなくなるからだ。

長い文章は手で記すのが困難だからこそ、異端《いたん》のほとんどは口伝で広まっていく。それゆえに知り合いの知り合いをたどっていくことで、異端《いたん》を根絶することができる。けれど簡単に本が印刷できるようになれば、この状況《じょうきょう》が一変するのは容易に想像ができることだろう。誰《だれ》もが読める文字で書かれた本が、どこの家の長持ちにもしまわれているとなれば、一体どうやって誤った思想を人々から取り除けるのだろうか。しかもその本は、簡単に、とめどなく増殖《ぞうしょく》していく。

自分はもっとミューリにわかりやすい例を出す。

「たとえば世界を旅したという、大商人の冒険譚《ぼうけんたん》というのがあるでしょう？」

「へ？　ああ、うん。父様が湯屋で読んでて、母様に嫌《いや》な顔されてた気がする」

ミューリの父親であるロレンスを、行商人としての冒険《ぼうけん》的な生活から湯屋の主人に落ち着かせたのは、母親である賢狼《けんろう》ホロの手腕《しゅわん》だ。せっかく居ついたのにまたぞろ旅に出られては困る、ということなのだろう。

そんな二人の場面を想像してやや苦笑いしながら、説明を続けた。

「その人がたまたま悪い宿に当たり、ニョッヒラの湯を悪く書いたとします。その本が、ニョッヒラを褒《ほ》めるお客さんたちが話すより早く複製され、広められたら、どうなると思いますか」

「……」

ミューリはようやく、カナンの語った技術のすごさに気がついたらしい。

「じゃあ、あの子がやろうとしてるのは、毒を以《もっ》て毒を制す、みたいなってこと？」

異端《いたん》の書物をばら撒《ま》かれることを恐《おそ》れて封印《ふういん》した技術を、正しい神の教えを素早《すばや》く広く世に行《い》き渡《わた》らせるために利用する。カナンたちの考えとは、つまるところそれだ。

「で、そんな技術を受《う》け継《つ》いだ人が、王国にいるんだっけ」

子犬から、前足の肉球の匂《にお》いを嗅《か》げとばかりに鼻を押されていたミューリが、こちらを見た。

「探すの手伝うの？」

冒険《ぼうけん》ならなんだって好き、といった感じのミューリなのに、乗り気ではなさそうだ。

ただ、それは決して、カナンの語った技術が期待外れだったから、ということだけが理由ではないだろう。自分もミューリと旅をしてきて、この少女の利発さを疑うようなことはなくなっている。銀の狩人《かりゅうど》が本格的に不機嫌《ふきげん》そうになったのは、カナンから技術の話を聞いている時ではない。カナンから、探すべき職人の足取りを聞いている時だった。

「誰《だれ》も行方《ゆくえ》を知らない職人さんを、広い王国から見つけ出そうって？」

王国は島国だが、決して狭《せま》いわけではないし、絶海の孤島《ことう》でもない。優秀《ゆうしゅう》な狩人《かりゅうど》であるミューリには、現実的な困難が見えているのだ。

「探せるはずです」

子犬の鼻先に自分の鼻を当てていたミューリは、不意に大口を開けて子犬に噛《か》みつくふりを見せてから、こちらを見た。

「無理じゃないかな」

予想できていた答えだし、ここで諦《あきら》めるわけにはいかない。

「伝説の剣《けん》は見つけられると思うのに？」

簡単な挑発《ちょうはつ》に、ミューリの狼《オオカミ》の耳がぴくりと反応する。ミューリは目を細めてこちらを睨《にら》みつけてから、子犬を胸に抱《だ》いてベッドに横になった。

「だって伝説だもの。伝説は語られるものだから、話をたどっていけば見つかるんだよ」

まるで異端《いたん》の言説そのものだ。

「少なくとも職人は存在している分、より見つけやすいはずです」

「伝説の剣《けん》だって存在するよ！」

伝説の剣《けん》についてどこまで本気なのかわからないが、広い王国の中でたった一人の職人を見つけ出すのは無理ではないか、という言葉は非常に現実的だ。

「それに、伝説の剣《けん》なら見た瞬《しゅんかん》間にそれとわかるだろうけど、怪《あや》しげな技術を受《う》け継《つ》いでいる職人さんはどうかな？　ディアナさんみたいに、わかりやすい錬金術師《れんきんじゅつし》の格好とかしてくれてたらいいけど」

異端審問官《いたんしんもん》から追いかけられていたというのだから、そんなこともまずないだろう。

「しかも兄様の目は節穴だからね～。無理だと思うなあ～」

ぐうの音も出ない。

が、ここで頓挫《とんざ》してはカナンたちの計画も頓挫《とんざ》し、王国と教会の争いは膠着《こうちゃく》したままだ。この機会を逃《のが》せば、和解の可能性はそれこそ新大陸のような夢物語に託《たく》すほかなくなってしまう。残された選択肢《せんたくし》は、互《たが》いの面子《メンツ》をかけた大戦だ。

カナンたちの申し出は、その閉塞《へいそく》した未来を切り開く奇跡《きせき》の一撃《いちげき》になりうる。平和裏《り》に争いを終えさせ、しかも教会の不品行を正せるなど、そんな都合の良《い》い展開はもう二度とあるまい。

簡単に諦《あきら》めるには、あまりにも天秤《てんびん》に載《の》っているものが大きすぎる。

だから王国で無謀《むぼう》な人探しをするため、ミューリのやる気に火をつける必要があった。

「あ、本が大好きな兄様だから、くんくんインクの匂《にお》いを嗅《か》いでたどれるかもしれないね」

伝説の剣《けん》の存在を疑われたのがよほど不服だったのか、ミューリは子犬と遊びながら、意地悪そうにそんなことを言ってくすくす笑っている。

神よ、と胸中で祈《いの》ったのは、これから正直ではないことをなす自覚があったからだ。

「カナンさんたちに協力できたとします。それがなにを意味するかわかりますか」

「んあ？」

子犬の前足でほっぺたを押されていたミューリは、顔を変な風にゆがめながらこちらを見る。興味がないからまったく協力しない、なんてことはないだろうが、やる気があるのとないのとでどれくらい違《ちが》うかは、無理やり教えた文字と好きで学んだ文字の差を見れば明らかだ。ならば多少の手管は、神もお許しになられるはず。

「カナンさんは、迷宮《めいきゅう》とさえ称《しょう》される、教皇庁の書庫を管理する部門で働く方なのですよ」

「はあ～？　兄様は、迷宮《めいきゅう》とかそういうこと言えば私が夢中になるって――」

とまで言ったミューリは、天井《てんじょう》に向けて高い高いをしていた子犬を取り落とした。

「書庫に入れるってこと⁉　冒険譚《ぼうけんたん》もあるかな⁉」

食いついてくれた。

「教会は最近まで、何百年にも渡《わた》って異教徒と戦ってきたのです。なにより、奇跡《きせき》の話には事欠きません。つまり」

「伝説の剣《けん》の話もある……！」

その言葉にはあえてなにも返事をしなかったが、ミューリには人の耳以外にも、頭の上に大きな三角の狼《オオカミ》の耳がある。それは聞きたくない話の時にはぱたりと伏《ふ》せられ、聞きたい話の時には小石の陰《かげ》にいる妖精《ようせい》のつぶやきだって聞き漏《も》らさない。この時も、どうやら「そうです」という幻聴《げんちょう》が届いたようだった。

自分はあえて正確な言葉を返さなかったし、カナンが協力の褒賞《ほうしょう》として書庫に入れてくれるかどうかも言及《げんきゅう》していない。ですが神よ、私はなにひとつ嘘《うそ》をついていません、と胸中で祈《いの》ってから、改めて口を開く。

「新大陸についての隠《かく》された話などもあるかもしれません。噂《うわさ》程度ですが、教会の外では焚《ふん》書《しょ》にされた禁書なども保管されているということですから」

ミューリの心の中の男の子に向かって、禁書、という単語を殊更《ことさら》強く発音する。

そして目論見《もくろみ》どおり、洗いたてのふわふわの尻尾《しっぽ》が倍に膨《ふく》らんでいた。

首尾《しゅび》よく手綱《たづな》を握《にぎ》れたらしい。

やれやれと思っていたのだが、いつだってこの少女は自分の手からはみ出るのだ。

「本もそうだけど」

と、ミューリは牙《きば》を下唇《したくちびる》にかけて、不敵な笑《え》みを浮《う》かべていた。

「あの子は教皇様ってのがいるところで働いてるんだよね？　だったら、きょーかいに熊《くま》さんがいるかどうかも、確かめられるよね」

「あっ！」

ミューリたち人ならざる者の時代を終わらせたという、月を狩《か》る熊《くま》。立ちはだかるすべての敵を倒《たお》し、月にも届かんとするその手があれば世界を治められたはずなのに、その大きな熊《くま》は忽然《こつぜん》と姿を消した。

かつての伝説では西の海に消えたと言われ、どうやら実際にその足跡《あしあと》と思《おぼ》しきものも海底に残っているという。そこに西の海の果ての新大陸という話がくれば、無視できない符合《ふごう》となる。

だが、ミューリの想像力はそんなおとぎ話のさらに上をいく。

世界を治められたはずの覇者《はしゃ》が不可解に消えた。その後に世界を支配したのは誰《だれ》？　と問いかけたのだ。

その問いの答えは、今の世に生きる者ならば誰《だれ》だってわかる。

教会だ。

「ふふん。人探しだっけ」

ベッドの上で体を起こす様は、膨《ふく》らんだ尻尾《しっぽ》で体を起こしたようにも見えた。書庫の件は自分なりにカナンへと頼《たの》んでみるつもりだが、教皇になど謁見《えっけん》できるものなのか。

あるいは遠目にでも見かければ、ミューリにはその正体がわかるのだろうか。

よもや飛《と》び掛《か》かって頭巾《ずきん》を剝《は》がすわけでもあるまいから、ミューリの奇妙《きみょう》な妄想《もうそう》が晴れるのであれば、それはそれでよいかとも思う。まさか教皇と枢機《すうき》卿《きょう》団が、聖衣を被った熊《くま》であるはずがないのだから。

ならばまず考えるべきは、目の前の問題だ。

「はい。職人さんです。手がかりはほとんどありません。ですが」

私には糸口がいくつかあります、という言葉は搔《か》き消された。

「よし！」

ベッドから跳《は》ね起《お》きたミューリの横で、子犬が翻弄《ほんろう》されてころころ転がっている。

そして机の上に置いてあった、ミューリ用にあつらえられた小ぶりの剣《けん》をひっ摑《つか》むと、盗賊《とうぞく》のように腰帯《こしおび》の間に差し込んだ。

「ほら兄様！　その職人さんを見つけにいくよ！」

ミューリというのは、よく油を染《し》み込ませた薪《たきぎ》のようなもの。

冷たく沈黙《ちんもく》しているか、激しく燃《も》え盛《さか》っているかのどちらかなのだ。

「まだ外は明るいんだから、まずは広場かな！　あれだけ人がいればあっさり見つかるかも！兄様みたいなインクの匂《にお》いのする人を、片《かた》っ端《ぱし》からとっちめればいいんだよね？　ほーら！」

ミューリにぐいぐいと手を引かれ、小首を傾げてこちらを見る子犬にため息をついてみせてから、ミューリの手を握《にぎ》り直す。

「とっちめる必要はありませんし、向かうのは広場ではありません」

「じゃあどこ⁉」

ぎらぎら輝《かがや》く赤い瞳《ひとみ》に暑苦しさを感じつつ、こう答える。

「エーブさんのところです」

尻尾《しっぽ》のような銀色のおさげと、外出なのだから絶対に必要だと言い張って佩《は》いている剣《けん》を揺《ゆ》らしながら、ミューリは早足に駆《か》けていく。

外出の旨《むね》を年老いた下男に告げたら、もう少しで夕餉《ゆうげ》の準備が、とおずおずと言われた。きっとハイランドから、盛大《せいだい》なものを準備するように、と仰《おお》せつかっているのだろう。日暮れまでには必ず戻《もど》りますと約束し、おてんば娘《むすめ》の後を追いかけた。

少しでも眠《ねむ》っておくんだった、と後悔《こうかい》したのはミューリを追いかけてほどなくのこと。けれど、どうせ行き先は同じなのだからと、途中《とちゅう》で追いつくのは諦《あきら》めた。

市場が閉まる鐘《かね》まではまだ多少時間があるが、空は茜色《あかねいろ》になり、道行く人々の顔もどこかほっとしていた。元気なのはこれからが稼《かせ》ぎ時の酒場で働く者たちや、最後の一仕事を終えようと気勢を上げる荷運び人夫、それと狩人《かりゅうど》の魂《たましい》に火が点《つ》いた狼娘《オオカミむすめ》くらいのものだ。

けれどこんな平和な夕暮れの光景も、教会と戦《いくさ》が始まれば、すべて炎《ほのお》の色に染まってしまう。

そう思うと幾分《いくぶん》足が早まって、ようやくラウズボーンの旧市街にたどり着く。

目当ての屋敷《やしき》の前に向かえば、待ちくたびれたミューリが、道端《みちばた》で剣《けん》の稽古《けいこ》を受けていた。

「遅《おそ》ーい！」

年頃《としごろ》の女の子が往来で剣《けん》の素振《すぶ》りなど、という小言を挟《はさ》む暇《ひま》もない。ミューリの剣《けん》の素振《すぶ》りを見ていたのは、ノードストンの騒《さわ》ぎの際に自分たちについてきてくれたアズだ。

こちらを見やり、どこか笑っているような無表情で、軽く会釈《えしゃく》をしてくる。

「エーブさんはいらっしゃいますか？」

「いるよ！」

答えたのはミューリで、最後に横薙《な》ぎに剣《けん》を払《はら》うと、鞘《さや》に納めていた。

「剣《けん》は止める動作も大事です。次はそこを意識ですかね」

「はい！」

自分には一度だって見せたことのない真剣《しんけん》な顔で、ミューリはアズに返事をしていた。

「せめて中庭かどこかでやりなさい」

ミューリに小言を向けても、肩《かた》をすくめられるだけ。剣《けん》の腕《うで》は磨《みが》いても、慎《つつし》み深《ぶか》い騎士《きし》になる日は遠そうだ。そんなミューリと共にアズに先導され、かつては街で取引される小麦の荷揚《にあ》げ場だった屋敷《やしき》の一階部分に通された。

「わあ」

ミューリが思わず感嘆《かんたん》の声を上げたのは、今までがらくた置き場だったそこが、山ほどの商品で埋《う》まっていたから。エーブはそこで、帳簿《ちょうぼ》片手に品定めをしている。

「私は忙《いそが》しいんだがね」

旅から戻《もど》ってきて間を開けずに顔を見せたとなれば、またなにか面倒《めんどう》なことを持ち込んできた、と思ったのだろう。

「確実ではありませんが、商《あきな》いに繋《つな》がる話かと」

大量に本を印刷するのなら、紙やインクのみならず、束ねる紐《ひも》や装丁《そうてい》の革《かわ》、それに出来上がった写本の運搬《うんぱん》など、膨大《ぼうだい》な手配が必要になるはず。それも秘密裏《り》にということであれば、支《し》払《はら》いにも色がつけられるだろうし、人目につかない商《あきな》いはエーブの得意領域だ。きっと少なからず仕事を頼《たの》むことになるだろう。

エーブは羽ペンを持ったまま小指で耳の後ろを掻《か》いて、ため息交じりにこちらを見た。

「今度はなんだ」

シャロンは明らかにこのエーブを警戒《けいかい》し、自分も大きな借りを作ろうと考えると気後《きおく》れしてしまうが、基本的にエーブはいい人だと思う。

そのことが顔に出ていたのか、エーブは嫌《いや》そうにしていた。

「ある人に連絡《れんらく》を取ってもらいたく」

「へ？」

間抜《まぬ》けな声を上げたのは、もちろんエーブではない。

「兄様、職人さんの居場所を知ってるの？」

エーブはその言葉に眉《まゆ》を歪《ゆが》め、自分は苦笑《くしょう》した。

「違《ちが》いますよ。エーブさん、ル・ロワさんと連絡《れんらく》を取りたいのですが」

エーブはその名に一瞬《いっしゅん》目を大きく開き、それからますます怪訝《けげん》そうに細めていた。

自分が口にしたのは、十年以上前の旅で知り合った、書籍《しょせき》を専門に取《と》り扱《あつか》う商人の名だった。

「その名をニョッヒラの山奥《やまおく》で聞いたのなら、聖典の一冊でも手元に置いておきたいのかと思ったたろうがな。今のお前なら王国の貴族やら大聖堂の司教やらに頼《たの》んで、大抵《たいてい》の書物を見ることができるだろ」

つまり、そう簡単には手に入らない書籍《しょせき》を探している、と推測したのだ。

特に自分のことだから、なにか信仰《しんこう》がらみのものだと。

「エーブさんにご迷惑《めいわく》は……おそらく、かけないかと」

「はっ」

鼻を鳴らしたエーブは、指を突《つ》きつけるかのように鋭《するど》い語調で言った。

「同じ重さの金よりも貴重な書籍《しょせき》を扱《あつか》う、ル・ロワみたいな奴《やつ》との連絡《れんらく》を仲介《ちゅうかい》させて、迷惑《めいわく》をかけないだと？　蜂《はち》の巣《す》箱を軒先《のきさき》に置いて、熊を呼ぶつもりはなかったと言うようなものだ」

妙《みょう》なたとえだが、なんとなく言いたいことはわかった。

「手伝ってくれないの？」

尋《たず》ねたのは、赤い瞳《ひとみ》をエーブに向けるミューリだ。

「……」

エーブが心底嫌《いや》そうな顔をしたのは、ミューリの顔の向こうにあの賢狼《けんろう》の姿を見たからか。

自分としては、そうではないと思う。

ミューリがくるたびに、なぜかここの屋敷《やしき》にも美味《おい》しい食べ物があるのだから。

エーブは心底嫌《いや》そうな顔で、呻《うめ》くように言った。

「お前らが私の知らないところで妙《みょう》な話に首を突《つ》っ込むくらいなら……最初から目の届く範囲《はんい》に置いておくほうがまし、か……」

ミューリは目をぱちくりとさせてから、楽しそうに笑っていた。

ミューリの両親との関係や、ハイランドとの取引、それに今後の商《あきな》いも考えてなのだろうが、一番の理由は、エーブもなんだかんだ自分たちのことを心配してくれているのだろう。

「だがな」

と、さっきまでとは違《ちが》った顔で、エーブは言った。

「老婆心《ろうばしん》からの忠告だ。どんな理由かは知らないが、表沙汰《ざた》にできないような本の世界に、安易に首を突《つ》っ込むのはやめておけ」

数多《あまた》の商品を商《あきな》ってきた強欲《ごうよく》商人が、散々危険な橋を渡《わた》って得た結論が、それなのかもしれない。本には思想が詰《つ》まり、思想は世界の毒にも薬にもなる。だからこそそれらを無限に増《ぞう》殖《しょく》させる技術を、教会は封印《ふういん》しようとした。

自分もその危険性は承知しているし、ハイランドやカナンもまた同様だろう。

だとすると、そんな書物という存在を無限に複製しうる技術を復活させようとしていると知ったら、エーブはどんな顔をするのだろうか。隣《となり》のミューリはまさにそれを想像していたのだろうが、自分は努めて平静にこう言った。

「本の作り方について、ちょっとお聞きしたいだけです」

「……」

誤魔化《ごまか》せるとは毛頭思っていない。けれど情報というものは、耳にしたとたん一蓮托生《いちれんたくしょう》になるものだということを、エーブもわかっているはずだ。それに自分たちが悪意からなにかを隠《かく》すとは、人を疑うのが常のエーブでも思わないだろう。自分は本当に、エーブに迷惑《めいわく》をかけるつもりはない。

知ることの危険と、知らないことの危険を天秤《てんびん》にかけ、エーブは結局、後者を選んだようだった。

「私はル・ロワに連絡《れんらく》を取る。その後、あいつが危険なしと言ったらそれなりに手伝ってやってもいいが、そうじゃないなら私はなにも聞かなかったし知らなかった。いいな？」

念を押されるが、ある種の信頼《しんらい》とも取れる。

「も……もちろんです」

エーブはなおもこちらを見つめてから、再び小指で後頭部を掻《か》いていた。

「お前もすっかりあの行商人に似てきたな。羊のなりをしているくせに、妙《みょう》なところで怖《こわ》いもの知らずだ」

苦笑い気味に、褒《ほ》め言葉として受け取っておく。

「ル・ロワなら奇矯《ききょう》な貴族から引っ張りだこだ。誰《だれ》かが居場所を知ってるはずだ。すぐ連絡《れんらく》が取れるだろ。早ければ三日、長くても一週間程度か」

「ありがとうございます」

苦々しげな顔を見せたエーブは、大きくため息をつく。

「それで？　晩飯はここで食うのか？」

「あ、いえ、実はハイランド様が……」

「だろうな。突然《とつぜん》上等の羊肉と高価な砂糖菓子《がし》を市場で買いつけてる奴《やつ》がいると耳に入った。どうせハイランドだろうと思ったが、どこかの高貴なお歴々が町にくるんじゃないかって噂《うわさ》が流れていて笑ったよ」

「立派な働きをした騎士《きし》をもてなすには、それくらいじゃないと」

いつだって気後《きおく》れなんかとは無縁《むえん》のミューリが、胸を張っていた。

「聞く限り、実際に十分な働きだったようではあるが」

ラポネルでの騒《さわ》ぎは、隣《となり》に控《ひか》えるアズから詳《くわ》しく聞いたようだ。

「だが、幸運がいつまで続くかは神のみぞ知るだ。もしも今度の仕事でついにドジを踏《ふ》んだら」

エーブは羽ペンを持ったほうの手で、こちらの顎《あご》に手を当ててくる。

「うちで雇《やと》ってやってもいい」

そしてミューリがやんわりと、エーブの手を取った。

「たっぷりの蜂蜜《はちみつ》とナツメヤシの実を用意してくれたら、考えてあげる」

「ふん。なら、檸檬《れもん》を使った氷菓子《こおりがし》もつけてやるから今すぐこないか？」

「檸檬《れもん》？　なにそれ、おいしそうな名前だけど」

「ふふん。あの独特の酸《す》っぱさを知らないとは哀《あわ》れだな」

ミューリにまた余計な知識を渡《わた》さないでくれ、と思いつつ、ひとまずエーブから書籍商《しょせき》ル・ロワに連絡《れんらく》が取れそうでほっとする。彼が相手ならば、危ない話でもかえって安心してできるはずだ。なぜならば、ル・ロワとはまさにエーブが語ったような、到底表沙汰《とうていざた》にはできない危険な書物を取《と》り扱《あつか》う書籍商《しょせき》なのだから。

「ねえねえ、兄様、私も檸檬《れもん》の氷菓子《こおりがし》食べたい！」

エーブから新しいご馳走《ちそう》の知識を仕入れたミューリはこちらの袖《そで》を摑《つか》んで揺《ゆ》すってくるし、夢みがちな少女に悪いことを吹《ふ》き込んだ魔女《まじょ》は楽しげに笑っていた。

「この後は、ハイランド様がご馳走《ちそう》を用意してくれていますよ」

「でも檸檬《れもん》はないでしょ！　皮からはすっとした香りがして、中には酸《す》っぱい果汁《かじゅう》がたっぷり詰《つ》まってて、蜂蜜《はちみつ》と混ぜてから、削《けず》った氷にかけると最高なんだって！」

ニョッヒラの湯屋で、大金持ちの貴族がそんな話をしているのを聞いたことがあるようなないような気がする。世界にはまだ見ぬ食べ物が山ほどあるようだが、そう考えると、まだ知らない知識、世に知られていない技術というのはどれほどあるのだろうかとも思えてくる。しかも禁書の世界はエーブさえ躊躇《ちゅうちょ》するような場所なのだとしたら、そこにある知識を集めた時、どんな世界が見えるのだろうかと空恐《おそ》ろしくさえなる。

そしてノードストンと暮らしていた錬金術師《れんきんじゅつし》は、おそらくそういう世界を見つめていたのだ。

誰《だれ》も知らない麦の肥料を見つけたり、西の海の果てに大陸があると確信したり、それどころか、その錬金術師《れんきんじゅつし》は——。

「兄様?」

そんな声で我に返る。

「あっ……すみません」

「やっぱり私とお昼寝《ひるね》してたらよかったんだよ」

旅の疲《つか》れで寝《ね》ぼけている、とでも思われたようだが、世界が丸いかもしれないなんて考えを口にしたら、ミューリはそれこそ寝言《ねごと》だと思うだろう。

「じゃあ兄様、お屋敷《やしき》に戻《もど》ってご飯食べよう!」

よくもまあこんなに次々と頭を切り替《か》えられるものだと感心《き》する。

とはいえこの広い王国から、異端審問《いたんしんもん》官でさえ逃《に》がしてしまった職人を見つけようというのだから、その機敏《きびん》さは心強い。

ただ、エーブの屋敷《やしき》を辞してから、早く歩けと袖《そで》を引っ張るのはやめて欲しかったのだった。

ラウズボーンの肉屋や砂糖を扱《あつか》う薬種商では、急な高級品の買いつけを目の当《ま》たり《あ》にして、一体どんな貴顕《きけん》が街にやってくるのかと噂《うわさ》になっていたらしいが、それがたった一人の山奥《やまおく》の湯屋から出てきた少女のためのものだと知ったら、さぞ驚《おどろ》くのではないか。

けれどこの豪華《ごうか》すぎる晩餐《ばんさん》を用意したハイランドは、ミューリの様子に実に満足げだった。

「遠方の地に赴《おもむ》いての任務、大義であった」

普段《ふだん》は貴族らしい言動がなさすぎるくらいのハイランドが、いかにも領主然としてそんな口上を述べたくらいだ。もちろんそれは、晩餐《ばんさん》には騎士《きし》の正装が必要だと言い張って剣《けん》を佩《は》いてきた、おてんばなミューリを喜ばせるためのものだった。

ミューリは本物の騎士《きし》から習ったばかりの礼法で剣《けん》を外し、忠誠を示すように膝《ひざ》をつく。

確かに見事な所作なのだが、すぐ側《そば》のテーブルでは焼き立ての羊肉が良《い》い匂《にお》いと共にぱちぱちと脂《あぶら》を爆《は》ぜさせているせいで、ミューリはうつむいた拍子《ひょうし》によだれを垂らしそうになっていた。慌《あわ》てて袖口《そでぐち》で口を拭《ふ》くのを見て、ため息が出る。

「船旅では冷たい食事も多かったろう。さあ、食べてくれ」

騎士《きし》ごっこに満足したミューリは剣《けん》を下女に渡《わた》し、肩《かた》をぐるぐる回してから椅子《いす》に座り、ナイフを握《にぎ》って力強く肉の塊《かたまり》に突《つ》き立《た》てていた。

「まったくもう……」

行儀《ぎょうぎ》もなにもあったものではないが、主人格のハイランドが大喜びなので、強く言うこともできない。それに多少ではあったが、ミューリもハイランドのためにわざと奔放《ほんぽう》に振《ふ》る舞《ま》っている感じがないわけでもなかったので、せめて塊肉《かたまり》にかぶりつくのはやめなさいと、せっせと肉を切り分けてやることにした。

「ノードストン家のことでは、本当に素晴《すば》らしい働きだったようだ。ご苦労様」

ステファンからの手紙と、騒動《そうどう》の顛末《てんまつ》を記した報告書は、食事前に渡《わた》してある。

今回の騒《さわ》ぎにはいささか隠《かく》しごとが多いので、ハイランドが掲《かか》げた杯《さかずき》に合わせて葡萄酒《ぶどうしゅ》を飲む際、若干喉《じゃっかんのど》に詰《づ》まり気味だった。

「前領主のノードストン様は、清廉潔白《せいれんけつぱく》とは言いがたいと言いますか、癖《くせ》のある御《ご》仁でした。ですが、家督《かとく》を引《ひ》き継《つ》いだステファン様は実に敬虔《けいけん》な方なので、領地の今後は心配ないかと」

「そうだね。手紙を見るだけでわかるよ。文章は人柄《ひとがら》を映し出す」

ハイランドは思い出し笑いをするようにそう言った。ステファンの気負いすぎる性格から、ハイランド宛《あて》の手紙がどんな感じだったのかは、なんとなく想像がつく。

「ただ、荒唐無稽《こうとうむけい》だと思った噂話《うわさばなし》のいくつかは、まったくのでたらめでもないことには驚《おどろ》かされたけれどね」

「んぐ、そうだよ！　骨を満載《まんさい》にした船を見つけた時は、腰《こし》が抜《ぬ》けるかと思ったんだから！」

すりおろした大蒜《にんにく》に松の実と胡椒《こしょう》が粒《つぶ》のまま混ぜてあるという、強そうなソースがたっぷりかかった牛の肩肉《かたにく》を、わっせわっせと口に詰《つ》め込んでいたミューリが楽しげに言う。

「前領主は乱世に生きた人だったか。目的のためにはなりふり構わないというその姿勢は、少しは見習うべきかもしれない」

「うん。格好いいお爺《じい》さんだったよ！」

ハイランドは笑顔《えがお》で同意し、ミューリがそら豆のスープに取《と》り掛《か》かるのを見届けてから、こちらを見た。

「そんな八面六臂《はちめんろっぴ》の活躍《かつやく》の後、またすぐにカナン殿《どの》の話だ。立て続けの頼《たの》みごととなるのを、許して欲しい」

「いえ、そんな」

慌《あわ》てるこちらの肩《かた》をぽんと叩《たた》いたのは、隣《となり》に座るミューリだ。

「美味《おい》しいご馳走《ちそう》を用意してくれるなら、いくらでも大丈夫《だいじょうぶ》」

「ミューリ！」

叱《しか》ったところでどこ吹《ふ》く風のミューリは、羊のあばら肉の塊《かたまり》から骨を一本引きむしり、脂《あぶら》の滴《したた》る肉にかぶりつく。

「ご馳走《ちそう》で働いてもらえるのなら安いものだよ。それに、カナン殿《どの》のことは、本当に大きな影《えい》響《きょう》を世の中にもたらすだろうからね」

笑顔《えがお》ではあるものの、そう言ったハイランドの顔には、どこか物憂《ものう》げな色が見える。

言われたことをこなせばいい自分とは違《ちが》い、ハイランドは王国とカナンたちとの間に立っているのだ。うまくいくにせよ、失敗するにせよ、のしかかる責任の重さは並大抵《たいてい》ものではないはずだ。

「カナン様は大聖堂に？」

「いや、大聖堂の中に敵対する派閥《はばつ》の顔見知りがいないとも限らない。エーブ・ボランに倣《なら》って、街の古い建物に滞在《たいざい》してもらっている」

歴史の長い街ならば、激しい戦《いくさ》を何度も経験している。戦火を経験している古い建物には、地下通路や秘密の小部屋がつきものなので、いざという時のためにはそういう建物のほうが安心だろう。

「安全を考えると、本当ならば王国に上陸さえして欲しくなかったのだけれどね。仲介《ちゅうかい》してくれた高位聖職者から聞いたんだが、カナン殿《どの》はこの計画を、君と直《じか》に会って人柄《ひとがら》を確かめるまでは、絶対に前に進めないと言い張っていたらしいんだ」

その言葉にやや驚《おどろ》いたのは、カナンが決して使い捨ての駒《こま》ではなく、計画の重要な役目を担《にな》っている立場だとわかったから。いくら名家とはいえ、あの若さでと驚《おどろ》いていたら、ハイランドは続けて言った。

「神童として有名だそうだよ。分厚い神学書であろうとも、一目見ただけですべてを暗記してしまうのだとか」

カナンの場慣れした、年齢《ねんれい》に似つかわしくないほどの落ち着いた雰囲気《ふんいき》と、封印《ふういん》された技術のあらましを滔々《とうとう》と説明していた聡明《そうめい》な様子を思い出す。単なる高貴な家柄《いえがら》ではなく、それに相応《ふさわ》しい能力の持ち主なのだ。

堂々とした態度だけならば隣《となり》の少女も引けを取らないだろうが、とミューリを見やれば、分厚く切ったチーズを小麦のパンに嬉々《きき》として載せているところで、ぱたぱた振《ふ》られる尻尾《しっぽ》が見えるかのようだった。

「私は無事にカナン様のお眼鏡に？」

ハイランドは微笑《ほほえ》みながら肩《かた》をすくめていた。

「彼は審査《しんさ》を口実に、この先二度と会えないかもしれない憧《あこが》れの人物に会いにきた、と私は信じているよ」

「……」

なんと答えたらいいのか戸惑《とまど》うが、ハイランドが満足そうなので曖昧《あいまい》にうなずいておく。

「ついさっき送っていった際も、君の訳した俗語《ぞくご》翻訳《ほんやく》版の完全版を読めるのが楽しみでしょうがないようだった。執務《しつむ》室ではずいぶん気を張っていたんだろう」

余裕《よゆう》に満《み》ち溢《あふ》れたカナンの雰囲気《ふんいき》に対し、呑《の》み込まれないようにと必死だった。舞台裏《ぶたいうら》の様子を聞くと、お互《たが》いに見栄《みえ》を張ろうとしていたようだとわかり、どこかくすぐったくなる。

「私にはすぐにわかったけど」

あっという間にパンを平らげてしまったミューリが、狼《オオカミ》の娘《むすめ》らしく尖《とが》った犬歯を見せながら、目を細めて笑う。

「あれが女の子だったら、兄様の手《て》の甲《こう》に口づけしたところで蹴飛《けと》ばしてたかも」

葡萄酒《ぶどうしゅ》に口をつけていたハイランドが、肩《かた》を揺《ゆ》らしていた。

「私も注意しないといけないね」

またそんな冗談《じょうだん》を、とハイランドを見やると、ミューリは楽しげに大口を開け、新しい肉にかぶりついたのだった。


「う～……動けない……」

どこかで見た光景だと思うのは、ミューリが母親の賢狼《けんろう》ホロとそっくりな見た目だからだろう。かつてはそれこそ神とさえ呼ばれていたようなホロも、酒を飲みすぎてはよくこんな醜《しゅう》態《たい》を晒《さら》していた。

けれど傍《はた》から見ていれば、それは自堕落《じだらく》な性格というよりも、側《そば》に世話を焼いてくれる最愛の夫がいるからだ、というのはよくわかった。つまりはミューリがこんなである責任の一端《いったん》は、甘やかしてしまう自分にあるのかもしれない。

「兄様～……苦しいよ～……」

山ほどのご馳走《ちそう》を平らげた後、ミューリは部屋に戻《もど》ることもままならず、中庭に面した回廊《かいろう》にある、石造りのベンチの上にひっくり返っていた。

「医者を呼ばなくても大丈夫《だいじょうぶ》だろうか？」

おろおろとするハイランドに、いつものことですとため息交じりに答えておく。

「しばらくこうしてれば治るでしょう」

なんなら翌朝には腹の虫が鳴っているはずだ。

慌《あわ》てた様子で毛布を持ってきてくれた下女に礼を言い、ミューリの上にかけてやる。

「暴食は大罪のひとつです。後でお説教ですからね」

「うう～……」

その呻《うめ》き声はいかにもわざとらしく、聞こえません、という意味だ。

ずる賢《がしこ》いおてんば娘《むすめ》の額を小突《こづ》き、立ち上がる。

「それはそうと、ハイランド様」

「うん？」

一晩中でもミューリに付《つ》き添《そ》っていそうな様子のハイランドが、こちらを見た。

「例の職人の件ですが、ひとまず知り合いの書籍商《しょせきしょう》に話を伺《うかが》ってみようかと思っています」

「そんな知り合いが？」

「昔の旅でお世話になった方なのですが、教会から禁書処分にされるような技術書を取《と》り扱《あつか》っていました。知識や伝手《つて》はもちろんのこと、特に信用の面で頼《たよ》りになるかと」

「稀覯《きこう》書を取《と》り扱《あつか》う書籍《しょせき》商か。仕事柄《がら》、異端審問官《いたんしんもん》の動きにも敏感《びんかん》だろうから、当時のことをなにか知っているかもしれないね」

ハイランドは深くうなずきながら、顎《あご》に手を当てなにかを考えていた。

「どうされました？」

その問いに、ハイランドの顔はなおも晴れなかった。

なにか言いたいことを迷っている、という感じだった。

「カナン殿《どの》の持ち込んできた話は、王国にとってもまさに神の思《おぼ》し召《め》しなのだが」

僥倖《ぎょうこう》を神に感謝する、というにはいささか固すぎる口調で、ハイランドは言った。

「協力するうえで、問題があるとも思っている」

「問題、ですか」

カナンの持ち込んできた話は、それこそ問題だらけとも言える。エーブでさえ関わりたがらない書籍《しょせき》の世界の、最も深い部分に頭から突《つ》っ込む話だし、俗語《ぞくご》の聖典を大陸側でばら撒《ま》く話は、それこそウィンフィール国王の指示によって止められている。

とはいえ、のるかそるかの判断はとっくに終えているものと思っていた。

あるいはミューリと同じように、職人を見つけ出す困難さについてだろうかと思っていると、ハイランドはこの問題の、意外な切り口を見せてきた。

「本を作るための場所なんだよ」

分厚い聖典を何十冊、何百冊、あるいは千冊を数えるかもしれない。

カナンの語った技術があれば、どうやら少ない職人だけで、それだけの複製ができてしまうらしい。羊皮紙を使ったり、牛革《うしかわ》の装丁《そうてい》を施《ほどこ》さない単純な紙の本ならば、その値段の大半は文字を書く職人の給料で決まる。

だから技術さえ見つければと思っていた自分は、ミューリの言うとおり、世界の半分しか見ていなかったようだ。

「場所……そうか……そう、ですね」

紙束だけで、すさまじい物量になるだろう。しかもそれを運ばなければならなくなる。人目を忍《しの》んで大量の本を作るのであれば、人里離《はな》れた場所で作業をする必要があるが、辺鄙《へんぴ》すぎると物資の運び込みに難儀《なんぎ》する。しかもなにもない場所にやたらと紙やインクを積んだ荷馬車が出入りしていれば、嫌《いや》でも目立つ。

それに、カナンの語った技術はあくまで紙に文字を印刷するためのもので、紙工房《こうぼう》から仕入れた紙を裁断し、穴を開けて紙束を綴《と》じ、表紙をつけて簡単にでも本の体裁《ていさい》を整えるならば、結構な人手が必要になる。工房《こうぼう》に詰《つ》めて働いてもらうのだとすれば、彼らが生活するためのあれこれに、その身の回りの世話をする人間たちだって必要で、すべての活動を支えるための物資を頻繁《ひんぱん》に運び込む必要がある。当然、町中でこっそりできるようなことではない。

まったく盲点《もうてん》だったと思っていたら、ハイランドがそれ以上に予想もしていなかったことを言った。

「そこで、君の口添《くちぞ》えが欲《ほ》しいんだ」

「わ……たしの、ですか？」

一体なぜと思っていたら、ハイランドは肩《かた》を落とし、ため息をつく。

「今回の計画にぴったりな場所に心当たりがあるのだけれど……。ほら、私たちが後《うし》ろ盾《だて》になっている新しい修道院だよ」

「あっ」

思わず声を上げてしまう。

シャロンやクラークたちのための修道院は、確かにおあつらえ向きだったからだ。

「人里から適度に離《はな》れていて、多くの人が寝起《ねお》きする広さを持ち、頻繁《ひんぱん》な人の出入りも疑われないとなると、私はそこ以上のものを思いつかない」

「確かに紙やインクが忙《せわ》しなく搬入《はんにゅう》されていても、修道院ならば疑われませんね。素晴《すば》らしいと思います」

そう言ってから、ふと気がつく。

「ですが、えっと、それでなぜ私の口添《くちぞ》えが？」

「うん。その、なんだ」

と、ハイランドは困ったように額を掻《か》いていた。

「修道院は、クラーク殿《どの》やシャノン女史のために用意したものだろう。日々修道院開設のための準備に奔走《ほんそう》しているはずだ。それを、私たちの都合で取り上げるというのは、その……」

呆気《あっけ》に取《と》られてしまったのは、ハイランドの歯切れの悪さにではない。

自分の中の貴族像と目の前のハイランドが、あまりにもかけ離《はな》れていたからだ。

「もちろん、ずっとこの計画のために取り上げるわけではない。計画が終わった暁《あかつき》には、約束どおり彼らの修道院にするつもりだ」

言い訳がましく言うハイランドに、自分はついに少し笑ってしまっていた。

「ハイランド様。私はハイランド様への信頼《しんらい》を、より強固なものにいたしました」

「ええ？」

目をぱちくりとさせるハイランドを前に、自分は背筋を伸《の》ばし、居住まいを整えた。

「ハイランド様には、いくらでもクラークさんたちに命じる権力があります。けれどハイランド様はその力にためらいを覚え、常にクラークさんたちの立場に配慮《はいりょ》されています」

正面から見上げたハイランドは、年齢《ねんれい》に相応《ふさわ》しい娘《むすめ》のように、目を背《そむ》けていた。

「素晴《すば》らしいことだと思います。私はハイランド様と共に歩めることを――」

「瞬間《しゅんかん》だった。

う。その感動を伝えたく、照れ臭いのか戸惑《とまど》っているハイランドの手を握《にぎ》ろうとした、その

まさに詩に歌われるようなハイランドの気高さは、これ以上王族に相応《ふさわ》しいものもないだろ

「いや、その、だね」

「恥《は》じることはありません。私は本当に感動いたしました」

「コ、コル」

「ヴ～……っ」

地獄《じごく》の底から聞こえてくるような、唸《うな》り声がした。

「コル……」

我々は裁きを待つ身である。そんな諦《あきら》めに似た顔で、ハイランドは両手を肩《かた》の高さに上げて

いた。もしもハイランドが機転を利《き》かせていなかったら、きっと今頃《いまごろ》自分たちの手には、深い

歯型がついていただろう。

「君の騎士《きし》の守りは鉄壁《てっぺき》だ」

ハイランドはそう言ってから、ミューリを見ながら一歩後ろに退く。

それでようやく、ミューリは唸《うな》るのをやめたのだった。

「このおてんば娘《むすめ》には、主君が誰《だれ》であるのか今一度説明しなければならないと思いますが

……」

自分とミューリの二人だけの騎士《きし》団は、ハイランドから特権を下賜《かし》されることによって成立している。となると表向きの主君はハイランドということになるのだが、森の掟《おきて》に従う狼《オオカミ》娘《むすめ》には、あまり関係ないことなのだろう。

「それより、ハイランド様。修道院のことですが」

ハイランドは主君に対する敬意を欠かれるより、ミューリとの良好な関係を崩《くず》すほうが嫌《いや》なようで、むすっとしているミューリの機嫌《きげん》にやきもきしているようだった。そこに話を戻《もど》そうと言葉を向ければ、はっと我に返った様子で、ばつが悪そうな笑《え》みを見せた。

「クラークさんとシャロンさんは理解してくれると思いますし、私からも説明します。計画のことはお伝えしても？」

「あ、ああ。あの二人ならば信用できるはずだ。それにできれば、聖典の製本の際は文章の確《かく》認《にん》などで力を貸して欲しいとも思っている」

「かしこまりました」

自分はそう言ってから、少し口にしにくいことを言った。

「ただ、修道院予定地を借りるとなると、それはそれで問題が」

「問題？」

さっきとまったく逆の構図におかしみを感じるが、内容はあまり面白《おもしろ》くない。

「修道院予定地は、思いのほか荒《あ》れ果《は》てているようなのです。クラークさんが日々赴《おもむ》いて、修復をしようとしているそうなのですが、あまり芳《かんば》しくないようで。その修復の資金《しきん》繰りも目途《めど》がなかなか立たないと」

ハイランドはぽかんと口を開け、それからミューリのことも忘れて詰《つ》め寄《よ》ってきた。

「そうだったのか⁉」

「えっと、あ、はい」

今度は自分がミューリのほうを気にすると、ベンチに寝《ね》そべったままのミューリは、むすっとしたまま唇《くちびる》を尖《とが》らせていた。

「思ったより状態が悪いかも、とは確かに聞いていた気がするが……そうか、そんなにだったのか……」

ハイランドは自責の念に駆《か》られるように、額に手を当てていた。

「きちんと確認《かくにん》しないのは私の悪い癖《くせ》だ。そうか。わかった。それならば、補修費用をこちらで用意しよう。その代わりと言ってはなんだが、しばらく場所を貸してもらう交渉《こうしょう》をお願いできないだろうか」

ハイランドの立場なら、一方的に命令したところでクラークたちは従うほかない。

ミューリの目があるのでその手を取ることは控《ひか》えたが、自分が共に教会の不正と戦う相手として、ハイランド以上の人物はいないという思いを新たにした。

「わかりました。そのようにお伝えします」

「うん。頼《たの》んだよ」

ハイランドはそう言って詰《つ》め寄《よ》っていた体を離《はな》すと、算段を立てるように頭を巡《めぐ》らせている。

その隙《すき》にミューリを見やると、いーっと歯を剝《む》かれた。

「まったく、彼らももっと早く言ってくれれば……いや、違《ちが》うか」

独《ひと》り言《ご》ちていたハイランドの笑《え》みは、少し悲しげだった。

「シャロンは元徴税人《ちょうぜいにん》だったね。懐《ふところ》具合を察せられてしまったんだろう」

お人好《ひとよ》しの領主が儲《もう》かるものか、とシャロンは言っていた。旅の路銀程度ならともかく、自前で大聖堂を建立《こんりゅう》してしまうような金持ち貴族とは事情が違《ちが》うのだ。

「資金のことを心配させてしまうなんて、上に立つ者として情けないことだ」

「そんな」

自嘲《じちょう》するハイランドに思わず声をかけると、ハイランドは小さく肩《かた》をすくめて微笑《ほほえ》んでから、ミューリを見やる。

「君のお父上は希代の商人だったと聞いている。いつか教えを乞《こ》いたいと伝えてくれないだろうか」

ミューリはふんと鼻を鳴らし、「気が向いたらね」とかなんとか言っていた。

「とはいえ、まずは職人を見つけることだ。私も各港町に異端審問官《いたんしんもんかん》が来訪した記録がないか問い合わせてみよう」

「は、はい」

「この計画で、王国と教会の争いに終止符《しゅうしふ》を打つのだからね」

ハイランドはそう言ってこちらの肩《かた》に手を置いてから、慌《あわ》ててミューリを見ていた。

「もう、怒《おこ》んないよ！」

嘘《うそ》つきの島に住む嘘《うそ》つきの話のようだが、体を起こしたミューリは立ち上がり、自分とハイランドの間に割って入ると、双方《そうほう》の胸を押して距離《きょり》を開けた。

「髪《かみ》の毛《け》を編んでくれたら許してあげる」

それは自分に向けて。

「蜂蜜《はちみつ》のかかった干しイチジクで許してあげる」

それはハイランドに向けて。

さっきまで食べすぎて唸《うな》っていたのに、呆《あき》れた話だ。ハイランドはふたつ返事で了承《りょうしょう》して、ミューリは満足げにうなずいていた。

カナンの計画にはいくつもの難関がある。

けれど案外うまくいくのではないか。

そんなことを思えるくらいには穏《おだ》やかな、夜のひとときなのだった。

ラウズボーンを留守にしていた分のご馳走《ちそう》を、ミューリがそのお腹《なか》に詰《つ》め込んでいた夜が明けた翌日。ミューリは早朝の剣《けん》の稽古《けいこ》をし、自分は屋敷併設《やしきへいせつ》の礼拝堂で朝の祈《いの》りを捧《ささ》げた後、昨日の計画を伝えにシャロンの下《もと》へと向かった。

「……大蒜臭《にんにくしゅう》がひどすぎるぞ」

ミューリの前でシャロンはいつもわざとらしいしかめっ面《つら》だが、この時ばかりは本当に顔をしかめていたし、さしものミューリもちょっと恥《は》ずかしそうだった。朝目を覚まし、どこかからすごい大蒜《にんにく》の匂《にお》いがすると言って部屋中を嗅《か》ぎまわったりしていたので、尚更《なおさら》だ。

「それでなんの用だ？」

恥《は》ずかしいのを誤魔《ごま》化すためか、がうがうと唸《うな》るミューリの頭を押さえながら、シャロンに用向きを伝える。カナンと封印《ふういん》された技術のことを伝えると驚《おどろ》いていたが、王国と教会の争いが平和裏《り》に解決されるかもしれない、という点についてずいぶん興味を持っていた。シャロンは王国と教会のことなどどうでもよさそうだが、後ろをうろちょろしている孤児《こじ》たちのため、平和を望んでいるということなのだろう。

「王国と教会の争いのことは、私には埒外《らちがい》だ。ただ、改修を手伝ってくれるのは正直助かる。クラークの奴《やつ》はあれで意地っ張りだからな」

「意地っ張り？」

シャロンはため息と共に肩《かた》をすくめた。

「予定していたより作業が進んでなくてな。それでも自分の仕事だからと、泊まりがけで作業をしているんだよ。たまには戻《もど》ってこいと言っても、聞く耳を持たない。どうも信仰篤《しんこうあつ》い連中にはそういうところがある」

苦々しい顔つきのシャロンに、ミューリは訳知り顔にうなずいて、こちらを見上げていた。

「これを機にお前から少し休むように言ってくれたら、少しは言うことを聞くだろう」

「わ、かりました」

返事が詰《つ》まり気味になってしまうのは、兄様も同じだからね、と言わんばかりのミューリの視線が痛かったから。

「それにしても、文書をいくらでも複写できる技術とは」

腕《うで》を組んだシャロンは、ため息交じりに言った。

「徴税人《ちようぜい》の頃《ころ》にそれがあったら、どれだけ楽だったことか」

「へえ?」

と、ミューリがシャロンを見る。

「神と参事会の要請《ようせい》により、なんて徴税《ちようぜい》の布告やらの定型文を山ほど書いたからな。その手間を省けるなら、苦役《くえき》から解放される者がたくさんいる」

いまいち技術のすごさがわかっていなかったミューリは、シャロンの語る現実的な問題に、素直《すなお》に感心しているようだった。

「しかしいかさまの書類も量産されるってことだから、痛しかゆしか」

文書と関わる者たちには、技術の利点も欠点もすぐにわかる。

シャロンはふんと鼻を鳴らすと、こちらとミューリを交互《こうご》に見た。

「とはいえ、行方《ゆくえ》知れずの職人探しなんて本気か？　税を滞納《たいのう》して雲隠《くもがく》れした職人を見つけるだけでも、どれだけ大変だったことか」

「大丈夫《だいじょうぶ》だよ。私たちは幽霊《ゆうれい》船の正体を暴けたくらいなんだし」

自分は苦笑いし、ミューリは得意げに胸を張っている。

その対比が面白《おもしろ》かったのか、シャロンは唇《くちびる》の片方だけ吊《つ》り上《あ》げて笑っていた。

「ああ、幽霊《ゆうれい》船といえばそうだ」

そんなシャロンが腕《うで》を解き、微《び》笑《しょう》のままミューリを見やる。

「お前、帰りの船の上で海鳥をいじめたらしいな」

「えっ⁉　いじめてなんか……」

「いじめてましたね」

海鳥の必死な形相というのを初めて見た。シャロンだけならまだしも、自分からも冷たい目を向けられ、ミューリは首をすくめて上目遣《うわめづか》いだった。

「せいぜいクラークを手伝って、罪滅《つみほろ》ぼしをしてこい、犬っころ」

「はあ？　この――」

鶏《にわとり》、と言い返そうとしていたが、前のめりになった直後に腰《こし》に佩《は》いた剣《けん》が揺《ゆ》れて、我に返っていた。騎士《きし》が誰《だれ》かを守ることはあっても、苛《さいな》むことはない。

神の信仰《しんこう》は相変わらず持とうとしないが、騎士《きし》道精神なら小さい頃《ころ》から馴染《なじ》んでいる。

「……鳥さんに、謝っておいて」

シャロンの目を見て言えたら満点だったろうが、これでも長足の進歩だ。

「これからは港で海鳥を見かけたら、パンの欠片《かけら》を分けてやれ」

「……そうする」

狼《オオカミ》の耳と尻尾《しっぽ》が出ていたら、しゅんと垂れていたことだろう。

よくできました、とばかりにその頭を撫《な》でてやれば、うるさそうに手で払《はら》った後、ぎゅっとわき腹にしがみついてきた。あの不運な海鳥を捕《つか》まえた時、本当に悪気はなかったのだろう。

「ふっ。うちの子供らのほうが大人だな」

シャロンのからかいに、ミューリはべっと舌を出していたのだった。

修道院予定地に向かうのならクラークに届けてくれと、シャロンから着替《きが》えや食べ物を受け取った。食べ物のほうは二度焼きして保存が利《き》くパンに、チーズ、それから力仕事なんだからと、塩漬《しおづ》け肉もあった。クラークの敬虔《けいけん》さから、普段《ふだん》は肉食を戒《いまし》めているのだろう。

替《か》えの服はずいぶん繕《つくろ》い跡《あと》の目立つものだったが、繕《つくろ》いの巧拙《こうせつ》に差があるのは、シャロンと子供たちで針を通したからなのだろうと想像がつく。仲良く並んで針仕事をする様子が目に浮《う》かび、彼らが暮らす修道院と孤児院《こじいん》は、きっと素晴《すば》らしいものになるに違《ちが》いないと思った。

それから屋敷《やしき》に戻《もど》ってハイランドに報告すると、さっそく改修の計画を立ててくれていた。まずは庭師や大工を手配して現況《げんきょう》を把握《はあく》し、なにが必要かを確かめるべきだということだった。

職人たちを手配するには数日かかるのと、シャロンの頼《たの》みもあったため、ひとまず自分とミューリだけで先にクラークの下に向かうことにした。一悶着《もんちゃく》あったことといえば、ミューリが腰《こし》に佩《は》きたいと喚《わめ》く剣《けん》をどうするかと、修道院の予定地まで歩いていくつもりだったところに、ハイランドが頑《がん》として それを許さなかったことくらいだ。馬で行けというのは、旅から戻《もど》ってきたばかりなのだからという自分たちへの気遣《きづか》いでもあったし、それ以上に、修道院予定地の建物を用意した後はろくに気をかけていなかったクラークへの、お詫《わ》びの意味を込《こ》めた差し入れとして、葡萄酒《ぶどうしゅ》やら新鮮《しんせん》な果物やらを渡《わた》したかったらしい。

そんなわけで、屋敷《やしき》で使っている荷馬車と馬を一頭、借りることになったのだった。

「え……兄様、荷馬車を駆《か》れるの⁉」

天気も良《い》い中での荷馬車行ということで、腰《こし》に剣《けん》を佩《は》いたミューリはいそいそと、部屋から紙束やらインクやらを抱《かか》えて出てきた。そして御者台《ぎょしゃだい》に座るこちらを見やると、目を丸くしてそう言ったのだ。

「あなたは知らないかもしれませんが、私も旅暮らしは長かったのですよ」

「すごい不安……」

ほとんどのことで兄を信用していないミューリに笑顔《えがお》を引きつらせていれば、ハイランドが口添《くちぞ》えをしてくれる。

「ニョッヒラで馬の取り回しを見たことがあるけれど、見事なものだったよ」

「え～？　晩ご飯《はん》の鶏《にわとり》を締《し》めるのにも一苦労な兄様が～？」

睨《にら》みを利《き》かせるだけで鶏《にわとり》を気絶させられる狼《オオカミ》の娘《むすめ》と比べないで欲しいと思う。

「ほら、早く乗ってください」

「……はあい」

荷台に乗り込んだミューリにため息をついてから、ハイランドを見やる。

「それでは、少しお借りします。おそらく明日か、遅《おそ》くとも明後日《あさって》には戻《もど》りますので」

「ああ。あまり無理をしないように」

荷台に食べ物を積み込んでくれた下女や、御者台《ぎょしゃ》に毛織物《けおりもの》を敷《し》いてくれた下男に見送られながら、出発した。

ミューリにはああ言ったが、自分も荷馬車の取り回しには若干《じゃっかん》不安があったので、中庭でいくらか練習はしてある。おかげで特に問題もなくラウズボーンの道を進むことができたが、自分の腕《うで》というよりも、貴族の屋敷《やしき》で丁寧《ていねい》に飼われている馬なので彼が優秀《ゆうしゅう》なのだろう。

「ふふ。なにか変なの」

「？」

市壁《しへき》の門に向かってぽくぽくと馬を進めていると、ミューリが荷台の縁《ふち》に肘《ひじ》を乗せ、御者台《ぎょしゃだい》に身を乗り出しながら言った。

「兄様は、ご本を読む以外のことは、なにしても似合わないなあって」

「……」

服装はニョッヒラから着てきた聖職者風のものではないし、屋敷《やしき》で借りることの多かった商会の若旦那《わかだんな》風のものでもない。修道院予定地での作業を見越《みこ》して、屋敷《やしき》に出入りする庭師の徒弟《てい》が作業の時に着る厚手の麻《あさ》の服だった。着ている身としても、なんとなく落ち着かない。

「それに、荷馬車を駆《か》れるって、そんなことも知らなかったのがちょっと悔《くや》しい」

絡《から》んでくるのは、そのことが不服だったようだ。

「ニョッヒラでは滅多《めった》に乗る必要がないですし、この旅で急ぎの際は、あなたがいますしね」

狼《オオカミ》に戻《もど》ったミューリの背中には、もう何度も乗っている。

毎回生きた心地《ここち》がしないのだが、あれに慣れていればどんな暴れ馬でも平気だろう。

「……ふうん」

澄《す》まし顔のつもりなのかもしれないが、嬉《うれ》しそうな様子が口元に漏《も》れ出ている。

ミューリは体を起こして荷台でがさごそなにかを漁《あさ》ると、ひらりと御者台《ぎょしゃだい》に飛び移ってきた。

「寂《さび》しいだろうから、一緒《いっしょ》にいてあげるね」

とか言いながら、手には紙と羽ペンとインク壺《つぼ》を持っている。またあの荒唐無稽《こうとうむけい》な騎士《きし》道物語の続きを書くのだろう。狭《せま》いので後ろでやりなさい、と言ったところで、聞く耳を持たないうえにへそを曲げるのが目に見えていたので、黙《だま》っておく。

「父様と母様もこんな感じだったんだよね？」

荷馬車が市壁《しへき》の門に到着《とうちゃく》し、ハイランドから渡《わた》された通行許可証を衛兵に見せて通過する。たっぷりの食糧《しょくりょう》を積んでいるので、許可証がなければいくらか税を取られただろう。

「この検問も、母様は尻尾《しっぽ》を隠《かく》せないから、毎回大変だったって聞いたけど」

「ロレンスさんの話では、それで何度か不機嫌《ふきげん》になったそうですよ」

「母様が？　なんで？」

「防寒具のふりをしていたら、尻尾《しっぽ》を安物の狼《オオカミ》の毛皮と言われたとか」

ミューリもむっとするかと思いきや、ずいぶん楽しそうに笑っていた。

「母様が悔《くや》しそうにしてる顔、見たかったなあ」

悪い娘《むすめ》だ、と苦笑いする。

「うーん、でも、そうか。そういうのもいいね」

「なにがですか？」

街道《かいどう》に出て少し進めば、辺りは畑と野原ばかりだ。

ミューリは身じろぎして耳と尻尾《しっぽ》を出し、ふわふわの尻尾《しっぽ》を膝《ひざ》の間に収めると、紙を広げて羽ペンにインクをつける。せっかくの銀色の尻尾《しっぽ》にインクが垂れたら困るのではないかと思うのだが、母親の賢狼《けんろう》ホロと違《ちが》って尻尾《しっぽ》にはわりと無頓着《むとんちゃく》だ。

「美しき女騎士《きし》が、雪山での激しい戦いを終えるの。他の騎士《きし》たちは豪華《ごうか》な貂《てん》の毛皮なんかで暖を取っているのに、一人だけ質素な銀の狼《オオカミ》の毛皮を身にまとってるんだよ」

美しき女騎士《きし》、という表現ですでに躓《つまず》いてしまうのだが、ミューリの筆はさらさらと進む。

「周りは、なぜそんなみすぼらしいものを？　と不思議がるんだけど、騎士《きし》たちを導く聖職者だけは、その毛皮の素晴《すば》らしさに気がつくんだね」

ミューリは自分で言いながら、んふふ、いひひ、と忍《しの》び笑《わら》いを漏《も》らしている。

元々はノードストンを捕《と》らえようとする司教との顚末《てんまつ》が気に入らないからということだったのに、それでどうして、山ほどの騎士《きし》たちと共に雪山で壮大《そうだい》な戦いを繰《く》り広《ひろ》げていることになっているのか、経緯《けいい》がまったくわからない。

しかも文章を追っていると、ミューリはどうやら今よりも身長が拳《こぶし》五つ分は高くなり、鼻筋の通った凛《りん》とした女騎士《きし》を想定しているようだ。ミューリの母の姿を見ていると、そうはなるまいと思うのだが、本人はいたって真面目だった。

「それで、兄様は本当は尻尾《しっぽ》がすごく気になってて触《さわ》りたいんだけど、周囲の目があるから気にならないふりをしていてね」

聖職者、と遠回しに書いていたはずの人物が、いつの間にか兄様になっている。

ならば兄として、一言言わねばなるまいと思う。

「あなたの尻尾《しっぽ》が気になるのは、森を駆《か》けまわって山ほどのごみをひっつけてるからだと思います。いつもいつも、本当に掃除《そうじ》が大変だったんですよ」

「黙《だま》ってて！」

ミューリの剣幕《けんまく》に口をつぐみ、やれやれとため息をつく。

結婚《けっこん》して、と無茶な要求を突《つ》きつけることはなくなったものの、ミューリのまっすぐすぎる恋心《こいごころ》らしきものは、なんだか妙《みょう》な方向に突《つ》き進《すす》みつつあるようだった。

「あなたのご両親の旅も、大体こんな感じでしたかね」

子供の頃《ころ》の旅で見た、荷台からの風景を思い出す。ミューリの言った言葉ではないが、なんだか妙《みょう》な気持ちになってくる。あの頃《ころ》とそっくりなようでいて、全然違《ちが》う気もするからだ。

「でも兄様が本当に好きなのは尻尾《しっぽ》じゃなくて、綺麗《きれい》な髪《かみ》の毛《け》のほうで、髪《かみ》の毛《け》の艶《つや》を……ねえ、兄様、艶《つや》ってどう書くんだっけ？」

ミューリに袖《そで》を引かれ、羽ペンを受け取って紙の隅《すみ》に書いてやる。その単語の隣《となり》の文章では、潔癖《けっぺき》で石頭の聖職者が、美しき女騎士《きし》の銀色の髪《かみ》の毛《け》に心を揺《ゆ》さぶられ懊悩《おうのう》する場面が書かれていた。

なにも言うまいと、手綱《たづな》を握《にぎ》り直す。

ミューリはじーっと文字を見つめた後、覚えたての単語を綴《つづ》って満足げにしていた。

子供の頃《ころ》に見たあの二人の旅は、実に楽しそうだった。

けれど呑気《のんき》さでは自分たちも負けていないのではないか。

そんなことを思いながら、荷馬車を進めていったのだった。


街道《かいどう》を進むと、やがて旅人たちが道中の安全を祈って積み上げた小石の山にさしかかり、そこを左に曲がって進んでいけば、ほどなく小川を渡《わた》る小橋に出る。それを渡《わた》ってしばらく行くと、野原に目立った森がある。件《くだん》の建物は、その深い森の中に隠《かく》れている。

そう教えられていたのだが、山奥深《やまおくふか》くで生まれ育ったミューリにとっては、「森？」というような林だった。

「コル様！」

そんなわけで、敷地《しきち》で作業をしていたクラークはすぐ荷馬車に気がついて、自分たちだとわかると、飛び上がらんばかりだった。たちまち建物に続く草むらの道を走ってきた。

「どうされたんですか？　シャロンがまたなにか問題を？」

この二人の関係性は、どちらかといえば頼《たよ》りないクラークの手綱《たづな》を握《にぎ》るシャロン、という印象だったのだが、クラークの一言は若干《じゃっかん》その印象を修正する必要を思わせた。少なくともミユーリなどは、シャロンの弱みを握《にぎ》れそうだぞ、と狼《オオカミ》の顔をしている。

「えーっとね。シャロンさんから、これを持っていってって頼《たの》まれたんだよ」

いつもなら鶏《にわとり》呼ばわりのシャロンをさんづけで呼んで、彼女から託《たく》された着替《きが》えやらを見せていた。

「あ、これはこれは……」

「シャロンさんに感謝しないとだめだよ！　あんなにしっかりした人はそういないんだから！」

クラークのみならず、自分も目をぱちくりとさせた。ミューリの企《たくら》みなど想像すらしていないだろうクラークは、泥《どろ》だらけの顔で疲《つか》れたように笑っていた。

「ふふ。あなたたちの前では見栄《みえ》を張っていますから、そう見えるのかもしれませんね」

「え、そうなの？　シャロンさんはすっごくしっかりしてるように見えるけど」

口ではそんなことを言いながら、魚が食いついたぞと目を輝《かがや》かせているミューリの頭を小突《こづ》いて、割って入る。

「実は建物の修繕《しゅうぜん》のことで、ちょっとご相談が」

邪魔《じゃま》をされたミューリは、不服そうにこちらの足を踏《ふ》んでくる。

やり取りの意味がわかっていないクラークはやや戸惑《とまど》いながらも、聖職者らしく気遣《きづか》いを見せた。

「えっと、こんなところではなんですから。それに……シャロンからではない荷物もあるようですし」

「あ、そうでした。ハイランド様からも、クラークさんに渡《わた》して欲しいと色々預ってきまして」

荷台に積まれているのが食べ物やらだとわかると、クラークは首から提《さ》げている教会の紋《もん》章《しょう》を荒《あ》れた手で握《にぎ》り、感謝の祈《いの》りを捧《ささ》げていた。

だだっ広い敷地《しきち》には石造りの建物が複数建ち、主屋を中心に東西南北に配置されている。それぞれは石を敷《し》き詰《つ》めた渡《わた》り廊《ろう》下《か》で繋《つな》がっているようなのだが、渡《わた》り廊《ろう》下《か》沿いに建てられた装《そう》飾《しょく》用の石柱には蔓《つる》が巻きつき、ぼうぼうの草が覆《おお》っている。街道《かいどう》に続く道から屋敷《やしき》までも草むらになっていて、道のように見えていたものはクラークが切り開いた跡《あと》だった。

「これを、お一人で？」

「なかなか作業が進まなくて、お恥《は》ずかしいのですが……」

荷馬車を屋敷《やしき》の前につけると、一足先に草むらを掻《か》き分《わ》けて周囲の庭を見て回っていたミューリが戻《もど》ってきて、肩《かた》をすくめた。

「一人じゃ絶対無理だと思う」

自分もそう思うし、クラークは疲《つか》れて脂《あぶら》の抜《ぬ》けきった、乾《かわ》いた笑《え》顔《がお》を浮《う》かべていた。

「中はそこまでじゃないんだね」

主屋の入口の扉《とびら》は蝶番《ちょうつがい》が腐《くさ》っていて傾《かたむ》いていたが、石の床《ゆか》ということもあり植物が繁《はん》茂《も》していることはなかった。クラークは普段《ふだん》は入り口からすぐの広間で寝起《ねお》きしているようで、粗末《そまつ》な毛布と荷物が置かれている。枕元《まくらもと》の蠟燭《ろうそく》と聖典がなければ、野盗《やとう》の野宿と言われてもわかるまい。

「この主屋は石造りなので比較的綺麗《ひかくてききれい》なのですが、木造の建物は劣化《れっか》が激しいですし、北側の別棟《べつむね》も動物の巣になっているみたいで……。今も夜中になると、ごそごそ音がするのです」

廃墟《はいきょ》とはいえ、貴族の敷地《しきち》に近づけば面倒《めんどう》ごとに巻き込まれるかもしれないので、近くの村の人間も近寄らないのだろう。近隣《きんりん》の動物たちにはよい避難《ひなん》場所になっているに違《ちが》いない。

「動物さんは人が入るようになったらいなくなるだろうけど、とにかく問題はお庭だよね。こんなに広いなんて」

田園の屋敷《やしき》としてはさほど広い部類でもないだろうが、山奥《やまおく》の狭苦《せまくる》しい村であるニョッヒラ出身のミューリには、広大な敷地《しきち》に見えるのだろう。

「これだと井戸も完全に埋《う》まっているでしょうから、大仕事ですね」

修道院といえば、小石の敷《し》き詰《つ》められた歩道に清水のせせらぎと、薬草の菜園と思索《しさく》に耽《ふけ》るための刈《か》り込まれた草地などを想像するが、現状はあまりにも程遠《ほどとお》い。

「一人で草刈《くさか》りしてたら、建物を一周する頃《ころ》には最初に刈《か》ったところがまた生《お》い茂《しげ》っちゃうでしょ。それで建物の修繕《しゅうぜん》までしようなんて到底《とうてい》無理だよ」

責任感の塊《かたまり》、という面もあろうが、自分はここの様子を見てなんとなくわかったことがある。

クラークはこの苦難を、神から与《あた》えられた試練だとばかりに楽しんでいたのではないか。それゆえにシャロンは苦々しく、意地っ張りと言っていたに違《ちが》いない。

良《よ》き聖職者は奇妙《きみよう》な苦難好きでもある。クラークの気持ちもわかるし、試練などより効率を優先しろと言いたくなるシャロンの歯がゆさもわかる。ただ、そうしてやいのやいのとやり合う二人を想像すれば、仲の良《よ》さもまた容易に想像できて、一人微笑《ほほえ》んでしまう。

しかしこのままクラークだけに作業をさせていたら、きっと永遠に終わらないのも事実だろう。心地《ここち》よい苦難に浸《ひた》っているところを邪魔《じやま》することにはなるのだが、自分もまたミューリという厳しい目付け役がいるので、用件を告げた。

「実は、シャロンさんには相談済みなのですが、この修道院の建物をハイランド様の手を借りて一気に補修してしまいたいと」

「え？」

ぼんやりしているように見えて、なにかと世知辛《せちがら》い街中の小さな司教区で助司祭を務めていたクラークは、その一言で良《よ》くない未来を想像したようだった。

「いえ、ご安心ください。引き続き皆《みな》さんの信仰《しんこう》のために利用するように、ということなのですが、手早く補修をした後、私たちの目的のために少し間借りをさせてもらいたいのです」

「は、はあ……」

まだ戸惑《とまど》いが抜《ぬ》けきらない様子のクラークに、ミューリが言った。

「秘密の計画があるんだよ」

意味ありげに言うミューリにため息をついて、シャロンに伝えたのと同じことを、クラークに伝えたのだった。


日が落ち、焚火《たきび》を囲んでの夕食を終えた後、ミューリは廃墟《はいきょ》での生活というものにまたなにか着想を得たらしく、焚火《たきび》の前でせっせと羽ペンを走らせていた。街中でならば薪《たきぎ》がもったいないと言うところだが、燃やすものならここに文字どおり山とあった。

カナンの計画を聞いたクラークは、シャロン同様に世に平和が訪《おとず》れるのであればと、前向きに受け入れてくれた。聖典の写本を製作する際も、ぜひ手伝いたいと。

そんな仕事の話が終われば、ここには焚火《たきび》と、時間と、ハイランドから持たされた上等の葡《ぶ》萄酒《どうしゅ》がある。おまけにいつも騒《さわ》がしいミューリが静かなので、自分は心ゆくまで、クラークと神学談議ができた。

「なるほど、コル様の解釈《かいしゃく》はさすがです」

「とんでもありません。私は文字を追いかけ、聞きかじった知識でどうにか自分なりに再構成してみただけです。それよりも、クラークさんの司牧の実践《じっせん》に基《もと》づいた解釈《かいしゃく》のほうが実に奥深《おくぶか》く、勉強になります」

クラークがこんなところにまで持ってきていた聖典は、もちろんきちんと装丁されたものではない。クラークが自らぼろ紙に筆写した手製のものだったが、聖職禄《ろく》も滞《とどこお》りがちな街の助司祭の身分で、まとまった量の紙と羽ペンを用意するのは大変なことだったろう。

市井《しせい》には、目立たずともこんなに信仰心《しんこう》に篤《あつ》い人がいると思えば、聖典の翻訳《ほんやく》には自分よりももっと相応《ふさわ》しい人物がたくさんいたのではないか、と疑問が湧《わ》いてきてしまう。せめて広く大陸にばらまく前に、もっと多くの人々に吟味《ぎんみ》してもらうべきなのではないか。

ふとした会話の隙間《すきま》にそんな気持ちを吐露《とろ》すれば、クラークはきょとんとしてから、蠟燭《ろうそく》の火のような笑顔《えがお》を見せた。

「不思議な話ですが」

クラークは言って、二人の間の真ん中に置かれた、手製の聖典をめくった。

「教会文字で書かれたこれを、暗記するほど読み込みました。おそらくまったく言葉の通じない遠国の聖職者とも、聖典についてのことならば、教会文字を使って会話ができると思います」

クラークがやや饒舌《じょうぜつ》なのは、ハイランドから持たせてもらった上等な葡萄酒《ぶどうしゅ》のせいだろう。

「ただ、文字の読めない、もちろん聖典など読み通したことのない街の人々に聖典の内容を説明するとなると、話は別です」

刈《か》り取《と》った後の乾燥《かんそう》が足りなかったのか、煙《けむ》りがちだった薪《たきぎ》が、ぱちっと爆《は》ぜた。

「あれほど理解していたはずのことが、日常の言葉で語ろうとした途端《とたん》、舌が石になってしまうのです。たとえば敬虔《けいけん》さを示す単語があります。教会文字で記されたそれを、俗語《ぞくご》に言い換《か》える時、あまりにも複雑な意味をどのように表現したらいいか途方《とほう》にくれました。三角の穴に四角い積み木を通すように、なにかを削《けず》らなければなりませんが、それがなにかわからなかった。その豊かで複雑な語の意味の、どの枝を取《と》り払《はら》うべきかわからなかったのです。ですが」

クラークはこちらを見た。少し、嫉妬《しっと》の籠《こ》もったような目だった。

「コル様の翻訳《ほんやく》された説話の個所《かしょ》は、驚《おどろ》くべき鋭《するど》さで、日常の言葉になっていました。私は初めてコル様の翻訳《ほんやく》を見た時、自分が俗語《ぞくご》で読んでいるのだとしばらく気がつかなかったほどなのです」

ほとんど空になった杯《さかずき》を、クラークは静かに啜《すす》った。

「なぜそんな芸当ができるのか、私にはまったくわかりません」

酒のせいか、ここでの作業の疲《つか》れのせいか、クラークの目尻《めじり》がややとろんとしている。

「コル様は、その類《たぐい》まれなる才を神から与《あた》えられました。世に広めるのをためらうべきではない……と思いますし」

ひっく、としゃっくりをしたクラークが、続けた。

「臆《おく》することなどないと思います。その言葉で、腐敗《ふはい》した教会の目を覚まさせてください」

明らかに酔《よ》っている顔つきなのに、こちらを見るクラークの目だけが、思いのほか強く光っていた。ラウズボーンの中でも貧しい教区の助司祭だというから、世の理不尽《りふじん》をいくらでも見ているはずで、教会の腐敗《ふはい》や聖職者としての力不足を嫌《いや》でも感じてきたはずだ。けれど末端《まったん》の助司祭の力ではどうすることもできず、運命を受け入れるほかなかった。

きっとそういう者たちが、世の中にはたくさんいる。その瞬間《しゅんかん》、自分はカナンたちのような高位の聖職者のみならず、クラークたちのような者の希望にもなれるのだと気がついた。

けれど、己《おのれ》の翻訳《ほんやく》した聖典こそ世界に広まるべし、と腹をくくりきれない部分があったのは、自信のなさとは少し違《ちが》う、若干《じゃっかん》の後ろめたさとも呼べる気持ちのせいだった。それは、なぜこんなにも鋭《するど》く翻訳《ほんやく》できるのか？　というクラークの問いの答えに、心当たりがあったからだ。自分に翻訳《ほんやく》の才があるとしたら、それがどこからきたものか、自分にはよくわかっていた。

「もしも私の才が、神から与《あた》えられたものであったなら、まだしも自信を持てたのでしょうが」

「……？」

瞼《まぶた》が半分綴《と》じたまま、怪《あや》しげな手つきで酒を注ぐクラークが、こちらを見る。

自分も酒をごくりと飲み、その力を借りた。

「私がわかりやすい言葉で聖典を表現できているのだとしたら、それはあれのおかげなのです」

クラークが自分の指差したほうを見れば、ミューリが紙の中に顔を埋《うず》めようかという勢いで、ペンを走らせていた。

「まったく……本当にまったく、信仰《しんこう》に興味を示さないのです。挙句に暇さえあれば山を駆《か》けまわるおてんば娘《むすめ》で、せいぜい耳に届く言葉は二言か三言。そんな具合ですから、鋭《するど》くならざるをえなかったのです。短く、簡潔に、バカでかいカエルを捕《つか》まえたと言って泥《どろ》だらけで見せにきた隙《すき》に、耳にねじ込むように教えられるように」

狼《オオカミ》の耳が出ていたら気がついたかもしれなかったが、ミューリは相変わらず執筆《しっぴつ》に夢中なまま。クラークはそんなミューリを見やり、小さく笑い出した。

「あはは。なるほど、なるほど……」

そして、言った。

「愛ですね」

口にこぶしを当て、酔《よ》いのしゃっくりと一緒《いっしょ》にもう一度笑ったクラークは、ため息をつくように言葉を編む。

「愛がコル様の信仰《しんこう》を育てたのですね」

「……」

返事をできなかったのは、気恥《きは》ずかしさのせいではない。そんなふうに評されることが初めてで、でも違和感《いわかん》がなかったからだ。

ミューリはお説教には耳を貸さなかったが、自分の言葉にはいつも耳をそばだてていた。しかも憎《にく》らしいことに知恵《ちえ》が回り、ちょっとでもお説教に瑕疵《かし》があれば即座《そくざ》に噛《か》みついてくる。

けれどそんなミューリから目を離《はな》せず、なんだかんだこんなところにまで二人できてしまったし、世界で二人にしか使えない紋章《もんしょう》までこしらえているのは、そんなミューリの幸福を願ってやまなかったから。

愛と言われたら、それ以外の表現はありえなかった。

「……なんだか、納得《なっとく》いきませんけれど」

自分の気持ちを正確に表すのに、なぜか気持ちと真逆の言葉が必要だった。

クラークも兄妹《きょうだい》の複雑な感情がわかったのか、町の普通《ふつう》の若者のように笑っていた。

「思索《しさく》の末に言葉を磨《みが》いたのではありません。本当に、ひたすら怒鳴《どな》っていたんですよ」

「それもまた、愛というものでしょう。愛する者にどうにか信仰《しんこう》を伝えたいというその気持ちが、世界を変えるほどのものだったということです」

ひどく真面目に言ってから、クラークは屈託《くったく》なく笑う。さすがにミューリもこちらの様子に気がついていたものの、会話の内容は聞き漏《も》らしていたようで、怪訝《けげん》そうな表情をしている。

自分もまた笑えてきてしまったのは、クラークの言うとおりだったからだろう。

カナンの計画がうまくいき、自分の翻訳《ほんやく》した聖典が大陸に行《い》き渡《わた》るというのは、ニョッヒラで散々張り上げたミューリへの怒鳴《どな》り声が、世界に広まるということなのだ。しかもミューリの心が動く前に、世界のほうが動いてしまったというのだから笑うほかない。ちょっとした皮肉を利《き》かせた、童話のような話だった。

ミューリは頑固《がんこ》で、一途《いちず》で、こうと決めたら梃子《てこ》でも動かない。どれだけ手を焼いたかわからず、胃を痛くしたことだって数限りない。けれども放り出せなかったのは、そう。

ミューリのことを愛していたからだ。

もちろんそれはミューリが期待してやまない、恋愛《れんあい》的な意味ではない、と思っている。

しかし、片時も目を離《はな》せず、一挙手一投足が気になって、どんな狼藉《ろうぜき》を働かれてもその笑顔《えがお》ですべてを帳消しにしてしまうのは、愛という言葉以外に相応《ふさわ》しいものが見つからなかった。

そう思うと、笑いはやがて疲《つか》れたようなものに代わり、最後には不思議な諦《あきら》めに似たため息になった。自身を話題にされているらしいとはわかっても、内容がわからないせいで、ミューリは嫌《いや》そうな顔をしている。そんなミューリにはもちろん、クラークに向けるわけでもなく、自分は言った。こう言う以外に思い当たらなかった。

「愛とはかくも、ままならないもののようです」

いつ噛《か》みつこうかという顔をしてこちらを見ていたミューリだが、その言葉にはなにか魅《み》力《りょく》を感じたらしい。背筋を伸《の》ばしてまばたきすると、熱心に手元の紙に書き留めていた。

対するクラークは、割れた大地に雨が降ったかのような顔をして、深くうなずいていた。

「お話に出てきた不思議な技術ですが」

そしてクラークは、不意にそう言った。

「職人様が見つかるといいですね」

なぜ急に、とは問わなかった。教会は印刷術について、異端《いたん》を広める原因になるのではと思って封印《ふういん》したが、クラークはそう考えていないのだろうとわかったから。世の中は、たった今交《か》わした話のように、笑顔《えがお》と共に広めるべき物語で溢《あふ》れている。クラークの横顔には、そんな確信が見て取れた。

あの技術を巡《めぐ》る話は、世界をどう捉《とら》えるかの話であり、教会は世の中を信じていないから封《ふう》印《いん》しようとし、クラークは世の中の前向きさを信じている。

その実例として、薄明《はくめい》の枢機卿《すうききょう》と、その隣《となり》にいる銀色の少女のお話があった。

目を閉じたクラークは、ひときわ大きなしゃっくりをした。

「ああ、シャロンたちのいる家に戻《もど》りたいです……」

作業で疲《つか》れたところに、上等の葡萄酒《ぶどうしゅ》は効きすぎたらしい。それとも、世界を動かすほどの愛とやらを目の当《ま》《あ》たりにしたからだろうか。

そのままこくりこくりと船を漕《こ》ぎ始めたクラークに、毛布を掛《か》ける。さっきまで紙の中に頭を突《つ》っ込もうかという勢いだったミューリは、紙の端《はし》から妙《みょう》に油断のない目を向けてきている。

ここは周囲を雑木林に囲まれた、せいぜい狐《きつね》かなにかが出入りする程度の廃墟《はいきょ》である。

小さく笑って右腕《みぎうで》を広げれば、ミューリは妙《みょう》にむすっとした顔でにじり寄り、腕《うで》の中に納まってくる。けれど目を閉じる時には、騎士《きし》の証《あかし》である剣《けん》の鞘《さや》を、狼《オオカミ》の紋章《もんしょう》が見えないように裏返していたのだった。

早起きには自信があるのだが、目を覚ました時にはすでにクラークが作業を開始していた。石柱から蔓《つる》を剝《は》がし、灌木《かんぼく》を引《ひ》っこ抜《ぬ》き、美しき修道院へとすべく奮闘《ふんとう》している。たとえあまりにだだっ広く、最後の草を抜《ぬ》く頃《ころ》には最初に草を抜《ぬ》いたところがまた生《お》い茂《しげ》っていたとしても、諦《あきら》めない。

「ほらミューリ、あなたの剣《けん》の出番ですよ」

引《ひ》っこ抜《ぬ》くには育ちすぎた木立を前に思案しているクラークを見やり、寝《ね》ぼけ眼《まなこ》のミューリに言うと、麻袋《あさぶくろ》からパンを取り出していたおてんば娘《むすめ》は半目でこちらを睨《にら》む。

「騎士《きし》の剣《けん》は野良《のら》作業用じゃないんだけど」

「では、手を使いましょう」

立ち上がり、クラークの下《もと》に歩いていくと、残されたミューリはげんなりしつつ、パンを口に詰《つ》め込んでから、後を追いかけてきた。

「ほら、いくよ！　せーのっ！」

口ではぶつくさ言いながら、一度作業を始めればミューリはなんでも楽しむ才能の持ち主だ。手際《てぎわ》の悪い羊二頭にてきぱきと指示を出し、自らも率先《そっせん》して働いていく。見る見るうちに引《ひ》っこ抜《ぬ》いた草や灌木《かんぼく》で山ができ、一息つく頃《ころ》には周囲が土の匂《にお》いで満ちていた。

「これなら、一週間もあればひととおり片づけられるかもね」

棲家《すみか》を追われ、右往左往していたバッタを見ながら昼食を食べていた時のこと。

ミューリが不意に細い首を伸《の》ばして、雑木林の向こうを見ていた。

「あれ、誰《だれ》かくるよ。馬の足音がする」

そう言って剣《けん》に手を伸《の》ばしたのは、騎士《きし》ごっこの延長だろう。

「ハイランド様でしょうか？」

あの心優《やさ》しい人物なら平気で力仕事も手伝いそうだが、ミューリは首をひねっていた。

その理由がほどなくわかったのは、雑木林を越《こ》えて、自分たちからも馬の背に乗る人物が見えてからのこと。

「ル・ロワさん？」

馬の背に乗る真ん丸なパン生地《きじ》みたいな人物は、こちらに気がつくと満面の笑《え》みで大きく手を振《ふ》ったのだった。

自分が子供の頃《ころ》、少しの間この人物と一緒《いっしょ》に旅をした。二人旅というわけではなく、ほかにも道中知り合った人たちと一緒《いっしょ》だったのだが、この人物と同じ時間を過ごして初めて、博識、という単語の本当の意味を知った。

けれどもル・ロワを記憶《きおく》に印象づけるのは、その博識さよりも豪放磊落《ごうほうらいらく》さのほうだったことも、すぐに思い出した。

「エーブさんから連絡《れんらく》をもらいましてね！　巷《ちまた》を賑《にぎ》わせている薄明《はくめい》の枢機《すうき》卿《きょう》様が、あのコル様だというじゃありませんか！　いてもたってもいられずに夜の海を船で渡《わた》ってきてしまいましたよ！」

短く刈《か》り込まれた髪《かみ》の毛《け》にはずいぶん白いものが交じっているが、声の張りと喋《しゃべ》り方は昔のまんまだ。それに、体のほうはさらに大きくなった分、むしろ歳《とし》を経てなお力強くなっていた。

「ご無沙汰《ぶさた》しております、ル・ロワさん」

「ロレンスさんたちの結婚式《けっこんしき》以来ですね！　やあ、こちらが噂《うわさ》の娘《むすめ》さんですか！」

羊の化身《けしん》であるハスキンズを目の当《ま》たりにした時《あ》、ミューリは黄金の毛皮を持つ羊の、そのあまりの迫力《はくりょく》に震《ふる》えあがっていた。そして今また、ミューリの中で苦手な人物一覧が更新《こうしん》されたようだった。

「お母様と瓜二《うりふた》つですな！」

「……」

たじろぎながら握手《あくしゅ》を交《か》わし終えると、自分の後ろに隠《かく》れるように下がってしまっていた。

「それにしても、その、こちらから伺《うかが》おうと思っていたのですが……」

「なにを仰《おっしゃ》います！　なにやら本について聞きたいことがあるそうですが、本との出会いは一《いち》期《ご》一会《いちえ》！　たった半刻《はんとき》の遅《おく》れで永遠に出会えなくなった本が今までに一体何冊あったことか！」

同じ重さの金よりも高価な書籍《しょせき》を扱《あつか》う書籍《しょせき》商と言うと、白い手袋《てぶくろ》をはめた貴族然とした人物を想像するが、ル・ロワは決して書籍《しょせき》商の中で例外的な人物ではないらしい。貴重な本を求めて東奔西走《とうほんせいそう》、時には声の大きさや強引《ごういん》さがないと務まらない仕事なのだそうだ。

「あ、申し遅《おく》れました。私の名はル・ロワと申します。さすらいの書籍《しょせき》商ですな。神学関連の書籍《しょせき》をお求めの際はぜひご連絡《れんらく》を！」

ミューリ以上に目を丸くして立《た》ち尽《つ》くしていたクラークに、ル・ロワはようやく自己紹介《しょうかい》をして、握手《あくしゅ》を交《か》わしていた。

「さあて、それで薄明《はくめい》の枢機《すうき》卿《きょう》様が一体どんな物をお求めですかな⁉　それとも」

と、周辺からは大声によって土竜《もぐら》でさえ逃《に》げ出《だ》していそうな中、声を潜《ひそ》めた。

「教会を痛烈《つうれつ》に批判する書籍《しょせき》でも執筆《しっぴつ》なされたのでしょうか？」

「へ？」

「これは売れますよ。教会に恨《うら》みを抱《いだ》いているけれど、信仰《しんこう》そのものは失ってない貴族様というのはことのほか多いですからね。中でも危険な書物を所有する刺激《しげき》に飢《う》えている方たちには、復讐《ふくしゅう》心を満たし、信仰《しんこう》心を満たし、所有欲も満たす、最高の書物となりましょう！」

背は自分より低いはずなのに、なぜかル・ロワに見下ろされ、押し潰《つぶ》されそうな気になってくる。エーブでさえ見せないような、貪欲《どんよく》の熱に浮《う》かされた笑顔《えがお》でにじり寄るル・ロワをどうにか押し返せたのは、後ろで動揺《どうよう》した様子のミューリが剣《けん》に手をかけていたからだ。

「いえ、ル・ロワさん、私はそんな書物は」

「書いてらっしゃらない？」

何度も力強くうなずくと、ル・ロワは遊びの約束をすっぽかされた少年のような顔を見せる。

「書くご予定は？」

「あり、ません」

「本当に？」

もう一度うなずくと、大きなため息をついていた。

「お心が決まりましたら、ぜひご連絡《れんらく》を」

初めて出会った時も、傭兵《ようへい》たちが集《つど》うきな臭《くさ》い空気が満ちる中、戦場で祈《いの》るための聖典を山ほど担《かつ》いで売り歩いていたような人物だ。あの頃《ころ》から歳《とし》を重ねて丸くなったのは、体だけだったらしい。

とはいえ、カナンたちと共にこれからなそうと計画しているのは、痛烈《つうれつ》な教会批判であることは間違《まちが》いないので、その点ではル・ロワの嗅覚《きゅうかく》は正確なのかもしれない。

「となるとどんなご用件で？」

「本の売買についてのご相談でなくて恐縮《きょうしゅく》なのですが……」

そのために、連絡《れんらく》が取れたらこっちから出向こうと思っていた。けれどル・ロワはとんでもない本の可能性を想像し、儲《もう》けになると思って駆《か》けつけてきた。夜を徹《てつ》して船できたという言葉が本当なら、その経費は相当なものだ。

「いえいえ、町の商会ではなく私に声をかけてくださったのは、それなりの理由があるはずです。エーブさんも、手紙の中で迷惑《めいわく》そうでした。ということは、面白《おもしろ》い話に違《ちが》いありません」

ル・ロワは、エーブが迷惑《めいわく》そうにしていたというくだりで、文字どおり腹を抱《かか》えてくすくすと笑っていた。軒先《のきさき》に蜂蜜《はちみつ》の巣箱を置くようなもの、とエーブは言った。

さしずめこの書籍《しょせき》商は、その匂《にお》いに釣《つ》られてやってきた態だ。

「お聞きしたいのは、本の作り方についてだったのですが……」

「ほ？」

時には世の表に出してはならない類《たぐい》の本も扱《あつか》う書籍《しょせき》商の目が、丸くなる。

「教会が禁止した、本を簡単に増やす方法があるとか」

その直後、人の顔というのはこんなにも感情豊かなのか、と目を瞠《みは》ることとなった。

「……存じていますよ」

恐《おそ》ろしく嫌《いや》そうな顔をしたル・ロワは、絞《しぼ》り出《だ》すようにそう言った。

「なるほど……町の紙屋には聞けない話ですな」

がりがりと頭を爪《つめ》で掻《か》き、唇《くちびる》をひん曲げながら大きなため息をつく。

その感情の落差は、猫《ねこ》の目のように機嫌《きげん》が変わるミューリよりも激しい。

「しかし、その話をどこで耳にしたんです？　もう何年も前に、教皇庁ご用達《ようたし》の装丁《そうてい》職人たちの工房《こうぼう》で開発された手法ですよ。異端《いたん》視され、世に広まる前に職人たちは捕《と》らえられ、存在そのものがほとんど知られていないものです」

「えっと、それは……」

カナンの名前を出していいのか確信が持てず口ごもると、ル・ロワは大きな手のひらを広げてこちらに見せた。

「いや、失礼。それは問いすぎでしたな」

持っているだけで教会に目をつけられる本が、世の中には確かに存在する。

そんな書籍《しょせき》ばかり扱《あつか》うル・ロワは、踏《ふ》み込みすぎない術を身に着けているようだ。

「コル様がなぜそんな技術の話を追いかけているのかも、問わないようにいたしましょう」

神に誓《ちか》うかのように胸に手を当てるル・ロワは、続けてこちらを見やる。

「ですが、コル様も誓《ちか》っていただきたい」

もちろん迷惑《めいわく》はかけないつもりだ、と口を開く前に、ル・ロワが言った。

「教会を痛烈《つうれつ》に批判する本をお書きになりましたら、まず私に連絡《れんらく》をすると」

「えっ……と……」

どう返事をすればいいのか、一瞬《いっしゅん》頭が混乱して言葉に詰《つ》まる。けれどル・ロワの目は、うんと言うまで逸《そ》らさないという、ミューリの世話でよく見かけたものと同じだった。

ミューリが自分の陰《かげ》に隠《かく》れながらル・ロワをじっと見つめているのは、自身より強い同類に出会ったからなのだろう。

「……誓《ちか》い、ます」

ようやく出てきた言葉は、結婚《けっこん》の儀《ぎ》の宣誓《せんせい》みたいになったのだった。

クラークは、ル・ロワとの会話を、あまり聞いてはいけないものだろうと気を利《き》かせていた。寝床《ねどこ》に使っている主屋に自分たちを案内した後は、外に作業に出て、ミューリもクラークのほうについていった。面白《おもしろ》そうな廃墟探索《はいきよたんさく》と、興味のない技術の話と、迫力《はくりょく》はあるがどうやら害意はなさそうなル・ロワという組み合わせを勘案《かんあん》し、廃墟探索《はいきよたんさく》が勝ったのだろう。

「私たちは、たった一人、異端審問官《いたんしんもん》の手をすり抜《ぬ》けたという職人を探しているのです」

ハイランドからの差し入れの葡萄酒《ぶどうしゅ》を注いで出すと、ル・ロワは一息に半分ほど飲み干してしまう。

「ふむ。確か、王国に逃《に》げ込んでそれっきり、ということでしたね」

そこまで知っているのかと驚《おどろ》けば、ル・ロワは悪戯《いたずら》っぽく額を撫《な》でていた。

「私は昔、教皇庁の書庫の迷宮《めいきゅう》で働いていたことがありまして。伝手《つて》がありますし、そもそも私のような書籍商《しょせき》は皆《みな》、その話に耳をそばだてていましたから」

博識の源は教皇庁での経験からなのか、と驚《おどろ》いた。もしかしたらカナンとも面識があるのかもしれない。

「耳をそばだてていたというのは、職人を助けようと？」

本を売る商人ならば、簡単に複写できる技術は垂涎《すいぜん》の的だろう。ならば職人の行方《ゆくえ》にも心当たりがあったりするのでは。

そんな期待をもって尋《たず》ねたのだが、ル・ロワはにこりともしなかった。

「逆です。散り散りになった職人たちの足取りを異端審問官《いたんしんもん》に伝えていたのは、ほとんどが私のように稀覯本《きこう》を扱《あつか》う書籍商《しょせき》でしょう」

驚《おどろ》きに口をつぐむこちらを、ル・ロワは静かに見つめていた。

「なにせ、たった一冊しかないはずの本を、容易に増やしてしまいかねないものですから」

「あっ」

誰《だれ》かの得は、誰《だれ》かの損なのだ。

「印刷術がまだ異端《いたん》視されていなかった頃《ころ》でさえ、話を漏《も》れ聞《き》いた筆写職人の組合や羽ペンの職人たちなどから、工房《こうぼう》への嫌《いや》がらせがあったようです。代わりに、本が増えれば儲《もう》けも増える羊皮紙職人や羊飼い、紙すき職人や細密絵師たちには期待されていたようですが。そして、私たちのような稀覯《きこう》書を取《と》り扱《あつか》う書籍《しょせき》商は、前者の側というわけです」

一冊の本を作るのにはたくさんの人が関わるが、彼らの間で利害が常に一致《いっち》しているとは限らないのだ。

「まあ、結局は、彼らに安価にして迅速《じんそく》な本の製作方法を見つけるよう依頼《いらい》していた教会側の判断が一転し、異端《いたん》と見なされたことで状況《じょうきょう》は決したわけですが」

元は教会が技術開発を依頼《いらい》していた、という話は初耳だった。カナンとしては言いにくいことだったのかもしれないが、職人にとって理不尽《りふじん》な話であるものの、教会内部は一枚岩ではないともカナンは言っていたので、その一例ということなのだろう。文書の製作に関わる部門がその膨大《ぼうだい》な作業をどうにか減らそうと技術開発を支援《しえん》して、異端審問《いたんしんもん》官たちは災厄《さいやく》だとみなしたというあたりだろうか。

「また、職人たちが逃《に》げるにしても、彼らは非常に分が悪かったんですな。彼らが糊口《ここう》をしのぐには手にした技術に頼《たよ》るしかありませんが、世の中で文字を読める人は少数派で、家に本を置こうなんて考えるのはお貴族様か、敬虔《けいけん》な聖職者くらいのものです。顧客《こきゃく》の数は限られているから、非常に目立ちます」

街中で砂糖菓子《がし》と上等の羊肉が売れただけで、どこかのお偉《えら》いさんが街にやってくるのでは、と商人の間で噂《うわさ》になっていたらしいことを思い出す。安価に本を作ったりすれば、暗闇《くらやみ》で火を焚《た》くようなものだろう。

「ですから、職人たちがほうほうの体で逃《に》げ出《だ》した後、逃《に》げた先でも製本の仕事に関わったせいでほとんどの者が捕《つか》まりました。一時うまく逃《に》げられた者は、錬金術師《れんきんじゅつし》や奇矯《ききょう》な貴族の庇《ひ》護《ご》を受けていたようですが、構図は同じです。結局、手元には道具があって、技術があれば、危険だとわかっていてもそれにすがってしまう、職人の悲しい性《さが》によって遠からず見つかり、捕《つか》まったのです」

「……では、最後まで逃《に》げきった職人というのは？」

「慎重《しんちょう》だったのでしょう。あるいは、怯《おび》えきっていたか」

異端審問官《いたんしんもん》に追われる身、というのはもちろん話にしか聞いたことがない。

けれど彼らはどこにでも現れ、どこまでも着いてくる影《かげ》のようなものだと噂《うわさ》される。処刑台《しょけい》の縄と同じ意味を持つ彼らに追われたら、二度と安らかに眠《ねむ》れないだろう。

「ただ、もっともありそうなのは、そんな職人はいない、ということなのですけどね」

「え？」

突然《とつぜん》なにを言い出すのかと思えば、ル・ロワは至極《しごく》真面目な顔だった。

「すべての職人を捕《つか》まえたとしても、職人が逃亡《とうぼう》中に誰《だれ》かに技術を託《たく》した可能性もあります。だとすれば、その技術を持つ人間を異端審問官《いたんしんもん》が未《いま》だに探してうろついている、と関係者に思わせておけば、強力な抑止《よくし》力になります」

執拗《しつよう》で狡猾《こうかつ》。

そうやって異端《いたん》や異教徒と戦って、彼らは教会の正しい教えを守ってきたのだ。

「とはいえ、ここしばらくとんとその話を聞きませんでした。頭から消えかけていたところにコル様の言葉でしたから」

悪い夢が蘇《よみがえ》ってきた、というところのようだ。

「単なる聞きかじり、ということでもないのですか？」

それは、安易に手を出さないほうがいい、という親切心からの一言でもあっただろう。

「……残念ながら」

ル・ロワほどの人間なら、自分が誰《だれ》から話を聞いたのか、それでなんとなくわかったかもしれない。

「技術の危険性は、把握《はあく》していると思います。それでも職人を見つけたい理由があるのです」

ひとつはカナンたちの計画のため。もうひとつは、昨晩のクラークのことを思い出して。

「お心当たりありませんか」

書籍商《しょせき》にとっては悪夢の技術。

ル・ロワがたとえ知っていたとしても、教える義理はない。

けれどル・ロワが首を横に振《ふ》った時の顔は、嘘《うそ》をついているようには見えなかった。

ル・ロワなら職人の居場所を知っている、とまでは思っておらずとも、その界隈《かいわい》の人間として異端審問官《いたんしんもん》も知りえていないような情報を持っているのでは、くらいは思っていた。

それがまさか書籍商《しょせき》たちが積極的に職人の行方《ゆくえ》を探し、異端審問官《いたんしんもん》に密告していたとは想像できなかった。書籍商《しょせき》にとって、件《くだん》の技術を操《あやつ》る職人たちは、単なる商売敵《しょうばいがたき》という程度では済まず、自分たちの仕事を根こそぎ消し去ってしまいかねないものだったのだ。

そして日々教会の目をかいくぐって危険な書籍《しょせき》を取《と》り扱《あつか》う、抜《ぬ》け目《め》のない書籍商《しょせき》たちが探しても、最後の職人は網《あみ》に引っかからなかったという。

シャロンやミューリは困難な任務だと指摘《してき》したし、自分もわかっていたつもりだ。それでもいきなり完全な暗礁《あんしょう》に乗り上げてしまうとは思っていなかったのは、今までの旅でなんとなくうまくいってきたという過信があったのかもしれない。

しかしこの探索《たんさく》の海では、自分よりも大きく航海に長《た》けた船までもが、長らく航路の先で座礁《ざしょう》したままだという。その船の乗組員にいたっては、そもそも向かう先に島はないのではないかとさえ考えている。

ル・ロワと話した後、どうしたものかと主屋の入り口に座り込んでしまった。

それに、ぐるぐると考えているとどうしても頭に浮《う》かぶのは、カナンのことだった。

カナンは書籍商《しょせき》たちの動向を知っていたはずだ。そして異端審問官《いたんしんもん》とも近しいのだから、逃《に》げきった職人というのはある種の警告のために残された架空《かくう》の存在なのではないか、という可能性に至っていたのではないか。

だとすると、そもそも見つけ出すのは無理だと思って、計画を持ち込んだことになる。

なにかしらの罠《わな》、と一瞬《いっしゅん》思ったものの、カナンの身元を確かめたりするようなことをハイランドが怠《おこた》ったとも思えないし、なによりカナンの熱意が嘘《うそ》だとも思えなかった。

あるいは不可能を可能にする奇跡《きせき》が起きるという、敬虔《けいけん》な聖職者ゆえの思い込みが、悪い可能性など考慮《こうりよ》するに値《あたい》せず、として自分たちに説明を怠《おこた》っただけなのか。

けれど強力な信仰《しんこう》が俗世《ぞくせい》の力となって問題を解決するというのは、ミューリが好むおとぎ話の類《たぐい》である、ということくらいは自分にもわかる。カナンの語った技術を持つ職人を見つけられなければ、カナンの計画もまた、絵に描《えが》いたパンにすぎないのだから。

「カナンさんのこともそうですが、この状況《じょうきょう》で手がかりなど、一体どうしたら……」

もう何度目かわからない呟《つぶや》きを口にしたところで、ミューリが目の前を一目散に駆《か》け抜《ぬ》けて行った。

「ミューリ？　なにをあんなに慌《あわ》てて……」

と思うのも束《つか》の間《ま》、二頭の馬の手綱《たづな》を引いて戻《もど》ってきた。馬の後ろには、慌《あわ》てた様子のクラークまで連れて。

「あ、兄様も！　きて！　今すぐ！」

「……？」

その様子は、ニョッヒラでよく見たものだった。悪戯《いたずら》をしたはいいが、自分の力ではどうにもならない事態を引き起こし、助けを求めるような。

いったいなにをしでかしたのだと追いかけて、敷地《しきち》の中心部に向かう。草やら灌木《かんぼく》やらがぼうぼうになっているところまできて、自分はクラークと同様に顔を青ざめさせた。

「ル・ロワさん⁉」

「お～……コ、コル様～……？」

なにがどうなっているのか、一瞬《いっしゅん》わからなかった。

敷地《しきち》内の建物は、どれも石造りの渡《わた》り廊下《ろうか》で繋《つな》がっている。その廊下《ろうか》の両脇《りょうわき》には装飾《そうしょく》用の石柱が等間隔《とうかんかく》に立てられていたのだが、その石柱も長年手入れがなされず、何本か倒《たお》れていた。

そして今まさに目の前で折り重なるようにして倒《たお》れている石柱の隙間《すきま》から、逆さまにル・ロワの足が生えていたのだ。

「兄様！　この綱《つな》を石柱に巻きつけて！　クラークさんは木の棒で、梃子《てこ》の要領で石柱を持ち上げて！」

ミューリはてきぱきと指示を出すと、兎《うさぎ》のように軽々しく飛んで、倒《たお》れた石柱の上からル・ロワの様子を探《さぐ》っている。

「もうちょっと大丈夫《だいじょうぶ》そう？　というか、下からは抜《ぬ》けられない？」

「狭《せま》い地下通路で、無理ですな……。壁《かべ》はしっかりしてるみたいですから、これ以上崩《くず》れることもなさそうです。が……頭に血が上ります！」

どうやら石柱がル・ロワの上に倒壊《とうかい》したのではなく、なにかの拍子《ひょうし》に、倒《たお》れた石柱の隙間《すきま》にはまり込んだらしかった。あるいは石柱の間から地下通路とやらに入ろうとして、腹がつっかえてにっちもさっちもいかなくなったのだろうか。

どちらにせよ、助けるには石柱を動かすしかなさそうだ。

ミューリの指示通りに作業をして、荷馬に慎重《しんちょう》に引いてもらう。石柱を一本、また一本とどかし、なんとか助けられた。

「ふう……人参《にんじん》になった気分でしたな！」

「蕪《かぶ》じゃなくて？」

蕪《かぶ》だ、蕪《かぶ》ですね、と自分はクラークとうなずき合う。

「一体どうされたんです」

土埃《つちぼこり》で真っ黒な顔をしたル・ロワに尋《たず》ねると、苦笑いを返された。

「いやあ、こういう場所にいると、ついじっとできず」

「肝《きも》が冷えましたよ。お怪我《けが》は？」

「大丈夫《だいじょうぶ》です。腹をちょっと擦《す》りむいたくらいですな」

まるで二人目のミューリだと呆《あき》れていたら、ル・ロワはぱんぱんと腹のあたりについた土を払《はら》いながらも、周囲を落ち着かなげに見回している。どうやら地下通路の続く先を探しているらしい。

「貴族様の屋敷《やしき》には、地下室がつきものです。単に酒を熟成させる地下倉のこともあれば、町中に置いておけない黄金の隠《かく》し場所《ばしょ》であることもあります。時には屋敷《やしき》の持ち主が変わる中で存在を忘れられる地下室もありまして、そういう場所には処分に困った危険な本があることも。なので、倒《たお》れた石柱の隙間《すきま》に地下通路らしきものを見つけ、じっとしていられませんで」

自分たちとはまったく違《ちが》う種類の人間のようだと、自分とクラークは疲《つか》れたように目配せをし合う。

「確かに、古い修道院なんかでそういうお話は聞きますが」

「ああ、それですそれです。古い修道院なんかは特に、元々は冒険《ぼうけん》心に満ちた商人たちの避難《ひなん》所だったり、異教徒と戦った騎士《きし》たちの要塞《ようさい》としても使われたのが発端《ほったん》だったりしますから。面白《おもしろ》くて貴重なものが、忘れ去られた隠《かく》し部屋にたっぷりしまわれていたりするのです」

そして、ル・ロワのような者たちが、宝を探して嗅《か》ぎまわるということなのだろう。

それであんな悪魔《あくま》の儀式《ぎしき》で使われる生贄《いけにえ》みたいなことになっていたら世話がないのだが、とにかく無事で良《よ》かった、と思っていたら、妙《みょう》に周囲が静かな気がした。

「あの、ミューリはどこに？」

こういう話に最も目がないはずのおてんば娘《むすめ》の姿がない。

まさか、と思って崩《くず》れた石畳《いしだたみ》の側にひざまずいて、暗い穴の中に顔を突《つ》っ込んだ。

「ミューリ！」

穴の中は通路と呼んでよいのか微妙《びみょう》な造りで、まん丸いル・ロワでなくとも、大の大人では這《は》って進むのがせいぜいだろう。けれど小さな盥《たらい》の中でのんびりお湯に浸《つ》かれる小柄《こがら》な少女なら、その限りにない。

暗がりの向こうに、ミューリの靴《くつ》裏と、小さなお尻《しり》の影《かげ》が見えた。

「戻《もど》ってきなさい！」

通路が崩《くず》れたらと思うと恐怖《きょうふ》で息をするのも困難だったが、ミューリは言われる前にすでに後退を始めていたようで、ほどなくずりずりと四《よ》つん這《ば》いのまま穴の下に戻《もど》ってきた。

「あなたは！　まったくなにを！」

地下通路の中は空気が淀《よど》んでいたのか、ミューリは顔を上げるとしきりに鼻をこすり、くしゃみに似た咳《せき》をしていた。それからよたよたと穴から立ち上がろうとしていたので、猫《ねこ》を引っ張り出すみたいに、脇《わき》の下《した》に両手を差し込んで穴の中から引きずり出した。

「あーあー……服もこんなに汚《よご》して！」

ミューリが着ているのは、ラポネルにも着ていった、ハイランドからあつらえてもらった騎《き》士《し》の見習い少年が着るような上等の服だ。一体金貨で何枚するのかわからないそれが、土埃《つちぼこり》だらけになっていた。

ぺたんと腰《こし》を下ろしていたミューリは、最後に大きくくしゃみをして、立ち上がる。

「も～、うるさいなあ」

「……！」

叱《しか》る言葉さえ見つけられずにいると、周囲を歩き回っていたル・ロワが、笑い出すのをこらえたような顔で言った。

「それで、奥にはなにかありましたかな？」

ミューリを叱《しか》ろうとする自分をなだめるように、ル・ロワはこちらに向けて片目を瞑《つぶ》ってみせる。この二人を仲良くさせてはならない、と思うのに十分なしぐさだ。

「なんにもなかったし、秘密の通路じゃなさそう。すっごい動物臭《くさ》かったし、通路の奥で子《こ》狐《ぎつね》くんたちと目が合ったよ。狐《きつね》さん親子の隠《かく》れ家《が》になってるみたい」

自分がせっせと服を払《はら》うのを、鬱陶《うっとう》しそうにしながらミューリはそう言った。

「ははは、でしょうな。もう少し助けてもらうのが遅《おそ》かったら、私も鼻をかじられていたかも」

好奇《こうき》心旺盛《おうせい》な子狐《こぎつね》が、突然《とつぜん》地下に現れたル・ロワの丸い顔に驚《おどろ》きつつ、おっかなびっくり近寄る様子が目に浮《う》かんだ。

「これは通路ではなく、水路のようです。あっちに草に埋《う》もれた露天《ろてん》の浴場がありました」

「お風呂《ふろ》!?」

ニョッヒラ生まれのミューリは期待に満ちた声を上げたが、入れるようになるのは何か月も先だろう。

「おそらくあの北の建物で沸《わ》かされた湯が、この水路を通って、流れ込むのでしょう」

指さすル・ロワの説明に、クラークはなにか納得《なっとく》しているようだった。

「では夜中にごそごそしているのは、狐《きつね》の親子ということですか」

少し残念そうなのは、廃墟《はいきょ》で寝泊《ねと》まりしている聖職者の前に現れるという、天使かなにかを期待していたのかもしれない。

「しかし、屋外に浴場があるとはずいぶんまた古風な建物です。エーブさんから聞いたのですが、ここは修道院に改装されるとのことですよね？」

「あ、はい。ハイランド様をご存知でしょうか？　大変信仰心《しんこう》に篤《あつ》い王族の方が、そのように手配してくださいまして」

クラークの返事にル・ロワは笑顔《えがお》でうなずき、ゆっくりと周囲を見回した。

「元々は、古い……とても古い建物なのかもしれません。それこそ王国のできる前、古代帝国《ていこく》の兵士たちが、この大きな島に侵攻《しんこう》した際に建てられたものかも」

穏《おだ》やかな、どこか恍惚《こうこつ》としているとさえ言えそうなル・ロワの横顔からは、さっきまでの悪戯《いた》めいた雰囲気《ふんいき》が消えている。代わりに、そこには歴史を愛する賢人《けんじん》の顔があった。

「一度由緒《ゆいしょ》を調べられては？　修道院の売りのひとつになると思いますよ」

けれどすぐに、見慣れたひょうきんなものに戻《もど》ってしまう。

「ねえねえ、それって、王国に残る騎士《きし》団の、大元になった人たちの話？」

そして子狐《こぎつね》よりも好奇《こうき》心旺盛《おうせい》なミューリは、近寄りがたそうにしていたル・ロワの話に食いついていた。

「騎士《きし》たちの歴史に興味が？」

ミューリは目を見開いて、強くうなずく。

「よろしい。私が講義して進ぜましょう」

膨大《ぼうだい》な量の書物に通じているル・ロワだ。ラウズボーンの大聖堂の前で、今は使われていない騎士《きし》団の紋章《もんしょう》をお守りとして売っていた露店商《ろてんしょう》よりよほど濃密《のうみつ》な話が聞けるに違《ちが》いない。自分でさえ若干《じゃっかん》興味を惹《ひ》かれる。

けれど、自分としては職人の行方《ゆくえ》についてもっと話したいことがあった。

「ル・ロワさん、私もまだお伺《うかが》いしたいことが……」

「ほ？」

「だめ！　兄様はまたつまんない神様のお話でしょ！」

ル・ロワの服の袖《そで》を摑《つか》んで離《はな》さないミューリが、これは自分の獲物《えもの》だと主張する。

自分とミューリに挟《はさ》まれ、ル・ロワは楽しげに腹をさすっている。

そしてそんなところに、孤児《こじ》院で似たような光景を何度も見てきたのだろうクラークが、疲れたように微笑《ほほえ》みながらこう言った。

「皆《みな》さま、ひとまず休憩《きゅうけい》にしませんか」

子供と子供みたいな大人は、それでようやく収まったのだった。


結局廃墟《はいきょ》でもう一晩を過ごし、翌日の朝、廃墟《はいきょ》に残って引き続き作業をしたがるクラークを説得し、しばし休養を取るようにと一緒《いっしょ》にラウズボーンに戻《もど》った。

昼前には到着《とうちゃく》し、シャロンの待つ孤児《こじ》院まで送り届けると、クラークは早速《さっそく》シャロンに小言を言われつつ、大喜びする子供たちに引っ張り込まれるようにして建物の中に消えていった。

「たまには役に立つじゃないか」

軽く笑いながら言うシャロンの憎《にく》まれ口《ぐち》に、ミューリはいーっと歯を剝《む》いていたので、やっぱり二人は仲良しなのだと思う。

ル・ロワはエーブの屋敷《やしき》に間借りするつもりらしく、荷馬車で送り届けるとちょうど買いつけた代物《しろもの》を搬出《はんしゅつ》していたエーブと出くわした。ル・ロワの暑苦しさに辟易《へきえき》している様子のエーブを見ることができて、少し得した気分だった。

最後に屋敷《やしき》に戻《もど》ると、その日は屋敷《やしき》にいたハイランドが出迎《でむか》えてくれて、ずいぶん薄汚《うすよご》れた様子のミューリに目をぱちくりとさせていた。

「職人の行方《ゆくえ》は、書籍《しょせき》商もまた、追いかけていたのか」

ミューリが部屋で土埃《つちぼこり》だらけの体を洗っている間、中庭沿いの回廊《かいろう》でル・ロワとの会話をハイランドに報告した。彼ら書籍商《しょせきしょう》は自分たちの商売を守るために件《くだん》の職人たちを追いかけていたし、最後の一人とされる職人の行方《ゆくえ》は杳《よう》として見つからないことから、異端審問官《いたんしんもんかん》たちによる意図的な策略なのではないか、ということも伝えた。

「なるほど……そこまで意地の悪い想像はできなかったな。けれど、いかにもありうる話だ」

「いかが、しましょうか」

自分はもちろん引き続き職人を探すつもりだが、はっきり言って手掛《てが》かりが少なすぎた。しかもル・ロワたち書籍商《しょせきしょう》が長年目を光らせていてもなお見つからないままだというのだから、余計に自分の出る幕などないだろう。

それに、カナンもこの可能性に気がついていたのではという疑問がずっとあった。気がついていたのだとしたら、どういう思惑《おもわく》でこの計画を持ち込んできたのか。仮にカナンが善良なのだとしても、その後ろにいる人々の動機は少し疑うべきなのではないかと思った、その矢先のことだった。

「カナン殿《どの》は、わかっていたのかもしれないね」

驚《おどろ》いて顔を上げたのは、ハイランドが優《やさ》しく微笑《ほほえ》んでいたからだ。

「けれど教会から裏切り者と呼ばれる危険を冒《おか》してまで、ここにきた。そこには強い動機があるはずだ。単なる信仰心《しんこうしん》で、見込みのない計画を伝えるためだけにきたとは思えない」

「……」

ハイランドの言葉の向く先がわからずにいると、肩《かた》をすくめられた。

「カナン殿《どの》の語った技術は確かに奇跡《きせき》だけれど、それは魔法《まほう》ではない。私たちの手でも十分に代替《だいたい》できるものだ」

ミューリがそうしたように、ハイランドは悪戯《いたずら》っぽく、右手をわきわきとさせてみる。

「写字生の手が十分にあれば、計画は続行できる。カナン殿《どの》の真の目的は、こっちだったのかもしれないね」

危険すぎて封印《ふういん》された技術を復活させる。ミューリの側《そば》にいるせいか、そんな荒唐無稽《こうとうむけい》なことを疑いもしなかったが、冷静なハイランドの目には最初から全体像が映っていたのかもしれない。

「商人たちにはなんの益もない話だから協力を仰《あお》げない。カナン殿《どの》たちが普通《ふつう》の高位聖職者なら、支配下の大聖堂や修道院の人員を狩《か》り出したり、なんなら各種の特権を見返りに、筆写のための資金を都合できたりするのだろう。けれど、カナン殿《どの》たちはまさにそういう権力を不当に持つ者たちを撲滅《ぼくめつ》するために動いている。俗世《ぞくせい》の貴族に力を借りるにしても、所領と教会の利害が絡《から》みすぎていて、誰《だれ》が味方かわかったものではない。だから明確に教会の敵だとわかっている私たちに話を持ってきた……ということではないだろうか」

ハイランドは庶子《しょし》とはいえ、王族に連なる身だ。自分たちはそのおかげで路銀の心配などしないでいられるし、滞在《たいざい》しているこの屋敷《やしき》も豪華《ごうか》な作りだった。

だから伝説の技術を復活させられずとも、大陸に広めるのに十分な聖典をつくる費用を賄《まかな》えるのでは、とカナンたちが目星をつけたとしても、確かにおかしいことはなかった。

資金の問題は、カナンもまた最初から口にしていたのだ。

「それに、何千冊も我々が作る必要はない。重要なのは、異端審問官《いたんしんもんかん》がその技術を恐《おそ》れたのと同じ状況《じょうきょう》を作れるかどうかだろうから」

少しなぞかけめいた物言いだったが、言いたいことはすぐにわかった。

「彼らが回収するよりも早く、世に広められるか、どうか？」

「そう。俗語《ぞくご》の聖典の素晴《すば》らしさを知った誰《だれ》かが、一冊の聖典を複写してくれて、その複写を手に入れた誰《だれ》かが同じことをしてくれる。そうすれば我々の手間は減る。もちろん時間はかかるし、不確実だ。カナン殿《どの》の言う技術があれば、その不確実性を消し去れる。けれど私たちと手を組むことも、それに勝《まさ》るほどではなくとも、まあまあ戦力になると踏《ふ》んだのではあるまいか」

弱々しい火であぶっていては、焦《こ》げるばかりで火が点《つ》かないかもしれない。一面を燃え上がらせるには、それなりの火種を用意する必要がある。

ただ、自分は危《あや》うく口を開きかけた。王族に向けるにはあまりに不敬な一言だった。

資金的には、いかがなのでしょうか。

シャロンは修道院の補修費用でさえ、頼《たよ》るのをためらっていた。それとも、後ろ盾《うしろだて》となっているデバウ商会や、あるいはエーブに資金繰《しきんぐ》りを頼《たよ》るつもりなのだろうか。

そしてハイランドは、言葉を飲み込んだこちらのことに気がついたらしい。少し照れたように微笑《ほほえ》んでから、口を開く。

「写字生を大量に用意すればいい。場所は修道院というおあつらえ向きのものがある。ならば問題はあるまい」

任せておけ、とばかりにうなずいてみせるのだから、なにか手があるのだ。

自分は不安に思いつつ、あまり詮索《せんさく》するのはハイランドを信用していないということにもなると思い、口をつぐんだ。

「ふふ。そんな真剣《しんけん》な顔をしていると……と思ったが、騎士《きし》はまだ部屋で湯浴《ゆあ》み中だったね」

わざとらしくそんなことを言っていたので、この話は終わりだ、ということだろう。自分も仕方なく笑って、話題を流すほかなかった。

「それと職人の件はもちろんなのだけど、カナン殿《どの》に聖典の翻訳《ほんやく》版を渡《わた》したら、早速翻訳《さっそくほんやく》についていくつも質問を寄こしてきた。見てもらえないだろうか」

「それは、はい。もちろんです。いささか怖《こわ》くはありますが……」

「向こうも同じことを思って、筆を執《と》っていると思うよ」

あの執務室《しつむ》で相対した時、自分はカナンの雰囲気《ふんいき》に呑《の》まれないように必死だったのだが、それはカナンの側も同じだったらしい。そのことを思い出すと、いくらか気分も軽くなる。

「あ、そういえば」

ハイランドと共にカナンからの手紙を取りに執務室《しつむ》に向かおうとした途中《とちゅう》、ふと思い出したことがあった。

「修道院予定地の建物なのですが、由緒《ゆいしょ》ある建物なのでしょうか？　どうも、王国ができる前に遡《さかのぼ》れるような、古い様式なのではと」

「ありうる話ではあるけれど……それが？」

「修道院の売りになるのではとル・ロワさん……協力をお願いした書籍商《しょせき》の方が」

その言葉に、ハイランドはどこか居心地悪《ここちわる》そうに微笑《ほほえ》んだ。

「私がもっと金勘定《かんじょう》のうまい領主ならば、皆《みな》の手を煩《わずら》わせずに済んだろうに」

実直で、自らに厳しい貴族の中の貴族。

「そういうハイランド様だからこそ、少なくとも私は今ここにいると思っていますよ」

ハイランドに、笑い返してみせた。

「ミューリがいないうちに、私も自分の気持ちをお伝えすべきかと」

冗談《じょうだん》めかして付け加えると、ハイランドは降参を示すように大きく肩《かた》をすくめていた。

「修道院の件は、調べておこう」

ハイランドは楽しげに言って、こちらを見やる。

「君たちの協力があれば、きっと諸々《もろもろ》うまくいくはずだ」

なんの根拠《こんきょ》もないといえばそれまでだが、笑顔《えがお》で同意できるのは、ひとえにハイランドの人柄《ひとがら》ゆえなのだった。


ハイランドと別れて部屋に戻《もど》る頃《ころ》には、ミューリの湯浴《ゆあ》みも終わっていた。今はせっせと髪《かみ》の毛《け》の手入れをする少女をよそに、カナンからの手紙を広げて机につく。受け取ってから我慢《がまん》できず、部屋に向かう途中《とちゅう》で開いてしまったのだが、改めて目を通すと頰《ほお》が紅潮する思いだった。

「恋文《こいぶみ》?」

横から覗《のぞ》き込んだミューリが、妙《みょう》に据《す》わった目でそう言ったくらいに。

「ち、違《ちが》います」

思わず口ごもってしまったのは、文章の向こうにカナンの顔が透《す》けて見えるくらい、情熱的な褒《ほ》め言葉で溢《あふ》れていたからかもしれない。

「すっごく楽しそうな匂《にお》い」

ミューリはカナンの手紙に鼻を近づけ、面白《おもしろ》くなさそうにすんすんと鼻を鳴らす。

「本当に女の子じゃなかったよね?」

苦笑いしながら、やきもちやきの狼《オオカミ》をいなす。

「神学問答ができる相手というのは、すごく限られますから。遠い異国の地で出会う、故郷の仲間のようなものです」

「兄様たちの、訳のわからない話」

自分の入れない話題はなんにせよ面白《おもしろ》くない、とばかりに、まだ少し湿《しめ》っている狼《オオカミ》の尻尾《しっぽ》を振《ふ》っていた。

「あなただって、ル・ロワさんと大いに話が盛り上がっていたでしょう」

荷馬車の荷台の上では、ひたすら二人で話し続けていた。自分とクラークは御者台《ぎょしゃ》で聖典の解釈《かいしゃく》を巡《めぐ》る話をしていたのだが、到底《とうてい》背後の熱意には敵《かな》わなかった。夢中で話すミューリの熱量を知っている身として、そのミューリが喉《のど》を嗄《か》らすくらい話に付き合えるル・ロワの偉大《いだい》さを改めて実感したところだ。

「今日はこの後、街の書庫に一緒《いっしょ》に行く約束もしたよ。修道院のことを調べないといけないからね」

街の参事会は、各地の年代記や貴族の紋章《もんしょう》、主要な戦役《せんえき》の記録などを蒐集《しゅうしゅう》している。

あそこにル・ロワと一緒《いっしょ》に行けば、確かにミューリのような少女にはまさに天国だろう。

「あまり迷惑《めいわく》をかけてはいけませんよ」

行くなと言っても聞く耳を持たないだろうし、ハイランドの懐《ふところ》具合を鑑《かんが》みると、修道院の売り文句というのはもっと真剣《しんけん》に考えるべきことのように思えていた。ミューリがそれを見つけてきてくれれば、回りまわってハイランドの役に立つ。

そう思って最低限の小言で済ませると、ミューリは不服そうな目でこちらを見ていた。

ただ、不服の理由は、自分が想像していたのとだいぶ違《ちが》っていたようなのだが。

「いいの？　男の人と、遊びに行くのに」

「……」

数瞬《すうしゅん》、なにを言っているのかわからなかった。

ミューリの言いたいことに気がついた瞬間《しゅんかん》、思わず笑いそうになったのは、いっつも二歩も三歩も先を行ってこちらを翻弄《ほんろう》するミューリが、こんなにわかりやすく女の子らしいことを言うのかと思ったからだ。

そしてもちろん、ル・ロワとミューリを並べてみても、なんの不安があるだろうか。

「ル・ロワさんと食事をしにいくとなったら、食べすぎないか心配するところですが」

あの丸い体型を維持《いじ》するには、ミューリでさえ呆気《あっけ》に取られるくらい食べなければならないというのを、昨日今日で知った。あの食事量に慣れられたら、とても困る。

「……そういうことじゃ、ないんだけど」

不満そうなミューリの言いたいことは、もちろんわかる。

ちょっと前までのミューリからの求婚攻勢《きゅうこんこうせい》は、方向を変えただけで消えてなくなったわけではないのだから。

「あなたと私にはこれがありますから。それで十分でしょう？」

指さしたのは、ミューリの腰帯《こしおび》に刺繍《ししゅう》されている、そっぽを向いたような狼《オオカミ》の紋章《もんしょう》だ。

この紋章《もんしょう》を使えるのは、世界を探しても二人だけ。

ミューリは目線を落として腰帯《こしおび》を見て、それからため息をついて顔を上げた。

「噛《か》みつくのは許してあげる」

カナンの手紙にやきもちをやいて、ちょっとじゃれつきたかったのだろう。

けれど自分に同じような鼻があれば、ミューリがせっせと書き記している夢物語にも、同じ空気を容易に嗅《か》ぎ取《と》ることができたはずだ。ミューリの母である賢狼《けんろう》にあの紙束を渡《わた》したら、ずいぶん分厚い恋文《こいぶみ》じゃのうと笑うことだろう。

「羊肉を前にした時も、その自制心を発揮してもらいたいものです」

そんな一言を付け加えると、唇《くちびる》をひん曲げたミューリはこちらの肩《かた》を叩《たた》いてくる。

「兄様の意地悪」

聞き慣れた台詞《せりふ》に咳《せ》き込むように笑えば、もう一度肩《かた》を叩《たた》かれた。

「それに、あなたなりにル・ロワさんから職人さんの情報を聞き出そうとしてくれている。そうですよね？」

間抜《まぬ》けな羊だとしても、さすがに学習する。

ミューリはひん曲げていた唇《くちびる》を今度は少し尖《とが》らせて、鼻の穴をぷくりと開く。

気づいてもらえるとは思っていなかったのかもしれない。

「ふん……。わかってるなら、いいんだよ」

尻尾《しっぽ》がぱたぱた振《ふ》られているのは見なかったことにして、ありがとうございます、と恭《うやうや》しく頭《こうべ》を垂れておく。

するとミューリは肩《かた》をすくめた後、椅子《いす》をもう一脚《きゃく》持ってきて横につける。それから櫛《くし》をばんと机の上に置くやいなや、最後に背中をこちらに向けてからこう言った。

「ただ、すっごい頭の良い《い》人だから、職人さんの話を知ってたとしても聞き出すのは大変かも」

労働には対価を。

やれやれと櫛《くし》を手に取り、ミューリの髪《かみ》にそっと櫛《くし》を沈《しず》めると、ミューリはようやく満足げに笑ったのだった。

「そういえばさ、金髪《きんぱつ》は職人さんの話になんて言ってた？　そのお話をしにいったんでしょ？」

「存在しないかもという説には、さもありなんという反応でした。最初からある程度考慮《こうりょ》されていたのでしょう」

まだ湿《しめ》っていてひんやりするミューリの髪の毛《かみのけ》には、不思議な質感がある。これだけ綺麗《きれい》なら夢中で手入れをしたくなる理由もわかろうものだ、と思っていたら、ミューリが奇妙《きみょう》なことを聞いてきた。

「金髪《きんぱつ》は、あんまり落ち込んでなかったの？」

肩越《かたご》しに振《ふ》り向《む》いてまで確認《かくにん》するミューリに、やや戸惑《とまど》う。

「え、ええ。ただ、理由はわかりますよ」

前を向いてください、と肩《かた》をつつくと、ミューリはこちらを気にしながらも前を向く。

「カナンさんの持ち込んだ計画は、お話の技術がなくとも原理的には実現可能ですから」

これがどうしても失われた技術の復活が必要ということであれば、もっと悲壮《ひそう》感が強くなっていたことだろう。王国と教会の争いを平和裏《り》に終えられるどころか、教会の浄化《じょうか》まで行える千載一遇《せんざいいちぐう》の機会なのだから、なんとしてもものにしなければならないと必死になったはずだ。

「単純に本を作る職人さんたちを雇《やと》う資金の問題ということであれば、完全にお先真っ暗というわけではありません。金額の大きさは確かに問題でしょうが、ハイランド様にはなにかお考えがありそうでした。職人さんが見つからずとも、そのまま前に進もうという決意のようなものを確かに感じましたよ」

軽い手つきでミューリの髪《かみ》に櫛《くし》を通していたのだが、不意にその体が小さくなった気がした。大きくため息をついたのだと理解する頃《ころ》には、こちらを向いたミューリの目が湿《しめ》った髪《かみ》の毛《け》よりも冷たくなっていた。

「兄様はやっぱり、私がいないとだめだと思う」

「……と、突然《とつぜん》なんですか？」

ミューリはすぐに答えず、引き続き髪《かみ》の毛《け》を梳《す》けと手ぶりで示してから、前に向き直る。

背中の様子から、さっきまでの甘えるような空気はなくなっていた。

「実現したいことの前に問題が立ちはだかっていて、その解決法があの金髪《きんぱつ》の手に残されてるとする。だったらあの金髪《きんぱつ》の性格からして、暗い顔なんてするわけないよ。むしろほっとした様子で、こう言うだろうね」

ミューリは肩《かた》をそびやかしていた。

「自分が犠牲《ぎせい》になることで解決できるなら、気楽なものだって」

髪《かみ》を梳《くしけず》る手が止まり、ミューリが肩越《かたご》しにちらりと振《ふ》り返《かえ》る。

「笑顔《えがお》で言いそうでしょ？」

二の句を継《つ》げないのは、あまりにも容易にその場面が想像できるからだ。

「本当にそうするかはわからないけど、とんでもない仕方でお金を用意するかもしれないから、注意したほうがいいと思うな」

あのシャロンもまた、ハイランドに資金の相談をすることをためらっていた。それはハイランドの責任感の強さを危惧《きぐ》してのことだった。そして自分がハイランドを信頼《しんらい》できるとしたら、まさにその責任感の強さゆえなのだ。

修道院の運営の足しになるかもと、由緒《ゆいしょ》について尋《たず》ねた時の顔が思い出される。

私がもっと金勘定《かんじょう》のうまい領主ならば、とハイランドは言った。

「兄様があの金髪《きんぱつ》を心配するのはしゃくだけどね」

蓮《はす》っ葉《ぱ》な物言いの後、肩《かた》をすくめる。

「お菓子《かし》を用意してくれなくなったら、私も困るもの」

こちらに背を向けたままそんなことを言ったミューリの顔が、一体どんな風だったか。

自分はもちろんありありと想像できたし、ミューリは意地っ張りなところもあるが、それ以上に心優《やさ》しい女の子なのだ。

「完全に、油断していました」

ある日ハイランドが大金を用意して、首尾《しゅび》よく写字生たちを手配したとしても、なんの疑問も抱《いだ》かなかっただろう。その笑顔《えがお》を本当の笑顔《えがお》だと思い込んで、問いかけすらしないはずだ。

危険な穴がたくさん存在する森の中、狼《オオカミ》は数歩先で道を確かめて、仲間が迷い込むのを助けてくれる。止まっていた手を、今まで以上にゆっくりと、丁寧《ていねい》に動かした。

「あなたは立派な私の騎士《きし》です」

灰に銀粉を混ぜたような髪《かみ》の毛《け》を梳《くしけず》りながら、そう言った。

ミューリはこちらを振《ふ》り向《む》かなかったが、狼《オオカミ》の耳と尻尾《しっぽ》から、どんな顔をしているかはさっき以上によく分かったのだった。

髪《かみ》の毛《け》を梳《す》き終わり、せがむので三つ編みにしてやると、ミューリはまだちょっと土埃《つちぼこり》の匂《にお》いがする騎士《きし》見習いの服を着て、鼻息荒《あら》くル・ロワの下《もと》に向かってしまった。

その腰《こし》に剣《けん》が揺《ゆ》れているのを止められなかったのは、ついさっきに大事なことを気付かせてくれた借りがあるから、というわけではない。ちょうど、街の参事会で行われる昼の宴《うたげ》に参加するハイランドと外出が重なったのだ。ハイランドはミューリとの騎士《きし》団に特権を授《さず》けてくれたいわば主君なのだから、騎士《きし》たる自分が主君の道中の安全を守らなければならない、という理屈《りくつ》らしい。ハイランドはもちろん小さな騎士《きし》の護衛を喜んで、自分の馬車の中に招き入れていた。

そんなわけで、自分は二人の乗る馬車が石畳《いしだたみ》の道をがたがた進んでいく様を、下男たちと一緒《いっしょ》に見送ることとなった。

ハイランドはいつもと変わらぬ笑顔《えがお》だし、ミューリとのじゃれ合いを楽しんでいる様子も嘘《うそ》には見えない。けれどミューリの語った話が本当なら、ハイランドはあの笑顔《えがお》の下に危険な決意を秘めていることになる。確かにカナンたちの持ち込んできた話は、王国と教会の関係がどう転ぶかを左右する重大なものであることは間違《まちが》いなく、なんとしてでも実現しなければならないという気持ちは共有できる。

けれど無茶なことはして欲しくないと思うし、黙《だま》ってそうして欲しくなかった。ハイランドが、岩のような責任感と、少なくない王族としての矜持《きょうじ》もあって、そうしているのだとしても。

「身分とは、神が定めしものとはいえ……」

窮屈《きゅうくつ》なものだ。

それを真正面からどうにかしようという気概《きがい》を持つのは、灰に銀粉を混ぜたような不思議な色合いの髪《かみ》を持つ、おてんば娘《むすめ》だけなのかもしれない。

「コル様、いかがされましたか」

と、老いた下男が声をかけてくれた。いつまでそこにいるのか、と不思議そうな顔だった。

「少し、物思いに。いけない癖《くせ》です」

老いた下男は歯の少なくなった顔をくしゃりと笑わせ、鋼鉄の門扉《もんぴ》に手をかける。

そしてそれを閉じようとしたところで、視線をふと道の先に向けていた。自分もそちらに目を向けると、こちらに向けて歩いてきていた者がぎくりとして足を止めた。

「え……ローズ、さん？」

言《い》い淀《よど》んでしまったのは、若干《じゃっかん》自信がなかったから。

なにせ初めて出会った時は行《い》き倒《だお》れの泥《どろ》まみれで、騎士《きし》見習いという身分も風前《ふうぜん》の灯《ともしび》だった。

けれど道の先でなんだか戸惑《とまど》いがちにしている今の姿は、地味な色合いながらも肩《かた》のマントを翻《ひるがえ》した、立派な騎士《きし》のいでたちだったのだ。

「お客様ですかな」

下男が門扉《もんぴ》を閉める手を止めて、こちらに問いかけてくる。ローズは聖クルザ騎士《きし》団の人員であり、たまたま近所を散歩していたということもあるまい。またローズのほうも、なにか意を決したように肩《かた》をいからせ、大股《おおまた》に歩いてくる。

おそらくだが、ここに用があったのは確かだが、思ったよりも遠い距離《きょり》で知り合いと目が合った時の気恥《きは》ずかしさだろう、と思った。

けれども聖クルザ騎士《きし》団員たるもの、いつまでも照れてられないとばかりに、ローズは折り目正しく挨拶《あいさつ》をしてきたのだった。

「ご機嫌麗《きげんうるわ》しゅう。コル様」

そして胸に手を当てその場に膝《ひざ》をつこうとしたのは、さすがにおしとどめた。

「お久しぶりです。どうぞ楽に」

ローズはマントを羽織って革《かわ》の胸当てをつけ、腰《こし》に長剣《ちょうけん》を佩《は》いて膝《ひざ》近くまである旅用のごつい革靴《かわぐつ》を履《は》いている。立派な旅装姿だが、靴《くつ》には春の雪解けの名残《なごり》を少しとどめていた。

「見たところ、旅装のままですよね。いかがでしょう、お屋敷《やしき》で休まれては」

「……お気遣《きづか》い、痛み入ります」

いかにも騎士《きし》らしい言葉遣《ことばづか》いがまだどこかこなれていないのは、単純に若さのせいだろう。

それから下男が案内してくれたのは、色つき硝子《ガラス》で天使の絵が描《えが》かれた、通り沿いの日当たりの良《い》い部屋だった。

「ハイランド様は、まさに先ほど出かけられまして」

部屋の外で下女の持ってきた飲み物を受け取り、自分の手でローズの前に置く。ローズは色つき硝子《ガラス》の組み合わせで描《えが》かれた天使を眩《まぶ》しそうに見上げていたが、ほんの少し会っていないだけで、ずいぶん大人になったように見えた。ミューリが見たら、騎士《きし》として差をつけられたと悔《くや》しがるかもしれない。

そういえば、このローズはまだミューリが騎士《きし》の身分を賜《たまわ》ったことを知らないはずだが、自分から伝えるか、それともミューリが自身で伝えたがるだろうかと妙《みょう》なことを思ってしまう。

ただローズ少年はミューリにそれとなく好意を持っていた気がするから、ミューリと会話が増えるようにしたほうがよいだろうか……などと思いながら席についたら、ローズはそれを待っていたように口を開く。

「ハイランド様へは改めて挨拶《あいさつ》に伺《うかが》います。今日は、コル様へ団長からの急ぎの手紙をお持ちしました」

「え、私へ？」

まさか自分に用があったとは思わず驚《おどろ》いていると、ローズは胸元《むなもと》から一通の書簡を取り出した。馬の尻尾《しっぽ》の毛で作られた紐《ひも》でくくられた、赤い蠟《ろう》に騎士《きし》団の印章が押された正式な体裁《ていさい》の書簡だった。

やや緊張《きんちょう》しながら受け取り、開けてもいいかと目線で問えば、うなずかれる。

そうして目に入った文章に、さらに驚《おどろ》かされた。

「コル様のご助力と神のお導きにより、私たちは再び騎士《きし》としての名誉《めいよ》を取《と》り戻《もど》すことができました」

ローズはそう言って、こちらの手元にある手紙に視線を落としてから、顔を上げる。

「ですが、私たちではどうしても力不足になることが幾度《いくど》もありました。そのたびに実感したのは、コル様のご威光《いこう》です」

手紙には、あの銀の髭《ひげ》を蓄《たくわ》えた騎士《きし》の中の騎士《きし》といった団長の筆で、そんな内容が記されていた。彼らは王国内で不正を働く教会を相手に、教会とのさらなる対立に鑑《かんが》みて手出しできない王国に代わって、不正を暴いて回っている。

聖クルザ騎士《きし》団にはおとぎ話にも歌われるような民衆人気もあるおかげか、その活躍《かつやく》たるや目覚ましいものだと耳にしていたが、万事《ばんじ》うまくいくというわけでもないようだった。

「比較的《ひかくてき》大きな町では問題ないのです。聖クルザ騎士《きし》団の名を知らない者などおらず、聖典を突《つ》きつければ彼らに言い訳の余地などないからです。しかし、古くて小さい町や村、特に世襲《せしゅう》で司教の座が守られていたり、聖職者が教会文字を読めなかったりするような、神の御加護でさえ届かない地域では、そうではありません」

生涯《しょうがい》独身のはずの司教職が世襲《せしゅう》、という眩暈《めまい》のするような矛盾《むじゅん》や、聖職者が教会文字で書かれた聖典を読めず内容もろくに聞いたことさえない、という冗談《じょうだん》のようなことはままある話だ。

「そんな場では、我らを野盗《やとう》かなにかの集団だと罵《ののし》り、呪《のろ》いの言葉と共に水をかけられる始末です。ところが」

薄明《はくめい》の枢機卿《すうききょう》の命であるとわかると、彼らはたちまちおとなしくなる、と手紙にはあった。

そして例外なく、そういう教会には聖典の一部を抜粋《ばっすい》して俗語《ぞくご》に翻訳《ほんやく》した冊子があるのだと。

「彼らは神の言葉は知らずとも、それなりに世間の流れには耳目《じもく》を傾《かたむ》けています。出入りの商人や、大きな町に作物や家畜《かちく》を売りにいった領民から、コル様のお名前を耳にするようです。それから時には誤字だらけではあるものの、俗語《ぞくご》になった聖典の一部を書き写したものを手に入れ、初めて神の教えに触《ふ》れているのだとか」

そんなふうに自分たちの働きが影響《えいきょう》を与《あた》えているのかと心底驚《おどろ》いたし、同時に、やはり正しいことをしていれば人々は気付いてくれるのだという希望もまた、強く感じることができた。

「では、ローズさんのお荷物の中にあるのは」

手紙にはちょっと恥《は》ずかしくなってしまうくらいの褒《ほ》め言葉と、聖典を俗語《ぞくご》に翻訳《ほんやく》するということの素晴《すば》らしさが語られていた。そんな手紙の後半の一文には、名ばかりの聖職者たちの無知蒙昧《もうまい》をただすため、ぜひとも薄明《はくめい》の枢機卿《すうききょう》に同道願いたいとあったが、もちろんそれは挨《あい》摋《さっ》みたいなものだ。

　そこに本人がおらずとも、言葉を伝えることは可能なのだから。

「コル様の翻訳《ほんやく》された聖典を、急ぎ一冊分書き写してこいと団長より命令を受けて参りました」

　ローズが肩《かた》にかけていた麻袋《あさぶくろ》の口を開ければ、見慣れた羽ペンやらが出てきた。この少年が記した手紙は以前目にしたことがあり、実に綺麗《きれい》で几帳面《きちょうめん》な文字だった。

　カナンに続き、ローズもまた聖典の俗語《ぞくご》版を写しにやってきた。

　これは偶然《ぐうぜん》というより、自分たちが正しい方向に進んでいることの、その結果が出始めたということだろう。まさに今、世の中を巡《めぐ》る状況《じょうきょう》の中で求められるものが、俗語《ぞくご》の聖典なのだ。

「ハイランド様にお伺《うかが》いしてみないとわかりませんが、お屋敷《やしき》の滞在《たいざい》はおそらく大丈夫《だいじょうぶ》でしょう」

　聖典の筆写となると、一朝一夕《いっちょういっせき》にできることではない。

　するとローズは、大慌《おおあわ》てで首を横に振《ふ》る。

「いえ、そこまでのご迷惑《めいわく》はかけられません。大聖堂のほうで厄介《やっかい》になろうかと」

　教会の懐刀《ふところがたな》たる聖クルザ騎士《きし》団であれば、それが筋かとも思う。ローズたちの分隊は聖クルザ騎士《きし》団の中でも王国出身者で固められているが、建前上、教会の味方であり、王国の敵なのだ。若干《じゃっかん》残念な気持ちでいると、ローズは不意に視線を落とし、さっきまでの実直な騎士《きし》の面影《おもかげ》が薄《うす》れ、少年らしい地を表情に見せていた。

「ただ、ひとつお願いが……」

「なんでしょう？」

その妙《みょう》に思いつめたような顔に、ふと、ミューリのことが浮《う》かぶ。

だってあの子は私のことが好きだもの、とミューリはローズについてそう言った。

騎士《きし》は独身を貫《つらぬ》く規則を持つところもあるが、絶対ではない。それに兄代わりの身として、ローズのような少年がミューリと仲良くなってくれたら、いっそ安心できるところだ。

そんなことを勝手に思っていたところ、意を決したようにローズはこう言った。

「作業の際は、その、時折で構いません。コル様にご指導いただくことは可能でしょうか」

「え？」

じっと見つめられ、目をしばたかせてしまう。予想が全然的外れだったこともあるが、それくらいローズの視線が力強かったのだ。

「それは、はい、構いませんが……」

「ありがとうございます！　コル様のおかげで私たち騎士《きし》団は本当に救われました。しかも行く先々でコル様のすごさを実感するのです。あのとき泥道《どろみち》で拾われたことはまさに神のお導きとしか思えません。唯一《ゆいいつ》、心残りがあるとすれば」

ローズは、悔《くや》しそうに言った。

「もっと教えを乞《こ》うていればと、私は己《おのれ》の不明を恥《は》じるばかりです。コル様には、失礼な態度もとってしまいました……。今回の筆写の役目を仰《おお》せつかったことは、己《おのれ》の不勉強を埋《う》め合《あ》わせるという私情もあったことを告白いたします。が、全身全霊《ぜんしんぜんれい》で学ばせていただきます！」

「えーっと……それは……はい。あの、こちらこそ」

ミューリを目当てに、なんて想像していた自分をむしろ恥《は》じるばかりだ。

文字は人を現すとよく言ったものだが、ローズは几帳面《きちょうめん》で筆圧の強い文字に相応《ふさわ》しい少年だったようだ。

「私の拙《つたな》い学識でよろしければ、喜んでお力になりましょう」

ローズは眩《まぶ》しいほどに顔を輝《かがや》かせ、さらにもう一度頭を下げて、礼を言ったのだった。

そしてハイランドが留守ということと、ローズは旅路からそのままここにきたこともあって、ひとまずは辞して、大聖堂に挨拶《あいさつ》に向かうと言って席を立った。自分も見送りのために席を立ち、扉《とびら》に手をかけた、その時だった。

「コル様」

その声に振《ふ》り向《む》くと、ローズが思ったより近くに立っていた。

「団長より、極秘《ごくひ》にお伝えするようにと言伝《ことづて》が」

「団長様から？」

声を潜《ひそ》めるローズの目を見返し、少年が街に到着《とうちゃく》するや旅装のままこの屋敷《やしき》にやってきた本当の理由は、このためだったのだと理解する。小さくうなずいて、一度扉《とびら》を開けて外を見やる。部屋の外にはのんびりとした午後の空気が漂《ただよ》い、回廊《かいろう》の向こうの中庭では、老いた下男が子犬を足元で遊ばせながら、果樹の手入れをしていた。

「人はいません」

ローズはうなずき、けれどもさらに一歩近づいて、言った。

「王国内の不穏《ふおん》な輩《やから》が、教会との間でわざと事を荒立《あらだ》てようと画策しているようです」

声も出ず、ただじっと見つめ返す。

「我々を闇討《やみう》ちし、王宮の仕業と見せかけようとした者がいます。返《かえ》り討《う》ちにして捕《と》らえてみれば、ケチな盗賊《とうぞく》団のような奴《やつ》らでしたが、黄金羊の紋章《もんしょう》が染《そ》め抜《ぬ》かれた肩章《けんしょう》を持っていました。襲撃《しゅうげき》がうまくいった際に、それを証拠《しょうこ》として落とすつもりだったとか」

聖クルザ騎士《きし》団は、伝説に歌われるような騎士《きし》の中の騎士《きし》だ。金で雇《やと》われた盗賊《とうぞく》たちの無謀《むぼう》さにむしろ同情してしまう。

「連中は金で雇《やと》われていたため、その背後に誰《だれ》がいるかまではわかりませんでした。王国の非としたい教会か、あるいは教会の陰謀《いんぼう》だと世間に思わせたい、王国側の遠回しな差し金か……」

ローズたちは、聖クルザ騎士《きし》団の中でもウィンフィール王国出身者だけで固められた部隊であり、立ち位置が非常に微妙《びみょう》なものだった。教会からも、王国からも、味方よりかは敵とみなされている。

しかし、盗賊《とうぞく》たちが王家の紋章《もんしょう》を現場に置いていくつもりだったのならば、騎士《きし》たちを単純に狙《ねら》った話ではない、という推測は正しいだろう。

「いずれにせよ、王国と教会の争いを焚《た》きつけようとする勢力がいる、ということですよね」

「はい」

ローズはうなずき、少し言いにくそうにしていたが、こう言った。

「王国と教会、あるいはどちらに属さない者たちにも、戦《いくさ》になれば喜ぶ者たちが大勢います」

それは武具や食料品などで儲《もう》ける商人かもしれないし、まさにローズたちのような、戦《いくさ》を遂《すい》行《こう》するために存在している者たちかもしれない。彼らにとって、異教徒との戦《いくさ》が終わったことは、存在意義がなくなったことを示している。

新たな戦《いくさ》は、そんな彼らの新しい仕事となる。

「また、団の者がここから少し離《はな》れた港で、教皇庁の関係者を見たという話もあります。闇討《やみう》ちと合わせ、なにか陰謀《いんぼう》が進められていてもおかしくありません」

教皇庁の人間という言葉に、感情が顔に出はしなかったろうか、と不安になる。真っ先にカナンのことが思い当たったからだ。

彼はいわば教会を裏切ってここにきているかたちになるので、ローズのことは早急《さっきゅう》に伝える必要があるだろう。

「わかりました。この話は……ハイランド様と共有しても？」

「もちろんです。今ではコル様と合わせ、ハイランド様こそ教会との争いの矢面《やおもて》に立つ身。陰謀《いんぼう》があるとすれば、次に狙《ねら》われてもおかしくありません。皆様《みなさま》の安全のため、私たちがここに詰《つ》めるべきではという議論も出たくらいですが、それはかえってご迷惑《めいわく》になるかもと……」

王国と教会の争いの渦中《かちゅう》、聖クルザ騎士《きし》団に護衛されることは様々な軋轢《あつれき》を引き起こしてしまうだろう。けれどローズたちの気持ちをハイランドに伝えたら、きっと喜ぶはずだ。

「皆様《みなさま》の信仰心《しんこう》と、私たちを気遣《きづか》ってくれるお気持ちは神もご存じのはずです。よく知らせてくださいました」

「いえ、我々の受けたご恩はこの程度では」

意固地なくらいの律義《りちぎ》さだ。本物の騎士《きし》の精神を目《ま》の当《あ》たりにすると、うちのおてんば娘《むすめ》が立派な騎士《きし》になるには、どうも根本から足りないものがあるような気がしてならない。

「我らに神のお導きがありますように」

その文句に、ローズは恭《うやうや》しく頭《こうべ》を垂れたのだった。

ローズを見送った後、部屋に戻《もど》って真っ先に出てきたのはため息だ。

教皇庁のカナンたちのみならず、聖クルザ騎士《きし》団も聖典の俗語《ぞくご》翻訳《ほんやく》の威力《いりょく》に気がついてくれたのは素直《すなお》にありがたかったが、それは別の言い方をすると、敵対的な勢力の視界にもまた、同じものが映っているということだ。この頃合《ころあ》いでローズたち騎士《きし》団が何者かの襲撃《しゅうげき》を受けたのも、自分たちが好機だと思っていることを、逆に危機だと見なす者たちがいるからだと考えれば、納得《なっとく》がいく。

ただ、ローズは騎士《きし》団の仲間が教皇庁の人間を見たらしいという話から、教会側がなにか企《たくら》んでいるのかとも疑っていたが、自分としてはあまりそう思えなかった。

むしろ教会以上に、王国と教会の関係を引《ひ》っ掻《か》き回そうと企《たくら》みそうな勢力に、ひとつ心当たりがあったのだ。

それはハイランドこそよく知るはずの勢力で、帰宅したらそれをハイランドに確かめなければなるまい。世界を二分する王国と教会の争いだが、ややこしい役者には事欠かないのだ。

「ミューリの物語くらい、なにもかもがうまくいけばいいのですが」

机の上には、暇《ひま》さえあればミューリが羽ペンを握《にぎ》って書きつけている、空想の騎士《きし》物語の書かれた紙束がある。それを見て、思わず嘆息《たんそく》交じりに呟《つぶや》いてしまう。

ただ、ここで唸《うな》っていたって仕方ないし、カナンのみならずローズたちも聖典の俗語《ぞくご》翻訳《ほんやく》に注目し出したのは、間違《まちが》いなく良《よ》い兆候だ。大量に俗語《ぞくご》の聖典を用意し、大陸側で配布してしまえば、燎原《りょうげん》の火のように正しい信仰《しんこう》が燃え上がるはず。

カナンから送られてきた聖典の翻訳《ほんやく》に対する質問も、そこには文字に触《ふ》れれば感じられるのではないか、というくらいの熱意が込《こ》められている。自分が訳した聖典について、これほど知力を振《ふ》り絞《しぼ》って関心を示してくれる人がいる。

元はおてんば娘《むすめ》に信仰《しんこう》をねじ込もうと磨《みが》き抜いた言葉ではありながら、それはたくさんの人の心に刺《さ》さろうとしているのだ。

このことを知れば、きっとミューリは自分の手柄《てがら》のように胸を張るだろう。そんな様子を想像するだけで苦笑いが浮《う》かんでしまうが、この流れならば本当に、俗語《ぞくご》版の聖典でもって、王国と教会の争いを決定的なかたちで終わらせることができるかもしれないと思えてくる。

ならば自分は、自分にできることを最大限やるほかない。

椅子《いす》を引いて座り、カナンからの手紙に相対する。

羽ペンを手に取って、ミューリが恋文《こいぶみ》かといぶかったくらいに熱意の籠《こ》もった手紙に、それ以上の熱意で返事をしたためたのだった。

ふと顔を上げたら、部屋の中がずいぶん薄暗《うすぐら》かった。池の底で息を止めていたような気がして、大きく息を吐《は》く。木窓の向こうからは夕刻の礼拝を告げる鐘《かね》も聞こえてきて、結構な時間集中していたのだとわかった。

凝《こ》り固《かた》まった背中を伸《の》ばし、そろそろハイランドたちも戻《もど》ってくる頃《ころ》だろうかと思ったまさにその時、扉《とびら》の向こうから慌《あわ》ただしく聞き慣れた足音が聞こえてきた。

「兄ー様っ！」

勢いよく扉《とびら》が開き、ミューリの元気な声が響《ひび》き渡《わた》る。そしてこちらがなにか言うより早く大《おお》股《また》に歩み寄ってきて、抱《かか》えていたものを押しつけてきた。

「はい、これに着《き》替《か》えて、さっさと準備して！」

「……なんなんですか、藪《やぶ》から棒に」

出かける時は土埃臭《つちぼこりくさ》かったのに、戻《もど》ってきたら古書独特の誇《ほこ》り臭《くさ》さに変わっていたミューリから押しつけられたのは、商会の若旦那《わかだんな》風の衣装《いしょう》だ。しかもミューリのほうもまた、騎士《きし》風の服を脱《ぬ》ぎ捨《す》てて、商会の小僧《こぞう》の格好に着《き》替《か》えていた。

「金髪《きんぱつ》の命令だからね！」

「ハイランド様の？」

ハイランドの名前を使えばなんでも押し通せると考えているのではと疑念がありつつ、この勢いのミューリを押しとどめる労力を考えると、いったん従っておくのが得策かと思い直す。それにハイランドと会えるなら、ローズからの伝言についても話し合える。

ただ、それまで着ていた服を脱《ぬ》ぎ捨《す》て、新しい服の上着を頭から被っていたミューリは、不意に着《き》替《が》える手を止め、鼻をすんすんと鳴らしていた。それからズボンも穿《は》かず、裸足《はだし》のままぺたぺたと音を立ててこちらに歩み寄ってくる。

「なんか、嗅《か》いだことのある匂《にお》いがする」

それから見せた上目遣《うわめづか》いは、異端者《いたんしゃ》を追求する騎士《きし》とも、浮気《うわき》を問《と》い詰《つ》める恋人《こいびと》ともとれるものだった。

「ローズ君……ローズさんがきていたんですよ」

その名前に、ミューリは狼《オオカミ》の耳を上下させていた。

「こんな匂《にお》いだっけ。なんか、こう」

「ほんのわずかな合間に、ずいぶん精悍《せいかん》な少年騎士《きし》になっていましたよ」

ぱたぱたぱたぱたっと尻尾《しっぽ》が振《ふ》られていた。

「でも、今の私も騎士《きし》だからね」

なぜか張り合うように胸を張るミューリだが、上着だけ着て裸足《はだし》でいるその姿は、自堕落《じだらく》な
二度寝《ね》から起きてきたばかりにも、粗相《そそう》をして着替《きが》えた直後にも見える。なんにせよ、ローズ
から感じた峻厳《しゅんげん》さなど微塵《みじん》もない。

「騎士《きし》はそんなだらしない格好でうろうろしません」

「あ、早く着替《きが》えないと！」

こちらの小言はどこ吹《ふ》く風。慌《あわ》てて着替《きが》えを再開したミューリに怪訝《けげん》な視線を向けつつ、自
分も着替《きが》えて準備を終える。

それから部屋を出て階下に下りると、アティフの街で一度だけ見た、町娘《むすめ》の格好をしたハイ

ランドが楽しそうに、微笑《ほほえ》みながら待っていたのだった。

たっぷりの商品を積んだ船でラウズボーンにやってきて、出入りしている商会で見初《みそ》めたお気に入りの下女を誘《さそ》い、供回りと護衛を連れて街の気さくな居酒屋に繰《く》り出《だ》した若商人。そんなふうに見えているのだろうと、諦《あきら》めに似た感情と共に思った。

「こういうのもたまには楽しいものだ」

町娘《むすめ》の格好をしたハイランドは言って、商会で荷揚《にあ》げ夫でもしていそうな格好をした護衛の騎士《きし》から、葡萄酒《ぶどうしゅ》の注がれたジョッキを受け取っていた。

「『黄金の羊歯亭《しだてい》』のお肉もおいしいけどね」

ミューリが口にした店は、ラウズボーンの大聖堂前広場にあって、街の貴顕《きけん》がいそいそと通うようなところだ。吹《ふ》き抜《ぬ》けの店内には天井《てんじょう》から店の看板を染《そ》め抜《ぬ》いた巨大《きょだい》な天幕が垂れ下がり、さながら酒と肉の大聖堂といえる。

一方、今の自分たちがいるのは、ラウズボーンの中でも職人たちが多く住む区画にあり、こじんまりとした、ついでにいえば品が良《よ》いとも言いがたい店だ。軒先《のきさき》では野良犬《のらいぬ》がおこぼれを狙《ねら》ってうろうろし、大騒《おおさわ》ぎする船乗りたちが酒杯《しゅはい》を重ねる中、酔漢《すいかん》に負けない迫力《はくりょく》で娘《むすめ》たちが給仕《きゅうじ》し、その喧騒《けんそう》の隙間《すきま》では、客の財布《さいふ》を狙《ねら》っていそうな怪《あや》しげな者が、暗い顔で一人ちびちびと酒を飲んでいたりする、そんな店だ。

「一体なぜこんなところに？」

周囲は似たような居酒屋が密集しているうえ、厨房《ちゅうぼう》の煙《けむり》を逃《に》がす煙突《えんとつ》が詰《つ》まっているのか、店内は煙《けむり》で満ちていて目がしぱしぱする。

ローズがもたらしてくれた話、特に王国内で暗躍《あんやく》する王国と教会の間を掻《か》き乱《みだ》そうとする勢力や、カナンたちのことも話したいのだが、とてもそんな雰囲気《ふんいき》ではない。

「書庫でル・ロワさんとたくさん本を読んでたんだけどね」

木の皿に山盛り盛られているのは、ところどころが焦《こ》げているものの、まだ脂《あぶら》の弾《はじ》けている羊のあばら肉だ。強烈《きょうれつ》な香りがするのは、客層に合わせているのか、たっぷりのすりおろした大蒜《にんにく》を使った濃《こ》いソースがたっぷり塗《ぬ》りたくられているからで、ハイランドは手摑《づか》みでそれを食べることとそのものが楽しいかのようにかじりつき、ミューリは熱さをものともせずに一気に嚙《か》みつきながら、言った。

「修道院用の建物の由緒《ゆいしょ》がわかったからさ」

「へえ？」

それは素直《すなお》に気になったが、すぐに話が繫《つな》がっていないことにも気がつく。

改めて問いかけようとしたら、今度はハイランドが口を開く。

「私が参事会に赴《おもむ》いたら、あの土地と建物を売ってくれた売り主と古い知り合いの者がいたんだよ。彼に建物の由緒《ゆいしょ》を尋《たず》ねてみたら、アローネ騎士《きし》団と呼ばれた、かつてこの土地にやってきた古代帝国《ていこく》に起源を遡《さかのぼ》れる騎士《きし》団が使用していた、と教えてくれてね」

ハイランドは羊の脂《あぶら》で汚《よご》れた指をどうすべきかとやや迷ってから、結局舐《な》めていた。その様子を見た護衛の騎士《きし》は、驚《おどろ》くまいと必死に自制しているようだ。

「ただ、古い騎士《きし》団なので、書庫には正式な記録が残っていないようだった。だったね？」

ハイランドがミューリに話を振《ふ》る様子を見て、ミューリたちが本を読みに行ったのは参事会併設《へいせつ》の書庫だったことを思い出す。同じ敷地《しきち》の中でハイランドは街の重鎮《じゅうちん》たちと会っていたので、そこで合流したのだろう。

「うん。ル・ロワさんも名前は知ってたけど、書庫には紋章《もんしょう》が残ってなかった。だから大昔の、傭兵《ようへい》団みたいな騎士《きし》団なんじゃないかって」

「ですが……そこまでわかっていたなら、十分では？」

相変わらずその話は、なぜ変装までしてこの店にきたかの説明になっていない。

肉にがっつくミューリに小言を挟《はさ》むべきか迷いつつ、手荒《てあら》い勢いで卓《たく》に置かれた棒鱈《ぼうだら》の丸焼きがあまりに美味《おい》しそうで、手を伸《の》ばして続きを待つ。

「あふ、はふっ。んぐ。けどね、その騎士《きし》団はすっごい有名なんだって。せっかくなら話を集めて、補修の際にはそのお話に沿った修理をしたほうがいいんじゃないかって。ほら、色々お金が必要でしょ？　それで修道院って、たくさん人がきてくれたらたくさん儲《もう》かるっていうし」

黄金に目の眩《くら》む教会と戦おうとしている身としては、素直《すなお》にうなずきがたい話だったのだが、事実ではある。修道院の収入として手堅《てがた》いのは牧羊だが、巡礼《じゅんれい》者による寄付で巨大《きょだい》な設備を調《とと》えた修道院も多い。もしもあの建物がそのアローネ騎士《きし》団ゆかりの地ならば、それを売り文句にするのは運営的に悪いことではないかもしれない。

ただ、ミューリがやたらそのことを強調するのは、資金《しきん》繰《ぐ》りを巡《めぐ》ってハイランドの不穏《ふおん》な決意を予想していたからではないかとも思った。ハイランドの重荷を、ミューリなりに少しでも減らそうとしているのではないか。いつもはハイランドに塩辛《しおから》い対応なのに、なんだかんだ仲間と認めているのだろう。

わからないのは、アローネ騎士《きし》団とやらの話のために、なぜこんな場所にきたのかということ、そもそも、記録が残っていないのに有名とはどういうことなのかという点だ

なんだかちぐはぐな話だと思っていたら、店内に充満《じゅうまん》していた喧騒《けんそう》が、鳥の群れのように一斉《いっせい》に向きを変える気配を感じた。

「あ、きたきた！」

ミューリが声を上げるのと時を同じくして、周囲の客は立ち上がったりジョッキを掲《かか》げたり、店の軒先《のきさき》に拍手《はくしゅ》を向けていた。

自分も首を伸《の》ばして見やれば、そこにいたのは楽師の一群だ。湯屋の集《つど》うニョッヒラではも

ちろん欠かせず、『黄金の羊歯亭《しだてい》』にだってもちろんいる。ただ、彼らは見慣れた楽師たちとは違《ちが》っていた。

彼らはいかにも一癖《ひとくせ》ありそうな、街の中でも猥雑《わいざつ》な地区で庶民《しょみん》を相手に楽器を掻《か》き鳴《な》らす一座だったのだ。

「全知全能の主よ！　本日も酒にありつけることを感謝いたします！」

こんな喧騒《けんそう》なのによくとおる声で楽師の一人が言って、弦《げん》をつま弾《び》いた。そこから唐突《とうとつ》に始まった曲は、湯に浸《つ》かる者たちを癒《いや》したり、貴顕《きけん》の集《つど》う店で秘密の商談を覆《おお》い隠《かく》すために奏《かな》でられる調べとはまったく違《ちが》っていた。それは酒を手に足を踏《ふ》み鳴《な》らし、一日の憂《う》さをすべて吐《は》き出《だ》そうとする者たち向けの激しい旋律《せんりつ》だったのだ。

軒先《のきさき》ではたちまち客が腕《うで》を組んで輪になって、ぐるぐる回り踊《おど》り始めている。こういう店によくくる客たちには定番の曲らしく、好き勝手に声を合わせて歌っている者たちもいた。

粗雑《そざつ》でわかりやすい賑《にぎ》やかさにミューリはもちろん大喜びだし、ハイランドも楽しげに拍《ひょう》子《し》に合わせて手を叩《たた》き、護衛の騎士《きし》は騒《さわ》ぎに乗じた掏摸《すり》が寄ってこないかと目を光らせていた。

「『黄金の羊歯亭《しだてい》』では、こういう曲は聞けないからね！　この店にくる必要があったんだよ！」

賑《にぎ》やかさに圧倒《あっとう》されていると、少し酒で酔《よ》ったのか頬《ほお》を赤くしたハイランドが、周囲の喧騒《けんそう》に負けないよう顔を近づけて大声で言った。

しかしどうしてこんな騒《さわ》がしさが必要だったのかと戸惑《とまど》っていると、ミューリがこちらの腰《こし》のあたりをごそごそ漁《あさ》っていた。

「兄様！　銅貨を何枚かちょうだい！」

言いながら、掏摸《すり》さながらに財布《さいふ》の中身を手にしたミューリは、こう言い添《そ》える。

「こういうところにくる楽師さんたちは、アローネ騎士《きし》団の歌を絶対知ってるんだってさ！」

理由をまくしたてたミューリは、銅貨を数枚握《にぎ》り締《し》め、燃《も》え盛《さか》るような喧騒《けんそう》の中を駆《か》けていった。その背中を見送ってようやく合点《がてん》がいったのは、世に存在する叙事詩《じょじし》や冒険譚《ぼうけんたん》は、そのすべてが文字で書き下ろされて、装丁《そうてい》を施《ほどこ》された書物に収められるわけではない、ということだった。記録としてではなく、人々の楽しみのために面白《おもしろ》おかしく脚色《きゃくしょく》され、長い時の流れの中で歌い継《つ》がれてきた物語というものも存在する。

アローネ騎士《きし》団の話は、そういう類《たぐい》のものらしい。

「修道院に相応《ふさわ》しいものかどうかは怪《あや》しいのだけれどね」

楽師の周囲でおひねりや曲の注文を受け取る、ずいぶん人相の悪い道化師《どうけし》と交渉《こうしょう》しているミューリを見ながら、ハイランドが言った。

「伝説的な浮名《うきな》を流した騎士《きし》団長、ということで有名らしいんだ。そうなると、敷地《しきち》に残っていたらしい屋外浴場を残すべきかどうか、若干《じゃっかん》判断に迷うところだろう？」

建物同士が石畳《いしだたみ》の敷《し》き詰《つ》められた渡《わた》り廊下《ろうか》で繋《つな》がれて、廊下《ろうか》沿いには装飾《そうしょく》用の石柱がずらりと並んでいた。それはいかにも古代帝国趣味《ていこくしゅみ》で、昨今の感性からいえば、やや官能的でさえある。

けれど新設の修道院に、町で大人気の歌に出てくる屋外浴場があるとなったらどうか。湯けむりの里ニョッヒラにて湯屋を開いた、希代の行商人の下《もと》で手伝いをしていた身としては、商機を感じざるをえない。それに破廉恥《はれんち》な騎士《きし》団長の残した浴場とはいえ、修道院では沐浴《もくよく》も重要な修行《しゅぎょう》の一環《いっかん》だと考えれば、信仰《しんこう》的にも問題ない範囲《はんい》に収まるかもしれない、などと考えていると、ミューリの交渉《こうしょう》がうまくいったらしい様子が見えた。

ほどなく掻《か》き鳴《な》らされる旋律《せんりつ》も調子を変えて、勇ましいのだが妙《みょう》な甘さを加えてきた。たちまち踊《おど》り子《こ》は楽師にしなだれかかるし、歌い手の娘《むすめ》が語り出したのは、いかにもな騎士《きし》と美女との愛の物語だった。

さてその内容はいかに、と耳をそばだてる間もなく、その歌詞に危《あや》うくむせかけた。

王国内のとある閑静《かんせい》な田園に構えた美しき邸宅《ていたく》。その水路を流れてくる薔薇《ばら》の香りがする湯に足を浸《ひた》しながら、偉大《いだい》なる騎士《きし》団長は美女を侍《はべ》らせて葡萄酒《ぶどうしゅ》を呷《あお》る、と歌っているのだが、ル・ロワが悪魔《あくま》のいけにえみたいに逆さまにはまっていたのが、まさにその浴場に湯を通す水路のはずだった。

さらには屋外の浴場での開放的な男女の話が高らかに歌われて、酒以外の理由で赤面してしまう。

「これは、なかなかだね」

ハイランドが苦笑《くしょう》交じりに言うと、楽器の調べはさらに大仰《おおぎょう》になり、歌い手の娘《むすめ》は己《おのれ》の胸に手をめり込ませんばかりに力んで声を張り上げる。

私が戦《いくさ》で武功を上げるのは、おお、貴女《あなた》への愛を誓《ちか》うためなのです。しかし我が愛する人よ、我が武功が限りなければ、愛もまた限りないのです。

要するに戦《いくさ》のたび、新しい永遠の恋人《こいびと》とやらをとっかえひっかえしていたらしい者の歌が朗々と歌い上げられると、調子に乗った酔《よ》っ払《ぱら》いが給仕《きゅうじ》の娘《むすめ》の腰《こし》を抱《だ》き、容赦《ようしゃ》なく頬《ほお》を叩《たた》かれてすっ転んでいた。

戦いがまだ貴族たちだけのものであり、冒険《ぼうけん》こそが男たちの生きる意味とされた時代の歌だった。その時代には教会もまだそれほど勢力を持っておらず、貴族たちに人気の紋章《もんしょう》は狼《オオカミ》だったらしい。

確かにこんな歌を文字に記して革《かわ》の装丁《そうてい》を施《ほどこ》し書棚《しょだな》に入れておいては、たちまち教会からお咎《とが》めを食《く》らうだろう。こういうものは根なし草の楽師たちが、教会の取《と》り締《し》まりをひらひら交《か》わしながら歌い継《つ》いできた物語なのだ。この世のすべての知識に通じていそうな書籍《しょせき》商のル・ロワでさえ、網羅《もうら》しきれない世界がここにはある。

歌が終わり、煽情的《せんじょうてき》な歌詞の余韻《よいん》を消し去ろうといくらか苦みのある棒鱈《ぼうだら》の丸焼きを半分ほど食べ終えてから、世の中には自分の知らない世界がたくさんあるのだと深い感慨《かんがい》を抱《いだ》く。

その一方で、どうしても出てくるのはため息だ。

「歌の中身もそうですが、私はあの娘《むすめ》が悪い遊びを覚えてしまったらしいことが心配です」

視線の先では、再び賑《にぎ》やかなものに変わった曲に合わせ、ミューリが踊《おど》り子《こ》と一緒《いっしょ》になって踊《おど》っている。

「なに、堂に入っているじゃないか。見事なものだよ」

ハイランドはミューリに甘すぎる。そう思いながらも、本職の踊《おど》り子《こ》と手を取り合って踊《おど》る様は、確かに感心するほど見栄《みば》えがするのでたちが悪い。そう思えば、ニョッヒラから出てきてすぐの頃《ころ》、立ち寄った関所の宿でも、ミューリは酔客《すいきゃく》たちに踊《おど》りを披露《ひろう》して食べ物をせしめていた。

しかもそこに妙《みょう》な既視感《きしかん》があるのは、ミューリの母である賢狼《けんろう》ホロもまた、自分が子供の頃《ころ》の旅で旅芸人の踊《おど》り子《こ》と共に踊《おど》っていたからだ。

血は争えない、と頭痛をこらえるように額に手を当てていたのだが、店中の関心が華《はな》やかに踊《おど》る娘《むすめ》たちに集まっているのを見て、これはいい機会だと思う。

「ハイランド様。おてんば娘《むすめ》がいないうちに、お伝えしたいことが」

「ん？」

指についた肉の脂《あぶら》を舐《な》める様がすっかり板についているハイランドが、こちらを見た。

「留守の間に、使いの騎士《きし》がきたのです。ローズさんを覚えてらっしゃいますか」

ハイランドはたちまちいつもの顔を取《と》り戻《もど》し、少し周囲を窺《うかが》ってから、耳打ちしろと手ぶりで示す。これだけの喧騒《けんそう》はかえって内緒話《ないしょばなし》に好都合で、体を乗り出してハイランドに耳打ちするのを見られても、へたくそな口説き方だと思われるだけだろう。

ローズから聞いた三つの話は、聖典の写本を製作したいという申し出と、騎士《きし》団の人間が教皇庁の人間を見たらしいということ、それから、騎士《きし》団を襲《おそ》ってなんらかの問題に火を点《つ》けようとした勢力がいるらしいことだ。

かいつまんで伝え、聞こえたかどうかを確かめるように無言でハイランドの顔を見ると、どれだけ町娘《むすめ》に扮《ふん》しても隠《かく》しきれない威厳《いげん》が、伏《ふ》し目《め》がちの長いまつげに現れていた。

「ひとつ目は、もちろん大歓迎《だいかんげい》だ。けれど、大聖堂で筆写をしていれば、他の聖職者から目をつけられることもあろう。滞在《たいざい》は屋敷《やしき》に移ってもらったほうがいいかもしれないね」

ラウズボーン大聖堂の大司教ヤギネは、紆余《うよ》曲折《きょくせつ》あった経緯《けいい》から、自分たちの味方だと信じてもいい。けれど大聖堂で働く聖職者の数はへたな商会よりも多く、王国と教会の争いについての感情はそれぞれ濃淡《のうたん》あるはずだ。ローズの寄宿をあまり快く思わない者たちがいるかもしれない。

「ふたつ目は……だから大陸で落ち合おう、と言ったのだけれど」

カナンを匿《かくま》う立場のハイランドは、カナンの身になにかあれば責任を負わなければならない。とはいえ、これは天秤《てんびん》のどちらの皿に載《の》るか、という問題にすぎないとも思う。

「私たちがぞろぞろと大陸に赴《おもむ》けば、カナン様たちが同じ問題に悩《なや》まされるかと」

ならば自分たちが問題を引き受けたほうが、相手に負担をかけるより気が楽では。そう思っての言葉に、ハイランドはじっとこちらを見てから疲《つか》れたように笑う。

「甘えてしまったね」

「いえ」

ハイランドは微笑《ほほえ》み、一瞬《いっしゅん》遠い目をしてから、こちらを見た。

「顔を見られているかもしれない、と伝えておこう。ただ……それならいっそ、屋敷《やしき》に詰《つ》めてもらったほうが安心できるかもしれないね」

「屋敷《やしき》に、ですか？」

「カナン殿《どの》も聖典の筆写をしているのだから、君に直接質問ができたほうがいいだろうし、生活のためのあれこれを買いに街に繰《く》り出《だ》す必要もあるだろう。屋敷《やしき》なら多くの問題を解決できる。確かに騎士《きし》のローズ少年と鉢《はち》合わせることになるが、ローズ少年が教皇庁の人間に気がついたわけではないのだろう？　よもやカナン殿《どの》がそうだとは思うまい」

現実的な話だった。

「それにいざとなれば、我々の計画を説明すればローズ少年は理解してくれるのではないだろうか。彼はそこまで頑迷《がんめい》でもなかったと思う。大義は理解してくれるはずだ」

やや頑固《がんこ》なところがあるものの、自分のローズに対する印象は、それほどハイランドとずれてはいない。

「問題は、みっつめだね」

ハイランドはわざとらしいほどに肩《かた》を上下させ、ため息をつく。その手が葡萄酒《ぶどうしゅ》のジョッキに伸ばされるが、口には運ばない。

「君に心当たりは？」

遠慮《えんりょ》しても仕方ない。

「第二王子様では、と」

長兄《ちょうけい》になにかあった際の予備として育てられた、王位継承権《けいしょう》第二位のクリーベント王子。無事に長兄《ちょうけい》へと王位が継承《けいしょう》されるのが既定《きてい》路線であり、さらに異教徒との戦《いくさ》が終わった今、彼が王になる可能性はほぼ存在しない。兄が弓矢に倒《たお》れる可能性はないし、弟が戦《いくさ》で武功を立てる機会もない。これから先、自分の人生で主役になることはなく、ただ家名と領地を次世代に受《う》け継《つ》ぐ役割のみを期待されている彼は、貴族制度の暗闇《くらやみ》で唸《うな》り声を上げる、厭世《えんせい》の人物だった。

噂《うわさ》では今でも王位継承《けいしょう》をあきらめておらず、同様に不遇《ふぐう》をかこっている貴族の子弟《してい》たちを従え、内乱も辞さない構えでいるという。王国と教会の争いを激化させるため、王国内で活躍《かつやく》している聖クルザ騎士《きし》団を襲《おそ》う理由は、たっぷりある。

これほど寛大《かんだい》な人物もいまい、というくらい心優《やさ》しいハイランドだが、クリーベント王子に対してだけは嫌悪《けんお》感を隠《かく》さない。それはハイランド自身が明るいとはいえない生《お》い立《た》ちの中でも、懸命《けんめい》に王に仕えようとする立場であることも関係しているだろう。

「私も真っ先に思いつくのはそこだ。教会の密命を受けた人間と考えるには、少し手段が迂遠《うえん》すぎる。ましてや王や宮廷《きゅうてい》がそんなことをする理由となると、まったく皆無《かいむ》だ」

ハイランドはようやく葡萄酒《ぶどうしゅ》を啜《すす》り、それから視線を店の軒先《のきさき》のほうに向ける。情熱的な古い時代の騎士《きし》たちの抒情詩《じょじょうし》に代わり、無害な舞踏《ぶとう》曲の拍子《ひょうし》に合わせて、客や楽師たちと一緒《いっしょ》になってミューリもひらひら踊《おど》っていた。

「聖クルザ騎士《きし》団の周囲に目を光らせるよう、王に進言しておこう。王国内に混乱を招こうという明確な尻尾《しっぽ》を捕《つか》まえられれば、王もついに決断されるやもしれない。いよいよ、王国の禍根《かこん》を断《た》つ好機がきたとね……」

ハイランドは、滅多《めった》に見せない冷たい目をしていた。視線の先に骨だけになった羊の皿があったのは、意識的なのかどうか。

そんなハイランドが、ふとこちらの視線に気がついたように顔を上げた。

「少し酔《よ》ったかもしれない」

クリーベント王子に対しては、様々な確執《かくしつ》から、冷静ではいられないのだろう。

自分は口にする言葉を持たず、ただ目を伏《ふ》せ、頭を下げるのみだった。

「酔《よ》い覚ましに、踊《おど》りにでも参加してみようか」

ハイランドがそう言って立ち上がると、それまで静かに控《ひか》えていた護衛が慌《あわ》てた様子で口を開く。

「お嬢様《じょうさま》、それは」

そして、ハイランドはその一言を待っていたらしい。

「オランド、お嬢様《じょうさま》は禁止だと伝えたはずだよ。罰《ばつ》として君も参加したまえ」

どうやらこの護衛も、老家令と同じくハイランド家に長く仕える人物らしい。ハイランドは生真面目《きまじめ》そうなオランドに対し、ミューリそっくりの悪戯《いたずら》っぽい顔を向け、その肩《かた》をポンポンと叩《たた》いている。いつも穏《おだ》やかで冷静で、ミューリの剣《けん》の訓練に飽《あ》きずに付き合ってくれる立派な騎士《きし》の見本のような人物が、少年みたいに嫌《いや》そうな顔をしていた。

「さあ、立って。行くよ」

腕《うで》を引かれて渋々《しぶしぶ》ながら立ち上がろうとするオランドの姿に、自分は思わず笑いかけてしまう。案外どこのお嬢様《じょうさま》の側《そば》にも、自分に似た苦労を抱《かか》える者がいるのかもしれないのだ。

けれど、彼一人にだけ押しつけるわけにもいくまい。

「私も行きましょう」

驚《おどろ》いたように喜ぶハイランドと、なるようになれと言わんばかりのオランドと共に、軒先《のきさき》の騒《さわ》ぎの輪に加わった。踊《おど》りそのものは楽しかったのだが、自分のことに気がついたミューリがはちきれんばかりの笑《え》顔《がお》で飛びついてきたのにはやや閉口した。その勢いもさることながら、すでに散々踊《おど》った後なので、全体的にじっとりしていて、雨上がりの後の犬のようだったのだから。

楽器が掻《か》き鳴《な》らされ、野良犬《のらいぬ》が熱気に当てられ興奮気味に吠《ほ》え、人々が踊《おど》り、踏《ふ》み鳴《な》らす足音が頭の芯《しん》を痺《しび》れさせていく。悪い遊びに興じることをお許しください、と神に祈《いの》ったが、街の狭苦《せまくる》しい道からは月でさえ見えない。

それにミューリの笑顔《えがお》とハイランドの楽しそうな顔を前にしたら、きっと満月であってさえも気がつかなかったろうと、自分に言い訳したのだった。

第二幕

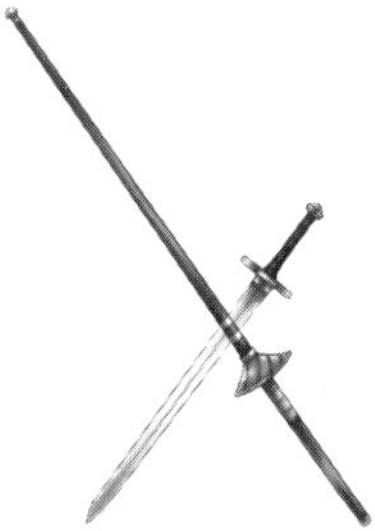

目を覚ますと、体が動かなかった。

昨晩は結局、街の衛兵が取り締《と》《し》まりにくるまで騒《さわ》ぎに興じ、酔《よ》いと疲労《ひろう》と大笑いとでまっすぐ歩けない娘《むすめ》二人を、男連中がどうにかこうにか屋敷《やしき》まで連れ帰ってきた。

もちろん一人はミューリであり、もう一人はハイランドだ。

それぞれに肩《かた》を貸して屋敷《やしき》にたどり着き、互《たが》いの寝室《しんしつ》へと続く廊下《ろうか》の分かれ道で護衛のオランドと交《か》わした視線には、どんな言葉よりも雄弁《ゆうべん》なものが詰《つ》め込まれていた。

おおむね、お互《たが》い苦労しますね、というものだったのだが。

「水……うう……腰《こし》が……」

滅多《めった》にしない踊《おど》りに興じたせいで、体が痛い。寝《ね》ている間も苦しんだのか、ベッドの上でひどく斜《なな》めになっていることに気がついた。その変な姿勢が余計に体に負担をかけたようで、起き上がるだけで一苦労だ。

いや、寝相《ねぞう》の悪さの原因がほかにあったらしいというのは、服のあちこちにミューリの尻尾《しっぽ》の毛がついていたことから理解した。自分のベッドに寝《ね》かせたはずなのに、夜中に勝手に潜《もぐ》り込んできたのだろう。

「まったく……」

当のおてんば娘《むすめ》は姿が見えない。枕《まくら》もせずに寝《ね》ていたせいか、ずきずき痛む頭を押さえながら部屋を見回すと、剣《けん》がなかった。朝から元気に中庭で剣《けん》を振《ふ》り回《まわ》しているか、今日もル・ロワのところに邪魔《じゃま》をしにいっているかのどちらかだろう。

とりあえず、水だ。街の猥雑《わいざつ》な居酒屋は質の悪い食材を誤魔化《ごまか》すためなのか、それとも単に酒をたくさん注文させるためなのか、料理に強烈《きょうれつ》に塩と大蒜《にんにく》を利《き》かせている。

けれど水差しの中身は当たり前のように空で、ミューリが寝起《ねお》きに一気飲みをしている姿が目に浮《う》かぶ。ため息をついて水差しを手に井戸に向かおうとしたら、机の上に妙《みょう》なものがあることに気がついた。

「……本?」

質が悪く大きさも揃《そろ》っていないくたくたの紙を、今にもちぎれそうな紐《ひも》で綴《と》じただけのものだが、確かに本のようだった。

「ある、騎士《きし》の……もの、がコリ」

ものがたりと書こうとして、綴《つづ》りを間違《まちが》えている。表紙には表題と思《おぼ》しきものだけでなく、文字を練習した跡《あと》や、騎士《きし》の横顔らしき落書きもあった。ミューリの筆跡《ひっせき》ではないので、持ち主を転々とする中で書かれたものだろう。頁《ページ》を開いてみると、質の悪い紙特有の、黴《かび》っぽい匂《にお》いがする。

けれど中身はかなり丁寧《ていねい》に記されていて、読んでみると昨晩あの居酒屋で聞いた、古代帝国《ていこく》の時代に浮名《うきな》を流した騎士《きし》の話だとわかった。歌だとずいぶん軽薄《けいはく》で奔放《ほんぽう》な騎士《きし》の物語だったが、読んでみると案外苦労話なども書かれていて、つい読みふけってしまう。

はっと我に返ったのは、昨日の様子を思い出すような足音が、扉《とびら》の向こうから聞こえたからだった。

「あー、疲《つか》れたー」

と、部屋の扉《とびら》が勢いよく開いてミューリが戻《もど》ってきた。

「あれ、兄様、ようやく起きたの？」

いつも寝《ね》坊《ぼう》を責められる側なので、ミューリはこういう場面になるとやけに嬉《うれ》しそうだ。

「寝《ね》ぐせついてるよ」

腰《こし》に佩《は》いた剣《けん》を壁《かべ》に立てかけると、ミューリは耳と尻尾《しっぽ》を出してぱたぱたと振《ふ》り、剣《けん》の訓練の余《よ》韻《いん》を振《ふ》り払《はら》っていた。

「これ、どうしたんですか？」

本の威《い》厳《げん》というのは、その大きさで決まる。聖典が常に一抱《ひとかか》えもある巨大《きょだい》な装丁《そうてい》なのは、それほど内容に権威《けんい》があるからだ。いっぽうの古代の騎士《きし》の物語は、ぺらぺらの紙で、手のひらに載《の》る程度の大きさで、本と呼ぶのも憚《はばか》られる。

それを掲《かか》げてみせると、ミューリは肩《かた》をすくめていた。

「昨日の夜、楽師さんたちから借りてきたんだよ。覚えてないの？」

「……」

ミューリたちの介抱《かいほう》をしたのは自分らのはず……と思うのだが、改めて言われると、まっすぐ歩けなかったのはミューリたちだけではなかったかもしれない。あまり酒を飲んだという自覚はないものの、雰囲気《ふんいき》にあおられてだいぶ口にしていたような気もする。

するとこの頭痛は、ミューリにしがみつかれて変な姿勢で寝《ね》ていたからではなく、酒のせいだろうか。

「兄様もだいぶ酔《よ》っぱらってたからね。夜、お酒臭《さけくさ》かったんだから」

勝手にベッドに潜《もぐ》り込んできたことについては、もちろん悪びれもしない。

それに下手に抗弁《こうべん》すると藪蛇《やぶへび》になるかもしれないと思い、話題を戻《もど》す。

「で、ですが、借りたって、なんのために？」

「書き写すためだよ。物語が全部歌われてるわけじゃないみたいだったから。修道院にお客さんを呼び寄せたいなら、詳《くわ》しく調べたほうがいいでしょ」

修道院は思索《しさく》と祈《いの》りの場所であって、決して遊びにくる場所ではない。そう思ったのだが、昨晩の客たちの盛り上がりを見ると、単なる浅知恵《あさぢえ》とも言いきれなさそうだ。

「確かに、少しでも資金繰《しきんぐ》りで助けられれば、ハイランド様の心労も減るでしょうが……」

「でしょ？　それに、修道院に実はすごい由緒《ゆいしょ》があって、人気になるかもって話だったら、大《おお》儲《もう》けに目のないエーブお姉さんがうっかりお金を追加で出してくれるかもしれないもの」

エーブは確か、修道院の発展を見越《みこ》して、門前市の特権などと引《ひ》き換《か》えに資金を提供していたような気がする。人がぞろぞろやってくるかもとなれば、舌なめずりをして損得を計算するだろう。ただ、ミューリの話を聞いていると、元々賢《かしこ》い少女ということを抜《ぬ》きにしても、ずいぶん世事に長《た》けすぎている気がした。

「その話、ル・ロワさんの入《い》れ知恵《ぢえ》ですね」

ミューリは聞こえないふりをしていたが、確かに悪い話ではない。

ハイランドが血を流すような資金の用立てをする可能性については、決してミューリの考えすぎとも思えないのだから。

「でさ。その本は今晩返さないといけないから、早く写さないといけないんだ。兄様も手伝ってくれるよね？」

こんな本でも文字を書くのはそれなりに大変で、買おうと思えば結構な値段になるだろう。借りて筆写するなら、紙代とちょっとしたお礼だけで済む。

ぱらぱらと冊子をめくり、文字数をざっと見積もれば、二人がかりならなんとかなるかとも思う。また、文章には妙《みよう》な記号や、抑揚《よくよう》を強く、のような覚書もあって、どうやら楽師たちの大事な商売道具のようだと気がつく。

「これ、楽師の皆《みな》さんが歌の参考にするものなんですね」

「うん。昨日、へべれけになった兄様が立てるようになるまで、楽師さんたちに話を聞いてたんだけど、色々教えてくれたよ」

さらっと聞き捨てならないことを言われた気がしたのだが、からかったりする感じでさえないことが、余計に真実めかしている。

昨晩は最後まで節度を保ち、信仰《しんこう》の道に相応《ふさわ》しい夜を過ごしたはず、というのは、ミューリにしがみつかれながら見た夢だったのかもしれない。

「でね、町の紙屋さんの中に、こういう楽師さん向けの物語をまとめたものを取《と》り扱《あつか》ってるところがあるんだってさ。訪《おとず》れる街によって人気の歌が違《ちが》うから、新しい街に着いたら知ってる歌を紙に書いて持っていって、地元で人気の歌を書いたものと交換《こうかん》してもらうんだって」

貴重な写本も、そうやって交換《こうかん》されることが少なくないと聞く。筆写するのが大変なので、どうしても完成した本の値段が高くなるからだ。それに売買ではなく筆写させてもらう形式なら、お気に入りの本をずっと手元に置いたうえで、新しい本も手に入れることができる。

それ自体は特に驚《おどろ》きもしないのだが、やはりこの冊子の存在には感心してしまう。ル・ロワのような筋金入りの書籍《しょせき》商が取《と》り扱《あつか》う書物は、同じ重さの金よりも高額で取引されるとエーブは評していた。文字を読める人間は少なく、書ける人間はもっと少なく、家に書物を置けるようなのはまずもって貴族か富裕《ふゆう》な商人に限られる。

けれど文字と物語の世界には、こういう路地裏の市場も存在しているのだ。

「でさ。に、い、さ、まっ」

そんなことを考えていたら、ミューリが後ろ手に組んで、すすっと近寄ってきて上目遣《うわめづか》いになる。ミューリのそういう振《ふ》る舞《ま》いは世間的には可愛《かわい》い部類に入るのだろうが、こちらとしては嫌《いや》な予感しかしない。

「紙屋さんに、行きたいんだけどなあ～」

案の定の言葉に、小さくため息をつく。

それに、一人で行けばいいじゃないかという言葉は、酒の残った頭でも無意味だとわかる。

「すごい種類の物語があるんだって」

それを買うか、借りるかして書き写したい、ということだろう。

そうなると、財布役《さいふ》が必要になる。

「ほらほら、伝説の職人さんの手がかりも得られるかもしれないよ」

とってつけたような理由だが、ル・ロワでも把握《はあく》していない物語が取《と》り扱《あつか》われている世界らしい、というのは確かにそうだった。伝説の職人の行方《ゆくえ》についてはまったく八方塞《はっぽうふさ》がりだし、紙屋から話を聞けばなにかとっかかりになるかもしれない。

渋々《しぶしぶ》ミューリにうなずき返すと、「兄様大好き！」とふざけた様子で抱《だ》きついてくる。

調子のいい少女に呆《あき》れつつ、その頭の上にこんと錫《すず》製の水差しを置く。

「水は飲んだら足しておくこと」

水差しの下で、狼《オオカミ》の耳が窮屈《きゅうくつ》そうにもがいている。

大好きと言ったばかりなのに、たちまち不満をたっぷり顔に塗《ぬ》りたくったミューリは、水差しをひったくるように受け取って、舌をべっと出したのだった。

ミューリに急《せ》かされ紙屋に向かう前に、ハイランドにカナンとローズの件を念押ししておかなくてはならない。そう思って執務室《しつむ》に赴《おもむ》けば、青い顔をしたハイランドが憂鬱《ゆううつ》そうに羊皮紙に署名を施《ほどこ》していた。

昨晩の確認《かくにん》と、紙屋に出かけてくることを伝えると、今にも砕《くだ》け散《ち》りそうな乾《かわ》いた笑顔《えがお》を向けられた。さしものミューリもからかうことはせず、執務《しつむ》室をあとにしてから、昨日ははしゃぎすぎたかも、と反省したように呟《つぶや》いていた。

それから自分たちは、ミューリの先導でラウズボーンの賑《にぎ》やかな街を歩いていった。足取りに一切《いっさい》の迷いがないので驚《おどろ》いていたら、どうも野良犬《のらいぬ》が道を教えてくれているようだ。

たどり着いたのは、街の北側に位置する若干《じゃっかん》うらびれた雰囲気《ふんいき》のある地区で、空気に独特の匂《にお》いがあった。皮なめしや膠《にかわ》づくりといった工房《こうぼう》が集っているのが原因だろう。火を長時間扱《あつか》う作業が多いので片時も気を抜《ぬ》けず、大変な労苦を伴《ともな》う仕事ばかりだ。

確かに、ここは黄金と同じくらい貴重な稀覯《きこう》書を取《と》り扱《あつか》う、ル・ロワたち書籍《しょせき》商が足を踏《ふ》み入《い》れる場所ではない。

「この匂《にお》い、獣脂《じゅうし》の蠟燭《ろうそく》づくりを思い出すなあ」

蜜蠟《みつろう》と違《ちが》って獣脂《じゅうし》の蠟燭《ろうそく》づくりは独特な匂《にお》いがするので、湯屋で悪戯《いたずら》をして叱《しか》られたミューリは罰《ばつ》としてよくやらされていた。

「こっちだってさ」

　痩《や》せた野良犬《のらいぬ》の案内に従って職人街を進んでいけば、軒先《のきさき》に山盛り古着が積み上げられた工房《こうぼう》にたどり着く。窓も扉《とびら》もない開放的な造りなので、外から中が丸見えだ。

　そこでは職人たちが、身長ほどもある大きな木槌《きづち》を二人がかりで持ち上げて、巨大《きょだい》な桶《おけ》の中に打ちつけていた。工房《こうぼう》の隅《すみ》では子供たちがぼろぼろの古着を細かく引きちぎり、中心部には牛が一頭丸ごと入れそうな大きな鍋《なべ》がでんと置かれ、湯がぐらぐらと煮《に》えたぎっている。

「すっごい」

　好奇心《こうきしん》の塊《かたまり》のミューリは紙を作る工程に興味津々《きょうみしんしん》だったが、ここで紙を売っているようには見えなかった。

「なにか用かね」

　背後からかけられた声に振《ふ》り向《む》けば、肩《かた》に担《かつ》いでいた天秤棒《てんびんぼう》を下ろしている男がいた。棒の前後には、溢《あふ》れんばかりのぼろ布が積まれている。街中を回って集めてきたのだろう。

「失礼しました。こちらで、楽師の方たち向けの冊子を手に入れられると聞いたのですが」

　頑固《がんこ》な職人たちの集《つど》う地区ではままあることで、よそ者に対するうさん臭《くさ》そうな視線を向けられていたが、その言葉で幾分《いくぶん》敵対的な視線が和《やわ》らいだ。

「それなら、こっちじゃなくてあっちの区画を左に曲がりな。井戸のある広場に出るから、その角っこが紙漉《かみすき》の工房《こうぼう》だ」

ここはその紙漉《かみすき》に使う、ぼろ布を前処理するところのようだ。

「ありがとうございます」

礼を言うと、それがこの地区ではずいぶん気取ったしぐさに見えたのか、男はへっと笑って肩《かた》をすくめていた。名残惜《なごりお》しそうに工房《こうぼう》を見ていたミューリを促《うなが》して、示されたほうに向かう。

すぐに紙漉《かみす》きの工房《こうぼう》はわかって、そちらは見慣れた店舗《てんぽ》を兼《か》ねた工房《こうぼう》になっていた。

「紙なら売りきれだよ」

そして、こちらもあけっぴろげな軒先《のきさき》から中を覗《のぞ》き込むなり、いかつい職人にそう言われた。

「楽師さんたち向けの本も？」

後ろからミューリが顔を出すと、汚《よご》れた前掛《まえか》けをつけた職人は、太い眉《まゆ》を上下させた。

「ずいぶん若い歌い手のお嬢《じょう》ちゃんだな。踊《おど》り子《こ》か？」

「どっちもできるけど、違《ちが》うよ」

物怖《ものお》じしないミューリの様子が気に入ったのか、職人はふんっと鼻を鳴らして笑うと、手を拭《ぬぐ》ってからこちらに向かって手招きした。楽師たち向けの冊子は教会から目をつけられる内容のものが多いだろうから、通す人間は選んでいるのだろう。

中に入ると、生簀《いけす》のようなものがいくつか並んでいて、前掛《まえか》けをした職人たちが四角い篩《ふるい》に似たものを水に浸《ひた》して振《ふ》っている。壁際《かべぎわ》にはいくつもその篩《ふるい》が立てかけられていて、細い針金で作られた網《あみ》が張られているのが見えた。蓋《ふた》の上に大きな石が載せられた木の箱は、漉《す》きあげた紙から水を絞《しぼ》る装置だろう。ミューリをここに置き去りにすれば、十日くらいは帰ってこなさそうな場所だ。

あちこち目移りさせている少女の背中を巧《たく》みに押して、隣《とな》り合《あ》わせの部屋に入る。そこの壁《かべ》には棚《たな》が取りつけられ、びっしりと小さな冊子が並べられていた。

「買うなら王国銀貨二枚、借りるなら一晩で銅貨五枚だ」

銀貨は種類によって価値がまちまちで、王国発行の銀貨は若干《じやつかん》弱い。けれどそれ一枚あれば、職人一家が数日はお腹《なか》いっぱい食べられるくらいの価値がある。聖典のように精神の涵養《かんよう》にもならず、腹の足しにもならないできの悪い紙の冊子が、王国銀貨二枚もするとはいくらなんでも高価すぎる。

ただ、それは売るために適正な値段をつけているというより、借りる際の値段を安く見せるほうが目的なのだろう。

「ここにはないお話と交換《こうかん》するなら？」

「その時は一冊どれでも無料だが、書き写すための紙はここで買ってもらう。まあ、ここにない物語を知っているとも思えないがね」

胸を張るだけのことはある。世の中こんなにも楽師たち向けの物語があるのかと目を瞠《みは》る思いだった。

「兄様、何冊までいい？」

うずうずして、今にも耳と尻尾《しっぽ》を出してしまいそうなミューリから、熱い視線を向けられる。

何冊と答えようが絶対不服そうな顔をするはずなので、少し知恵《ちえ》を巡《めぐ》らせてこう答えた。

「ひとまず一冊借りて、写し終えたらまたきましょう」

好き勝手な文章を思いつくままに書き記すのと違《ちが》い、すでにある文章を写す苦労を実感すれば、早々に音を上げるだろう。楽師たちから借りているアローネ騎士《きし》団の物語本もある。

こちらの目論見《もくろみ》に気がついているのかいないのか、ミューリは「じゃあ一番分厚いのを選んだほうがいいかな」とか言って、棚《たな》に顔を近づけていた。

「へえ、その若さで文字を書けるのか」

話を聞いていた職人が、感心したようにミューリを見てそう言った。

「椅子《いす》に縛《しば》りつけて教え込んだのですよ」

職人は声を上げて笑い、うなずいていた。身に覚えがあるのだろう。

「んで、あんたは……どこかの貴族のお抱《かか》え文書官というところかね」

昨晩着ていた商会の若旦那《わかだんな》風の服は、肉を焼いた煙《けむり》と踊《おど》り狂《くる》ったせいでかいた酒混じりの汗《あせ》とで、とても着れたものではない。着なれた聖職者風の質素な服に、聖職者と見られないように少し派手な腰帯《こしおび》を巻いている。

これで文字に親しみがあって、楽師向けの冊子を探しにきたとなれば、どこかの貴族のお屋《や》敷《しき》で所領の収入を記録していたり、手紙の代筆をしていそうに見えるのだろう。

「大体、そんな感じです」

この手の誤魔化《ごまか》しでも言葉がつっかえなくなったのは、成長というべきなのか。

けれど職人の見立ては、聞きたいことがあるこちらにとってありがたい。

「手が何本も生えていたら、と願う毎日です」

笑う職人に、そうやって呼び水を撒《ま》く。

「小耳に挟《はさ》んだのですが、手で文字を書かずに済むような、文章をいっぺんに紙に記してしまう印刷術があるとかないとか。そんなことができたら、どれだけ仕事が楽になるでしょう」

印刷術は完成するかしないかのところで異端《いたん》視されたせいで、ほぼ世の中に知られていない、というようなことをル・ロワは言っていた。

それでももし逃《に》げた職人がその技術を使っているのなら、どこかで噂《うわさ》になってはいるのではないか。一縷《いちる》の望みをかけて言ってみたのだが、職人はさらに声を大きくして笑ったのだった。

「そんな魔法《まほう》があったら、うちも工房《こうぼう》を倍にして大儲《おおもう》けできるんだが！」

屈託《くつたく》のない笑顔《えがお》は、隠《かく》しごとをしているようにも見えない。そういうことに関しては自分よりよほど鋭《するど》いミューリを見ても、こちらには興味なさそうに冊子をめくっていた。

「とはいえ、あんまり紙が売れすぎるのも困りものだ。原料が足りないからって、街の人間を丸裸《まるはだか》にするわけにもいかんしな」

職人はそう言って、こちらを見た。

「どうだい。あんたのところの領主様に言って、領地の人たちの古着やぼろ布を集めてくれないか？　そしたらここの本はいくらでも写していい」

自分とミューリをここに通してくれたのは、この下心があったらしい。

「そういえば、紙は売りきれだとおっしゃっていましたね」

「つい先日も、ずいぶん身なりの良《い》いのがたっぷり買っていってね。それで在庫がからっきしなんだよ」

なんとなくだが、カナンではなかろうかと思う。俗語《ぞくご》の聖典についてこちらが照れるくらい熱心になっていたので、計画とは別に、個人的な筆写もするつもりなのかもしれない。

それにしても、在庫がからっきしというのには驚《おどろ》いた。ぼろ布が原料の紙は、商会などが日々の取引を記録するために使うのが大半だ。昨今の景気の良《よ》さは紙屋の在庫を飲み込むほどなのかと思っていたら、職人の呆《あき》れたような呟《つぶや》きが妙《みょう》に耳についた。

「ありゃあ、貴族様がまたぞろ見栄《みえ》のために、下手な歌でも書かせるんだろうな」

困ったものだ、とばかりに腰《こし》に手を当て、大きくため息をついている。貴族の見栄《みえ》のため、という予想もしていなかった単語に戸惑《とまど》っていると、口を挟《はさ》んだのはミューリだった。

「たとえばこれみたいな？」

手にした冊子を掲《かか》げ、ぱたぱた振《ふ》っていた。

「騎士《きし》ダグフォーク冒険記《ぼうけんき》」

ミューリが表題を読み上げると、職人が眉《まゆ》に皺《しわ》を寄せながら笑う。

「ああ、そういうやつだよ。まったくくだらねえ」

ミューリを見やれば、肩《かた》をすくめられた。

「たった一人で砦《とりで》を守り、千人の傭兵《ようへい》を討《う》ち取《と》って、神の御加護を受けながら無傷で凱旋《がいせん》する。空から花びらが舞《ま》い散《ち》り、人々は彼の統治を感謝し、教会の鐘《かね》が鳴らされる。嗚呼《ああ》素晴《すば》らしき騎士《きし》ダグフォーク。偉大《いだい》なる戦士にして、慈悲《じひ》深《ぶか》き賢明《けんめい》なる領主」

ミューリが昨晩の歌い手らしく、抑揚《よくよう》をたっぷりつけて歌い上げると、職人は感心したように眉《まゆ》を上げていた。

そして、自分にもどういう意味かわかってきた。

「あなたが毎晩書いているようなお話にそっくりなんですね」

ミューリはたちまち唇《くちびる》を尖《とが》らせて、こちらの足を踏《ふ》んづける。

「ここ何年か、この手の笑えもしない厚顔無恥《こうがんむち》な歌が多いんだよ」

職人はのっしのっしと棚《たな》に歩み寄り、一冊を引《ひ》き抜《ぬ》いた。

「もちろん昔っから、勇敢《ゆうかん》な騎士《きし》や領主様が相対する敵の数は、いつも十万の大軍勢だった。味方は勇猛果敢《ゆうもうかかん》で裏切り者はおろか、戦線から逃《に》げ出《だ》すやつもいない。神は常に味方し、統治は公平無私で、小麦は職人の髭《ひげ》より早く畑から生えてくる。すべては神の思《おぼ》し召《め》しってな」

職人はもさもさの顎髭《あごひげ》をしごき、ミューリが楽しげに笑っていた。

「とはいえ、それでも腕《うで》のある詩人なら聞ける歌に仕上げてくれるし、酔《よ》っ払《ぱら》いの領主様にも恥《はじ》って感情があった。まだ生きている間にそんな間抜《まぬ》けな歌を詠《よ》ませるようなのは滅多《めった》にいなかった。それがどうだ。最近は景気がいいせいか、小金を摑《つか》んだ貴族様が、本当に従軍したのか、いや存在すら怪《あや》しいような戦《いくさ》の功を誇《ほこ》って、この手の歌をへぼ詩人に詠《よ》ませてばらまいてるんだ。そうすることで、我が家も詩人に歌い継《つ》がれる風雅《ふうが》な家柄《いえがら》の仲間入りだって、そう思ってるんだろう」

職人が憤懣《ふんまん》やるかたない様子なのは、詩のできの悪さというよりも、苦労して作った紙にくだらない文字を書き記すその行為《こうい》に対してなのだろう。

ミューリがせっせと書き記している理想の騎士《きし》冒険譚《ぼうけんたん》を見たら、卒倒《そっとう》するかもしれない。

「読んでると頭がおかしくなりそうなできだからな。筆写職人じゃなく、文字の読めない細密絵師の見習いにでも書かせてるんだろう。誤った綴《つづ》りが直されもせずあちこちに出てきたり、まあとにかくひどい代物《しろもの》だよ」

細密絵師は写本に挿画《そうが》を添《そ》える絵を描く職人で、文字の読めない者が多い。けれど文字もいわば絵の一種なので、形を真似《まね》る絵師としての技術があれば複写はできてしまう。そのため、手が早かったり仕事のない絵師が写本を作ることは珍《めずら》しくなかったが、文字が読めているわけではないので、誤字などは修正されずにそのまま受《う》け継《つ》がれることになる。

「このへんのしょうもないやつなら、一冊当たり銅貨三枚でいい」

職人の言葉に、ミューリは即座《そくざ》にこう返す。

「二枚」

職人が太い腕《うで》を胸の前で組む。

「二冊で五枚」

「三冊で七枚」

むうっという職人の呻《うめ》き声が聞こえそうだ。

まったくミューリもよく口が回るものだ、と思いながら冊子をめくって、確かにできの悪い詩だと思う。それから隣《となり》の冊子を手に取ると、驚《おどろ》いたことに同じ内容のものだった。

「なぜ同じものが？」

できが悪いだけで人気なのだろうか、と思っていたら、ミューリとやいのやいの交渉《こうしょう》をしていた職人がこちらを見た。

「ああ、それか。よっぽど見栄《みえ》っ張《ば》りの貴族様なのか、あっちこっちの町にばら撒《ま》いているんだよ。おかげでラウズボーンにやってくる詩人たちは、こぞってそれを持ってきて、新しい歌と交換《こうかん》したがるんだ」

「なるほど」

こんなものでも本の体裁《ていさい》に仕立てるにはずいぶんな労力と、少なくない費用がかかる。

まさに酔狂《すいきょう》なことだと思っていたら、少し妙《みょう》な引《ひ》っ掛《か》かりを覚えた。

ずいぶんな労力と、少なくない費用？

手にした冊子を見つめていたら、ミューリの元気な声が響《ひび》きわたる。

「じゃあ三冊で銅貨七枚と工房《こうぼう》の掃除《そうじ》！」

「掃除《そうじ》だと？　ふむ……真面目に働くんだろうな？」

「任せてよ！」

ミューリがにこっと笑うと、根負けしたように頭を掻《か》く職人と握手《あくしゅ》を交《か》わしていた。

こんななんの役にも立たない本を何冊も読むのではなく、聖典の注解書でも読んでくれたらと思うのだが、高望みしすぎなのかもしれない。それに、内容はともかく、文字は案外綺麗《きれい》に書かれていて、お手本としては悪くない。

書き手の手癖《てくせ》なのか、時折、同じ文字が妙《みょう》にかすれているのが気になるのだが。

「ねえねえ、親方のおすすめはどれ？」

「ああ？　もう親方呼ばわりか。まったく抜《ぬ》け目《め》ない娘《むすめ》っ子だな」

「んっふふふ」

楽しそうなミューリが職人と一緒《いっしょ》に棚《たな》の本を選ぼうとして、ぼうっとしていたこちらを邪険《じゃけん》に押してくる。

「もう、兄様、どいてどいて」

押され、たたらを踏《ふ》むこともしない。

自分の意識は、手元の冊子に注ぎ込まれていた。

「兄様？」

ミューリの問いかけを無視して、職人に声をかけた。

「本は、これを」

「ん？」

おやという顔をした職人をよそに、ミューリがたちまち眉《まゆ》を吊《つ》り上《あ》げる。

「ちょっと、兄様が決めないでよ！」

「それと、もう二冊はこちらとこちらを」

「あー！」

ミューリに肩《かた》やら腕《うで》やらを叩《たた》かれるが、無視して職人に銅貨を七枚数えて手渡《てわた》した。

「ん……いや、いいのかい？　うち二冊は同じ内容だろう？」

屈強《くっきょう》な髭《ひげ》の職人が、銅貨を受け取りつつそう言った。あるいは、隣《となり》にいる陸揚《りくあ》げされた蛸《たこ》のようになっているミューリを気にしていたのかもしれない。

「構いません。ところで」

と、旅の途中《とちゅう》でなんだかんだ小遣《こづか》い稼《かせ》ぎをしていたミューリは、自身の財布《さいふ》を開こうかどうしようか悩《なや》んでいるようだったが、その肩《かた》を素早《すばや》く、短く二回叩《たた》く。

「この詩に歌われている貴族様に心当たりがありませんか？」

職人だけでなく、ミューリもまた、こちらを見上げていた。

そしてミューリはようやく、こちらの手が震《ふる》えていることに気がついたのだった。


紙職人の不思議そうな視線に見送られながら工房《こうぼう》を後にして、今度は自分がミューリより大《おお》股《また》に道を歩いていた。

「ル・ロワさんはエーブさんのところにいるでしょうか」

ミューリを振《ふ》り向《む》きもせず尋《たず》ねると、ここ最近は自分の前を歩いてばかりいたミューリが、小走りに追いかけてきながら答えた。

「久しぶりにウィンフィール王国にきたから、しばらく書庫に通うって言ってたかな。なんで？　というか——」

「ではあなたは書庫に行って、ル・ロワさんとこの冊子の貴族のことを調べてくれませんか」

三冊借りてきた一冊をミューリに渡《わた》すと、ミューリはなにかもごもご口を動かしていた。

「ん、うん。でも、兄様、あのさ」

「私はエーブさんに話を聞きにいきます。本当なら、ハイランド様に聞くのがよいのでしょうが……」

それをためらったのは、自分もまだ確信が持てないからだ。ハイランドはカナンの計画を聞いた時から、自らの身を削《けず》るかたちになったとしても、無理やりにでも計画を遂行《すいこう》しようと決めている可能性があった。ならば無用な希望を持たせるのは罪でさえある。こちらで調べられるだけのことは調べ、確信を持ってから伝えるべきだった。

「ねえ、兄様ってば！」

ミューリに手を引かれ、そちらを見る。悪戯《いたずら》のしすぎで叱《しか》られて、放り込まれた納屋《なや》の扉《とびら》を閉められる時のような顔をしていた。

「急にどうしたの？　その、もしかして」

「手がかりがあったんですよ」

紙工房《こうぼう》に置かれていた、楽師たちの持ち寄ったできの悪い物語。確かに素材はぼろ布から作られる安い紙で、羊の皮から作られた羊皮紙や、固めた牛の革《かわ》の表装が施《ほどこ》される分厚い聖典ではない。けれどいずれにせよ、本を作るにはそれなりの費用がかかる。

そんな中、あの職人はできの悪い詩がどこの町にもばら撒《ま》かれている、と言った。最初は酔《すい》狂《きょう》な貴族のやりそうなことだと思ったし、書かれている文字が随分綺麗《ずいぶんきれい》なので、聖典の筆写の際は手伝いを頼《たの》めないだろうかという程度にしか気に留めていなかった。

けれど、ひとつの事実がすべての見方を変えさせた。

その本は、一部の文字だけがいつも同じように、かすれているのだから。

「え～、でも、それが？」

早足に歩きながら説明すると、ミューリは怪訝《けげん》そうだった。

「思い出してください。カナンさんの話した技術の内容は、どんなものでした？」

「それは、えっと……あ⁉」

「そうです。文字を彫《ほ》った、判ですよ」

ミューリはその言葉に、自分から受け取っていた一冊を慌《あわ》ててめくっていた。

「すべてではないですが、頁《ページ》をまたいで、同じ文字のかすれが多いんですよ。おそらく、鋳型《いがた》を用いて同じ文字の判をいくつか作っているせいだと思います」

「……」

「そう思って注意して見ると、いくつかの文字は形が特徴《とくちょう》的なんです。その特徴《とくちょう》が、すべての頁《ページ》に渡《わた》って続いています。もちろん、凄腕《すごうで》の絵師が文字を書き写しているのなら、あり得ることかもしれませんが」

「……」

目を細め、やがてしかめっ面《つら》になったのは、そこまで文字に親しみのないミューリには違《ちが》いが判《わか》らなかったからかもしれない。

「そう言われたら、そうかも、だけど……」

「文字も綺麗《きれい》すぎます。こんなに整った文字で、どこの町にもあるくらいの量の冊子を作るなんて……一人の写字生の力とは思えません」

文字の綺麗《きれい》さについては、練習中のミューリにも伝わったらしい。不承不承うなずいていた。

「もちろん私の考えすぎということもあるでしょうが、こう考えられませんか？」

職人街の終わりに差《さ》し掛《か》かり、ちょうど道が三差路になっていた。

その分かれ道に立ち、ミューリに向けて言った。

「このできの悪い詩の世界は、ル・ロワさんたちが見向きもしなかった物語の生きる場所なんですよ」

ミューリの赤い目が、ちょっと拗《す》ねたようにこちらに向けられる。

「もしも職人さんがいるのだとしたら、ここは絶好の隠《かく》れ場《ば》所《しょ》ではありませんか」

そんな都合の良《い》い話があるものか、とでも言《い》おうとしたミューリの口が、ぱくんと閉じられる。それはこちらの真剣《しんけん》な顔と、手元の冊子を見比べてのこと。

ほかのどんなことでもこの兄は間抜《まぬ》けだが、本に関してだけはそうではない。

「詩に歌われている貴族さんなら、なにか知っているかもしれません。少なくとも、調べる価値はあるはずです」

ミューリはもう抗弁《こうべん》せず、仕方ないなとばかりにうなずいていた。

「手伝い賃として、兄様にも本を書き写すのを手伝ってもらうからね。ひっどいできの詩だけど！」

だった。

「構いませんとも。では、後ほど大聖堂前で」

言い終えるのも待たず、ミューリは分かれ道の左側に駆《か》けていった。

たちまち見えなくなる銀色の髪《かみ》の毛《け》を見送って、自分は右側の道を小走りに駆《か》けていったのだった。


そうして息せききってラウズボーンの街を駆《か》け回《まわ》った後。

大聖堂の入り口前の大きな石段前にたどり着くと、石段には羊の串焼《くしや》きを頬張《ほおば》っていたミューリが腰《こし》を下ろし、ふてくされていた。

「全然だめだった」

賑《にぎ》やかな大聖堂前の広場には似つかわしくない曇《くも》り顔だ。

「こちらもです」

エーブの滞在《たいざい》する館まで走り、怪訝《けげん》そうにする元王国貴族のエーブに冊子を見せると、数多《あまた》の国々で取引する女商人は肩《かた》をすくめてから、護衛のアズたちにも見せていた。

帰ってきた返答は、貴族の名前は聞いたことがないし、戦役《せんえき》はおそらく存在しない架空《かくう》のものであり、これは虚構《きょこう》に満ちた武勲《ぶくん》詩だろうというものだった。

「でも、ル・ロワさんは青ざめてたよ」

「え？」

「こういう本の世界に職人さんがいるかもなんて、まったく考えてもみなかったって」

教会が恐《おそ》れをなして取り潰《つぶ》そうとするような、貴重な技術なのだ。こんなくだらないことに使うなんて思いもよらなかったという意味もあるだろうが、自分はもう一歩踏《ふ》み込みたかった。

「青ざめていたのは、ル・ロワさんも文字の特徴《とくちょう》に気がついたからでは？」

ル・ロワは海千山千の商人だが、そこに対峙《たいじ》するのは、森の枯葉《かれは》の上に獲物《えもの》の足跡《あしあと》を見つけることが大得意の銀の狼《オオカミ》だ。文字の形の変化には気付かずとも、他人の顔色を見抜《みぬ》くのはお手のもののはず。

「ル・ロワさんは職人さんの敵って話だったのに、職人さんの手がかりになるかもしれないこの本を、ル・ロワさんには見せないようにって注意されなかったのがちょっと不思議だったけど」

ミューリの赤い瞳《ひとみ》が、こちらを見据《みす》える。

「兄様も、たまーにすっごく悪くなるよね」

そう言うミューリは、どこか嬉《うれ》しそうに含《ふく》み笑《わら》いを浮《う》かべている。

「私だけの判断では勘違《かんちが》いかもしれませんから、ル・ロワさんの知見も借りたかったのです」

嘘《うそ》ではないが、それが真実のすべてでもない。ル・ロワは自分の知らないところで職人が見つかれば、商売に大きな支障が出ると考えるはず。だからこの冊子のことを知れば、死《し》に物狂《ものぐる》いで調べるだろう。

ミューリがにんまり笑うと、唇《くちびる》の下に狼《オオカミ》の牙《きば》が見えた。

「野良《のら》の犬さんと、あの鶏《にわとり》の仲間の鳥さんに見張りを頼《たの》んであるから、どこかに行きそうならすぐわかると思う」

ル・ロワと自分たちとでは職人に対する思惑《おもわく》が違《ちが》っても、強力な捜索《そうさく》者を一人味方につけたのと変わらない。

そしてこちらが指示を出す前にすべて汲《く》み取《と》ってくれた銀色の狼《オオカミ》は、ご褒美《ほうび》は？ と首を伸《の》ばしてきたので、はいはいと頭を撫《な》でておく。

「とはいえ、この物語がでたらめだっていうのは本当みたいだったけど」

「エーブさんたちも同じ結論でした」

書かれている貴族が誰《だれ》なのかわかれば、そこを尋《たず》ねていけば職人の足取りを追えるかもしれない。そう思ったのだが、さすがにすんなりと話は進まない。

この冊子のおかげで、職人がどうやら実在するようだ、という感触《かんしょく》は得られたが、この冊子から職人の足取りを追いかけるとなると、相変わらず先がまったく見えなかった。

「追いかけられてるってわかってるから、架空《かくう》の貴族様にしたのかな」

「単純に考えればそうなのですが」

けれど、エーブの屋敷《やしき》からの帰路、自分はその考え方だとつじつまが合わないことに気がついていた。

「紙工房《こうぼう》の職人さんの話です。見栄《みえ》っ張《ば》りの貴族様の酔狂《すいきょう》でなければ、できの悪い詩を本にする資金を誰《だれ》も出さないでしょう？」

ミューリは狼《オオカミ》の耳を出していたら、きっとぴょんと立てたことだろう。

「いくら簡単に文字を印刷できても、紙代までただになるわけではありません」

「……仮にこの本を作るのにどこかの貴族様が手を貸しているとすると、自分のことだってわからない本にするのはおかしいか」

「そうです」

ミューリは冊子を手に、首をひねっていた。

「じゃあ、なんなんだろう、これ？」

なにか政治的意図が込《こ》められたものなのかとも思ったが、そうも思えない。書かれているのはありきたりにすぎる武勲《ぶくん》詩が、肩《かた》に力が入りすぎの文体で、空回りした厳《いか》めしい言葉遣《ことばづか》いと共に、これはすごい詩なのだぞという自負がたっぷり塗《ぬ》り込められた、無粋《ぶすい》な代物《しろもの》だった。

わざとこうしているのなら、かえって手練《てだ》れの宮廷《きゅうてい》詩人などが候補に挙がるのだが、多分そうではないだろう。

「ここにくる前に紙工房《こうぼう》に寄って、一応、これがどこからきたか知らないか聞いてみたけど」

流れ者の楽師たちが持ち込むものだから、知りようもないはずだ。

「それとも、暗号だったりしないかな」

「暗号?」

ミューリは冊子をめくり、逆さまにしたり、行の最初の文字列を読み上げたりしていた。

「職人さんは悪い奴《やつ》らから追われてたんでしょ? だから散り散りになってしまった味方を集めるため、暗号を仕込んでばら撒《ま》いたとかどう? これを手に取った別の職人さんたちは、それぞれ意味を汲《く》み取《と》って、目的地を目指すんだよ!」

戦《いくさ》で壊走《かいそう》した仲間を探す物語に、そんな話があったような気がする。

それに、世に流通するなんの変哲《へんてつ》もない紙切れだが、なんの変哲《へんてつ》もないがゆえに、なにか特別な意味があるのではないかという着想そのものは、悪いものではない。

「それか、そういう暗号があるんだっていう嘘《うそ》と一緒《いっしょ》に、売られていたものなのかも」

ずる賢《かしこ》さでは村一番だったミューリの発想に舌を巻く。

まさにミューリと同じくらいの年頃《としごろ》の時、自分はその手のものに引っかかった。

「嫌《いや》な記憶《きおく》が蘇《よみがえ》ります。自分も似たような売り文句で、詐欺《さぎ》師に紙束を買わされて騙《だま》されましたよ」

子供の頃《ころ》の話だ。放浪《ほうろう》学生をやっていてお金に困った挙句、そういう詐欺《さぎ》に出くわした。

秘密を知ってしまったために片腕《かたうで》を切り落とされたという詐欺《さぎ》師に売りつけられた紙束は、商会でのしごきに耐《た》えられなかった小僧《こぞう》たちが逃《に》げ出《だ》す際に持ち出した、商会の契約《けいやく》書の写しだの関税徴収《ちょうしゅう》の際の覚書だったのだが、あの頃《ころ》の自分にはいかにも世の中の秘密が書かれているように見えたのだ。

「その紙束を抱《かか》えて途方《とほう》に暮れてたら、父様と母様に拾われたんだっけ」

「そのとおりです。そういう意味では、安い買い物でしたが」

その言葉に、ミューリは揃《そろ》えて立てた膝《ひざ》を抱《かか》えて笑っていた。

もうずいぶん昔の話なのだが、あの頃《ころ》まさに今のミューリのように、座り込んで紙を一枚一枚必死の思いで調べていた。誰一人《だれひとり》頼《たよ》れる者のいない故郷から遠く離《はな》れた町で、路銀のすべてをつぎ込んで買ってしまった紙束だった。本物であってくれと、涙《なみだ》が落ちないように祈《いの》るように天に掲《かか》げていたのも、今となってはほろ苦い思い出だ。

もちろんそこには詐欺《さぎ》師の語ったような秘密など隠《かく》されておらず、せいぜいあったのは、太陽に透《す》かされて浮《う》かび上《あ》がる不思議な紙の模様だけだった。

あれはあるいは、涙《なみだ》の模様だったのかもしれない。

その時のことがずいぶん鮮明《せんめい》に思い出され、自分も歳《とし》を取ったのだと笑った直後、息が止まった。

「ん？　兄様？」

ミューリを見やるが、言葉が出ない。今の感覚はなんだろうか。

記憶《きおく》の回想の中に、なにか見落としてはならないものがあった気がした。

放浪学生《ほうろうがくせい》？　いや、詐欺師《さぎし》？　それとも川べりの関税徴収所《ちょうしゅうじょ》で、紙束を手に座り込んでいた時の記憶《きおく》？

違《ちが》う、違《ちが》う、とひとつずつ思い返し、たどり着く。

紙束を空に掲《かか》げた時のことだ。

「そう、そうですよ！」

手にしていた冊子を開き、天に掲《かか》げて太陽を透《す》かしてみた。

突然《とつぜん》の大きな動きに驚《おどろ》いたのか、近くで餌《えさ》をついばんでいた鳥たちがぱっと飛び立った。

けれど自分の視線は紙に釘《くぎ》づけになっていた。そこにはあの時の記憶《きおく》どおりのものが、確かにあったのだから。

「本当に、暗号かもしれません」

石段に腰《こし》掛け、またぞろ兄がおかしな行動に出たぞと、ちょっと物憂《ものう》げな少女のように膝《ひざ》の上で頬杖《ほおづえ》をついていたミューリが目を丸くしていた。

「でも、ええっと、確かこれは、紙を作る時のあれだから……」

ニョッヒラの湯屋で働いていた時、山奥《やまおく》の村のことゆえ、勉学に使う諸々《もろもろ》の道具は自前で用意することが多かった。湯屋に訪《おとず》れた貴顕《きけん》から聞き集めた話をまとめたり、借り受けた書物を自分の手で書き写し、製本し、写本を作ることが何度もあった。だから文字を書いたり製本する過程についてはある程度知識があっても、それ以前の知識、紙を作る工程については朧《おぼろ》げなものしかない。

けれど、涙《なみだ》を溜《た》めながら空を見上げたあの時に、紙に浮《う》かび上《あ》がった不思議な模様のことは忘れたことがない。そして自分は大人になってから、あの模様がなんだったのか調べたことがある。

「……」

ふと気がつくと、不機嫌《ふきげん》そうなミューリが、頰《ほお》を膨《ふく》らませて隣《となり》に立っていた。

「この冊子が、どこからきたかわかるかもしれません」

ミューリは自身が手にしていた物と、こちらの手にしていた物を見比べ、大袈裟《おおげさ》なくらいに肩《かた》をすくめている。

「で？」

なんだか興奮した様子の男に、呆《あき》れたように冷たい目を向ける旅の伴侶《はんりょ》。

そんな様子を大昔の旅で何度も見かけた気がする。

腰《こし》に手を当て少し首を傾《かし》げ気味なミューリの様子は、亜麻《あま》色の髪《かみ》をした賢狼《けんろう》にそっくりなのだった。

「紙には必ず、足跡《あしあと》があるのです。暗号ですよ」

詐欺《さぎ》で騙《だま》されたおかげで、ミューリの両親と出会うことができた。そして今また、あの時の経験のおかげで光明を見出《みいだ》そうとしている。

あの時自分に紙束を売りつけてきたのは、もしかしたら本当に片腕《かたうで》の天使だったのかもしれない。

「ですから、ええっと、この暗号を……そう、そうです。この足跡《あしあと》をたどるには」

高揚《こうよう》した気分のまま頭を巡《めぐ》らせて、いつもの癖《くせ》でミューリの手を取った。

「シャロンさんのところに行きましょう」

ずいぶん嫌《いや》そうな顔をしたのは、人前で手を繋《つな》がれたくなかったからか、それとも、犬っころ鶏《にわとり》とやり合う仲のシャロンと会いたくないからか。

けれどもミューリは手を振《ふ》りほどかず、気付けば隣《となり》を楽しげに駆《か》けていた。

「暗号？　暗号って言った？」

母親譲《ゆず》りの赤い目は、まだまだ子供の輝《かがや》きを失っていない。

「宝の地図とは違《ちが》いますよ」

なにか妙《みょう》なことを期待されても困るのでそう言ったのだが、ミューリはあまり聞いていないようだ。ミューリはくすぐったそうに首をすくめると、駆《か》ける速度を上げ、ついにこちらの手を引っ張った。

「ほら兄様！　急いで鶏《にわとり》の首を絞《し》めにいくよ！」

まったく物騒《ぶっそう》なことだと思いつつ、笑い返してしまう。

神は我らに試練を与《あた》えたもう。

しかし神はまた、我らに乗《の》り越《こ》えられる試練しか与《あた》えないはずなのだから。

シャロンたちの家に向かう道すがら、最初こそ興奮で走っていたのだが、よくよく考えれば昨晩の酒が抜《ぬ》けきっていないのだ。あっという間に息が続かなくなって、いつでも元気なミューリにしこたまそのことで馬鹿にされたが、ミューリはてくてく歩きながら手にした冊子を食い入るように見つめ、表、裏とひっくり返し、念入りに調べていた。

最初は紙に隠《かく》された暗号という話に無邪気《むじゃき》に興奮していたが、ろくに走ることもできない根《こん》性《じょう》なしの兄が秘密に気がついて、狼《オオカミ》たる自分が気がつけないのはおかしい、とだんだん腹が立ってきたようだった。

「私が特別賢《かしこ》いわけではなくて、単なる知識の問題ですよ。その紙には――」

「言っちゃだめ！」

ミューリは悔《くや》しげに言って、余計に意固地になって手掛《てが》かりを探していた。やりたいようにやらせておこうと思う一方、ミューリの抱《かか》えていた冊子を一冊ずつ受け取って、自分の仮説を確かめる。

三冊の冊子の紙は、すべて同じ工房《こうぼう》で作られた紙のようだ。この冊子がどこからきたのか知らないかと、ミューリは紙工房《こうぼう》に尋《たず》ねたのだろう。返事ははかばかしくなかったようだが、それはおそらく聞き方を間違《まちが》えているせいだ。

この冊子に使われている紙がどこの工房のものかと尋《たず》ねたら、わからないという答えそのものは同じだとしても、きっと紙屋は製作元の工房《こうぼう》を見つける方法を教えてくれたに違《ちが》いない。

「コル様？」

入り組んだ住宅街の路地を進んでいくと、小さな子供たちと一緒《いっしょ》になって軒先《のきさき》で作業をしているクラークが、こちらに気がついて声を上げた。

「お仕事中すみません」

「あ、いえ」

クラークは子供たちと洗濯《せんたく》をしているところだった。桶《おけ》に水を張り、灰を足し、クラークは手で、子供たちは足で布を踏《ふ》んづけていたのだが、子供たちはどちらかというと水遊びの感覚だったようで、互《たが》いに水をかけ合ったり灰で顔に模様を書いたりして大騒《おおさわ》ぎだ。

クラークの左頬《ほお》にも、渦巻《うずま》き模様が書かれている。

「どうされました？　修道院のことでなにか問題が？」

手を拭《ふ》いて慌《あわ》てて立ち上がるクラークに、子供たちがじゃれついて叱《しか》られていた。

「どちらかというと良《よ》い話……のはずなのですが、シャロンさんのお力を借りたく」

良《よ》い話、という単語をそのまま受け取ってよいものかどうか、そんな迷いを見せたものの、クラークはうなずいて言った。

「シャロンでしたら、中に」

いつもシャロンが覗《のぞ》き窓から顔を見せる扉《とびら》を開けて、自分たちを招いてくれる。子供たちはいくらかこちらを気にしていたものの、桶《おけ》の中で飛《と》び跳《は》ねるほうが面白《おもしろ》かったらしい。すぐに興味を失《な》くして、きゃっきゃとはしゃいでいた。

「修道院の片付けで、たくさん灰が手に入ったので」

建物の中に入ると、クラークがそう言った。軒先《のきさき》の騒《さわ》ぎは、山ほどの草や灌木《かんぼく》を切って燃やしたので洗濯《せんたく》用の灰が手に入ったから、という意味だろう。

「しかし、それは？」

クラークが不思議そうな視線を向けたのは、ミューリが手にする冊子の束だ。先ほど桶《おけ》の中で洗われていた衣服がぼろぼろになって着れなくなり、ついに雑巾《ぞうきん》としても用をなさなくなってから最後に生まれ変わるのが、この本たちだった。

「伝説の職人さんが作ったかもしれない本で、居場所がわかるかもしれないいんだって」

「え！」

「私はわからないんだけど……」

と、ミューリはこちらを責めるように見つめてくる。

「兄様は、本がどこからきたのかわかるって言うんだもの」

「シャロンさんのお力を借りられたら、おそらくわかります」

「シャロンの？」

鷲《わし》の化身《けしん》であるシャロンは、クラークにも正体を隠《かく》しているらしい。

しかし、今回はラウズボーンの空を舞《ま》う鳥たちを支配する鷲《わし》の化身《けしん》たるシャロンにも正体を隠《かく》しているらしい。ではなく、ラウズボーンの石畳《いしだたみ》の上に両足をつけ、人の世の仕組みの中で采配《さいはい》を振《ふ》るっていたシャロンに用があった。

「シャロン」

建物を抜《ぬ》けて中庭に出ると、洗ったばかりの衣服が、長く張ったロープに干されていた。ずいぶん数が多いので、手に入った灰を使って近所中の洗濯《せんたく》物を引き受けているのだろう。

シャロンは子供たちが洗濯《せんたく》物を干す横で、針と糸で繕《つくろ》い物をしていた。

「どうした、雁首揃《がんくびそろ》えて」

「コル様が、シャロンの力を借りたいと」

自分たちから力を借りたいと言われたら、シャロンもまた、鷲《わし》の化身《けしん》としての力を想像したのだろう。クラークの前でそんな話をするなとばかりに顔をしかめたが、自分はミューリの抱《かか》えていた冊子を一冊手に取って、シャロンに差し出した。

「修道院の改修費用について、いくらか問題を解決できるかもしれない手掛《てが》かりがありまして」

「伝説の職人が作った本だよ。私が見つけたんだけどね！」

ミューリの興奮気味の言葉に、ますます顔をしかめてから、シャロンは言う。

「……で？」

「この冊子がどこで作られたのかを探す必要があるのです」

シャロンは手にした冊子の、裏、表、と見て、肩《かた》をすくめた。

「ふん……なるほど。それで私のところにきたのか。しかし、また面倒《めんどう》なことを」

「お願いできますか」

シャロンが説明を求めないまま話が進んだことに、ミューリは目を丸くしていた。

「え、鶏《にわとり》、わかるの⁉」

ミューリに鶏《にわとり》呼ばわりされたシャロンは、やれやれと立ち上がってから、手にしていた冊子でミューリの頭を叩《たた》いていた。

「税を滞納《たいのう》した職人や商人を追いかけるのは大変だが、見つけられないわけじゃない。手段はいくつかある」

シャロンはラウズボーンの港町で、一部から大変嫌《きら》われる職業に就《つ》いていた。彼女は徴税《ちょうぜい》請負人《うけおいにん》たちを束ねる組合で、副組合長の座にいたのだ。

「いろんな土地や国からやってきて、いい加減な証書を提出する商人たちだろうと、税を払《はら》わせるために地の果てまで追いかけたものだ」

酷薄《こくはく》な笑《え》みが実に似合っているが、冊子を受け取ったのとは反対の左手には、繕《つくろ》い途《と》中《ちゅう》の布と針が持たれていて、足元では幼い子供たちがシャロンの足にしがみつきながら興味津々《きょうみしんしん》に話を聞いている。

血も涙《なみだ》もない徴税吏《ちょうぜいり》と呼ぶには、少し牧歌的すぎた。

「人手があったほうがいいな。こいつらでも役に立つだろ」

シャロンは子供の中でも年長の一人に声をかけると、利発そうな少女が伝言を受け取って、屋敷《やしき》の中に駆《か》けていった。

「しかし、ハイランドでもなく、あのエーブとかいう商人でもなく、私のところにくるとは、あんたは案外世の中のことを知っているらしい」

シャロンの言葉に、小さく肩《かた》をすくめる。

「かつて旅をしていた子供の頃《ころ》の経験からです。商会から流出した会計簿《かいけいぼ》の写しや、偽《にせ》の特権証書の売り手に、手ひどく騙《だま》されたことがあるんですよ」

「それはそれは」

「ただ、そのおかげで、この子の両親と出会い、助けてもらえることになり、今もまた大きな手掛《てが》かりを得られました」

話に入れず不服そうだったミューリの頭に手を置いてそう言うと、うるさそうに払《はら》われた。

「経験は必ずなにかしらの糧《かて》になるが、糧《かて》にできるかどうかは人による。犬っころにはもったいない兄貴分だな」

髪《かみ》の毛《け》を手で整えていたミューリはシャロンに言われ、いーっと歯を剝《む》いてそっぽを向いていた。そうこうしていると屋敷《やしき》に駆《か》けていった年長の子供が、同じくらいの年頃《としごろ》の子たちを数人連れて戻《もど》ってきた。

「よし、徴税《ちょうぜい》人組合の会館に行くぞ」

「はーい」

子供たちが元気よく返事をする横で、ミューリだけが不機嫌《ふきげん》そうな困惑《こんわく》顔なのだった。

紙工房《こうぼう》で見つけたのは、十中八九、抹殺《まっさつ》されたはずの技術で印刷された冊子だ。けれど歌われている貴族がどこの誰《だれ》で、この冊子がどこから流れてきたのかについては、誰《だれ》もわからなかった。

ミューリは冊子に書かれた落書きなどから手掛《てが》かりが得られないかと思っていたようだが、実はぼろ布から作られる紙には、羊皮紙にない特別な特徴《とくちょう》がある。それはシャロンもまた、知っているようなことだった。

クラークは洗濯《せんたく》と留守番のため家に残り、シャロンを先頭にした子供たちを含む若干奇妙《じゃっかんきみょう》な一行が、ラウズボーンの賑《にぎ》やかな港にほど近い立派な建物に向かうこととなった。そこは徴税人《ちょうぜい》組合の会館で、今は組合を抜《ぬ》けてしまったが元副組合長のシャロンが顔を見せれば、現役《げんえき》の徴税請負人《ちょうぜいうけおいにん》たちはシャロンを大歓迎《かんげい》した。組合に残された徴税《ちょうぜい》に関する諸々《もろもろ》の資料を見たいという申し出にも、快く協力を買って出てくれた。

しかも、シャロンが必要としているのは紙に書かれた内容ではなく、その紙そのものにあると伝えれば、彼らはすぐにシャロンがなにをしようとしているかわかったらしい。手当《てあ》たり次《し》第《だい》に地下の書庫から運び出された無数の紙束が、日当たりの良《よ》い部屋の窓際《まどぎわ》に積み上げられていく。

そして準備ができたところで、シャロンがこう言った。

「さあ、宝探しだ！」

子供たちがいるせいか、それとも組合では元々こんな感じだったのか、シャロンの芝居《しばい》がかった宣言に、皆《みな》が腕《うで》まくりをして作業を開始した。

子供たちも現役《げんえき》の徴税請負人《ちょうぜいうけおいにん》たちも、そろって紙を手に取り光に掲《かか》げている。まるでそこに、天使の手形でも浮《う》かび上《あ》がらないかと確かめるかのように。

「う～……こんなの、気がつかないよ！」

悔《くや》し気に唸《うな》るミューリの手にあるのは、どこかの遠い場所にある商会が、ラウズボーンに大量の果実酒を持ち込むことを申請《しんせい》した記録だった。もちろんそこに密輸の痕跡《こんせき》を記す秘密の暗号が書かれているわけではない。けれどもこの手の紙には、必ず残る痕跡《こんせき》というものがある。

ぼろ布を手で裂《さ》き、槌《つち》で打ち、窯《かま》でぐらぐらと茹《ゆ》でで、どろどろになったものを冷たい水の中で漉《す》いたものが紙となる。その最後の過程で網《あみ》が張られた篩《ふるい》のようなものを利用するのだが、その篩《ふるい》の目が決め手となるのだ。

細い針金が渡《わた》されたその網《あみ》の目《め》は、工房《こうぼう》によって形が違《ちが》う。だから梳《す》きあがった紙をよくよく見ると、それぞれ漉《す》いた時の網《あみ》の目《め》が、独特な形で残っている。

つまりこのうっすらと残った模様と共通する紙を徴税人《ちょうぜい》たちの資料から見つけられれば、その紙を利用している商会にどこでその紙を買ったのかと尋《たず》ねることができる。そうしてどこの紙工房《こうぼう》で作られたものかわかれば、冊子を作るために紙を大量に購入《こうにゅう》したはずの職人の居場所がわかるだろう、という算段だ。

楽師たちがどこの街に行ってもこの冊子がある、と言わしめるほど刷っているのだから、紙工房《こうぼう》も紙の買い手のことを覚えているはず。

そしてあらゆる土地のあらゆる紙が集まる場所として、徴税人《ちょうぜい》組合ほど相応《ふさわ》しい場所は存在しないのだった。

「とはいえ、ほとんど街の数だけ工房《こうぼう》があります。簡単ではありませんよ」

似たような模様も多い。

ただ、地道な作業の果てには、間違《まちが》いなく答えがある。

「見つけられたら、脂《あぶら》の弾《はじ》ける羊肉だからね」

ミューリはそんなことを言って、一枚、また一枚と紙を太陽に掲《かか》げていく。税を払《はら》わない不届き者を追《お》い詰《つ》めるため、徴税人《ちょうぜいにん》たちはこの手の作業に慣れているようで、すごい速さで作業をこなしていく。

自分などはこの方法を思いついたところまではよかったのだが、知識ばかりで実践《じっせん》をしたことがなかった。似たような模様の区別がつかず、冊子の紐《ひも》を解いてばらばらにした頁《ページ》と何度も見比べていた。もちろんこういうことが大得意のミューリなどは、もたつくこちらを尻目《しりめ》に、どんどん調べていく。

不器用な自分が紙を調べるより、地下書庫から資料を運んできたり、調べ終わった資料を地下に戻《もど》したりする作業を手伝ったほうがよさそうだぞと思った、その矢先のことだった。

「あった！」

嬉《うれ》しそうな声を上げたのは、ミューリよりももう少し歳《とし》若い女の子だ。

「ほら、これ！」

女の子はシャロンに紙を手渡《てわた》し、シャロンが冊子とその紙を光に掲《かか》げて見比べると、優《やさ》しげに微笑《ほほえ》んでその子の頭を撫《な》でていた。

「見つけたぞ」

こちらに向けてそう言ったシャロンは、次いでその紙の内容に目を通している。

「どこの町の工房《こうぼう》かわかりそうですか？」

日常的な文書ならば、基本的には地元の工房《こうぼう》の紙を使うはず。

「ヴィード商会の羊毛取引記録か。王国中東部で手広くやってるところだな。本拠地《ほんきょち》はサレントンって町だが……商会網《もう》で紙を使い回していたらちょっと厄介《やっかい》だな」

「支店がここの港にもありますよ。すぐ人をやりましょう」

「紙の工房《こうぼう》を知りたいだけだと伝えろよ」

「ついでに抜《ぬ》け荷も見つけてきますよ」

徴税人《ちょうぜいにん》とシャロンはそんな会話を交《か》わし、数人の男たちが部屋を出ていった。

そうこうしている間にも、最初の一枚が見つかったことで類似《るいじ》する地域の資料を重点的に調べたのか、一枚、二枚と同じ模様の紙がテーブルに置かれていく。シャロンはそれを見て、少しほっとしたようだ。

「どれも地域がかぶってる。これならすぐにどこのものかわかるだろ。もういいぞ」

一昼夜、運が悪ければ一週間は必要だろうかと思っていたのに、あっという間に目当ての物を見つけ出せてしまった。

この街にきた時、シャロンたち徴税人《ちょうぜいにん》組合と、遠隔地《えんかくち》交易に携《たずさ》わる商人たちは一触即発《いっしょくそくはつ》の雰囲気《ふんいき》だったが、どうして商人からそれほど嫌《きら》われていたかがよくわかる。それだけシャロンたちが優秀《ゆうしゅう》な狩人《かりゅうど》だったのだ。

「う～……全然活躍《かつやく》できてない！」

ミューリが悔《くや》しげに言うが、見比べるためにばらばらにした楽師向けの冊子を再び紐《ひも》で綴《と》じながら、ミューリの背中をポンと叩《たた》く。

「この冊子に私を導いてくれたのはあなたです。幸運の女神《めがみ》、いえ、狼《オオカミ》ですよ」

「……」

ミューリはまだ不服そうだったが、一瞬《いっしゅん》だけこちらにしがみついてから、資料の片付けを手伝っていた。

その後、徴税人《ちょうぜい》たちの来訪を受けたヴィード商会ではひと悶着《もんちゃく》あったようだが、無事に紙の出所を聞き出してきてくれた。その紙はヴィード商会の本店があるサレントンという町の工《こう》房《ぼう》で購入《こうにゅう》されたものだという。

サレントンは王国中央部の草原から送られてくる羊毛の集積所のひとつとなっている町で、ここからだと馬に乗って二日ほどの距離《きょり》だと聞かされた。ミューリは自分の足なら半日で行ってみせると息巻いていたが、ミューリだけ行かせてもしょうがない。

シャロンに協力の礼を言い、最初の一枚を見つけてくれた少女にも厚く感謝を述べてから、ひとまずハイランドのいる屋敷《やしき》へと戻《もど》った。

屋敷《やしき》の回廊《かいろう》の壁《かべ》に彫《ほ》られた立派な燭台《しょくだい》を布で拭《ふ》いていた下女に尋《たず》ねると、ハイランドは執《しつ》務《む》室に客人といるとのことだった。

いささか行儀《ぎょうぎ》が悪かったが、一刻も早く事を進めたい。執務《しつむ》室の前に控《ひか》えやや驚《おどろ》いた様子のオランドと、数日前に見かけた屈強《くっきょう》な護衛に挨拶《あいさつ》をしてから、火急の用件だと言って扉《とびら》を開ける。

　そこには羊皮紙の束を前にしていたハイランドと、なにか相談ごとをしていたらしいカナンに、ローズまでそろっていたところ、ミューリが言った。

「獲物《えもの》の尻尾《しっぽ》を捕《つか》まえたよ！」

　全員がぽかんとしたのは、言うまでもないのだった。


　息巻いて収穫《しゅうかく》を話そうとするミューリを押しとどめたところ、なにか察したカナンが咄嗟《とっさ》に、ローズのことを説明してくれた。

「ローズ様は是非《ぜひ》お味方に引き込むべきだと思いまして」

　カナンは自らの正体を明かし、目的も告げたらしい。

　その結果は、ただちに椅子《いす》から立ち上がり、床《ゆか》に膝《ひざ》をついたローズの姿だった。

「コル様、此度《こたび》の計画、我が身命を賭《と》して協力させていただきます！」

　止める間もなく膝《ひざ》をついてしまったローズは、仰々《ぎょうぎょう》しい誓《ちか》いの礼をとってみせる。

　聖クルザ騎士《きし》団の分隊長は、分隊の中で誰《だれ》よりも騎士《きし》らしい騎士《きし》、とローズのことを苦笑《くしょう》交じりに評していたが、偽《いつわ》りはないようだ。

「聖クルザ騎士《きし》団の面々の中でも、さらにローズ様は信用が置けるとのことでしたので」

「教会より腐敗《ふはい》を一掃《いっそう》するとのこと、それこそ今の我らに課された使命です！」

空腹で泥道《どろみち》の中に頭から突《つ》っ込んで倒《たお》れていた時でさえ、目を覚ませば背筋を伸《の》ばして長々と礼を述べるような少年だった。元気な時の暑苦しさは、ミューリ以上かもしれない。

「こちらこそ、ローズさんの協力が得られれば百人力です」

「光栄です！」

主君に対して頭《こうべ》を垂れるようなローズを、どうにかこうにか立ち上がらせると、痛いくらいの握手《あくしゅ》を求められる。けれどそんなローズも、ミューリと握手《あくしゅ》を交《か》わす時だけは、やや照れていたようだった。

「して、君たちはまたどんな奇跡《きせき》を？」

きっとここで語られていたのは、奇跡《きせき》の技術を持つ職人が見つからなかった時のことだろう。どこかほっとしたようなハイランドの顔は、その反動かもしれない。

ミューリはこの執務《しつむ》室に残る重苦しい空気の欠片《かけら》に気がついているのかいないのか、ハイランドの問いに意気《いき》揚々《ようよう》と、まるですべてが自分の手柄《てがら》のように語り始めたのだった。

紙工房《こうぼう》で見つけた冊子はほぼ間違《まちが》いなく禁止されていた技術で刷られたもので、まずはリレントンの町に赴《おもむ》き、ヴィード商会が紙を調達している工房《こうぼう》に赴《おもむ》く必要がある。

ハイランドは質問を挟《はさ》むこともなく聞き終わると、「馬を手配しよう」と言って鈴《すず》を鳴らし、部屋に入ってきた下女に命を下していた。

「ひとつ、皆《みな》さまにお願いがあるのですが」

執務室《しつむ》に集《つど》う者たちの関心は、サレントンの紙工房《こうぼう》を探し当てられるかどうかから、その後の職人の足取りの追い方に移っていたが、そこに言葉を挟《はさ》んだ。

「サレントン行きに、ル・ロワさんという書籍商《しょせき》の方を加えても？」

ミューリは目をぱちぱちさせていた。ル・ロワとは件《くだん》の職人を巡《めぐ》って利害が対立しているので、冊子を見せることで職人探しを焚《た》きつけはしたものの、なぜ敵を連れていくのかと思ったのだろう。

「ル・ロワさんは稀覯書《きこう》を取《と》り扱《あつか》う商人様で、件《くだん》の職人を巡《めぐ》る利害については私たちと対立しているようです。ただ、本の知識、あるいは本を巡《めぐ》る世界の知識については圧倒的《あっとうてき》です。職人さんを探す過程のみならず、その後のことでも協力いただける可能性を残しておくべきかと」

それらは嘘《うそ》ではないが、理由のすべてでもない。

一度言葉を切ってから、付け加えた。

「ル・ロワさんとは子供の頃《ころ》に旅をしたことがあって、色々教えてもらった恩師でもあるのです。今回の職人さん探しでは真っ先に情報を求めた人でもありまして、私情なのですが……」

もしも件《くだん》の職人が本当に見つかりそうならば、ル・ロワとはその情報を共有しておきたいと思った。もしかしたらル・ロワの仕入れた貴重な書籍《しょせき》を、職人が秘密裏《り》に印刷しているかもしれないからだ。

「君が信用している人物なら、私は構わないと思う」

ハイランドが真っ先にそう言った。

「敵であっても敬愛し、信用するというのは、騎士《きし》団では忘れてはならない教訓のひとつです」

血で血を洗う戦場でも高潔さを失わない理想の騎士《きし》。

そんなローズの宣誓《せんせい》にミューリは深くうなずき、カナンは微笑《ほほえ》みながら言った。

「ル・ロワさんでしたら存じています。書庫の大先輩《せんぱい》ですから」

「え」

驚《おどろ》いてカナンを見やると、小さく肩《かた》をすくめられた。

「書の世界は本当に狭《せま》いものです。ル・ロワさんはその昔、教皇庁内の書籍《しょせき》整理を請《う》け負《お》った商会から派遣《はけん》され、迷宮《めいきゅう》のような場所で膨大《ぼうだい》な目録を作り上げた賢人《けんじん》です。私たちの間では有名人ですよ」

書庫に出入りしていたらしいことは言っていたが、まさか目録を作成していたとは。

けれどあの異常な知識量にも、それでなんとなく納得《なっとく》できた。

「ただ、それでしたら、印刷術の職人の話をした時点で、私のことに勘付《かんづ》いていると思います。あの技術を知っている人間は限られますから」

「……」

クラークが片付けをしていた修道院跡地《あとち》での会話を思い出し、確かにそんな素振《そぶ》りがあった。

「では、同行については……」

「私も構わないと思います。ル・ロワさんのような人とは、長い関係を優先させるべきです」

実利的な判断のようにも、こちらに気を使ってもらったようにも思える。

ハイランドはカナンが自分を前にずいぶん気を張っていた、というようなことを言っていた気がするが、やはり世慣れているという点では、自分など逆立ちしても勝てない気がする。

「そうと決まれば、早めに連絡《れんらく》を取ったほうがいいだろう。優秀《ゆうしゅう》な人物のようだから、すでに同じ結論にたどり着いてサレントンに向かっていてもおかしくない」

さすがにそれは、とも思ったが、船乗りすらが恐《おそ》れて嫌《いや》がる夜の海を船で渡《わた》ってくるような人物だ。紙の模様のことにすぐに気づき、エーブに協力を仰《あお》いでヴィード商会にたどり着いているというのはありえないことでもなかった。

ミューリに目配せすると、嫌《いや》そうに肩《かた》をすくめられたが、はいはいとばかりに立ち上がっていた。

「出立は明朝でどうだろうか。馬の足で天気に邪魔《じゃま》されなければ、夕刻にはつけるだろう」

ハイランドの提案に異議はない。

「神の御加護があらんことを」

ハイランドの祈《いの》りに、深くうなずいたのだった。


星のまたたく夜明け前は、この季節でもまだ空気がずいぶん冷たい。

屋敷《やしき》の中庭に用意された馬たちの白い息が上がる中、旅装姿の面々がそろっていた。

「ご無沙汰《ぶさた》しております。ル・ロワ様」

「いやはや、あなた様だとは」

カナンとル・ロワがそんなやり取りをする横で、ローズやオランド、それにカナンの護衛がそれぞれの馬の点検をしていた。

自分とミューリは同じ馬に乗るとしても、カナンとその護衛、ローズ、ル・ロワ、それに加えて、ハイランドが安全のためだからと頑《かたく》なに同行を主張したオランド、という大所帯になったため、彼らを乗せる馬で中庭はいっぱいだった。

ミューリは馬と直接会話ができそうなので、手綱《たづな》さばきなどわからなくても馬を駆《か》れると思うところだが、以前、馬に揺《ゆ》られての旅路で尻《しり》が痛いと泣きごとをこぼしていた。

荷馬車の旅なら歩いて並走《へいそう》もできるだろうが、騎行《きこう》となるとそうはいかない。途中《とちゅう》で手綱《たづな》を握《にぎ》れなくなられても困るので、自分と同じ馬にした。騎士《きし》なら自分で馬を駆《か》らないとならない、とかなんとか喚《わめ》くかとも思ったが、ミューリがその提案をあっさり受け入れたことに拍子《ひょうし》抜《ぬ》けした。とはいえその理由は、ミューリが夜更《よふ》かししていた辺りから、なんとなく察しがついたのだが。

悪い娘《むすめ》はこれ幸いとばかりに、馬にまたがるとたてがみに顔を埋《う》めるようにして、眠《ねむ》りこけていた。

まったくもうとため息をつきながら、ミューリが寝《ね》ぼけて落ちないように、両腕《りょううで》の間にその小さい体が収まるよう調整する。その際、こんな時でも持っていくと言って聞かなかった長剣《ちょうけん》が非常に邪魔《じゃま》だったのだが、きっと夢の中では、馬上で剣《けん》を振《ふ》り回《まわ》して戦場を駆《か》け回っているのだろう。

「捜索《そうさく》と説得がうまくいくことを祈《いの》っているよ」

見送りに立つハイランドが、寝《ね》ているミューリに微笑《ほほえ》みかけてからそう言った。

「私はこちらで修道院の改修を進めておく。仮に伝説の職人が見つからなくとも、無駄《むだ》にはならないからね」

「必ず吉報《きっぽう》を」

ハイランドは微笑《ほほえ》み、馬の鼻先を撫《な》でてから離《はな》れた。

「彼らを頼《たの》んだよ」

その言葉は、ハイランドの側《そば》に付き従う護衛のオランドに向けて。道中危険なこともないと思うのだが、ハイランドは聖クルザ騎士《きし》団を襲撃《しゅうげき》したのはクリーベント王子ではないかと疑っているため、油断はできないということだろう。

「では、行って参ります」

「神の御加護があらんことを」

ハイランドや下男たちに見送られ、合計で馬六頭の一行が出発した。

人っ子一人いない街中を進み、夜通し見張りに立っていた兵と朝の兵が入《い》れ替《か》わる市壁をくぐり、広い街道《かいどう》に出ると馬も速度を上げた。ぽこぽこという蹄《ひづめ》の音と振動《しんどう》で目を覚ましたのか、体を起こしたミューリがこちらの顎《あご》に頭突《ずつ》きをするような勢いで、大あくびをしていた。

「ふわあ～……あれ、もう街の外？」

先頭には行く手を油断なく見張るローズの馬が行き、その後ろに地図を見ることに余念のないカナンとル・ロワの馬が並び、自分の馬を挟《はさ》んで、しんがりにオランドとカナンの護衛の馬がついて周囲に目を光らせる、という配置だった。

「んふふ。騎士《きし》の一行だね」

前後を見回して、自分も立派なその一員だ、とばかりに胸を張るミューリは、満足げに鼻を鳴らすともう一度あくびをした。

「だから早く寝《ね》なさいと言ったでしょう。夜遅《よるおそ》くまで起きているからですよ」

小言を向けてもミューリはどこ吹《ふ》く風。馬に挨拶《あいさつ》するかのように首筋を叩《たた》いている。

「だって、紙に隠《かく》されたあんな暗号があるなんて知ったら、我慢《がまん》できなかったんだもの」

言い訳にもなっていないミューリの言い訳だった。昨日はハイランドの執務室《しつむ》で報告の後、ル・ロワに事の次第《しだい》を伝えた後、大慌《おおあわ》てで楽師から借りた冊子の筆写をやった。もちろん自分も手伝わされ、慌《あわ》ただしく居酒屋に冊子を返しにいってやれやれと思っていたら、今度はあの荒唐無稽《こうとうむけい》な騎士《きし》道物語に取《と》り掛《か》かっていたのだ。ミューリは夢中な様子で、敵に囲まれた味方から救援《きゅうえん》を乞《こ》う手紙、という話を付け加えていた。敵の目をくらませるため、文面にはどこの街にいるのかという情報は一切《いっさい》ないのだが、紙の模様から割り出せる、という流れだ。

そのことに気がつくのは峻厳《しゅんげん》なる聖職者ではなく、銀色の騎士《きし》になっていたので、自分で紙の秘密に気がつけなかったことがよほど悔《くや》しかったらしい。

「職人さんは……ふああ～……あふ。どんな人なのかな」

今度は馬の首にもたれかかるのではなく、こちらに背中を預けて眠《ねむ》ろうとしている。

「騎士《きし》がこんな甘えん坊《ぼう》でいいんですか？」

呆《あき》れてミューリに言うと、身じろぎして寝《ね》やすい姿勢になったミューリは、寝床《ねどこ》で仰向《あおむ》けになった犬そのままに、満足そうに息を吐《は》く。

「騎士《きし》の行軍では、朝も夜も関係なく進むことがあるからね。お互《たが》いに身を寄せ合って休憩《きゅうけい》を取るのは普通《ふつう》だよ。知らないの？」

屁理屈《へりくつ》ばかりのミューリにため息をつく。顎《あご》の下で笑っているらしいミューリの気配にもう一度大きなため息をついてから、まだ星がまたたく空が続く道の先を見やった。

「私はどんな職人さんかより、職人さんの目的のほうが気になりますよ」

異端《いたん》として抹殺《まっさつ》された技術を駆使《くし》し、職人は金になるはずもない冊子を大量に刷っていた。あまりにも奇妙《きみょう》すぎるし、なにか隠《かく》された目的があるはずではないかと、文章に暗号が隠《かく》されていないか改めて調べたりもした。

今のところ手掛《てが》かりは得られていないが、どんな陰謀《いんぼう》に関わっているとしても驚《おどろ》かない。

「すんなりいけばいいのですが」

「うん……うん……」

ミューリの返事は、ほとんど寝言《ねごと》だ。

この時間から活動を始めている羊飼いたちの側《そば》を通り過ぎ、広々とした田園に出る頃《ころ》には夜が白々と明け始めていた。

少なくともその光景を見るだけならば、希望に満ちた出立なのだった。


街をあとにしてもしばらくは寝息《ねいき》を立てていたミューリだが、日の光が頬《ほお》に当たる頃《ころ》にはさすがに目を覚まし、夜明けの大草原に目を輝《かがや》かせていた。

目的地のサレントンまでは難所もなく、雪解けのぬかるみだけが心配だったが、それもちょっと前の話のようで、急速に春の陽気に包まれる草原の道はミューリでなくとも笑ってしまうくらいに清々《すがすが》しかった。

ラウズボーンから北上し、昼過ぎに到着《とうちゃく》した小さな港町から西に向かい、王国の内陸部へと進んでいく。途中《とちゅう》、大河のように移動する羊の群れをやり過ごしたり、旅人が旅の安全祈願《きがん》をしてひとつずつ積み上げた小石の塚《つか》のふもとで休憩《きゅうけい》したりして、馬を進めていった。

天候にも恵《めぐ》まれ、夕暮れ時の景色など実に素晴《すば》らしかった。

そうして予定通り、日の落ちる直前に、目的地サレントンへと到着《とうちゃく》した。町というよりも村が大きくなったような場所で、厳《いか》めしい市壁の検問もないのどかなところだ。

ただ、もう少し馬に揺《ゆ》られていたかったと思う自分とは対照的に、確保した宿の部屋に入るなり、ミューリは崩《くず》れ落《お》ちるようにベッドに身を投げ出していたのだった。

「お尻《しり》……痛い……」

こういうのは体が軽くてもあまり関係ないらしい。昼過ぎにはもう鞍《くら》に座るのを辛《つら》そうにしていたミューリは、お尻《しり》を上げた姿勢でベッドにうつぶせになっている。気の毒に思いつつ、つい言ってしまう。

「物語の騎士《きし》のように、平気な顔で騎行《きこう》とはいきませんね」

「うう～……兄様の意地悪！」

ミューリは半べそで嚙《か》みつくように言うが、尻《しり》が痛くなってからは腰《こし》に提《さ》げていた剣《けん》をこちらに押しつけてきたり、座っていられないからとおんぶするような形になったりと、散々世話を焼かされたので、このくらいの小言は正当な権利のうちだろう。

「まあ、慣れるしかないですね」

旅装を解きながらそう言うと、ミューリの尻尾《しっぽ》が大きく右から左に弧《こ》を描《えが》く。

「ふーん。じゃあ、馬術も習っていいってことだよね！」

「えぇっ？」

「馬上の剣術《けんじゅつ》、槍術《そうじゅつ》は騎士《きし》の華《はな》だからね！　兄様のお墨《すみ》つきがあるなら、頑張《がんば》って習わなきゃ！」

尻《しり》を上げたうつぶせの間抜《まぬ》けな姿勢で、ミューリはせいぜい勝《か》ち誇《ほこ》ったような顔をしていた。

「あ〜、馬上槍《やり》試合もいつか出たいなあ。ローズ君は出たことあるのかな。後で聞かないと」

「……」

革《かわ》の胸当てをして剣《けん》を佩《は》いたミューリが、馬に乗って颯爽《さっそう》とニョッヒラの湯屋に帰り着く様子を想像する。母である賢狼《けんろう》は大笑いしそうだが、父であるロレンスは頭を抱《かか》えるだろうことを思うと、これ以上おてんばに拍車《はくしゃ》をかけさせるわけにはいかない。

嫁入《よめい》り前の女の子が馬など駆《か》るものではないと言ったところで、ミューリの四つもある耳には届かないだろうが、騎士《きし》としての話になら聞く耳を持つ弱点を突《つ》いた。

「騎兵《きへい》は鉄の全身鎧《よろい》を着るのが普通《ふつう》でしょう。あなたの小さな体に合う鎧《よろい》なんてありませんよ」

ましてや馬上では、陸上よりもはるかに長い剣《けん》か、人の身長ほどもある槍《やり》を抱《かか》える必要がある。ミューリは剣《けん》の筋は良《い》いらしいが、腕力《わんりょく》と体の大きさはいかんともしがたいはずだ。

「せっかく馬に乗れても伝令役ばかり、なんてことになりますよ」

「それは、確かに……」

狼《オオカミ》の耳と尻尾《しっぽ》がぺたんとへこたれる。生まれつきの体の大きさはどうしようもない。

これで馬の上で大剣《だいけん》を振《ふ》り回《まわ》すような無茶は諦《あきら》めてくれるだろうと思っていたら、ミューリは「よし」と言って急に起き上がった。

「じゃあ、体を大きくするためにご飯をいっぱい食べないと！」

「は？」

「ほらほら、兄様、行くよ！　ここは一階が酒場でしょ？　調理場がちょっと見えたけど、こーんなおっきなウナギが桶《おけ》の中にいたんだから！」

ミューリに腕《うで》を引っ張られ、強引《ごういん》に部屋から連れ出されてしまう。

討《う》ち取《と》ったつもりが、いつのまにか討《う》ち取《と》られている。

ぬるりと摑《つか》みどころがないのは、狼《オオカミ》というよりそれこそウナギのよう。

「あなたは年々、ホロさんに似てきますね……」

「ん？　母様がなあに？」

酒好きなところだけは似ませんように、と諦《あきら》め交じりに祈《いの》るほかなかった。

その日の夜は大きなウナギ料理を皆《みな》で堪能《たんのう》し、翌日早速《さっそく》ヴィード商会を訪ねることとなった。

サレントンの町は内陸部から送られてくる羊毛と、海側から送られてくる交易品や海産物を交換《こうかん》するのが主な商《あきな》いで、ヴィード商会は羊毛を取《と》り扱《あつか》う最も大きな商会だったようだ。宿の主人に聞けば、場所はすぐに見つかった。

「それで、なんで兄様とカナンくんなの！　ずるい！」

商会に紙の出所を聞きにいく段になり、話し合いの末、自分とカナンがラウズボーンからの徴税《ちょうぜい》人のふりをするのが一番よかろうということになった。正直に目的など伝えられないが、下手に目的を隠《かく》すのもまた、異端審問《いたんしんもん》官かなにかだと思われかねない。文字の書かれた紙を手になにかを探しているのは、大抵徴税《たいていちょうぜい》人か、異端審問《いたんしんもん》官なのだから。

そこでこの旅の面子《メンツ》の中で最も徴税《ちょうぜい》人らしいのが、自分とカナンの組み合わせだったわけだが、冒険《ぼうけん》ごとにはすべて首を突《つ》っ込みたいミューリは不満たらたらだった。

「ミューリさん。追跡《ついせき》の手に気がついた職人が、建物からこっそり逃《に》げ出《だ》すかもしれません。悪徳教会を懲《こ》らしめる時にもよくあったのです。私たちで裏口を見張りましょう」

ローズの言葉に、そういう冒険《ぼうけん》もあるのかと目を丸くしたミューリはたちまち機嫌《きげん》を直していた。ローズに礼を言うと、少年らしい少し照れたような笑《え》みを返された。

「朝から元気いっぱいですね」

商会の軒先《のきさき》に向かう道すがらも、楽しそうなカナンに言われてしまう。

「まったく、いつになったらおてんば気質が抜《ぬ》けるのか……」

笑うカナンと共に、次から次に羊毛を積んだ荷馬車がやってくるヴィード商会の軒先《のきさき》に立った。さて己《おのれ》の役目を果たさなければ、と軽く深呼吸をしたところに、カナンが不意に言った。

「コル様、ありがとうございました」

聞き間違《まちが》いかと思って隣《となり》を見やると、商会の羊を模した看板を見上げていたカナンが、こちらを見た。

「私たちは職人の手がかりが見つかるなどと、思っていませんでしたから」

「それ、は」

カナンは微笑《ほほえ》み、顔を下げる。それから少し視線を横に逸《そ》らしたのは、なにやら楽しそうな足取りで商会の裏手に回るミューリと、それに振《ふ》り回《まわ》されがちなローズを見ていたからだ。

「私たちは書庫の暗がりで、ただずっと己《おのれ》の無力さを嘆《なげ》いていたのです。ですが外の世界では、薄明《はくめい》の枢機卿《すうききよう》と呼ばれる方が教会を大きく変えようと戦っていると聞きました。そのことに勇気づけられ、このまま悪に屈《くっ》するくらいならばと、破れかぶれで教皇庁を出てきたのです」

交渉《こうしょう》を口実に憧《あこが》れの人に会いにきたのだよ、とハイランドは冗談《じょうだん》交じりに言っていた。

「旅費でさえ、仲間たちでようやく出し合ったのです。ハイランド様に会い、私たちが書庫で夢見た教会の腐敗《ふはい》を一掃《いっそう》する案とやらを語れれば、それだけでなにかしら私たちも世界と戦った証《あかし》になるのでは。そんな感じでした」

自分たちの横を、見上げるばかりに羊毛を積み上げた荷車が、三人の屈強《くっきょう》な男たちに引っ張られて商会の荷揚《にあ》げ場に入っていった。

「それがまさか、本当に職人の手がかりを得て、前に進めることになるだなんて」

その言葉には、職人が見つかるかもという期待すらなかった。カナンたちは、世界に対して無力であることに慣れてしまった者たちなのだ。

日陰《ひかげ》から日向《ひなた》に一歩出ることができたと、ただそれだけで喜べるくらいに。

「ですから、ハイランド様が想像した以上の名君だと理解した時、私はひどく後悔《こうかい》しましたよ」

それはミューリと一緒《いっしょ》に、職人の尻尾《しっぽ》を捕《つか》まえたと執務《しつむ》室に報《しら》せに向かった時のことではないかと思った。あの執務《しつむ》室の空気には、固くて重い雰囲気《ふんいき》が綿埃《わたぼこり》のように積もっていた。ハイランドは職人に頼《たよ》らない力業《ちからわざ》で、無理にでも資金を用意することで聖典を複写する計画を語っていたのだろう。

カナンはこちらを見て、肩《かた》をすくめるように笑った。

「ハイランド様に血を流させるわけにはいきません。それは話を持ち込んだ私たちの負うべき責任です。ル・ロワさんと手を組んででも、それを阻止《そし》します」

ヴィード商会は、羊に関するよろず商《あきな》いを行っているようで、大きな毛刈《が》りの鋏《はさみ》を何丁も背中に担《かつ》いだ旅商人が荷揚《にあ》げ場から出ていった。それをやり過ごしてから、自分はカナンに言った。

「書庫の書籍《しょせき》を、横流しするのですか？」

同じ重さの金よりも貴重な本。ル・ロワが扱《あつか》うのはそういうものであり、教皇庁の書庫にはどんな本だって存在する。邪悪《じゃあく》になれば、いくらだって金儲《かねもう》けはできるのであり、カナンたちはそうしないことで、高潔さを保ち続けてきたのだ。

カナンはこちらを見て、自分の言葉に否定も肯定《こうてい》もしなかった。嘘《うそ》を戒《いまし》める聖職者にとって、それが肯定《こうてい》を意味することくらい、自分にもわかる。ニョッヒラから出てきたばかりの自分なら、ここでカナンの破滅《はめつ》的でさえある考えに、肩《かた》を摑《つか》んで説得しただろう。

けれど自分もまた、旅をしてきたのだ。

「職人さんを見つければいいんですよ」

ミューリならそう言うだろうと思っていたので、口調も似てしまったかもしれない。しかしこれだけ騒《さわ》がしければ、商会の裏手にまでは届かないだろう。

「見つからなかったら、改めて考えましょう」

そして、少しためらってから、カナンの背中を励《はげ》ますように叩《たた》いた。

カナンはミューリと大して変わらない背丈《せたけ》のせいか、簡単にたたらを踏《ふ》む。

けれどその足は、かえって勢いを得て、二歩目を踏《ふ》み出《だ》した。

「信じて……いますとも！」

カナンの無理に笑うような笑顔《えがお》を見ながら、自分も少し遅《おく》れて商会の軒《のき》をくぐる。

ハイランドの屋敷《やしき》で対峙《たいじ》した時は、その雰囲気《ふんいき》に吞《の》み込まれそうなほどの余裕《よゆう》だったのに、今のカナンは年相応に緊張《きんちょう》した少年に見える。その強張《こわば》りをほぐすため、耳打ちするように言った。

「信じるのは、神を、ですよね?」

カナンは目を見開いてからこちらを横目に見て、少年らしく首をすくめて笑う。

「もちろんです!」

そう答えるや胸を張り、誰《だれ》もが忙《いそが》しく立ち働いて喧騒渦巻《けんそううずま》く商会の、荷揚《にあ》げ場に向かって声を張り上げたのだった。

「失礼! 我々はラウズボーンより参りました! 商会のご主人はいらっしゃいますか!」

カナンの声はこういう場所でもよくとおる。羊毛取引にきていた客たちは物珍《ものめずら》しそうに首を伸《の》ばし、商会の荷揚《にあ》げ夫や羊毛の検査をしていた者たちは目をぱちくりとさせていた。

「主人はわたくしですが……どのようなご用件で」

小僧《こぞう》が店の奥に飛んでいったかと思うと、奥の帳場から人の好《よ》さそうな商人が、やや警戒《けいかい》した顔つきで出てくる。自分とカナンの服装を見て、単なる客ではないとわかったのだろう。

「お忙《いそが》しいところ失礼します。我々はラウズボーンの徴税《ちょうぜい》人組合より命を受けて参りました」

最後の台詞《せりふ》だけは、周囲に聞こえないよう声を潜《ひそ》めて。

ラウズボーンに羊毛を納品しているヴィード商会の主人は、息を呑《の》む。

「い、一体、なぜ？　我々にはなにもやましいことなど……」

商人なのだから、完全に潔白ということもないのだろう。とはいえもちろん、自分たちは羊毛の合間に砂を詰《つ》めて目方を誤魔化《ごまか》したり、高価な種類の羊毛に安い種類の羊毛を混ぜたことを咎《とが》めにきたわけでもない。

「あなた様の誠実さは存じていますとも。我々が追いかける人物の手がかりが、あなた様の商会の納品書にありまして、どうかご協力をと」

カナンが胸元《むなもと》から、組合で見つけた紙を取り出した。

「この書類に使った紙を、どちらで購入《こうにゅう》されました？」

標的が自分たちではないらしいと納得《なっとく》してくれたらしい主人は、安堵《あんど》のため息をつきつつ、

「失敬」と言って紙を受け取った。

「これは……うむ、確かにうちの納品書です。発送もここからですから……おい、ちょっとその計量の覚書を持ってきてくれ！」

主人は遠巻きに見ていた小僧《こぞう》に声をかけ、羊毛を詰《つ》めた箱の数を記していた紙を持ってこさせた。そして、二枚の紙を掲《かか》げて透《す》かして見《み》る。昼間でも薄暗《うすぐら》い荷揚《にあ》げ場だが、慣れた目にはすぐ判別がつくのだろう。

「ああ、同じですな。これはシアート親方の工房《こうぼう》です。この町の紙工房《こうぼう》ですよ」

「シアート親方」

カナンは名前を繰《く》り返《かえ》し、こちらを見やる。

「工房《こうぼう》の場所を教えてもらっても？」

「ええ、もちろんです。親方の工房《こうぼう》は、教会の北側の職人街にあります。場所柄《がら》、羊皮紙の工《こう》房《ぼう》もたくさん集まっててややごちゃごちゃしてますが、聞けばすぐにわかるでしょう」

カナンは主人から納品書を返してもらい、胸にしまう。

「ご協力感謝します。良き商《あきな》いを」

主人はやれやれと疲《つか》れたような笑《え》みを見せ、自分たちを見送ってくれた。

日が遮《さえぎ》られた荷《に》揚《あ》げ場から通りに出ると、春の日差しが目に痛い。通りの向かい側の路地でこちらの様子を窺《うかが》っていたオランドが、調子を尋《たず》ねるように片手を上げていた。

「コル様がどっしり控《ひか》えていてくれたおかげで、話が早く進みました」

オランドに手を上げ返していると、カナンがそんなことを言った。こちらがなにもすることなく、単に突《つ》っ立《た》っていただけだったことを気遣《きづか》ってくれたのだろう。

「カナンさんの手際《てぎわ》の賜物《たまもの》ですよ」

「まさか。コル様はじっと立っているだけで、威厳《いげん》がありますから」

ハイランドを前にしても優雅《ゆうが》に振《ふ》る舞《ま》って、常に冷静に微笑《ほほえ》んでいたようなカナンが、実のところずいぶん緊張《きんちょう》していたらしい。そのことを思うと、あながちお世辞というわけでもないのかもしれない、と思っておくことにした。

それに、カナンの顔はずいぶんと晴れ晴れしていたのだ。その言葉を疑うのは、カナンの気持ちに水を差すようで憚《はばか》られた。

叶《かな》わぬ夢だがせめて世の流れに一石投じた証《あかし》が欲《ほ》しいと、カナンはまさしく夢のような計画を持ち込んできた。そして教会組織の日の当たらない場所にいたカナンは、この王国で太陽の尻尾《しっぽ》を見た。

いつもより歩幅《ほはば》を大きくして通りを渡《わた》るカナンの背中を、自分は気圧《けお》されるのではなく、応《おう》援《えん》する気持ちで見つめていたのだった。

それからミューリたちと合流した後は、ヴィード商会で教えられたとおりに教会の北側へ向かった。羊毛が集まる町に相応《ふさわ》しく、羊皮紙の工房《こうぼう》が多く軒《のき》を連ねていたが、件《くだん》のシアート親方の工房《こうぼう》はすぐに見つかった。血の気の多い職人相手ならば今度こそ自分の出番だと、ミューリは楽師の冊子を手に駆《か》け込んでいった。カナンの護衛やローズは、追手に気がついた職人が逃《に》げ出《だ》さないようにと、工房《こうぼう》の裏手の路地を見張っている。

自分はオランドたちと一緒《いっしょ》に、忙《いそが》しそうに立ち働いていた貫禄《かんろく》のある親方に冊子を見せて質問するミューリを、遠巻きに眺《なが》めていた。結構な量の冊子をばら撒《ま》いていたのなら、間違《まちが》いなく購入《こうにゅう》した人間は顔を覚えられているはず。そして職人の懐《ふところ》に潜《もぐ》り込むことにかけて、確かにミューリは妙《みょう》に長《た》けている。

なので、その数瞬《すうしゅん》後の光景は、まったく予想外なのだった。

「あの馬鹿、ついにやらかしやがったのか！」

賑《にぎ》やかな職人街でもなお響《ひび》く怒声《どせい》に、ミューリがつま先立ちになって首をすくめていた。

呆気《あっけ》に取られる自分をよそに、護衛のオランドが通りを渡《わた》ってすぐに駆《か》けつける。

「親方殿《どの》、この冊子の書き手に心当たりが？」

親方は騎士《きし》を見て、それから遅《おく》れてやってきた自分たちを見ると、怯《ひる》んだように苦々しげな顔をした。

「なんだ、あんたら……。い、いいか、あの馬鹿がどこの貴族様の怒《いか》りを買ったかは知らんがな、うちの工房《こうぼう》は関係ない。これだけは言っておくぞ！」

親方の後ろのほうでは、自分たちのやり取りを不安げに見ている職人たちがいる。

どうやら親方は、自分たちをどこかの貴族が寄こした捕吏《ほり》だとでも思ったらしい。

貴族と揉《も》めることで、工房《こうぼう》が閉鎖《へいさ》されるような事態を危惧《きぐ》したのかもしれない。

「それで、書き手を知っているんだな？」

もちろんオランドは、親方の誤解を解くようなことはしない。しかも普段《ふだん》の屋敷《やしき》での立ち居振《ふ》る舞《ま》いからは想像もできないような、いかにも居丈高《いたけだか》な貴族の手先のように問《と》い詰《つ》める。対する親方は身長こそオランドよりやや低いが、力仕事に従事する職人らしい立派な体格で、迫力《はくりょく》ではまったくひけをとっていない。後ろで成り行きを見守っている職人たちも同様だ。しかも工房《こうぼう》の奥のほうでは、職人たちが手近にあった得物を手にしはじめている。

怒声《どせい》を聞きつけ路地から駆《か》けつけたローズやカナンの護衛も、それに呼応するかのように、いつでも剣《けん》を抜《ぬ》けるような姿勢になる。ル・ロワは顎《あご》を撫《な》でながら全体をのんびり見回して、さてどうすべきかと思案しているようだった。

自分もこの険悪な空気をどうにかしたいが、いかにも貴族配下の書生らしい自分が下手に口を挟《はさ》めば、余計こじれるかもしれない。けれど親方とオランドにしたって、今更《いまさら》自分たちで引けるような流れには見えなかった。

意を決し、自分が止めるしかないかと声を上げかけたところを、手で制された。

誰《だれ》かと見やれば、ミューリだった。

「ねえ、喧嘩《けんか》しちゃやだよ」

冊子を胸に抱《だ》き、眉尻《まゆじり》を下げての上目遣《うわめづか》い。そこに加えて殊更《ことさら》か弱い声音《こわね》でそう言ったのだ。

女子供はすっこんでろ、と親方が怒鳴《どな》るのに身構えた直後、聞こえてきたのは唸《うな》り声だった。

しかもどこか、安堵《あんど》したように聞こえたものだ。

「むう、うぅむ……」

ミューリの純真無垢《むく》を装《よそお》った目に、親方とオランドの両方が、それぞれ顔を背《そむ》けていた。

「ふん。子供を泣かせるわけにはいかんからな……」

親方が言うと、オランドも肩《かた》から力を抜《ぬ》いて、うなずいていた。親方の後ろのほうでは、職人たちまでほっと息を吐《は》いていた。

それでようやく気がついた。他の誰《だれ》が口を挟《はさ》んでも乱闘沙汰《らんとうざた》になったろうが、こんな可憐《かれん》な少女の頼《たの》みをむげにするわけにはいかない、という建前なのだろう。

「私たちは、この本を書いた人を知りたいだけ。皆《みな》に迷惑《めいわく》はかけないよ」

ミューリの言葉に、自分も合わせてうなずいた。

親方はため息をついて頭を掻《か》くと、こう言った。

「そいつなら知っているとも。一時はここで働いていたからな」

書籍商《しょせきしょう》や異端審問官《いたんしんもんかん》でさえ見つけられなかった職人の、決定的な足跡《あしあと》にたどり着いた。

「どこに？　その人はどこにいるの？」

親方はミューリを見やり、肩《かた》をすくめる。

「二年ほどここで働いていたが、ちょっと前に辞《や》めている。その後は町で写字生をしたりしていたが……そこも辞めた後は近隣《きんりん》の村で牧夫《ぼくふ》の真似事《まねごと》をしているとか聞いたな。おおい、誰《だれ》かジャンの居場所を知らんか！」

遠巻きにやり取りを見ていた職人のうち、若い青年がおずおずと口を開いた。

「ジャンなら、雪解け祭の時期に町に帰ってきてましたよ。根性《こんじょう》なしですから、羊の世話なんか無理でしょう。安居酒屋で飲んだくれてるのを何度か見ました」

「俺も見ました。糸巻き亭《いとまきてい》だったかな」

「あそこか。腐《くさ》った麦酒《むぎしゅ》を出すなんて噂《うわさ》だし、いかにもジャンが行きそうだ」

職人たちは口々にそんなことを言い始め、親方が顎《あご》をしゃくる。

「だそうだ。糸巻《いとま》き亭《てい》なら、町から北西に延びる道の途中《とちゅう》にある。おんぼろの飲み屋で、糸巻《いとま》きの看板があるからすぐわかるはずだ……これでいいか？」

その視線は、オランドに向けて。

「わかった。手間をかけさせたな」

オランドはそう言って、こちらを見やる。親方もこの六人の中では自分のことを取りまとめ役だと思ったのか、不機嫌《ふきげん》そうな、でもどこかおもねるような目を向けてくる。

親方の後ろには職人たちがいて、彼らには守るべき生活があるのだ。

「私たちは、本当にそのジャンさんという方に話を聞きたいだけです。お邪魔《じゃま》しました」

親方は腕組《うでぐ》みをして、ため息をつく。とはいえ迷惑《めいわく》そうな顔なのは、自分たちにだけでなく、ジャンという職人に対してのものでもありそうだった。

工房《こうぼう》から離《はな》れる間も、軒先《のきさき》からは警戒《けいかい》するように親方がこちらを見つめ、その後ろではなんだったんだと好奇《こうき》心丸出しで職人たちが顔を見せている。

そして、親方が職人たちを仕事に戻《もど》すべくどやしつけるのを遠くに見てから、ようやくこちらも口を開くことができた。

「喧嘩《けんか》にならなくてよかったです……」

まさか親方が職人のことを知っているどころか、その職人が工房《こうぼう》にとっての厄介者《やっかいもの》だったとは思わなかった。

「コル様、すみませんでした。頑固《がんこ》な職人相手にはあの手がよく効きますから」

「あ、いえ……」

「私の止めに入る頃合《ころあい》いも完璧《かんぺき》だったでしょ」

オランドにミューリはそう言って、互《たが》いに笑《え》みを交《か》わしていた。お屋敷《やしき》では実に人の好《よ》い職務に忠実な好青年という感じだったが、ただの人が好《よ》いだけの人物ではないらしい。

自分はそういう駆《か》け引《ひ》きが苦手だし、どっと疲《つか》れてしまう。

「皆《みな》さまがいれば、どんな困難にも立ち向かえそうです」

もはや前に進むことそのものが楽しいといったカナンが、わくわくしたような調子でそう言っていた。

「で、職人さんだけど」

糸巻《いとま》き亭《てい》とやらを探しに歩き始めたところ、ミューリが切り出した。

「なんか問題がある感じだったね」

「貴族を怒《おこ》らせる、と言っていました。どんな意味でしょうか」

ローズの問いに、カナンが答える。

「その冊子の中身は、実にひどいできの詩ですから。おそらく、あの親方や仲間の職人たちはジャンという職人が詩を書いていたことを知っていて、いつか歌われた貴族様の怒《いか》りを買うと思われていたのでしょう」

「まるで宮廷道化《きゅうていどうけ》の話ですな」

ル・ロワの口にした単語に、ミューリが好奇《こうき》心で目を見開く。

「王に仕え、唯一《ゆいいつ》王様を馬鹿呼ばわりできる道化《どうけ》の話ですよ。大抵《たいてい》、どこかの頃合《ころあ》いで虫の居所の悪かった王に処刑《しょけい》されるのですが」

驚《おどろ》くミューリをよそに、カナンに尋《たず》ねた。

「しかし、紙工房《こうぼう》で働く職人に、貴族様が詩を依頼《いらい》するでしょうか」

「お抱《かか》え詩人の座を狙《ねら》って、売り込みにいっていたのやもしれません。流浪《るろう》の顕学《けんがく》が勉学の支《し》援《えん》者を求め、宮廷《きゅうてい》を渡《わた》り歩《ある》くように」

なるほどと思う反面、それだと大量に冊子をばら撒《ま》いていたらしい動機がわからないし、もうひとつわからない点がある。

「あれ、でも、ここに出てくる貴族さんは、架空《かくう》の人じゃなかった？」

まさにその点を指摘《してき》したミューリが、手にしている冊子をぱたぱたと揺《ゆ》らす。

そこに、顎《あご》に手を当て考えていたローズが口を開いた。

「嫌《いや》がらせを請《う》け負《お》っていたのでは？」

「嫌《いや》がらせ？」

五人の視線を集め、ローズはちょっと緊張《きんちょう》したようにうなずいた。

「戦《いくさ》は騎士《きし》の晴れ舞台《ぶたい》です。特に貴族の家柄《いえがら》ならば、戦場での働きは家全体の名誉《めいよ》にかかわる話です。その歌のできがひどければ、面目《めんぼく》は丸潰《つぶ》れです。つまりばら撒《ま》かれていたという詩は、誰《だれ》かを称《たた》えようとするうわべを取《と》り繕《つくろ》った、かえって評判を落とそうとするような、悪意あるものなのではないでしょうか」

「ははあ。いかにもありそうなことですな。貴族の名は架空《かくう》でも、地元ではすぐに誰《だれ》のことかわかれば用に足る、ということもありましょう」

ル・ロワの追加の説明に、ラウズボーンの紙工房《こうぼう》での職人の様子を思い出した。

こんな詩を歌わせる恥知《はじし》らずの貴族様、と親方は憤慨《ふんがい》していた。

近しい者ならばあの人のことだろうとわかるような内容で、ひどくできの悪い詩が出回っていたとしたら、確かに嫌《いや》がらせとしては一流だ。印刷費用の問題も、嫌《いや》がらせを依頼《いらい》した貴族がいるとすれば、解決する。

「うーん……でもさ、だとしたら偉《えら》い人の怒《いか》りを買って、とっくに縛《しば》り首《くび》じゃない？」

先ほどのシアート親方の話では、工房《こうぼう》を辞《や》めた後は文字を操《あやつ》れる技能を活《い》かし、写字生をしていたらしい。さらにそれも辞《や》めてしまい、町の外で羊の世話をしていたというから、大きな誰《だれ》かの後《うし》ろ盾《だて》があったような感じがしない。

そして羊飼いすら長続きせずに町に戻《もど》り、糸巻《いとま》き亭《てい》という安居酒屋で飲んだくれているとなると、権力者を向こうに回して危険な稼業《かぎょう》を営む気骨のある者、とはとても思われなかった。

「会ってみればわかりましょう」

オランドが言って、道の先を指さした。建物が少なくなり、道行く人より野放しの鶏《にわとり》や豚《ぶた》のほうが多くなってくる町はずれ。元は羊の牧舎だったのではと思《おぼ》しき建物の軒先《のきさき》に、ちょっと風《ふ》が吹いたら飛んでいきそうな、糸巻《いとま》きを模した看板がぶら下がっていた。

「護衛を担《にな》う者としては、あまり皆《みな》さんに立ち寄って欲しい場所ではありませんね」

オランドの言葉どおり、お世辞にも雰囲気《ふんいき》の良《い》い店ではない。壁《かべ》は雨風でぼろぼろになり、屋根は腐《くさ》っているのか今にも崩《くず》れ落《お》ちそうだ。こんなところには町の衛兵も見回りにこないようで、昼間だというのに赤ら顔の老人が軒先《のきさき》に座り込んで船を漕《こ》いでいる。

「居酒屋というより、盗賊旅籠《とうぞくはたご》かもしれません。我々も任務の途中《とちゅう》で町や村の人たちの頼《たの》みで懲《こ》らしめました」

ローズはそう言うや、腰《こし》の長剣《ちょうけん》の留め金を外して警戒《けいかい》を露《あら》わにしたのだが、盗賊旅籠《とうぞくはたご》という単語に目を輝《かがや》かせたミューリに食いつかれて、ちょっとあたふたしていた。

「穏便《おんびん》にお願いしますよ」

ジャンと呼ばれた職人は、異端審問官《いたんしんもん》の追跡《ついせき》を交《か》わし、ことによると貴族の名誉《めいよ》を汚《けが》すつもりで冊子をばら撒《ま》いていた可能性さえある。それで仕事が長続きせずに場末の居酒屋で飲んだくれているとなれば、荒《あら》ごとに発展する可能性は十分にあった。オランドとカナンの護衛に言葉を向けると、おそらくは実戦を経験している二人は、互《たが》いに目配せしてから揃《そろ》って肩《かた》をすくめていた。

「そのつもりですが、相手の出方次第《しだい》です」

オランドも屋敷《やしき》では騎士《きし》らしい騎士《きし》だが、案外こういう場面が好きなのかもしれない。不敵に笑う二人の護衛と、表情を引《ひ》き締《し》めたローズの間で、ミューリもまた感化されたように気合を入れている。

あなたはそこで張りきらなくていいんですよと言いたかったが、そんなミューリをにここ楽しそうに見ていたカナンとル・ロワからうなずかれ、諦《あきら》めることにした。

「まずは扉《とびら》を蹴破《けやぶ》って入るんだよね？」

「それは盗賊《とうぞく》のすることです！」

我慢《がまん》できず口を挟《はさ》むと、オランドが笑っていた。

「さあ、参りましょう」

オランドを先頭に通りを進み、糸巻き亭《てい》の薄《うす》い扉《とびら》をゆっくりと押し開けたのだった。

糸巻き亭《てい》は場末も場末の居酒屋で、床板《ゆかいた》はほとんど剝《は》がれて土の床《ゆか》が剝《む》き出しになり、木賃宿も兼《か》ねているのか店の隅《すみ》では毛布にくるまって寝転《ねころ》がっている者たちがあちこちにいる。

どうにか居酒屋だとわかる程度に置かれた二つの長テーブルには、銅貨の縁《ふち》をナイフで削《けず》っている陰気《いんき》そうな商人に、突《つ》っ伏《ぷ》していびきをかいているやせぎすの半裸《はんら》の男と、いかにも荒《あら》くれといった盗賊《とうぞく》風の男たちが四人ほど、たむろしていた。

ミューリと二人なら絶対にこない店だ。

「店主はいるか」

オランドが肚《はら》の座った声を出すと、敵意に満ちた目でこちらを見ていた男たちが、格の違《ちが》いを悟《さと》ったのか目を逸《そ》らす。

「奥にいるよ」

答えたのは、銅貨を削《けず》っていた商人だ。

「盗賊《とうぞく》でも捕《つか》まえにきたのかい。領主様の館から宝でも盗《ぬす》まれたのか？」

こんな場所に、オランドをはじめとして剣《けん》を佩《は》いたそれなりの身なりの者たちが押し寄せれば、想像できるのはその辺りかもしれない。

「その時はこんな悠長《ゆうちょう》なことはしない。まずお前の右腕《みぎうで》を切り落としてから、質問を口にする」

人相の悪い商人は口をすぼめ、テーブルの上の銅貨ごと両腕《りょううで》を守るようにかき抱《いだ》いていた。

「店主には私が」

カナンの護衛がオランドに耳打ちし、店の奥に向かう。

　オランドが店内を睥睨《へいげい》する中、カナンが進み出て言った。

「ジャンという職人の方を探しています」

　元々丁寧《ていねい》な話し方のカナンだが、より知識階級を思わせる滑《なめ》らかな発音でそう言った。

　すると、荒《あら》ごとに巻き込まれてはかなわないと寝《ね》たふりを決め込んでいた者たちも、半分くらいが毛布や菰《こも》の中から顔を上げていた。

「元はシアート親方の下《もと》で働き、近頃《ちかごろ》は牧夫《ぼくふ》の手伝いをしていたとか」

　おそらくサレントンの町で、物乞《ものご》いや日雇《ひやと》いの仕事で糊口《ここう》を凌《しの》いでいるのだろう者たちが、謝礼の気配を感じてそわそわしている。

　けれど口を開こうとしないのは、なにかためらっているようだった。

「お礼は致《いた》します。ご存じありませんか」

　その言葉の直後、ばたん、とわざとらしい足音がした。ここを縄張りにたむろしていたが、敵《かな》いそうもないオランドたちがきて面白《おもしろ》くなさそうだった四人の荒《あら》くれのうちの一人が、乱暴に椅子《いす》から足を下ろしたのだ。

「からかってるわけじゃねえなら、先に金を見せな」

　どういう意味だろうかと思ったが、カナンはなにも言わず、懐《ふところ》から銅貨を数枚握《にぎ》り、臆《おく》することもなくその男に近づいて、テーブルの上に置いた。

「気前のいいこった。そいつだよ」

男はテーブルに突《つ》っ伏《ぷ》して眠《ねむ》りこけている半裸《はんら》の男を指さし、銅貨を浚《さら》い取る。

ローズが鼻を鳴らしてため息をつき、オランドが本当だろうなと男を見据《みす》える中、カナンが突《つ》っ伏《ぷ》して眠《ねむ》りこけている男の背中に手を伸《の》ばそうとした、その時だった。

「つ、連れてくのかい」

ひどくひび割れた、長いこと使っていない楽器を鳴らしたような声だった。

「その人は、気のいい歌うたいさんだよ……」

呻《うめ》くような声がまた聞こえてくる。

「こんなところで、俺たちのために色々歌ってくれる人さ……歌は下手だけど……」

いつの間にか、暗がりで寝《ね》ころんでいた者たちが全員、こちらを見つめていた。

ぼさぼさの髪《かみ》と汚《よご》れた顔の中で、目だけが妙《みょう》にきらきらと輝《かがや》いているように見える。

「……お話を伺《うかが》うだけです」

気圧《けお》されたようにカナンが言うと、オランドが代わりに進み出る。ジャンと思《おぼ》しき人物は相変わらず起きる気配がまったくなく、肩《かた》を揺《ゆ》らしても唸《うな》り声で返事をするだけだ。オランドはため息をついて腰《こし》をかがめると、やせぎすの体を持ち上げてひょいと肩《かた》に担《かつ》いでしまう。

「井戸はあるか？」

その問いに、荒《あら》くれの男の一人がせせら笑った。

「そいつは一度寝《ね》たらなかなか起きないぜ」

「裏手にあるよ。枯《か》れかけだけどな」

もう一人が言って、オランドは礼を言う。まるで藁《わら》束でも抱《かか》えているかのような軽い足取りで、ジャンらしき人物を運んで店から出る。

ル・ロワや、店主と話を終えていたカナンの護衛、それにローズが続いて、ミューリはこちらを見てから、オランドを追いかけていく。

「カナンさん」

声をかけると、カナンは店の隅《すみ》で寝起《ねお》きしているらしい者たちの呪縛《じゅばく》から、ようやく我に返っていた。

「す、すみません」

こういう場所にくるのは初めてなのかもしれない。

カナンを先に行かせてから、自分は店内の人々にぺこりと一礼をして、オランドたちの後を追った。

「……なぜ私は、動揺《どうよう》しているのでしょうか」

店の裏手に回る途中《とちゅう》、カナンがうわごとのように言った。

「聖者と名高い教会法学者の方を目《ま》の当《あ》たりにしたことがありますが」

カナンは、ゆっくりとこちらを見る。

「普通《ふつう》の人で驚《おどろ》きました」

少し違《ちが》うかもしれませんが、と付け加えると、カナンは強張《こわば》った笑《え》みをみせてうなずいた。

「職人様が見つかるかも、と興奮していたみたいです。まるで自分が大きな物語の中にいるような気になっていました」

本ばかり読んで、と叱《しか》るミューリの声が聞こえてきそうな一言だった。

遅《おく》れて店の裏手に回ると、すでにオランドが酔《よ》っ払《ぱら》いの頭に水をかぶせているところで、驚《おどろ》いたジャンが慌《あわ》てて跳《は》ね起《お》きていた。

「はわ！　はっ⁉」

そして周囲を見渡《みわた》して、自分が薄暗《うすぐら》い場末の居酒屋ではなく、井戸脇《わき》の空き地にて妙《みょう》な連中に囲まれている、ということに気がついていた。

「お前がジャンか？」

オランドの問いに、男は喉仏《のどぼとけ》が取れそうなくらい、ごくりと固唾《かたず》を呑《の》んだ。

「……い、異端審問官《いたんしんもん》か……？」

その一言で、この痩《や》せぎすの男こそが、自分たちの探していた人物なのだとわかる。カナンの顔がいっそ青ざめていたのは、まさか本当に見つかるとは、という感動のせいだろう。

「ではあなたが、王国に逃《に》げ込んだ最後の職人様ですかな？」

それまで控《ひか》えめだったル・ロワが口を挟《はさ》む。

「……ああ？　ああ……最後かどうかは知らんが……そうだよ。お前は、書籍《しょせき》商か？　ここにいてもわかる。ひどい本の匂《にお》いだな」

しかめ面《つら》のジャンは、自分よりもう少し年上の、世を拗《す》ねきったような男だ。

「まったく……いまさらくるのかよ……」

教会が躍起《やっき》になって抹殺《まっさつ》しようとした、危険な技術を修めたという職人だ。彼は両腕《りょううで》を広げると、そのまま濡《ぬ》れた地面に倒《たお》れ込む。

「勝手につれてけ……縛《しば》り首《くび》にでもなんでもしやがれ……」

ひっく、と大きなしゃっくりをして、また眠《ねむ》りそうに目が閉じていく。

ル・ロワはこちらを見て、肩《かた》をすくめている。どうしますか、ということだろう。

「あなたに仕事を頼《たの》みたいのです」

ぶちまけた水のせいで、地面は泥《どろ》でぬかるんでいる。しかしカナンは服が汚《よご》れるのも気にせず膝《ひざ》をつき、ジャンの手を取った。場面が場面なら、戦場で死《し》に掛《か》けている者に寄《よ》り添《そ》う従軍司祭のようだ。

「……なに？」

「あなたの力を貸してください。あなたの技術があれば、世界を変えられるかもしれないのです！」

教会がその威力《いりょく》に気がつき抹殺《まっさつ》しようとしたほどの印刷術。それがあれば俗語《ぞくご》の聖典を大陸に浸透《しんとう》させ、足元から教会を揺《ゆ》るがすことができるかもしれない。ひいては教皇の考えを改めさせ、王国と教会の争いまでをも解決できる可能性がある。

カナンの必死の訴《うった》えに、ジャンは眠《ねむ》そうだった目を見開いていた。

しかし、その目からゆっくり力が抜《ぬ》けると、摑《つか》まれた手を張り払《はら》う。

「俺の知ったことじゃない」

そして、泥《どろ》だらけになるのも構わず、ゴロンと横向きになっての肘枕《ひじまくら》。それはなにか信条があっての拒否《きょひ》ではなく、ただひたすらに世を拗《す》ねているように見えた。

ミューリはこういう場面に案外弱いし、オランドとカナンの護衛はなにやら意味ありげな目配せをしている。一方、正義感の強いローズは今にも剣《けん》の鞘《さや》で、ジャンの背中をその性根《しょうね》ごと叩《たた》き直《なお》しそうだ。

そこにカナンが愚直《ぐちょく》にもう一度声をかけようとしたところ、意外なことにル・ロワが手で制して、その場にいたほかの誰《だれ》にも思いつかない一言を言ったのだった。

「ま、なにはともあれ、一杯《ぱい》どうです？」

その場で想像しうる、最も緊張《きんちょう》感のない誘《さそ》い文句だった。しかしカナンの悲壮《ひそう》な決意を含《ふく》めた言葉よりも、よほどジャンの心を動かしたらしい。

「……まともな葡萄酒《ぶどうしゅ》か？」

「搾《しぼ》りかすの入っていない、澄《す》んだものを用意しましょう」

ジャンはがばっと起き上がり、オランドを向いて手招きする。

「水、もう一回かけてくれ」

どうやら多少痛めつけてでも、と考えて腕《うで》まくりをしていたらしいオランドは、ため息をついてから、井戸の水を汲《く》んでジャンの頭にぶっかけたのだった。

なぜ半裸《はんら》なのかとジャンに問えば、吐《は》いてどうしようもないほど汚《よご》したか、賭《か》けに負けて取り上げられたかのどちらかだろう、と言っていた。一行はサレントンの中心部にほど近い、そこそこの店構えの居酒屋に向かい、軒先《のきさき》に出ている席についた。

どうやらジャンの顔はサレントンの町の居酒屋には知られているようで、こんな奴《やつ》にこんな酒はもったいない、とばかりの態度を隠《かく》さない給仕《きゅうじ》の娘《むすめ》が、荒々《あらあら》しくテーブルに酒を置いていった。

「んく、んくっ……くはっ、うめえ！」

ミューリがごくりと生唾《なまつば》を飲んでいるので、頭を小突《こづ》いておく。

「良《い》い飲みっぷり」

ル・ロワは人好きのする笑顔《えがお》だ。

「あんたらは飲まないのかい」

ほどなく干し肉も出てきて、荒々《あらあら》しく噛《か》みちぎりながらジャンが言う。

「では、ご相伴《しょうばん》に与《あずか》りましょう。娘様《むすめ》、葡萄酒《ぶどうしゅ》をもう一杯《ぱい》！」

この妙《みょう》な雰囲気《ふんいき》の中でも、ル・ロワはいつもの飄々《ひょうひょう》とした態度を崩《くず》さない。軒先《のきさき》に蜂《はち》の巣《す》を置いておいたらやってくる熊だと、エーブはそんなふうに評していたのだったか。

「お、あんた飲めるねえ」

「相手を酔《よ》いつぶすのが仕事、なんてこともありましてね」

ジャンはあっという間にル・ロワを気に入ったらしい。

オランドやカナンの護衛は、荒《あら》ごとにはなるまいと思ったのか、剣《けん》の柄《つか》から手を放して少し離《はな》れた席についている。ル・ロワの対応にやきもきしてしかめっ面《つら》のローズを呼び寄せ、軽食を頼《たの》んでいた。

テーブルにはジャンとル・ロワが差し向かいで座り、すぐ隣《となり》の席に自分とミューリとカナンがいる。

「で、よくわからないんだが」

付き合いとは思えないほど実に美味《おい》しそうに葡萄酒《ぶどうしゅ》を飲むル・ロワが、羊の腸詰《ちょうづめ》やら煮込《に》みやらをひとしきり頼《たの》んだのを見計らってから、ジャンは言った。

「なぜ俺は後ろ手に縛《しば》られていないんだ？」

最後の晩餐《ばんさん》か？　と皮肉っぽく笑う。

「勘違《かんちが》いがあるようです」

　カナンが口を挟《はさ》む。

「捕《と》らえられたあなたたちの仲間は、縛《しば》り首《くび》になったわけではありません」

「そうですね。教皇庁お膝元《ひざもと》の都市からは出られませんが、今も職人として良《い》い暮らしをしているはずです」

　ル・ロワの同意が続くが、ジャンは顔をしかめている。

「そういうのを、飼い殺しって言うんだよ」

　なにも知らずに糸巻《いとま》き亭《てい》のような場所でジャンに出会ったなら、粗野《そや》で無知なごろつきの一人と思うだろう。しかしその口から出る語彙《ごい》は、教養を感じさせるしっかりしたものだ。

「あなたの技術が必要なのです」

　カナンの言葉に、ジャンは鼻で笑おうとして、しゃっくりに邪魔《じゃま》されていた。

「さっきもそんなことを言ってたな……」

「大切なことです。あなたの技術が、世界を変えるはずなのです」

　カナンはテーブルに手をつき、身を乗り出してカナンに語り掛《か》ける。

　しかしジャンは鬱陶《うっとう》しそうに顔を背《そむ》け、葡萄酒《ぶどうしゅ》を飲んでいた。

「知ったこっちゃない。俺はもう本には関わらない」

　ふてくされたように言って、運ばれてきたばかりの湯気が立つ羊の腸詰《ちょうづめ》を、粘土《ねんど》でも食べるかのように口に押し込んでいた。

「では、大量にばら撒《ま》いているという冊子はなんなのです？」

カナンの問いに、目も上げない。

「紙工房《こうぼう》で働いていたのも、紙を安く手に入れるためでは？」

ジャンは行儀《ぎようぎ》悪く咀嚼《そしやく》して、葡萄酒《ぶどうしゅ》で流し込むと、カナンを仄暗《ほのぐら》い目で見据《みす》えた。

「ここでお前の首を絞《し》めるのと、向こうから長剣《ちようけん》がすっ飛んでくるのはどちらが早いかな」

カナンが口をつぐんで目を見開くのと、ミューリが口を挟《はさ》むのは同時だった。

「剣《けん》はここにもあるよ」

それで初めて、カナンはミューリに気がついたような顔をしていた。挑《いど》むような荒《すさ》んだ目をミューリに向け、そして急に驚《おどろ》いたような様子を見せた。

「……どしたの？」

ミューリが怪訝《けげん》そうに聞き返すと、ジャンは我に返ったように咳《せき》払いをし、こう言った。

「なんで小娘《こむすめ》が長剣《ちようけん》なんか持ってやがる」

「騎士《きし》だからね」

「はあ⁉」

その語気の強さに、少し離《はな》れたところで様子を見守っていたローズが椅子《いす》から立ち上がる。

けれどミューリに危害を加える感じではなかったので、ひとまずローズに目配せして、うなずいておいた。

「……小娘《こむすめ》の騎士《きし》？　最近の貴族は妙《みょう》な遊びをしやがるじゃないか」

酔《よ》っ払《ぱら》いの絡《から》み酒とは違《ちが》う雰囲気《ふんいき》に、どう口を挟《はさ》んだものかわからないでいると、負けん気ではニョッヒラでも一番だったミューリの眉《まゆ》が吊《つ》り上《あ》がる。

「はあ〜⁉」

たちまち椅子《いす》から立ち上がり、片足を椅子《いす》に乗せて剣《けん》の柄《つか》に手をかけている。その剣幕《けんまく》に、思わずカナンがミューリの袖《そで》を引いていたくらいだ。

「この紋章《もんしょう》が目に入らないわけ？　本物の騎士《きし》だよ！」

剣《けん》の鞘《さや》には狼《オオカミ》の紋章《もんしょう》があしらわれている。世界で二人だけに使用が認められた、ウィンフィール王国の王族の特権によって守られた紋章《もんしょう》だ。

「おっ……はあ？　紋章《もんしょう》だと？　しかも狼《オオカミ》だなんて……」

町の風来坊《ふうらいぼう》気取りが、調子に乗って旅人に粉をかけたら相手がお忍《しの》びの貴族だった。ジャンの驚《おどろ》きようはそんな話に出てくる三下を絵《え》に描いたようなものだったのだが、様子が妙《みょう》だ。

そしてミューリのほうもまた、きょとんとしていた。

「え、狼《オオカミ》の紋章《もんしょう》のことわかるの？」

ミューリとジャンの間にいるカナンが、話の流れをどうにか摑《つか》もうと、左右に視線を忙《いそが》しく向けている。

「そりゃあ……この王国で狼《オオカミ》の紋章《もんしょう》は……いや、大陸でだって、書物でしか見たことないぞ。

本当に本物なのか？」

紋章《もんしょう》には流行《はや》り廃《すた》りがあり、特に狼《オオカミ》の紋章《もんしょう》はその不穏《ふおん》さから、今はほとんど使われていないらしい。狼《オオカミ》の血を引くミューリはそのことにいたくご立腹だったので、その裏返しか、狼《オオカミ》の紋《もん》章《しょう》が希少であるということに気がついてもらえて嬉《うれ》しかったらしい。

「どう？　格好いいでしょ」

ジャンは胸を張るミューリに対し、けっと唇《くちびる》を鳴らして葡萄酒《ぶどうしゅ》に口をつけていた。

けれど、さっきまでのような完全に拒絶《きょぜつ》するものではなく、むしろジャンは自身の好奇《こうき》心をどうにか抑《おさ》えようとしているように見えた。

が、結局それに失敗していた。

「じ、じゃあ、なんなんだ……お前、その……古代の帝国《ていこく》に連なる家柄《いえがら》なのか？」

その口調はそわそわとして、妙《みょう》に媚《こ》びたような、憧憬《しょうけい》を含《ふく》むものだった。

ミューリはすっかり機嫌《きげん》を直し、気安く答えている。

「それだったらよかったんだけど、さすがに違《ちが》うんだよね」

ミューリは椅子《いす》から足を下ろし、すとんと腰《こし》かけると、こちらのことを見もせずに指差して言った。

「私と兄様の大冒険《ぼうけん》に敬意を表して、えらーい貴族様が特権を授《さず》けてくれたんだよ」

正しい認識《にんしき》とは言いがたいが、間違《まちが》っているとも一概《いちがい》に言えないミューリの説明だった。

せっかくジャンとの会話の糸口が見えたのだから、もっときちんと話してジャンの心を摑《つか》むべきではないのか。そう思った直後、ジャンがこれ以上もない真剣《しんけん》な顔をしていることに気がついた。

「冒《ぼう》、険？」

「そう、冒険《ぼうけん》！」

嬉《うれ》しそうに言うミューリの向こうで、なにやら妙《みょう》な展開になっていると気がついたローズたちもまた、不思議そうな顔をして事態を見守っている。

「私も聞きたいですな。エーブさんからは断片《だんぺん》しか聞けず」

いつの間にか運ばれてきた料理をすっかり平らげていたル・ロワが、追加を頼《たの》もうというのか、店の中に向かって空のジョッキを振《ふ》りながら言った。

一体この流れはなんなのだと戸惑《とまど》っていたが、そういえば、ジャンはどんな冊子をばら撒《ま》いていたのだったかと思い出す。

それは、確か、恐《おそ》ろしくできの悪い……。

「え～。兄様、どうする？」

自分よりよほど鋭《するど》いミューリは、一足先にジャンの好奇《こうき》心を摑《つか》んでいたらしい。わざとらしくもったいぶって、ジャンを焦《じ》らしている。そんなミューリがこちらに顔を向け、片目をぱちぱとつむっているのは、話を合わせてよね、ということだろう。

ここで間違《まちが》った対応をしたら、後でしこたまなじられる。

「ジャンさん。あなたの力……いえ、あなたの話も聞かせてもらえるなら、私たちの驚天動《きょうてんどう》地《ち》の旅物語をお教えいたしましょう」

「人骨を運ぶ幽霊《ゆうれい》船のお話なんて聞きたくない？　悪魔《あくま》こそ出てこなかったけど、本当の話なんだよ！」

ジャンは目をしばたかせてから、ミューリと自分を見比べる。

その目には強い好奇《こうき》心がある。

なのにジャンは口を引き結び、肉の焦《こ》げた部分を口にしたような顔をして、言った。

「……俺は、もう本には関わるのを辞《や》めたんだ」

言葉を間違《まちが》えただろうか。ミューリの冷たい視線に肝《きも》が冷えたが、ジャンはうつむいてテーブルに視線を落としてから、握《にぎ》りこぶしを震《ふる》えるほど強く握《にぎ》りしめていた。

「けど、そんな面白《おもしろ》そうな話があるなら、別だ……」

ジャンの目は、ミューリの剣《けん》に注がれている。

この痩《や》せぎすの、世を拗《す》ねた男がばら撒《ま》いていた本の内容を思い出すべきだ。

そこにあったのは、あまりにもできの悪い、架空《かくう》の貴族が戦場で大活躍《だいかつやく》する話だった。

「じゃあ、やっぱりあなたは」

その言葉にジャンは目を逸《そ》らし、ジョッキを掲《かか》げていた。

それは人生に対する白旗のようにも見えたし、助けを求める合図のようにも見えた。

「くそっ……くそったれ……」

ジャンは呻《うめ》き、ミューリを見た。

「年端《としは》もいかない少女の騎士《きし》冒険譚《ぼうけんたん》だと……面白《おもしろ》そうな話じゃねえかっ」

糸巻《いとま》き亭《てい》で、ぼろにくるまって寝《ね》ている物乞《ものご》い同然の者たちが、ジャンの身を案じて声をかけてきた。その理由は、あんな場末の居酒屋で自分たちに歌を披露《ひろう》してくれるからだという。

しかし、彼らにさえへただと言われてしまうようなジャンは、どうしようもなく才能がないのだろう。そしてそれこそが、紙屋に並んでいた冊子を巡《めぐ》る謎《なぞ》の、すべてを解く鍵《かぎ》なのだ。

ローズが推測したような貴族への嫌《いや》がらせだとか、世に散らばった仲間を再び集める隠《かく》れた伝言だとか、それともなにか政治的な意図が隠《かく》された誰《だれ》かの陰謀《いんぼう》の片棒を担《かつ》いでいる、というようなことを想像する必要はなかったのだ。

そこにあるのが純粋《じゅんすい》な情熱だったのだとしたら、多少の奇妙《きみょう》な振《ふ》る舞《ま》いはまったくありうることだと、自分はミューリのみならず、ノードストンの事件でも学んできたばかり。

ジャンはただひたすらに、自分の情熱に従っていただけなのだ。

「俺は、どうにも詩の才能がないんだ……」

でもどうしても世に認められたい。

ジャンの語り出した話は、そんな熱意に半生を費《つい》やした男の物語なのだった。

始まりは、ほとんどの少年が素朴《そぼく》に抱《いだ》く、いつか剣《けん》を手に戦場で功成り名を遂《と》げたい、というものだったという。けれど体は生まれつき貧弱《ひんじゃく》で、鍛《きた》えても鍛《きた》えてもものにならず、結局騎《き》士《し》や傭兵《ようへい》たちに必要な物資を届ける輜重《しちょう》隊の下《した》っ端《ぱ》になってまで、戦場に赴《おもむ》いた。そしてただ歩くだけで死ぬような目に遭《あ》ったらしい。

戦場の現実を知り、ようやく剣《けん》を片手に駆《か》け回《まわ》る夢は諦《あきら》めても、かえって魂《たましい》は戦場の猛々《たけだけ》しさに深く囚《とら》われてしまったのだという。自分がそこに立てないからこそ、思いを募《つの》らせてしまうというやつだ。

ジャンはどうにか戦《いくさ》と関われないものかと探し回り、ついに、戦《いくさ》の世界を歌にすることならば腕《うで》っぷしがなくとも可能なのだと思いついた。そうして文字を教えてくれそうな本にまつわる工房《こうぼう》の門を叩《たた》き、そこが件《くだん》の技術を開発した工房《こうぼう》だったようだ。

そこからはおおむね、カナンやル・ロワから聞いていた、異端審問官《いたんしんもん》と書籍商《しょせき》による追跡《ついせき》の話を、職人側から見たものとなった。

「お前が手にしているそれ。その冊子をばら撒《ま》いたのは……やけくそだったんだ」

「やけくそ」

ミューリはいかにも話を真面目に聞いています、という厳粛《げんしゅく》な面持《おもも》ちでその単語を繰《く》り返《かえ》していたが、品のない単語が好物なので気になったのだろう。こちらを見やるおてんば娘《むすめ》に、ため息交じりに羊肉の脂《あぶら》でテーブルに綴《つづ》りを書いてやった。

「あの工房《こうぼう》にいた時から、お抱《かか》え詩人を求める貴族の屋敷《やしき》に赴《おもむ》いては、詩を捧《ささ》げ、歌っていた。でもいつだって、しかめっ面《つら》で叩《たた》き出されるばかりだった。見る目のない馬鹿どもめ、と俺は常に毒づいていた」

ジャンは話しながら、不安になる速さで葡萄酒《ぶどうしゅ》を飲み下す。

「だが、そうこうしてる間に教皇庁から追われ、俺は逃《に》げた。工房《こうぼう》の仲間からはへぼ詩人と呼ばれて仲が悪かったから、連中と一切《いっさい》かかわりを持たなかったのも幸いした。ようやくたどり着いたこの町で、未練がましく紙工房《こうぼう》に勤めちゃいたが、我慢《がまん》できなかった。誰《だれ》かに俺の詩を知って欲しくて、工房《こうぼう》から持ち出したまま隠《かく》していた道具を使って、本にしたんだ」

そしてしばらく後、ジャンは少し離《はな》れた町の居酒屋にわざわざ赴《おもむ》き、自分の詩がどうなったかを調べに行ったらしい。そこでジャンは、楽師たちから自分の詩が馬鹿にされているのを聞いて、心が折れてしまったのだという。夢を抱《いだ》き、二度も夢に敗れた男はついに手にした技術を捨て、飲んだくれることとなった。

「俺の詩が悪いのは、きっと全部想像で書いているからなんだ……。一度でいい……一度でいいから、胸を震《ふる》わせる物語を目《ま》の当《あ》たりにしたい。それさえあれば、俺の詩をみんなに聞いてもらえるはずなんだ。俺は物語に出会えなかっただけだ。だが、お前らは……」

ジャンが話し終える頃《ころ》には、ぐでんぐでんになっていた。

その半生に天が同情したわけでもなかろうが、昼を過ぎたあたりから生暖かい南風が吹《ふ》き始め、空が薄暗《うすぐら》くなっていた。雨になりそうだったこともあり、ひとまず見張りも兼《か》ねて、オランドとローズが居酒屋の上階にある部屋にジャンを連れていって介抱《かいほう》することになった。

空模様も相まって、すっかり倦怠《けんたい》感漂《ただよ》う軒先《のきさき》で、自分たちはどっと疲《つか》れた様子で残されたぬるい酒を啜《すす》っていた。

「嵐《あらし》の夜の蠟燭《ろうそく》みたいな目でしたな」

ル・ロワの言葉に、旅の途中《とちゅう》に転がり込んだ道端《みちばた》の、うち捨てられた掘立《ほったて》小屋で、隙間風《すきまかぜ》を遮《さえぎ》りながらちらちらと揺《ゆ》れる蠟燭《ろうそく》の火を思い出す。ほとんど消えかけ、でも変な拍子《ひょうし》に強く光る蠟燭《ろうそく》の灯《あか》りだ。

芯《しん》がいよいよ短くなり、最後の時を迎《むか》えようとしている蠟燭《ろうそく》にも近いかもしれない。

「人の役目は神が定めしこととはいえ、苦しい試練を与《あた》えられた彼に同情します」

カナンが聖職者らしく言って、ため息をつく。

「ただ、彼にも、私たちにもまだ光明はありました」

「むぐ……胸を震《ふる》わせる物語って言ってたね」

話ばかりで食事をとり損ねていたミューリは、パンに油で揚《あ》げたウナギの切り身を挟《はさ》んで辛子《からし》種をたっぷり塗《ぬ》りつけ、かぶりつきながら言った。

夢見た戦《いくさ》の世界にどうにか関わろうとして、ジャンは何度も挫折《ざせつ》を味わってきた。体つきは貧相《ひんそう》で、歌は糸巻《いとま》き亭《てい》の物乞《ものご》いたちにさえ駄目《だめ》出しをされ、そして肝心《かんじん》の詩でさえも、手掛《てが》かりとなった冊子を見れば明らかなように、気の毒なほど才能がなかった。

それでも工房《こうぼう》の扉《とびら》を叩《たた》いていっぱしの職人になっていたのだから、ジャンが無能というよりも、単純に向き不向きの話なのだろう。しかしジャンはそれを認めず、単に良《い》い題材と巡《めぐ》り合《あ》えていないだけだ、と頑《かたく》なだった。

あるいは自分でも真実に気がついているのかもしれないが、その意地が最後のよりどころなのだろう。

「あれだけ深く酩酊《めいてい》していての発言ですが、信用できますかな」

ル・ロワの言葉で思い出すが、ジャンは背骨を抜《ぬ》かれたかのように、テーブルに突《つ》っ伏《ぷ》して呻《うめ》いていた。

「それほど深くの魂《たましい》からの言葉、とも言えます」

カナンは力強く言《い》い募《つの》る。なんにせよカナンたちの計画を無事に遂行《すいこう》するには、ジャンに手を貸してもらうほかないのだから。

「それに、幸い、ここには彼を満足させられる人がいます」

カナンの言葉に、自分は自然と希代の書籍商《しょせき》であるル・ロワを見た。するとル・ロワのほうは、迷宮《めいきゅう》とも称《しょう》される教皇庁の書庫に勤めるカナンを見たし、カナンは期待に満ちた目でこちらを見ていた。ミューリはその三人とは別に、一人で得意げに胸を張っていた。

「どうやら、皆《みな》さん謙虚《けんきょ》さだけは持ち合わせているご様子」

ル・ロワが腹を揺《ゆ》すりながら笑っていて、ミューリはきょとんしていた。

「私は、ル・ロワさんなら貴重な物語を知っているのではと」

「カナン殿《どの》こそ、私にも手の届かない書物と多く触《ふ》れているでしょう」

「どれも本当に存在したのか怪《あや》しげな話です。ですがコル様は実際に聖典を俗語《ぞくご》に翻訳《ほんやく》され、今まさに教会という大きな組織を揺《ゆ》るがそうとされている方です。詩に歌うべき事柄《ことがら》で、これ以上の話が有史以来ありますか」

互《たが》いの視線が三人の間でぐるぐる回る。すると一人だけ輪に入れていないミューリが唇《くちびる》を引き結んでいるのに気がつき、慌《あわ》ててその背中に手を当てた。

「そんな悠長《ゆうちょう》なことを言っている場合でしょうか」

そこに挟《はさ》まれた聞き慣れぬ声は、テーブルから少し離《はな》れた場所で周囲を見張っていた、カナンの護衛だった。

「多少の犠牲《ぎせい》は致《いた》し方なし。カナン様、書庫から出てくる時の決意をお忘れですか」

エーブの護衛を務めていたアズよりも寡黙《かもく》なカナンの護衛の言葉は、とても重い。常に余裕《よゆう》を見せていたカナンが、どんな経緯《けいい》を経て教皇庁から出てきたのかも、それでなんとなく察せられた。

「悠長《ゆうちょう》なことを言わず、決断をする時です」

「う……し、しかし、ジャン殿《どの》はそもそも自らの夢のために技術を習得された方なのです。そして夢破れた結果、今はその技術に触《ふ》れるのも嫌《いや》だと。ならば我らが彼の心を傷つけ、その精神を苛《さいな》みながら誰《だれ》かを救うことが、本当に正しい行いなのかどうかわかりません」

カナンの護衛は相変わらずの鉄面皮だったが、構えていた足の左右を入《い》れ替《か》える様は、なにかを譲歩《じょうほ》するようにも見え、再び沈黙《ちんもく》に戻《もど》っていた。

無論、ジャンにやる気になってもらえるならそれに越《こ》したことはないが、世界の平和ということを考えれば、たった一人の苦しみと引《ひ》き換《か》えならばと切り捨てる論法もあるだろう。

「大丈夫《だいじょうぶ》だよ！」

そこに、ミューリが立ち上がって言った。

「だってあの人は、私と兄様の冒険《ぼうけん》って言葉を聞いて心動かされてたじゃない！」

ならばジャンのやる気を引き出す方法は決まりきっている、とばかりのミューリだ。

しかし、世界を二分すると言っても過言ではない、王国と教会の争いに関わりうるような話がかかっているのだ。ジャンに聞かせるのは、それこそ選《え》りすぐった物語であるべきだろう。

とはいえジャンがミューリの剣《けん》と紋章《もんしょう》に興味を惹《ひ》かれていたのもまた事実ではある。

自分たちの冒険《ぼうけん》こそ至高と信じてやまないミューリを言いくるめるのに、神学論争で鍛《きた》えた術を使った。

「あなたのことを否定しているのではありません。山に登る道は一本とは限りませんから、その相談をしているのですよ」

ミューリは誤魔化《ごまか》しの匂《にお》いを嗅《か》ぎつけてなにか言おうとしたが、ル・ロワがそこに言い添《そ》える。

「私の経験から、人には好みがあります。つまり、ひとつに絞《しぼ》って賭《か》けるのではなく、各々《おのおの》が自信のある一編なりを聞かせればよろしいのでは。案外人の好みとは、事前にはわからないものですから」

書籍《しょせき》というものを売買するル・ロワの言葉には重みがある。

ミューリはまだなにか言いたそうな顔をしていたが、結局口をつぐんで椅子《いす》に座り直した。

「では、ジャン殿《どの》が目を覚ますのを待ってから、彼の心を揺《ゆ》さぶる物語を聞かせる……ということでよろしいでしょうか」

「そうしましょう」

カナンはなにかを考えるように、視線を遠くに向けている。

そこにふと頰《ほお》に冷たいものが触《ふ》れたかと思うと、他の面々も顔を空に向けていた。

「降り出しましたな」

「宿に戻《もど》りましょうか。ミューリ、残りは包んでもらいなさい」

自分の話をすれば一発なのに、とまだぶつぶつ言っているミューリは、口に目いっぱい料理を詰《つ》め込んでから、給仕《きゅうじ》の娘《むすめ》を呼んでいたのだった。

木窓を閉じていると、部屋はずいぶん薄暗《うすぐら》い。けれど蠟燭《ろうそく》をつけると余計に影《かげ》が濃《こ》くなって、かえって気分が重くなる。

「まったく、奇妙《きみょう》なことになりましたね……」

職人を見つければ、そこですべての問題が解決するのだとなんとなく思い込んでいた。あるいは反対されるにしても、説得すればという楽観があったことは否《いな》めない。まさか夢破れた結果、修めた技術を忌避《きひ》しているなどとは想像もできなかった。

「さっさと私のお話を聞かせたらいいんだよ」

耳と尻尾《しっぽ》を出したミューリが行儀《ぎょうぎ》悪くベッドの上で胡坐《あぐら》をかいて、居酒屋から持ってきた羊の骨付きあばら肉をがりがりと噛《か》んでいる。

「イレニアさんやオータムさんの話はできませんよ」

人ならざる者は教会に見つかれば即《そく》火あぶりだという。実際には魔女《まじょ》などと同じで、怪《あや》しいと疑われた哀《あわ》れな者たちが犠牲《ぎせい》になるのがほとんどだろうが、なにせこちらの話は真実なのだ。万が一ジャンに気に入られて広くばら撒《ま》かれでもしたら、大変なことになる。

「そんなことしないよ」

「ではノードストン様の話ですか？」

ミューリが口にした人骨を運ぶ幽霊《ゆうれい》船の話などは、確かに酔《よ》っ払《ぱら》いの集《つど》う居酒屋では人気の演目になりそうだ。けれど代替《だいが》わりしたとはいえ、存命貴族の怪《あや》しげな話は、新領主のステファンにも迷惑《めいわく》がかかる。

それとも……と思っていたら、肉を綺麗《きれい》にこそぎ取った骨を口に咥《くわ》えたままのミューリは体を伸《の》ばし、荷物から紙束を引っ張り出してぱんとベッドを叩《たた》いた。

「それもいいかなと思ったけど、こっちのほうがよさそうかなって」

表情を取《と》り繕《つくろ》うこともできなかったのは、最もありえないと思っていた、空想の騎士《きし》物語を持ち出されたからだ。

「……なあに、その顔」

ミューリに湿《しめ》った目で睨《にら》まれる。

あまり小言は言いたくないが、迂闊《うかつ》なことをしてジャンをうんざりさせては元も子もない。

羊の足なりに、地面の穴を避《さ》けて歩くように言葉を選ぶ。

「その……それはあなたの夢を記したものでしょう。他人に昨日見た夢の話をするな、とは古くから言われることとです」

見たこと、思ったことをなんでも聞いて欲しがった頃《ころ》のミューリには、それでたびたび辟易《へきえき》させられた。正面から指摘《してき》すればきっと怒《おこ》り出すだろうが……と身構えていたら、ミューリは肩《かた》をすくめるだけだった。

「別に、これそのものを見せるのが目的じゃないよ」

「え？」

言っている意味がわからず、ぽかんとしてしまう。開け放したままの木窓の向こうから、湿《しめ》った空気が流れ込んできて蠟燭《ろうそく》の火を揺《ゆ》らす。

打てば響《ひび》き、一を返せば十の反撃《はんげき》でやり返してくるミューリが、足の指を摑《つか》んだまま、尻尾《しっぽ》をゆらゆらさせていた。その表情が浮《う》かないように見えるのも、決して木窓の外の薄暗《うすぐら》い空模様のせいではなさそうだ。

戸惑《とまど》っていると、ミューリは目を閉じて、大きくため息をついた。

「これは、夢だもの」

遠雷《えんらい》が轟《とどろ》いたような気がしたのは、窓の下を荷車が通りかかったから。けれどいよいよ雨が降り出しそうなほどに暗くなった空は、ミューリの顔に色濃《いろこ》く影《かげ》を落としていた。

「叶《かな》わない夢。兄様だって、わかってるでしょ？」

ラポネルからずっと夢中になっている、その騎士《きし》物語。ラポネルで遭遇《そうぐう》した、司教とそれに率いられた領民へと立ち向かったあの過程が、どうしても気に食わないのだと言っていた。

完全武装した不撓不屈《ふとうふくつ》の老貴族と、狼《オオカミ》の姿に戻《もど》って森を駆《か》ける白銀の狼《オオカミ》。

戦叙事詩《いくさじょじし》としては実に素晴《すば》らしい素材だろうが、ミューリはそれでもなお不服だった。

なぜなら、狼《オオカミ》の横に立っていて欲しい人物は、ほかにいたのだから。

「……でも」

ミューリが手を置いているのは、この少女が想像しうる限りに素晴《すば》らしい未来を書き溜《た》めたものなのではないか。そう言いかけて口をつぐんだのは、こちらを見るミューリが、困ったように笑っていたからだ。

「あのお爺《じい》さんと一緒《いっしょ》に、敵を迎《むか》え撃《う》つために森の中を駆《か》けた時は、本当に……本当にすっごくわくわくして、楽しかったけど」

ミューリが肩《かた》を落とすと、こんなに華奢《きゃしゃ》だったろうかと思うくらいに首が細く見えた。

「森の終わりに立って、お爺《じい》さんが剣《けん》を抜《ぬ》いた時に気付いちゃったんだもの」

「気付いた？」

聞き返すと、ミューリは首をすくめるようにうなずいた。ニョッヒラでは小さな頃《ころ》から悪戯《いたずら》ばかりで、木の枝を剣《けん》に見立てて振《ふ》り回《まわ》していた。その挙句というわけでもないが、騎士《きし》の称《しょう》号《ごう》を手に入れて、毎日剣《けん》の訓練に勤《いそ》しんでいる。

そのミューリが、寝《ね》起《お》きでうまく焦点《しょうてん》が定まらないかのように、顔をしかめて笑うようにこちらを見る。

「兄様は、私が剣《けん》を振《ふ》るうのを絶対に許さないだろうなって」

「……」

その言葉に驚《おどろ》く資格は、もちろん自分にはない。なぜなら普段《ふだん》から口を酸《す》っぱくして、おてんばはやめておしとやかになさいと言っているのだから。

それでも、ミューリは単純にそういうことを言っているのではない気がした。

「いや、許してくれるかもしれないけど、なんだろう。きっと、兄様と私はすっごく大きくすれ違《ちが》っちゃう気がしたんだよね」

ミューリは手を伸《の》ばし、想像の剣《けん》の柄《つか》を摑《つか》むようにぎゅっと手を握《にぎ》る。

常に肌身《はだみ》離《はな》さずの狼《オオカミ》の紋章《もんしょう》があしらわれた剣《けん》は、今は少し離《はな》れた壁《かべ》に立てかけてある。

「だってさ、私が剣《けん》を振《ふ》って誰《だれ》かの返り血を浴びたと考えてみなよ。きっと兄様は、私が斬《き》られた以上に悲しむはずだもの」

その様が、あまりにもありありと想像できた。

戦場は華麗《かれい》な貴族の舞踏《ぶとう》会場ではない。この賢《かしこ》い少女はあのノードストンの隣《となり》に立って、戦《いくさ》で剣《けん》を振《ふ》るうことの意味とその結果を見抜《みぬ》いたのだ。

「剣《けん》で人を傷つけ、たとえば殺しちゃったりしたら……兄様と楽しく笑い合うことなんてできなくなっちゃうだろうなって。そうしたらどんなことだって、無意味だもの。だから、これは夢。叶《かな》わない夢なんだよ」

膝《ひざ》を立てて抱《かか》えるように引き寄せると、ミューリは人差し指で騎士《きし》物語の紙を撫《な》でた。

「あの職人さんに聞かせるには、一番相応《ふさわ》しくない？」

そう言って小首を傾《かし》げた時に、さらりと音を立てて肩《かた》から落ちた長い髪の毛《かみのけ》が、ミューリをひどく大人びて見せた。

底抜《ぬ》けな無邪気《むじゃき》さは変わらずとも、その透明《とうめい》な水の底には、とげとげしい現実の欠片《かけら》がいくつも沈《しず》んでいる。ミューリは裸足《はだし》でゆっくりと踏《ふ》みしめながら、冷たい水の中に立《た》ち尽《つ》くしているのだ。慌《あわ》てて動けば薄《うす》い皮膚《ひふ》が裂《さ》けて、血が流れ出てしまうのをわかりながら。

「兄様たちはあの職人さんに、きっと前向きなお話ばかりすると思うからさ」

誰《だれ》よりも能天気だったはずのミューリは、すっと視線を逸《そ》らして開け放たれた木窓を見やる。

幸いに春の嵐《あらし》にはならなそうだが、霧雨《きりさめ》が降り出している。

「甘いパンには塩辛《しおから》いお肉が合うんだよ。私が悲しいお話をしたら、ちょうどいいでしょ」

ミューリはベッドからするりと降りて、木窓を閉じる。

なにか大事な扉《とびら》が、そっと閉じられたような気がした。

「吟遊詩人《ぎんゆうしじん》の人にも聞いたんだ。人気なのは賑《にぎ》やかな曲。でも最もお金を稼《かせ》げるのは、しんみりした歌だって」

振《ふ》り向《む》いた時の笑顔《えがお》は、いつもの悪戯《いたずら》っぽいものだった。

「あれ、父様から聞いたんだっけな」

「ミューリ」

「まあ、そんなわけだから」

ミューリは視線を落とし、肩《かた》をすくめてはにかむと、ベッドの上の紙束を手に取って、隅《すみ》をとんとんと整えた。

「私があの職人さんを説得できたら、ご褒美《ほうび》買ってよね」

「……」

「私用の、鉄鎧《よろい》とか。これは本気だよ！」

ミューリくらい身軽なら、鎧《よろい》で動きを鈍《にぶ》くする理由などどこにもない。けれどもミューリは戦《いくさ》で剣《けん》を振《ふ》るうことの意味を知ってしまい、それはありえないことなのだと理解していた。ならば騎士《きし》らしさを発揮できるのだとしたら、それは儀式《ぎしき》めいた騎士《きし》の祭典である馬上槍《やり》試合くらいしかない。

そんなミューリにどう言葉をかければいいのか、自分はその答えを持たなかった。あれほどおてんばを諫《いさ》めたかったのに、ミューリは自らの限界をとっくに悟《さと》っていたのだから。

まごついていると、ミューリが軽い足取りで扉《とびら》のほうに歩いていくので、慌《あわ》てて声をかけた。

「ど、どこへ？」

扉《とびら》に手を伸《の》ばしていたミューリは、こちらを振《ふ》り向《む》いて肩《かた》をすくめる。

「そんな顔しないでよ。大丈夫《だいじょうぶ》。家出なんてしないから」

ニョッヒラの湯屋で、今よりもっと分別のつかない幼子だった頃《ころ》、叱《しか》られたミューリはよく山に逃《に》げ込んでいた。

「さっきから廊下《ろうか》をうろうろしてる子がいるからね。人気者の兄様に順番を譲《ゆず》らないと」

再び悪戯《いたずら》っぽく笑って、耳と尻尾《しっぽ》を隠《かく》していた。扉《とびら》の向こうにいるのが誰《だれ》であれ、ミューリはこんな空気の部屋にいたくないのだろう。

「母様だったら、たっぷりの葡萄酒《ぶどうしゅ》を飲むところだけど」

「だっ」

駄目《だめ》だと言いかけて、ミューリはそんな小言そのものが嬉《うれ》しかったかのように笑っていた。

「代わりに、ル・ロワのおじさんにおいしいもの食べさせてもらってくるね」

さっきあれほど食べたのに、と呆《あき》れるのだが、あんまり心配するなということなのだろう。

子《こ》ども扱《あつか》いすると怒《おこ》るミューリは、確かにいつの間にか大人になっていたのだ。

作り笑いとも違《ちが》う、けれど楽しくてそうするわけではない笑顔《えがお》を見せ、ミューリは小さく手を振《ふ》って部屋から出ていった。

泣いて笑って喚《わめ》いて食べて、それこそ大きな子犬そのものだとばかり思っていた。

部屋の中で寂《さび》しさを猛烈《もうれつ》に感じたのは、一人残されたからではない。

足音もなく成長していたことに、置いていかれた気しかしなかったからだ。

成長は喜ぶべきことなのにと思う一方、こんなに寂《さび》しく感じるのかと呆《あき》れもした。

ままならない。いや、自分のほうこそ未熟なのだろう。

それにいまさらながらに気がついたが、ミューリはあんなことを言いつつ、いつの間に手を伸《の》ばしていたのか、騎士《きし》の剣《けん》をちゃっかり持って外に出ていた。

現実を見据《みす》え、それでも夢に遊ぶことを忘れない。

ミューリに敵《かな》わないのは、当たり前のことなのかもしれなかった。

そんなふうに、部屋の中を舞《ま》っていた埃《ほこり》が床《ゆか》に落ち着くように、自分の心も落ち着いていく。

そして扉越《とびらご》しに空気が伝わっていたのかどうか、扉《とびら》が控《ひか》えめに叩《たた》かれた。ミューリの口ぶりから誰《だれ》かはなんとなくわかっていたが、扉《とびら》を開ければそこにいたのは、カナンなのだった。


部屋に入ってきたカナンが聞き耳を立てていたとは思わないが、その聡明《そうめい》さから、ミューリと自分との間になにかあったというのは空気感から察しているはずだ。もちろん不調法に聞くことはなかったが、そのせいかどうか、落ち着かない様子でやや所在なげに立っていた。

「そんなところで……椅子《いす》をどうぞ」

と、あんまり高級な宿でもないので、ル・ロワが座ったらばらばらになってしまいそうな椅《い》子《す》を勧《すす》めると、カナンはそちらを見てからゆっくりと首を横に振《ふ》った。

「実は、お願いに参りました」

相談、と言わなかったことに良《い》い予感はしなかったし、立たれたままでいるとこちらも身を持て余してしまう。率先《そっせん》して自分がベッドの端《はし》に座るのを見て、カナンは諦《あきら》めたように勧《すす》められた椅子《いす》に座った。

「お願い、と仰《おつしや》いましたか」

「はい。正確に言えば、共闘《きようとう》、ということに近いでしょうか」

奇妙《きみよう》な言葉の選び方だと思ったが、カナンは再度言った。

「ジャン様の説得ですが、私の話にコル様も協力してもらえないでしょうか」

「……」

自分、カナン、ル・ロワと、三者三様に、ジャンへの説得には相応《ふさわ》しい話があるのではないかと思っていた。カナンはその中で、薄明《はくめい》の枢機卿《すうききよう》の話こそ相応《ふさわ》しい、と言っていた気がする。

ただ、自分の協力というのがわからなかった。巷《ちまた》に流布《るふ》する噂《うわさ》をより詳細《しようさい》にするため、詳《くわ》しく話を聞きたい、という感じではなかったからだ。

「それは……なにか、話を作る、ということでしょうか？」

捏造《ねつぞう》とまでは言わなかったが、それに近い空気感は伝わったはずだ。

カナンは開きかけた口を閉じ、目線を下げてから、言葉を選ぶ。

「話を作る、という指摘《してき》は正しいです」

よもやと思ったのは、カナンがそういうことをしたがる人物とは思えなかったから。

けれどすぐに脳裏《のうり》をよぎったのは、ジャンに無理強《むりじ》いしてでも技術を使わせるべきではと迫《せま》った、カナンの護衛のことだった。カナンたちは教会の中で少数派で、その清廉《せいれん》な思想から、主流派からは間違《まちが》いなく煙《けむ》たがられている。そんな状況《じょうきょう》で王国へと件《くだん》の計画を持ち込んできたのには、自分たちには想像しうる以上の葛藤《かっとう》と、また危険があったに違《ちが》いない。

「ただ、捏造《ねつぞう》とは違《ちが》います。違《ちが》うのですが……」

カナンは大きく息を吸って、こちらをまっすぐに見た。

「私はこの機会を、神のお導きだと思っています。私は今この瞬間《しゅんかん》、このお話をコル様にするために、神に遣《つか》わされたのだと直感したのです」

他の誰《だれ》が言っても、大袈裟《おおげさ》な、と思っただろう。

しかし目の前にいるカナンは、家系図に教皇の名前が載《の》るような生粋《きっすい》の教会組織の家柄《いえがら》であり、その血筋に負けないほどの信仰《しんこう》心を備えている。

そのカナンが、言った。

「コル様。列聖《れっせい》手続きを取りませんか？」

「……は？」

もしかしたら、自分の顔は少し笑っていたかもしれない。

「列聖《れっせい》手続きです。コル様、いえ、薄明《はくめい》の枢機《すうき》卿《きょう》様」

カナンが、椅子《いす》から前のめりに詰《つ》め寄《よ》り、両膝《りょうひざ》を床《ゆか》についてこちらを見上げていた。

「聖人になりませんか」

冗談《じょうだん》を言っているようには思えない。

けれど、冗談《じょうだん》以外の何物にも思えなかった。

「いえ、ちょっと、あの」

数瞬《すうしゅん》意識が飛んでいた気さえする。

慌《あわ》てて言って、膝《ひざ》に縋《すが》りつかんばかりのカナンの両肩《りょうかた》を手で押さえた。

「落ち着いてください。意味が、その、意味がわかりません」

カナンはその言葉に、傷ついたかのように眉《まゆ》を下げていた。それとも自分の聞き間違《まちが》いか？

いや、確かにカナンは、聖人にならないかと言ったのだ。

「冗談《じょうだん》でこのようなことは申しません」

カナンはなおも膝《ひざ》をついたまま、祭壇《さいだん》の向こうの神に祈《いの》るように言葉を続ける。

「案そのものは、ローズ様と話した時からずっと頭にあったことです」

意外な名前だった。

「ローズ、さん？」

「はい。若くして立派な聖クルザ騎士《きし》団の騎士《きし》を務めていらっしゃるローズ様です。ややコル様への愛の深さに面食らいもしましたが」

その一言だけは、少し笑いながら。

「順を追って話しましょう」

冗談《じょうだん》を言っていくらか冷静さを取《と》り戻《もど》せたのか、カナンは立ち上がり、教壇《きょうだん》に立つ若き神学者のように言った。

「今現在、彼ら聖クルザ騎士《きし》団のウィンフィール王国分隊が、この王国内で教会の不正を糺《ただ》していることと関連します。ローズ様たちは当然、篤《あつ》い信仰《しんこう》心を持たれている方たちです。そして、並の聖職者よりも教会法学に通じています。それゆえ、あの手この手で不正に蓄財《ちくざい》をする腐敗《ふはい》した教会を糾弾《きゅうだん》できている面があります」

おまけに武力と、民衆の人気もあればまさに怖《こわ》いものなしだ。

「ですが、法理など通用しない者たちがいます。それこそ、神の教えに帰依《きえ》しない蛮族《ばんぞく》のように」

ローズの話が思い出された。司教の座が世襲《せしゅう》であったり、聖典を読んだことさえない文盲《もんもう》の聖職者が治めるような田舎《いなか》の教会では、聖クルザ騎士《きし》団の権威《けんい》さえ通用しないのだと。

「そんな彼らを説得できるのは、コル様、あなた様のお名前があってのことだと」

いかに無学ないんちき聖職者といえど、だからこそ世間の潮流にはある程度敏感《びんかん》らしい。日《ひ》頃《ごろ》やり取りのある商人や領民から、今世の中はこんなふうになっていると話を聞くことで、世間の流れを把握《はあく》しているのだという。

だからローズたちの糾弾《きゅうだん》に真っ向から反抗《はんこう》し、聖クルザ騎士《きし》団を野盗《やとう》だと言って水をぶっかけるような者たちでさえ、薄明《はくめい》の枢機卿《すうききょう》の名を出せば説得することができたのだ。

なぜならば。

「コル様のお名前は、すでに世の中でそういう段階にあるのです」

自分はそんなすごいものではない、という嘆《なげ》きや訴《うった》えは無意味なのだと、さすがにもう理解している。なにより自分はニョッヒラから出てきて、ハイランドと共にこの戦いに参加し、確かにこの手で石を山の上から転がり落としたのだ。

ならばその結果を、受け入れるしかない。

「ローズ様からお聞きしたお話は、そのまま私たちの計画にも言えることだと思いました」

カナンの言うことが、少しずつ見えてきた気がする。

「俗語《ぞくご》の聖典は偽《にせ》の聖典である、という疑いを持たれることもありましょう。いえ、十分に予想されることですし、より教会の組織が密に繋《つな》がり合っている大陸では、むしろその点からの強い抵抗《ていこう》が予想されます」

翻訳《ほんやく》は翻訳《ほんやく》であって、原典ではない。

「なにが正しいのかわからない民衆も、町の権威《けんい》ある聖職者がそのように主張すれば、そうなのかと思ってしまうことでしょう。ですが、そこにコル様のお名前があれば、話は別となるはずです」

誰《だれ》それの言ったことだから正しいなんていうのは、案外この世の中では無視できない力を持つ。信仰《しんこう》上の矛盾《むじゅん》点について、カナンが言うのと、ミューリが言うのとでまったく意味合いが異なってくるのと同じことだ。

「で、ですが、待ってください。確かに俗語《ぞくご》の聖典の翻訳《ほんやく》に、私が関わっているのは広く知られたことでしょう。けれど、翻訳《ほんやく》版を広める際、殊更《ことさら》私の名前を使って広めるのとはまた話が違《ちが》うはずです。それは王国と教会の対立を強く煽《あお》ることにもなりましょうし、かえって大陸側の教会の皆様《みなさま》からも反感を買うはずです」

それはミューリにいつも呆《あき》れられる、自信のなさからくる謙虚《けんきょ》さではない。簡単に想像のつく流れであり、避《さ》けなければならないものだからだ。

そしてたった一度読んだだけで分厚い聖典の注釈《ちゅうしゃく》書を暗記してしまうというカナンは、当然、それらの考えをすべて吟味《ぎんみ》したうえで、この話を持ってきたのだ。

「そこで、列聖《れっせい》なのです」

「……」

「コル様が教会公認《こうにん》の聖人となられることで、教会の権威《けんい》を身にまとうのです」

「……」

二の句を継《つ》げないが、カナンの目からも視線を逸《そ》らせない。

その真剣《しんけん》な瞳《ひとみ》には、はっきりと、決意と理性が満ちている。

「コル様が教会公認《こうにん》の聖人になれば、これはあらゆる困難を解決します。そもそもコル様が教会の権威《けんい》を身にまとってしまえば、王国と教会の争いという境界線さえ書き換《か》えることができるからです。なにせコル様は、教会の権威《けんい》を体現する存在になるのですから！」

話の理屈《りくつ》は繋《つな》がっている気がするのに、全然理解できないのは、自分の尻尾《しっぽ》を食べる蛇《へび》の絵を見ているような気分だからだ。

「さらに大切なこととして、コル様の思想に共鳴していても、しがらみからコル様を支持できない者たちが教会には大勢おりましょう。しかしコル様が列聖《れっせい》されたとなれば、誰憚《だれはばか》ることなく、大手を振《ふ》って応援《おうえん》することができるようになるのです。その時のことを想像してみてください。それはまさしく、世界が入《い》れ替《か》わるような事態となるはずなのです！」

たったまばたき一回分で、冬景色が春の装《よそお》いに変わるかのように。

「しか……し、列聖《れっせい》、など」

「できないとお考えですか？」

カナンの笑《え》みは、カナン自身が自らの行いの突拍子《とっぴょうし》もなさを理解しているような、切り立った崖《がけ》の上に立っている少年そのままの、強張《こわば》った笑顔《えがお》だった。

「私たちは、教皇庁の書庫部門を司《つかさど》っているのです。すべての文書はここに集められ、ここから出ていくのですよ」

有史以来、世界各地には名だたる聖職者たちがいた。教会はその教えを広める中で、異教徒たちと対抗《たいこう》しようと信徒を強く結束させる必要があった。その時に用いられた方法が、有名な聖職者を聖人として祭り上げることだった。

ただ、聖人として認定《にんてい》される列聖《れっせい》は、ある日神が舞《ま》い降《お》りてきて、天使のラッパと共にこの者を聖人とせよ、と告げるわけではない。人の手で書類が書かれ、事務手続きによってなされるものなのだ。

　それゆえに、地域の威信《いしん》を掛《か》けて地元の聖職者を列聖《れっせい》させようと金を積み上げる者たちが後を絶たず、申請《しんせい》手続きそのものが教会の巨額《きょがく》の商《あきな》いとなっていることも知られている。

　カナンはそういう腐敗《ふはい》した金の流れにも通じているのだろう。なにせ腐敗《ふはい》した黄金を溶《と》かしたインクで書かれた書類を預かり、書庫に収め、管理する当の者たちなのだから。複雑怪奇《かいき》な手続きに熟知し、蜘蛛《くも》の巣《す》とまで言われる教皇庁内の権力関係も知悉《ちしつ》しているはずだ。

　どんな大貴族が豪語《ごうご》するとしても、カナンたち以上にこの話に信ぴょう性を持たせられるとすれば、それはもはや神か教皇以外にはありえなかった。

「そして、列聖《れっせい》手続きには必ず、聖人の伝記が必要になります」

　雲の向こうに続く梯子《はしご》を登《のぼ》ろうかというような話が、急に足元の水溜《た》まりを飛《と》び越《こ》える話に入《い》れ替《か》わる。カナンの言いたいことが、すぐにわかった。

「伝記を、ジャンさんに？」

　カナンはゆっくりとうなずいた。木窓の外で降る霧雨《きりさめ》が、土に染《し》み込むようなしぐさだった。

「はい。ジャン様は詩の才能こそ見受けられないものの、文章作法は理解され、むしろその過《か》剰《じょう》な正しさこそが、詩の邪魔《じゃま》になっているとさえ思えます」

　紙工房《こうぼう》でジャンの手による冊子を見た時、厳《いか》めしい言葉遣《ことばづか》いで、前のめりにすぎるという感想を持った。けれどあれが抒情詩《じょじょうし》、叙事詩《じょじし》ではなく、厳《いか》めしい伝記であったとしたら、どうか。

むしろあの前のめりで堅苦《かたぐる》しい文章は、読む者の背筋を伸《の》ばす公的な文書にこそ、相応《ふさわ》しいのではなかろうか。

「誰《だれ》からも顧《かえり》みられなかった書き手です。その筆によるものが聖人を生み出し、世界を変えると知れば、どうして奮い立たないことがあるでしょうか」

喋《しゃべ》るカナンは、こぶしを握《にぎ》り締《し》めている。ジャンの好みに自分はそこまで確信を持てないが、カナン自身、自分を鼓舞《こぶ》しているようにも、口にしていることを本気で心の底から信じているようにも見える。

「神は、この世のすべてを、あるべき場所に配置しておられるのです。私は私とコル様がこの場所にきたのは、神の采配《さいはい》以外の何物でもありえないと思っています」

カナンの本心がいずれにせよ、決して短絡《たんらく》的な思いつきでないことだけは確かだった。カナンのそれを一蹴《いっしゅう》する理屈《りくつ》を、すぐに見つけることはできない。だがうなずけるかどうかは、またまったく別の話だ。

「ですが、聖人は……そんな」

あまりにも現実味がなさすぎた。それに自分がもしも聖人に相応《ふさわ》しいのだとしたら、目の前のカナンだって十分に相応《ふさわ》しい。あのローズだって、クラークだって相応《ふさわ》しいだろう。

「お気持ちは、わかります」

カナンは歩み寄り、こちらの手を取った。

「我こそは聖人に相応《ふさわ》しい、と自認《じにん》されるような方であれば、かえって聖人に相応《ふさわ》しいことなどないのですから」

だから列聖《れっせい》される聖人のほとんどは故人なのかもしれない、と自分は混乱した頭の中で、妙《みょう》に冷静に思ったりした。

「それに、もしもコル様が列聖《れっせい》されたとしたら」

カナンが手を放したのは、なにかが伝染《でんせん》するのを控《ひか》えたのかもしれない。

「ハイランド様が抱《かか》える金銭の問題も解決いたします。お仲間の修道院にも、大きな助けとなりましょう。コル様は信仰《しんこう》の世界にお詳《くわ》しいはず。私の言う意味がおわかりでしょう？」

悲しそうな、世の道理には抗《あらが》えないと負けを認めたようなかすれた笑顔《えがお》のせいで、その言葉の真実味は否応《いやおう》なく増していた。

なぜなら、聖人とはいわば奇跡《きせき》の体現者なのだ。その墓地には巡礼《じゅんれい》者が押し寄せ、修行《しゅぎょう》したとされる場所では大勢が身を横たえて奇跡《きせき》を願う。聖人が身にまとった聖衣の端切《はぎ》れ、愛用した聖典の一頁《ページ》、羽ペンの欠片《かけら》、果ては滞在《たいざい》した家の柱だの、通りかかった家の軒先《のきさき》で腰《こし》を下ろした庭石だのが聖遺物とされ、高値がついて取引される。死んだ聖人に新しい服を着せるわけにはいかないが、生きている聖人ならばそうではない。彼が動くたびに新たな聖遺物が生まれ、いわば無限に宝物を作り出して売り出すことができる。

触《ふ》れた物すべてを黄金に変えたという古代の王のように、補修費用さえままならないシャロンやクラークの修道院を、一大巡礼《じゅんれい》地に変えることだってできるはずだ。

「……もちろん、強要は、できません」

カナンはうつむきがちにそう言った。もしもカナンがやれることをすべてやる性格なら、今《いま》頃《ごろ》ジャンは麻袋《あさぶくろ》に詰《つ》められてラウズボーンに向かう途上《とじょう》だろう。

いや、そもそもそういう賢《かしこ》さを持っていたら、カナンは王国にやってこず、教会内部でその立場を利用した大儲《おおもう》けする仕組みを作り上げ、商売の邪魔《じゃま》をする薄明《はくめい》の枢機《すうき》卿《きょう》を引きずり落とそうと策を練っていたはずだ。

カナンがこんなところにいる。その事実こそが、カナンのとてつもない計画のそもそもの源になっている。

「ひとつの可能性です。コル様」

けれど大きな可能性、あまりにもすさまじい威力《いりょく》を秘めた可能性だ。

自分はその大きさの前に立《た》ち尽《つ》くし、カナンの目に魅入《みい》られたまま動くことさえできない。

「……少し冷えてきましたね」

動けない自分の代わりに、カナンのほうが視線を逸《そ》らし、話題を変えた。カナンの視線の先では、閉じた木窓の向こうにはたはたと水滴《すいてき》が垂れている。

「ミューリさんは、ル・ロワさんたちと一緒《いっしょ》に、向かいの店で飲んでいると仰《おっしゃ》っていました」

そう言いながらの笑顔《えがお》は、作り笑いには見えなかった。

「コル様も、後ほど」

宝の地図は確かに渡《わた》した。あとはあなたが航路を決めてくれ。

カナンがそう思ったかは定《さだ》かではないが、一礼すると部屋から出ていった。

「聖……人……」

その言葉を呟《つぶや》いてみても、あまりに現実味がない。ミューリの書く騎士《きし》道物語でさえ、こんな荒唐無稽《こうとうむけい》な展開はありえまい。

しかしそこには現実の飛び石が、暗闇《くらやみ》の中に道として続いている。

うまく飛び続けた先にすべての解決策があると、カナンの地図には書いてあるのだから。


どれくらい部屋の中で一人考えに耽《ふけ》っていたのか、ふっと我に返ったのは、蠟燭《ろうそく》の火が揺《ゆ》れて消えたからだった。顔を上げると、木窓の外では相変わらず雨が降っていて、霧雨《きりさめ》から本降りになっていた。

牧羊で有名なウィンフィール王国は、言《い》い換《か》えると、その羊たちを支えるだけの草が繁茂《はんも》する国でもある。内陸部は雨の多い国なのだろう。ニョッヒラなどは冬こそ雪ばかりだが、夏の雨は思いのほか少なく、霧《きり》のほうが身近だった。

朝はあんなに晴れていたのに、と木窓をうっすら開けて空を見上げると、分厚い雲が太陽を遮《さえぎ》っている。けれど視線を落とせば、通りの向かい側にある酒場から、灯《あか》りと一緒《いっしょ》に楽器の調べや笑い声が道に溢《あふ》れ出《で》ていた。

未来を見通すことはできないが、少なくとも今日を楽しむことはできる。

どこかで聞いたそんな言葉を反芻《はんすう》し、木窓を閉じようとした時のこと。手にジョッキを持った少女が、どこかつまらなそうな身振《みぶ》りで軒先《のきさき》から顔を覗《のぞ》かせていた。そして、何気なく顔を上げた直後、こちらに気がついてぱっと顔を輝《かがや》かせていた。

大声を上げないだけの分別はあったようだが、早くこっちにこい、と大きく手を振《ふ》っている。

はいはい、と手を振《ふ》り返し、確かに部屋にいたところで妙案《みょうあん》が浮《う》かぶわけでもないかと思う。

いや、そもそも妙案《みょうあん》などというものはなく、自分が決断するかどうかなのだ。

ジャンの協力が得られれば、途方《とほう》もない数の写字生を雇《やと》うような負担を取り除くことができる。しかし聖典ほど分量があるものを本にするには、やはりそれなりの費用がかかる。加えてジャン一人だけで印刷の作業が賄《まかな》えるかどうかも不明であり、補助の職人や、印刷のための道具を作るのに多額の費用がかかるかもしれない。それらの負担はすべて、ハイランドの双肩《そうけん》にのしかかる。

だがジャンの協力が得られなければ、それらとは比較《ひかく》にならない莫大《ばくだい》な資金負担が、行く手をふさぐことになる。

そしてカナンの提案は、ジャンにやる気を取《と》り戻《もど》させるためだけではない。もしも本当に列《れっ》聖《せい》が成ったならば、おそらくこの先も出てくるだろうあらゆる金銭的問題をも解決する方法を手に入れることになる。

そのうえ自分が聖人の称号《しょうごう》を冠《かん》されたのであれば、カナンに言われるまで見落としていた、俗《ぞく》語版の聖典そのものの権威《けんい》についての問題もまた、解決してしまう。ローズが語ったような、文字の読めない聖職者や、神の教えに触《ふ》れたことのない教会関係者はいくらでもいる。彼らに俗《ぞく》語版の聖典を受け入れさせるには、権威《けんい》ある有名な誰《だれ》それ、という名前が武器として必要だった。

その点、聖人という称号《しょうごう》はあまりにも強力だ。奇跡《きせき》の担《にな》い手《て》とされているのだから当然といえば当然だし、それゆえに、聖人は死後列聖《れっせい》されることがほとんどなのだろう、とも思った。生きている人間にこの称号《しょうごう》を与《あた》え、不品行を咎《とが》められて厄介《やっかい》なことになった歴代教皇が何人もいたはずだ。カナンはその歴史の教訓を、逆手に取ろうとしている。

できるのか？　という疑問は当然ある。けれどやると言わなければ、前に進むことはありえない。そしてもしもうまくいった時のことを考えれば、それはまさしくすべてが入《い》れ替《か》わるような結果をもたらすはずだった。

あるいはこれほどためらってしまうのは、子供の頃《ころ》に行商人に拾われたせいなのかもしれない。彼らの下《もと》で、天秤《てんびん》は必ず釣《つ》り合《あ》わなければならないと学んできたのだから。

自分が聖人になるとしたら、天秤《てんびん》のもう片方の皿には、一体なにが載《の》るというのだろうか。果たして自分はなにを差し出すことになるのか。この心臓だけで足りるものなのか、それさえ想像できなかった。

しかしカナンの計画を馬鹿げたものだと一蹴《いっしゅう》することもできなかったのは、そこから得られる利益があまりにも大きいからというだけではない。自分がこの話を受ければ、それこそジャンは乗り気になるのではないかと確かに思ったからだ。

こんな馬鹿げた話に夢中にならない詩の書き手がいるだろうか？

それに、この荒唐無稽《こうとうむけい》な与太話《よたばなし》でジャンを説得させられれば、ミューリにあの悲しい話をさせずに済むとも思った。

夢破れて失意の底にいる者に対し、自分もまた叶《かな》わない夢を持っているのだという話をするのは、確かに寄《よ》り添《そ》うという意味では正しいことなのかもしれない。でもミューリにはずっと無邪気《むじゃき》に笑って、前を向いていて欲しかった。寂《さび》しげに微笑《ほほえ》みながら、叶《かな》わない夢を誰《だれ》かと共有するようなことはしないで欲しかった。それはせめて自分に対し、今までのようにわがままとして、恨《うら》み言《ごと》として語って欲しかった。

聖人の話を受け入れれば、ジャンのみならず、ミューリもまた、あの紙束から顔を上げてこちらを見てくれる気がした。堅物《かたぶつ》の兄がそんな大それたことをしでかすのかと、目を輝《かがや》かせてくれるのではないか。それでどんな苦難が自分に訪《おとず》れようとも、ミューリが笑ってくれることに勝《まさ》ることはない。

カナンの案は馬鹿げている。馬鹿げているが、ハイランドに手紙を出して真剣《しんけん》に相談すべきかもしれないと思い始めていた。ジャンの説得にどれくらいかかるかはわからないが、ジャンの様子からして、走って逃《に》げ出すようなこともあるまい。列聖《れっせい》の計画について、ハイランドと現実的にどうなのかを相談する時間くらいはあるだろう。

もっとも、その時間があるのが幸いかどうかはわからない。ハイランドもそう簡単に良《い》いとか悪いとか言えることではないだろうし、いざ良《い》いと言われたところで、結局は自分が決断しなければならないことに変わりはない。時間があるというのはそれだけ悩《なや》む時間があるという意味で、苦しむ時間が長引くということでもある。

ならばいっそのこと、ミューリに相談して決めるべきかもしれないと思った。

それでミューリが面白《おもしろ》がったのなら、自分が一歩を踏《ふ》み出《だ》すきっかけとしては、十分なのだから。

そうと決まればうまく閉まっていなかった木窓を閉め直し、蠟燭《ろうそく》の火が完全に消えていることを確かめて、部屋から出る。宿の廊下《ろうか》は雲と雨のせいか薄暗《うすぐら》く、ほとんどの客はまだ旅の途《と》上《じょう》か町で忙《いそが》しく立ち働いているようで、静まり返っていた。

昨晩はミューリが大きなウナギを食べた一階の酒場も開けられておらず、厨房《ちゅうぼう》は静まり返っていた。外が雨で薄暗《うすぐら》いせいか、余計に閑散《かんさん》とした感じが寂《さび》しげで、足早に通り過ぎる。

掃除《そうじ》のため、テーブルの上に上げられた椅子《いす》が冬の枯《か》れ木《き》のようだ。

そんな酒場部分を抜《ぬ》け、向かいの通りで賑《にぎ》やかにしている店舗《てんぽ》に向かおうとしたところ、ひとけのなかった厨房《ちゅうぼう》の奥から、なにかが倒《たお》れるような音がした。

食べ物を漁《あさ》る鼠《ねずみ》か、その鼠《ねずみ》を捕《つか》まえようとした猫《ねこ》だろうか。いつもなら気に留めなかったろうが、雨風が吹《ふ》き込んでいるのなら木窓を閉じておいたほうがいいかもしれないと思った。

静けさに釣《つ》られるようにそろりと厨房《ちゅうぼう》に向かい、覗《のぞ》き込む。やはり火の気はなく、静まり返っていて、誰《だれ》もいない。元々扉《とびら》のない裏口の向こうには、雨が降り続く中庭が見えている。

そこにふと、足元の土を突《つ》き固めた床《ゆか》に、なにかを引きずったような跡《あと》が見えた。

それは自分の足元から続いて、右斜《なな》め前方の食糧庫《しょくりょうこ》らしき部屋に延びている。昨晩のびっくりするような大ウナギに続き、巨大《きょだい》なナマズでも仕入れてあって、それが倉庫の籠《かご》の中で暴れているのかもしれない。

逃《に》げ出《だ》していたらおおごとだし、ミューリに話してやったら面白《おもしろ》がるだろう。

そんな具合にひょいと食糧庫《しょくりょうこ》を覗《のぞ》き込み、口元の笑《え》みが固まった。

「え」

そこには、ぐるぐる巻きに縛《しば》られた宿の主人がいたのだから。

直後、両脇《りょうわき》の影《かげ》が動いたかと思うと、視界が闇《やみ》に覆《おお》われた。麻袋《あさぶくろ》かなにかを被せられたのだと気がついた時には、みぞおちに強烈《きょうれつ》な一撃《いちげき》をくらわされていた。息もできずに膝《ひざ》をつき、たちまち体を縄でぐるぐる巻きにされていく。混乱と動揺《どうよう》の中、塩漬《しおづ》け肉の仕込みを想像した自分に呆《あき》れてしまう。

声を上げなければという必死の思いで喉《のど》を開こうとするのだが、胃の奥からは嗚咽《おえつ》と酸《す》っぱい液体しか出てこなかった。

息ができず、急速に手足から感覚が失われていく。目の前が赤みがかった暗闇《くらやみ》に覆《おお》われていくのは、麻袋《あさぶくろ》を被せられたせいではなく、息ができていないからだ。

「っ……」

ミューリ、と仲間の騎士《きし》の名を呼んだはずだが、あるいはそれは、気を失う直前に見る夢のようなものだったのかもしれない。

第四幕

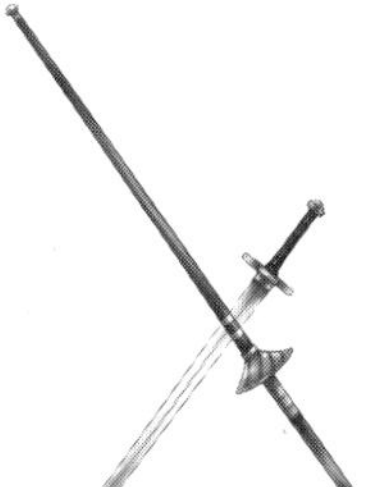

びく、と体が震《ふる》えて目が覚めた。長い夢を見ていたような気がするが、ほんの一瞬《いっしゅん》だった気もする。けれどゆっくり頭に血が巡《めぐ》り出したのか、紙に垂らした水が広がるように、記憶《きおく》が蘇《よみがえ》ってくる。

真っ先に思ったのは、天気が悪く人通りが減ったところを狙《ねら》った、宿屋強盗《ごうとう》に巻き込まれたのだろうかということだ。しかしそれだと生かしておく理由もない気がしたし、ましてや連れ去る理由などなかったはずだ。あの場に主人と一緒《いっしょ》に転がしておけばよかったのだから。

だとすると……自分が狙《ねら》われていた？　同時に連想したのは、聖クルザ騎士《きし》団が何者かの手引きで襲撃《しゅうげき》された、というローズの話だ。

そのあたりまで推論を働かせたところで、遠くから大きな足音と、それに負けない話声が聞こえてきた。

「人違《ひとちが》いって、なにやってんだお前ら！」

その後になにかぼそぼそと別の人の声が聞こえたが、ひどく気弱そうに聞こえたので、叱責《しっせき》への言い訳だったのかもしれない。

「ああもういい！　勝手に動くなよ！　おとなしく酒でも飲んでろ！」

どすどすと足音が扉《とびら》の前までできて、鍵《かぎ》が開けられる。自分はようやく、なにも見えないのは目を閉じているのではなく、相変わらず頭から麻袋《あさぶくろ》かなにかを被せられているせいだと気がついた。

「まったく……おお、神よ、一体誰《だれ》を連れ帰ったっていうんだ？」

言葉遣《ことばづか》いこそ野卑《やひ》だが、発音や語彙《ごい》にはどこか洗練があった。そのせいか、こんな状況《じょうきょう》だというのにあまり怖《こわ》くなかったし、「縄を解け」という男の指示にも驚《おどろ》かなかった。

乱暴に麻袋《あさぶくろ》が剝《は》がされ、わずかに目がちかちかしたが、蠟燭《ろうそく》の灯《あか》りにすぐ目が慣れた。

周囲を見回すと、想像していた盗賊《とうぞく》のうらびれた隠《かく》れ家《が》とは違《ちが》い、調度品が妙《みょう》に整った綺麗《きれい》な部屋だった。壁《かべ》には騎士《きし》の戦う場面を縫《ぬ》い込んだ壁《かべ》布までかかっている。それから開け放たれた木窓の向こうを見やると、雨は上がっているようだった。

「おお、神のくそったれ」

吐《は》き捨《す》てるような男の嘆《なげ》きに釣《つ》られ、ようやく部屋の真ん中に立ってこちらを見ていた男に視線を向けた。結構な上背のある、肩幅《かたはば》の広い男だ。外套《がいとう》、腰《こし》に佩《は》いた長剣《ちょうけん》、さらにそこに羊の紋章《もんしょう》を見つけ、困惑《こんわく》した。

王族？

そこまで思って、頭の中で知識が繋《つな》がった。目の前で苦虫を嚙《か》み潰《つぶ》したような顔をしている人物に、心当たりがあった。

「誰《だれ》だ、もしかしたら単なる小間使いかも、なんて言ったのは」

男が獣《けもの》のように顔をしかめ、扉《とびら》の脇《わき》の壁《かべ》に背中を張りつけるようにして立って身を縮めている男たちを睨《にら》み回していた。そのどれもが、到底山賊《とうていさんぞく》には見えないそこそこの身なりだ。

「お前ら、よりにもよって、とんでもないのを攫《さら》ってきたな。こいつの顔を遠巻きに見たことがある」

見上げると、男の茶色い目が、こちらを見つめていた。敵意も悪意も感じられないその目は、ただ一言、面倒《めんどう》なことになったという言葉を表していた。

「あー、その、なんだ」

がりがりと頭を掻《か》いて、男は腰《こし》に両手を当てて言った。

「手違《てちが》いだった」

ならばそのまま解放して欲しい。

そんな思いが伝わったのかどうか、男は大きな、とても大きなため息をつく。

「危害を加えるつもりはないんだが……簀巻《すま》きにして宿から連れ出して、なにもなかったことにしてくれなんてのは、難しいよな」

みぞおちにはまだ大きな鉛《なまり》が入っているような気がするし、深く息を吸うと吐き気《はけ》がする。けれど、もはや疑いはなかった。自分の顔を知っていて、見るなり嫌《いや》そうな顔をしているとなれば、候補はあまりに絞《しぼ》られる。

「……あなた、は」

腹の奥に鈍痛《どんつう》が響《ひび》くし、ねばついた口の中が気持ち悪い。

男は手でこちらを制し、うなずいた。

「あんたは薄明《はくめい》の枢機卿《すうききょう》。そうだな？」

「……クリーベント、王子」

男は両手を肩《かた》の高さに上げ、おどけて見せた。

「腹違《はらちが》いの我が妹からきっと悪しざまに俺の評判を聞かされているだろうが、言い訳できん状《じょう》況《きょう》だな」

それからもう一度、王位継承《けいしょう》権第二位の王子は、周囲で存在感をどうにか消そうとしている男たちを睨《にら》みつけて威嚇《いかく》してから、最後にがっくりと床《ゆか》に向けてため息をつく。

「まあ、こうなってしまったのは仕方ない。楽しい話し合いにはならんだろうが、それもあんたの協力次第《しだい》で変わるだろう」

クリーベントは部屋にいる男一人に顎《あご》をしゃくり、椅子《いす》を持ってこさせて、どっかと腰《こし》を下ろす。

「腹減ってないか？」

そんな一言の似合う、傭兵隊長《ようへいたいちょう》みたいな男なのだった。

腹を殴《なぐ》られた後に食事など到底《とうてい》入りそうもなく、口をゆすぐ水だけをもらった。

クリーベントは肉だのパンだのを仲間に持ってこさせ、むしゃむしゃ食べている。

部屋の隅《すみ》でうなだれていた者たちは、そのちょっと前に、一人ずつ頭を叩《たた》かれながら部屋から追い出されていた。

「先に言うとな、攫《さら》うつもりだったのは、教皇庁の遣いだそうだ」

ひとしきり食事を口に詰《つ》め込み終わると、王子は葡萄酒《ぶどうしゅ》ではなく庶民《しょみん》的な麦酒《むぎしゅ》で流し込んでいた。その雑な振《ふ》る舞《ま》いの割りに、言葉には妙《みょう》な周到《しゅうとう》さがあった。

「……他人《ひと》ごと、のように聞こえますね」

ハイランド曰《いわ》く、まったく信用のならない蛇《へび》のような反逆者だというクリーベントは、肩《かた》を揺《ゆ》らして笑った。

「ん？　あ〜……揚《あ》げ足《あし》取りは宮廷《きゅうてい》の常でな。用心深く話す癖《くせ》が染《し》みついているんだ」

いかつい見た目で少し恥《は》ずかしそうに笑う様は、ミューリが好きそうだと思った。

「信じてもらうしかないんだが、俺は命令してない。仲間の連中が酒の勢いで計画して、酒が醒《さ》めてからも仲間の手前、言い出したことの引っ込みがつかなくて、ついに実行に移してしまった。そんな具合だ」

歯に挟《はさ》まった肉の筋を小指で取りながら話す様子に、かえって真実味があった。

「教皇庁からのお客さんがいるってことはわかっていたからな。それであいつらは、一番澄《す》まし顔の、いけ好かない感じの奴《やつ》がそれだと思ったらしい」

カナンの存在について把握《はあく》していることには驚《おどろ》かなかったが、どんな人物かまでは仲間内で共有できていなかったようだ。確かにそれほど重要な立場の人間が、まさかカナンのような少年とは思わないだろうし、あの面子《メンツ》の中で違和感《いわかん》がないとしたら、確かに自分だけだろう。

「雨が降っていて、通りに人の影《かげ》は少なく、ずいぶん強そうな護衛までもがすべて離《はな》れていた。宿にたまたま人はなく、主人は昼過ぎに飲んだ酒がすぎて、仕込みも忘れて居眠《いねむ》りをしていた。度胸を見せて仲間の鼻を明かすには、最高の状況《じょうきょう》だ」

ええい、神よ、と雑にでも腹をくくってしまう瞬間《しゅんかん》というのは、自分にも覚えがある。確かに自分を攫《さら》うとしたら、あれ以上の好機はまずあるまい。

ただ、やはり気になることはあった。

「……私たちの行動をすべて、あなたたちは把握《はあく》していたのですか」

クリーベントは片目を細め、なにかを見透《みす》かそうとするかのようにこちらを見ていたが、うなずいた。

「ああ、全部お見通しだ、と言いたいところだが、実はなにをしていたのかまでは知らん。教皇庁から人がきているらしいというのは、聖クルザ騎士《きし》団の仲間から聞いた話でな。そしたらどうやら、そいつが我が妹とやり取りしているらしいと聞いて驚《おどろ》いた」

カナンの情報が騎士《きし》団から流れていることには、少し表情が曇《くも》る。ローズが自分たちを裏切っていたわけではなかろうが、この目の前の王子がどうして徒党を組んで王国内を暗躍《あんやく》しているのかを思い出せば、騎士《きし》団の中に協力者がいることは、そう意外なことでもない。

「聖クルザ騎士《きし》団の中に、王国と教会の戦《いくさ》を望んでいる者たちがいるということですね」

クリーベントは肩《かた》をすくめていたが、誤魔化《ごまか》すという意味ではなく、うなずく必要すらないということなのだろう。なぜなら聖クルザ騎士《きし》団は、戦うことを目的に作られた集団であり、平和な世の中に居場所はない。家督《かとく》を継《つ》ぐことができず、戦《いくさ》で一旗揚《あ》げるしかないクリーベントたちのような貴族とは、本来相性《あいしょう》がいいのだ。

だとすると、ローズが教えてくれた聖クルザ騎士《きし》団襲撃《しゅうげき》の話はそもそもが自作自演、ないし、内通者がクリーベントと協力したうえでのことだったのではあるまいか。

「我が妹の屋敷《やしき》を根気よく見張って、なにやらお前らが画策しているらしいのはわかったが、肝心《かんじん》なところがよくわからん。それが突然《とつぜん》馬を仕立て、雁首揃《がんくびそろ》えてサレントンまできた。報告じゃあ、職人の工房《こうぼう》を回って人探しをしていたようだが、なぜそんなことをしてたんだ？」

屋敷《やしき》を見張って、というのは嘘《うそ》だと思った。あのミューリが気がつかないとは思えないからだ。むしろ屋敷《やしき》の中に内通者がいて、それから目を逸《そ》らさせるための言葉だろう。屋敷《やしき》には商人やら、修繕《しゅうぜん》の職人やら、いくらだって人の出入りがある。

それにしてもハイランドだって警戒《けいかい》しているだろうに、クリーベントはやはり単なる粗野《そや》な反乱者ではないのだ。

「なにをしていたのかは……言えません」

「まあ、そうだろうな」

椅子《いす》の上で身じろぎしたので、殴《なぐ》られるかも、と覚悟《かくご》した。しかし王子は本当に身じろぎしただけで、むしろこちらの様子を見て傷ついたような表情を見せた。

「おい、少しは俺のことを信じろよ。うちの妹からどんな話を聞かされているんだ？」

ハイランドの話では、王国で内乱を起こしてでも王位を簒奪《さんだつ》しようとする悪逆の徒だった。けれどシャロンの話では、貴族制度の陥穽《かんせい》にはまり込んだ者たちを助けようとする、義賊《ぎぞく》の親分のような人物だった。

大柄《おおがら》で、振《ふ》る舞《ま》いは粗野《そや》で、けれど言葉遣《ことばづか》いは意外に慎重《しんちょう》な目の前の王子は、確かにそのどちらにも見える。

「あいつが生まれのことをこじらせて、親父《おやじ》と兄貴に異常な忠誠を示す理由も、まあわからないではないがね、世界に一点の染《し》みも許さないって感じの性格には辟易《へきえき》するよ。あんたもよく付き合えるな」

ハイランドはそんな人ではない、と思ったのだが、少し遠くから見たら、いや、身内から見たらそう感じるのかもしれない。薄明《はくめい》の枢機卿《すうききょう》だって、ミューリから見たら間抜《まぬ》けな兄様なのだから。

「ただまあ、あんたらがサレントンでなにをしていたのかってのも、あんまり重要なことじゃない。俺たちとあんたらは目的地が違《ちが》うからな。いちいちぶつかるたびに争っていてもきりがない」

浅慮《せんりよ》の暴君、とはもう思えない。

だから、その次にクリーベントが持ち出した提案にもさほど驚《おどろ》かなかった。

「どうだ、こうして会えたのも神のお導きだろう。俺と手を組まないか」

大きな体を窮屈《きゆうくつ》そうに屈《かが》めて前のめり。そのまま大口を開けて噛《か》みつくようにも見えるが、ひょいと手を伸《の》ばして、柔《やわ》らかい握手《あくしゆ》をしようとしているようにも見える。

「それは、あなたがハイランド様と和解する、という意味ですか？」

本気でそう思ったのではなく、懐柔《かいじゆう》は受けつけない、という意味でそう言った。

自分がハイランドを裏切ることは、絶対にないからだ。

「それは……難しいだろうなあ……」

本気で困ったように言っているので、少し笑いかけてしまう。

「あいつが俺を憎《にく》んでいるのは、同族嫌悪《けんお》だろうし」

しかしその言葉に驚《おどろ》くと、クリーベントもまたその反応に驚《おどろ》いていた。

「おいおい、なに意外な顔をしてるんだよ。それ以外に理由はないだろ」

「えっと……」

「あいつは生まれのせいで、どれだけ優秀《ゆうしゆう》でも宮廷《きゆうてい》で立場がなかった。散々煮《に》え湯《ゆ》を飲まされてきてるが、それでも真面目という単語に筋金をとおしたような性格だ。拭《ぬぐ》っても拭《ぬぐ》っても染《し》み出《で》てくる苛立《いらだ》ちを、王への忠誠という衣《ころも》で覆《おお》っているんだよ。言うなれば」

と、クリーベントは少し悲しそうな、哀《あわ》れむような顔をした。

「あいつは俺が羨《うらや》ましいんだな。生まれに対して、誰憚《だれはばか》ることなく文句を言って、行動に移しているその自由がな。絶対に認めないだろうが、それ以外にないだろ。だって、あいつは本当にお人好《ひとよ》しなんだ。普《ふ》通《つう》に考えたら、俺たちの仲間に同情してくれるはずだろ？」

王位の継承《けいしょう》で支障が出ないように、長兄《ちょうけい》の予備として育てられた王子。彼に付き従うのは、同様の理由で飼い殺しにされている貴族の次男や三男だという。

確かに、もしも彼らの境遇《きょうぐう》だけを思えば、ハイランドが手を差《さ》し伸《の》べる様を想像するのは、それほど突飛《とっぴ》なことではない。

「まあ、方法論がそもそも気に食わないってのは、あるかもしれないが」

「……あなたたちは、戦《いくさ》を起こそうとしている」

クリーベントは、悪びれずに肩《かた》をすくめてみせる。

「ほかにどうしろって？　みんなで畑でも耕すのか？　親や兄貴が馬で見まわる土地で？」

貴族以外の者はそうしている、と言っても詮《せん》ないことだろう。

ただ、クリーベントもそのあたりのことはとっくに考えているようだった。

「まあ、ほとんどの奴《やつ》らはその現実をわかってるんだけどな。野垂れ死にしたくなければ、結局はそうせざるを得ないって」

「なら」

という言葉は、その悲しみにも似た笑《え》みで止められた。

「一度くらい、人生で輝《かがや》きたい。そう願うこともだめか？」

子供の頃《ころ》から剣《けん》を振《ふ》り、馬に乗り、自分は家を継《つ》げないかもしれないが、代わりに戦《いくさ》に出て武功を立てられる。そんな言葉を信じて成長してきたのに、突然梯子《とつぜんはしご》を外される。

つい数瞬前《すうしゅんぜん》まで、やや粗野《そや》だが気のいい青年にしか見えなかったクリーベントの目の奥に、怒《いか》りの炎《ほのお》が揺《ゆ》らめいているのが見えた。

「戦《いくさ》より平和がいい、なんてのはわかってる。俺たちは戦狂《いくさきょう》の傭兵《ようへい》じゃないんだ。だが、そこで輝《かがや》くことだけを夢見て冷や飯に耐《た》えてきたんだよ。そして、出番がくる前に世の中が変わってしまった。いつまでも郷愁《きょうしゅう》にしがみついてたってしょうがないのはわかっていても、そこにけりをつけて新しく道を進むには、きっかけが必要なんだ」

その茶色の目は、ジャンのそれにそっくりだった。ジャンの目からはとっくに炎《ほのお》が消えていたところが違《ちが》うが、本質は同じだった。

もしかしたらミューリもまた、こんな目をしていたのではないかとふと思う。自分が熱でうなされている間、ラポネルでこんな目をして、港を眺《なが》めていたのではないか。ミューリが剣《けん》を握《にぎ》って誰《だれ》かを斬《き》れば、それは自身が斬《き》られる以上に、兄が苦しむのではとその慧眼《けいがん》で見抜《みぬ》いていた。あの少女は賢《かしこ》く、強いから、自らその道を閉《と》ざすことができた。しかし影響《えいきょう》はもちろんあった。どうしても我慢《がまん》できず、羽ペンを手に取った。

ジャンにしたって、戦《いくさ》の世界への憧《あこが》れを捨てきれず、最後に封印《ふういん》していた危険な技術を使ってまで、戦《いくさ》の歌を紙に刷り上げた。今なら、どうしてシアート親方の工房《こうぼう》を辞《や》め、最終的に羊飼いの真似《まね》ごとなんかまでしていたのかがわかるような気がした。手にした技術を捨てようとしたのは、自分の詩を楽師たちに笑われているのを目撃《もくげき》したというのも、確かにひとつの大きな理由なのだろう。しかしジャンはジャンなりに、夢を諦《あきら》めた別の人生を必死に模索《もさく》しようとしていたのではないか。ジャンの真の不幸は夢破れたことではなく、その後に新しい道を見つけられず、糸巻《いとま》き亭《てい》で飲んだくれるしかなかったことではないのだろうか。

そしてこんな話は、カナンたちだってそうなのだ。

誠実に、黄金の誘惑《ゆうわく》に目もくれず、その気になればいくらでも書類を操作して教会の富を自分たちの懐《ふところ》に誘導《ゆうどう》することができただろうに、カナンたちはそうしなかった。皆《みな》がカナンをウィンフィール王国に送り出したのは、ついにその我慢《がまん》も限界だったからではなかろうか。

道を誤ることすらできないのなら、せめて道に殉《じゅん》じたという証《あかし》が欲《ほ》しい。そう思って黒い川に飛び込んだところ、思いがけず、ありえないと思った飛び石が川の真ん中に現れたのが現状ではあるまいか。

死ぬつもりで川に飛び込んだカナンは、その石を踏《ふ》みしめ、力の限りにもう一歩飛び上がった。そして叫《さけ》んだのが、列聖《れっせい》という計画だ。自分はそのカナンの手に、気迫《きはく》に、気圧《けお》されていた。

こうして考えてみると、世の中には運命に足を取られ、もがいている人たちが大勢いるのだと気づく。

その彼らは誰《だれ》もが手を伸《の》ばし、自分の手の届くところにある。

そして今の自分は、ミューリの手さえ、満足に摑《つか》みかねている。

「俺とあんたが手を組めば」

そんなところに、クリーベントの言葉で我に返った。

「いろんな奴《やつ》らが巧《うま》くケリをつけられる。そんな気がするんだが、どうだ？」

クリーベント王子は、薄明《はくめい》の枢機卿《すうききょう》と呼ばれる自分たちの事情、あるいはジャンやカナンたちを巡《めぐ》る状況《じょうきょう》を詳《くわ》しく知っているわけではないだろう。しかし、なぜそんなことを言ったのかはなんとなくわかった。

王国と教会の争いは膠着《こうちゃく》していて、これが誰《だれ》にとっても良《よ》い状況《じょうきょう》ではないのは明らかだからだ。

王国と教会がいわば白と黒である以上、この争いはどちらかがどちらかを塗《ぬ》り潰《つぶ》すことでしか決着がつかないと目されている。つまりは戦《いくさ》であり、自分やハイランドを含《ふく》む多くの人が奮《ふん》闘《とう》しているのは、その悲惨《ひさん》な戦《いくさ》が起こらないようにするためなのだが、それは様々な人が次の舞台《ぶたい》に行くのを妨《さまた》げることにもなりうるのだ。

クリーベントはその膠着《こうちゃく》を破るため、新しい提案をしようというのだろう。

「もちろん我が妹を裏切れっていう話じゃない。あんたとあいつは、神の正しい教えを追いかければいいし、うちの奴《やつ》らもそれに反対じゃない。きちんと礼拝に参加してる真面目な信徒で、盗賊《とうぞく》や異教徒じゃないんだ」

「……王位は？　内乱も辞さないと」

クリーベントは目を見開き、両手を上げた。

「まさにそれだ。俺だってあれこれ頑張《がんば》ってきたが、結局行き着く解決策は戦《いくさ》なんだ。生まれのことは忘れて、町や農地で普通《ふつう》に暮らすようになる前に、せめて一度でもいいから華々《はなばな》しく輝《かがや》いてみたいんだよ。それをどうやってやろうかって話だ。どうしても内乱を起こしたいわけじゃない。俺たちは家族を血祭りにあげてまで、国を支配したいわけじゃないんだ。だから内乱のことはいったん忘れてくれ。我が妹は俺を血に飢《う》えた王位簒奪《さんだつ》者だと思いたいみたいだが」

クリーベントはそこまで言って、間を開けた。そしてその間こそ、この人物が王子に相応《ふさわ》しい資質を持っている証《あかし》なのだと気づいた。

「俺たちと同じ不満を持つ連中が、当然大陸にも山ほどいる。だったら狭《せま》い島国で家族喧嘩《げんか》みたいなことをしてないで、そいつらと一緒《いっしょ》に教会を巻き込んで大騒《おおさわ》ぎしたほうが、あと腐《くさ》れなく不満を押し流せるって思わないか？　だからこその、王国と教会の喧嘩《けんか》なんだよ」

内乱はその国をずたずたにする。クリーベントはそれを最後の可能性のひとつとして捉《とら》えている。そして貴族の事情がどこの国も同じなら、戦《いくさ》には別の理由があったほうがいい。

それこそが、王国と教会の争いという、歴史上稀《まれ》なる大きな争いなのだ。

クリーベントの視野は、シャロンが空を飛んでいる時のように、広い。

「……あなたは、商人のように実利的な考え方をするのですね」

クリーベントは肩《かた》をすくめて、お褒《ほ》めに与《あずか》りどうも、とばかりだ。

けれどクリーベントの考えは、理に適《かな》うような気がする一方、小さな火事を不用意に巨大《きょだい》にするだけではないのかとも感じた。果たして教会を巻き込んだ世界規模の戦《いくさ》は、個々の王国内の争いよりもましなのかどうか。

こちらの胸中を見て取ったのか、クリーベントは体を小さくするように、大きく息を吐《は》いていた。

「もちろん、野放しで戦いになればいい、なんて発想じゃない。王や教会が、全面的な戦《いくさ》になるのに及《およ》び腰《ごし》になるのは、皆《みな》その悲惨《ひさん》さを知っているからだ。今は禿頭《とくとう》の爺《じい》さんたちから、戦《いくさ》だらけだった昔の話を散々聞かされているからな。だからあんたと手を組んで、計画的にやれないかって話なんだよ」

「……」

訝《いぶか》しげな視線を向けると、王子はごつい肩《かた》をすくめた。

「あんたが旗を振《ふ》れば、教会に不満を持つ陣営《じんえい》は、王国だとか関係なくあんたについていくはずだ。そのうえで、あんたと教会の誰《だれ》かお偉《えら》いさんで話し合って、どっかで会戦でもしたらい い。古代帝国《ていこく》の時代のような、叙事詩《じょじし》に歌われたような盛大《せいだい》なやつだ。異教徒との長くてだらだらした戦《いくさ》が終わった今、領地も取れないのに本気の戦《いくさ》をしたがってる奴《やつ》なんてほとんどいない。今、俺たちみたいな奴《やつ》ら以外で戦《いくさ》を煽《あお》っているのは、金儲《かねもう》けをしたい商人か、大きなことを言ってきたせいで後に引けない奴《やつ》らだ。それこそ、お前を攫《さら》ってきたのはいいが、持て余して半泣きで俺に手紙を寄こしてくるあいつらみたいなのが教会側にもいるんだよ。それこそ教皇や枢機卿《すうききょう》なんかだって、自分たちの利害関係で自縄自縛《じじょうじばく》のはずだ」

そう言われてクリーベントの足元を見やると、靴《くつ》が泥《どろ》だらけなことにようやく気がついた。おそらく背中を見れば、馬の跳《は》ね上《あ》げた泥《どろ》でもっと汚《よご》れているだろう。

部下からの連絡《れんらく》を受け、大慌てで駆けつけたのだ。

クリーベントなりに事態を見据《みす》え、どうにか落としどころを見つけようと心を砕《くだ》いている。

「けど、あっちこっちの年代記に残るような戦《いくさ》が行われたと考えてみろ。不満を囲っていた貴族の子弟《してい》は、剣《けん》に生きる人生にも見切りをつけて満足するはずだ。ついでに王国も教会も、でかい戦《いくさ》をしたんだからって理由で、互《たが》いに手を引く大義名分ができる。痛み分けで、万々歳《ばんばんざい》だ」

絵に描《えが》いたような理想論のようでいて、本当にそうなりそうな気もする。王国と教会の争いを終わらせるには、互《たが》いに手を引く大義名分が必要だというのは、エーブやミューリが主張することでもある。

カナンはそんな中、王国と教会の間で戦《いくさ》をせずに解決する計画を持ち込んできた。そしてジャンがいれば、それも夢物語ではなくなりそうだった。けれどそれが確実にうまくいく保証はなく、うまくいかなかったとしたら、クリーベントの計画にこそ最後の救いが残っているような気がした。

「問題は、自然にはそうならないってことだ。世の中の奴《やつ》ら全員が、ハイランドのように物わかりがいいわけじゃないし、あいつのようになんでもかんでも腹の中に収めて、どれだけ腹が痛くても平気な顔をしていられるわけじゃない。なにより、俺はそれが正しいことじゃないと思っている。やりたいことをやりたいと言って、やりたくないことは嫌《いや》だと言うべきなんだ」

我が妹、という若干《じゃっかん》の侮《あなど》りを含《ふく》んだ言葉をやめて、クリーベントがハイランドの名をきちんと呼んだ。

それにクリーベントの語ったハイランドは、まさに容易に想像のつくハイランドの姿だ。

「神が俺たちをこの世に作ったんなら、俺たちは一回くらい輝《かがや》けるはずだ。そうだろう？」

大人になりきれない子供の夢。そう断じることもできようが、だとすれば幸福とは一体なんなのか。

もちろん、自分はクリーベントの提案に即座《そくざ》に判断できるはずもなかったが、聞かなかったことにして済むものでもないというのはわかっていた。受け止めて、どれだけ時間がかかろうとも咀嚼《そしゃく》すべきことだというのは、はっきりと理解していた。

だからクリーベントの目をまっすぐに見つめ返していると、王子は話を聞いてもらった礼を言うように、一度ゆっくりと瞼《まぶた》を閉じた。

「俺は俺の言葉を信じてもらえるように、今しばらくは仲間をうまく御《ぎょ》してみせる。内乱をやって、身内同士殺し合いたいなんて本当に思っちゃいないんだ」

クリーベントはそう言って、自身の手元を見つめていた。

「ただ、世の中にいるのは俺たちだけじゃないってのを忘れないでくれよ。大陸側に似たような連中は山ほどいて、そういう奴《やつ》らが俺たち以上に教会を焚《た》きつけている。時間は、思っているほど残ってないぞ」

カナンも似たようなことを言っていた。ならば無秩序《むちつじょ》な争いに発展する前に、誰《だれ》かが導くべき。それでも、どうしても自分は戦《いくさ》そのものが正しいこととは思えない。それにこの方法ではカナンたちの目論見《もくろみ》のように、教会の腐敗《ふはい》の浄化《じょうか》を望むことは難しい。

自分としては、カナンの計画こそ最適解だと感じているからこそ、ジャンを追いかけていたのだ。むしろクリーベントがハイランドの言うような悪ではないとわかった今、カナンの計画に手を貸してもらえないだろうかとさえ思った。彼らが貴族の子弟《してい》ならば、読み書きは十分にできるはずなのだから。

そこまで思った時、自分はクリーベントに聞くべきことがあると気がついた。

「……もしも戦《いくさ》を起こさず、私たちが王国と教会の争いをまとめてしまったら、あなたはどうするつもりですか？」

王子は虚《きょ》を突《つ》かれた顔すらしなかった。

困ったように、ややひきつった笑《え》みを見せる。

「そうなると……当たって砕《くだ》けるしかないかもな」

彼らが当たって砕《くだ》けるのは、王城の分厚い門と石壁《いしかべ》だろう。

その時自分は、きっとこの王子とは逆の立場、ハイランドの側に立っているはずだ。

「どうしても、戦《いくさ》をしないとならないのですか？」

きっと戦場で相まみえたその瞬間《しゅんかん》にも、同じことを言うような気がした。

「仕方ないだろ。ここは海に囲まれた島国だ。大陸でやれなければ、ほかに行く場所もない」

クリーベントがそう言った瞬間《しゅんかん》、尻《しり》を針で刺《さ》されたように体が震《ふる》えた。

「お？　おい、どうした？」

彼らはハイランドから聞かされていたほど王を恨《うら》んでいるわけでも、破滅《はめつ》を望んでいるわけでもない。ならば、そうなのだ。もっと適切な解決策があるではないかと。

「剣《けん》を振《ふ》るって輝《かがや》ける場所があれば、と仰《おつしや》いましたよね」

「ん？」

「剣《けん》を振《ふ》るって輝《かがや》ける場所があれば、あなたたちは、剣《けん》を交える必要がないと」

肩《かた》をすくめるクリーベントに、重ねて言った。

「それは教会が相手だろうと、国王が相手だろうと、構わないと。それこそ、そのいずれでなくとも」

「そらそうだが……そんな戦《いくさ》がありうるか？　幽霊《ゆうれい》とでも戦うのか？」

首を横に振《ふ》る。

戦士たちが剣《けん》を振《ふ》るのは、決して戦《いくさ》だけではない。

「戦いではありません。冒険《ぼうけん》です」

「ん……？」

「かつてこのウィンフィール王国ができる前、この島に上陸した教会の騎士《きし》と古代帝国《ていこく》の戦士たちは、味方同士だったとか」

クリーベント王子はしばし言葉を失《な》くし、最後に怪訝《けげん》そうな顔をした。

「それは大昔、まだこの島が誰《だれ》のものでもなかったと言われていた頃《ころ》の話だろ。実際には異教徒が住んでいたらしいが……が？」

そこまで言って、聡明《そうめい》な王子は暗がりに死んだ誰《だれ》かを見つけたような顔をしていた。

きっと王国のあちこちに協力者がいて、最新の情報に耳をそばだてているのだろう彼は、呆《あっ》気《け》に取られた顔をしていた。

「もしかして、海の果てにあるかもって大陸の話をしているか？」

認めるのには勇気がいる。それはミューリが大喜びで話したがり、ノードストンのような月明かりの狂気《きょうき》に照らされた者たちが口にする話だからだ。

「宮廷《きゅうてい》でそんな話をしてる山師がいるって聞いたが……おい。あんた、そんなことを本気で信じてるのか？」

クリーベント王子は理性を働かせ、おそらく考えうるもっとも穏便《おんびん》なかたちで、戦《いくさ》の案をひねり出していた。そのうえで、計画の実行に必要な仲間として、自分を誘《さそ》おうとした。

つまりこの王子は、方法論こそ違《ちが》えど、見ている方向はそこまで自分たちと異なっているわけではない。この先、王国と教会の話が煮詰《につ》まっていくにあたって、悪い方向に進むのを止めうる貴重な協力者になってくれる可能性が非常に高かった。

けれど、新大陸の話を信じていると口にしてしまえば、薄明《はくめい》の枢機卿《すうききょう》が神を信じているのはその信仰《しんこう》心ゆえではなく、なんでもかんでも信じてしまう単なる間抜《まぬ》けだからなのではないか、と思われかねなかった。頭の弱い信仰《しんこう》馬鹿だと思われれば、たまたま二人を繋《つな》げた貴重な糸が切れてしまう。

もっとも、今更《いまさら》否定したところで無駄《むだ》なのは、クリーベントの顔を見れば明らかだ。

ならばどうすべきか。自分の部屋に、とんでもない聖人列聖《れっせい》計画を持ち込んできたカナンのことを思い出す。

そして自分には、共に極寒《ごっかん》の海に飛び込んでくれた仲間がいるではないかと思い出した。

「宮廷《きゅうてい》で話をしているのは、ノードストンという貴族様では？」

まさか踏《ふ》み込んでくるとは思っていなかったようだ。驚《おどろ》いた様子のクリーベントが、思わずといった様子でうなずいていた。

「た、確かそうだ。おかしな噂《うわさ》のある妙《みょう》な貴族……いや、そういえばお前らがそこに向かったというような話を聞いたが……」

「私はノードストン様にお会いする前から、新大陸の話を耳にしていました」

嘘《うそ》ではない。嘘《うそ》ではないが、ろくに信じていなかったのは、ミューリがいないのをいいことに黙《だま》っておくことにした。

「そして私は、新大陸の存在こそが、王国と教会の争いを終結させる鍵《かぎ》になるのではと考えていました。なぜならば、王国と教会は異教徒との戦《いくさ》に勝った戦利品としての十分の一税を巡《めぐ》って、争っているのですから。そこで限りある分け前の争いではなく、新しいなにかを獲得《かくとく》できる機会があるのなら、お互《たが》いにこの争いを水に流せるのではと考えました」

「……」

今度はクリーベントがこちらの言葉を受け取り、口に含《ふく》むべきかどうか逡巡《しゅんじゅん》していた。

大雑把《おおざっぱ》に無茶な計画を進める蛮族《ばんぞく》のように見えて、その実、クリーベントは現実的な策士だ。いっそ、クリーベントから見て、自分の考えがどれだけ現実的か判断してもらおうというくらい、腹をくくった。

「新大陸は荒唐無稽《こうとうむけい》な、船乗りたちの馬鹿話かもしれません。けれど、もしも」

つばを飲み込もうとして、口の中がカラカラなことに気がついた。

「もしも、新大陸が存在すると信じるに足る根拠《こんきょ》があるとしたら」

クリーベントは間違《まちが》いなく、大陸側の似たような不満分子とも繋《つな》がっている。ならば大陸側で教会を煽《あお》っている者たち諸共に、新大陸を目指さないかと説得できるかもしれない。

そして足元の支持者を掘《ほ》り崩《くず》されれば、戦《いくさ》を見据《みす》えている教会の首脳陣《じん》も考えを改めるほかないだろうというのは、まさにカナンの計画と共通するところだ。

自分はカナンの計画も素晴《すば》らしいものだと感じているが、山に登るのにたったひとつの道しないと信じるのは馬鹿げている。

「場合によってはあなたは、この話に協力してくれますか」

本当に自分の誘拐《ゆうかい》が手違《てちが》いだったかどうかは、わかったものではない。しかし少なくともクリーベントは、自分を不必要に痛めつけようとせず、この機を捉《とら》えて仲間に引き込もうとした。それが言いすぎなら、考えを理解して欲しいと話をしてきた。

とはいえまさか、捕《と》らえた相手から突拍子《とつぴょうし》もない話を持ちかけられるとは思いもしなかったのだろう。

クリーベントが、口に手を当てて唸《うな》っていた。

「……俺も大概《たいがい》だが、あんたも……」

それは足が五本ある蛙《かえる》を見たような顔にも思えたが、この一見粗野《そや》な王子は、五本も足があればどこに行けるのだろうか、と考えるだけの好奇心《こうきしん》があるようだった。

「いや、だが、新大陸、そうか……」

王国と教会の争いは、いわば異教徒との戦《いくさ》の残り火といえた。そして戦場でしか活躍《かつやく》する場がないクリーベントたちは、その残り火で必死に剣《けん》を輝《かがや》かせようとする者たちだ。けれど異教徒との戦《いくさ》は終わったのだ。だとすれば、新しい時代に相応《ふさわ》しい、戦《いくさ》以外の解決策が必要なはずだと、自分は信じている。

「俺は、あんたを見くびっていたのかもしれない」

「夢見がちという意味では、そうだと思いますが」

クリーベントはきょとんとして、皮肉っぽく笑った。

「そこで負けるわけにはいかねえな」

クリーベントの顔が本当に悔《くや》しそうだったのは、教会に対立する勢力と教会側の一大会戦なとという策が、真剣《しんけん》に考えた末でのものであるとはいえ、一笑《いっしょう》に付されてしかるべきくらい途《と》方《ほう》もない計画だという自覚があったからだろう。

クリーベントは背中を椅子《いす》の背もたれに大きく預けると、天井《てんじょう》の隅《すみ》の蜘蛛《くも》の巣《す》を探すように、視線を遠くに向けた。

「馬鹿げた話だが……笑える話でもある。そして冒険《ぼうけん》ってやつは、笑えるものであるほどいいい」

やっぱりミューリと話をさせたら、きっと仲良くなれるだろうと思った。

「それに、その話なら、あの頑固《がんこ》なハイランドとも衝突《しょうとつ》しない。そうだな？」

その言葉に即答《そくとう》が躊躇《ためら》われたのは、ノードストンのところで見た、世界が丸いことを示す球体の存在があったからだ。もしもあれが新大陸を探す重要な手掛《てが》かりになるのなら、教会の教義は大きな修正を余儀《よぎ》なくされ、それは信仰《しんこう》の危機を招くかもしれない。清廉《せいれん》なる信仰《しんこう》の僕《しもべ》であるハイランドが、それをよしとするかはわからない。

けれど新大陸の案はカナンの計画と同様、少なくとも全面的な戦《いくさ》は避《さ》けられるし、王国は教会に降《くだ》るわけではない。

そして最も重要なこととして、仮にあの球体の存在が信仰《しんこう》の問題を引き起こすのならば、そこは自分の戦える場所でもあるということだった。

信仰《しんこう》の戦場でならば、この不肖《ふしょう》の兄でもミューリより勇敢《ゆうかん》になれるはずなのだから。

「私は、うまくいくと信じています」

神の正しさ以外は断言しない聖職者的な回答に、クリーベントは小さく笑っている。

しかし、こうも言った。

「あいつは石頭だからな。もしも対立したら、神を説得する以上に苦労するだろうよ」

笑っていたクリーベントは、最後に息を吐《は》く。

「俺たちには俺たちの思惑《おもわく》がある。そしてお前ら……いや、我が妹の思惑《おもわく》がある」

カナンたちの計画もあるし、きっと世界には同じように各々《おのおの》の問題を解決しようと頑張《がんば》っている者たちが大勢いるはずだ。

「俺と我が妹の思惑《おもわく》は今のところ交わらない白と黒だが、あんたにはまた別の独自の妙《みょう》な思惑《おもわく》があって、そのインクなら俺たちとお前たちを繋《つな》ぐ橋を描《えが》けるかもしれない」

「願わくば」

そう答えてから、どうしても付け加える必要を感じて、こう言った。

「ただ、新大陸の根拠《こんきょ》をどれだけ見つけられるかに、かかっているとは思いますが……」

「そらそうだ。けどまあ、どんなことだって代案がなにもないよりかはましだ。そうだろう？」

その瞬間《しゅんかん》、叶《かな》わない夢だと騎士《きし》物語の話をしたミューリの顔が脳裏《のうり》をよぎる。

そう。それは悲しい笑《え》みの似合う叶《かな》わない夢なのではなく、現実の愉快《ゆかい》な代案であって欲しかった。

自分はクリーベントのことを、貴重な戦力になるかもしれないと信じるに足る理由があった。

同じように、クリーベントのほうも自分との繋《つな》がりを意識してくれることを望むばかりだ。

「山を登る方法は、たくさんあるはずです」

「そう願うよ」

クリーベント王子はそう言って身をかがめると、右手を差し出してきた。驚《おどろ》きに目を見開けば、茶目っ気たっぷりに片目をつむってみせられた。

「証人もなにもいないから、なんの誓約《せいやく》にもなりはしないがな。俺たちは互《たが》いに憎《にく》み合ってはいないことの確認《かくにん》にはなるはずだ」

信用というのは、案外こういうものなのだろうと思った。

「も、ちろんです」

手を差し出し、そのごつい手と、握手《あくしゅ》を交《か》わす。誰《だれ》も見ていないことが悔《く》やまれるが、今はこれで十分なのかもしれない。

「では……楽しい未来の話ではなく、厄介《やっかい》で現実的な話に戻《もど》ろうか」

「え？」

これだけ打ち解けられたのに？　とクリーベントを見れば、まるでミューリみたいな呆《あき》れ顔《がお》だった。

「あのな、俺たちはあんたを攫《さら》ったんだぞ。その問題はまったく解決されていない」

「あっ……」

「もちろん、あんたを攫《さら》ったのは本当に手違《てちが》いなんだ。俺のところにはな、兄貴が可愛《かわい》い花嫁《はなよめ》を迎《むか》えて貴族生活を謳歌《おうか》している中、結婚《けっこん》の当てなんててんでなく、せめて最後に一花咲《さ》かせてやるんだと息巻いてる若い男たちが、何十人といるんだよ。仲間同士の意地の張り合い、見《み》栄《え》の張り合いのせいで、引くに引けなくなったのもあるが、俺たちもいい加減先が見えなくて焦《じ》れてきている。なにかやってないと頭がおかしくなりそうだって奴《やつ》で溢《あふ》れてるんだよ。だから後先考えず、もしかしたら王国と教会が揉《も》めてくれるかもってなくらいの考えで、教皇庁の遣いって奴《やつ》を狙《ねら》ったわけだ」

しかしその短絡《たんらく》な計画に反し、誘拐《ゆうかい》はあまりにもうまくいった。

その袋《ふくろ》の中身を間違《まちが》えたことを別にしては。

「あんたとの話は前向きに進んだが、悪かったなって言ってあんたを帰すとする。けど、その後どうなる？　ハイランドが俺を憎《にく》み、忌《い》み嫌《きら》い、王国に巣くう諸悪の根源だと見なしているのは知っているし、そこに理由がないわけじゃない。そしてこの頃合《ころあ》いで薄明《はくめい》の枢機卿《すうききょう》を攫《さら》うとしたら、一体どこのどいつが、どんな思惑《おもわく》でやったということになる？」

誰《だれ》かを刺《さ》し殺《ころ》す現場を見ずとも、普段《ふだん》から悪態をついて短剣《たんけん》を振《ふ》り回《まわ》してる者がいれば、それが犯人だと思うだろう。

「あんたを無事に帰す必要がある。無事にってのは、俺たちが無事にって意味だ」

クリーベント王子の勢力がどれほどの規模かわからないが、王権の正統な側にいるハイランドがその気になった時、無傷で戦《たたか》い抜《ぬ》けるほどではもちろんないのだろう。王城に当たって砕《くだ》けるのは、本当に行く場がなくなった時の最後の手段なのだ。

それに、自分が攫《さら》われたという報告を聞いたハイランドがどんなことを考えるかは、ローズから聖クルザ騎士団《きし》襲撃《しゅうげき》の話を聞き、犯人はクリーベント王子の陣営《じんえい》ではないかと推論した時のあの冷たい目を思い出せば、容易に想像がついた。

「あんたに今日のことを黙《だま》っててくれと言ったところで、あんたの話でさえまともに聞かないかもしれないよな。むしろ処刑《しょけい》のためのちょうどいい口実ができたってなくらいなもんだ」

「……ハイランド様は、理性的な方です」

なんとかそう言ってみるが、自信はない。なにより、自分の身を案じて立ち上がるハイランドのことを想像したら、自分にはもっと気にすべき人物がいることを思い出したのだ。その人物の狂信《きょうしん》は、ハイランドの比ではない。想像の中の赤い瞳《ひとみ》に射すくめられたところで、足元の床《ゆか》がばかりと開いて穴の中に落ちていくような恐怖《きょうふ》が走った。

「そ、そうです、本当に心配すべきはハイランド様ではありません！」

椅子《いす》から立ち上がると、クリーベント王子は呆気《あっけ》に取られたように、ぽかんとこちらを見上げていた。

「こ、ここはどこなんですか？　サレントンから十分に離《はな》れているんですか？」

雨が降っていたから、匂《にお》いでたどられるということはないだろう。けれど道はそもそもが雪解けの名残《なごり》のせいで、泥《どろ》まみれとは言わないまでも、柔《やわ》らかかった。そこに雨が降ったのなら十分にぬかるみ、自分を運んだ者たちの足跡《あしあと》、あるいは荷馬車の轍《わだち》、馬の足跡《あしあと》がくっきりと残っているだろう。

「サレントンからは数刻の、仲間の屋敷《やしき》だが……轍《わだち》や馬の足跡《あしあと》のことを心配してるのか？　追いつくにしても夜が明けてからだろう。雨はやんだが、月も出てない。そして明ける頃《ころ》には、働き者の羊飼いたちがすべての痕跡《こんせき》を消してくれてるはずだ」

だからたどられるはずはない。それが、人間相手ならば。自分はそこまで思い、弾《はじ》かれたように窓を振《ふ》り向《む》いた。

平野の続くウィンフィール王国だが、貴族の屋敷《やしき》の周囲には暖炉《だんろ》の薪《たきぎ》やいざという時のため、森が残されていることが多い。シャロンとクラークの修道院予定地の屋敷《やしき》もそうだった。せめて雨が降ってくれていれば、と強く願っても、木窓の外は雨上がりの静けさに満ちている。

固唾《かたず》を呑《の》み、木窓の向こうに目を凝《こ》らす。

さわさわと揺《ゆ》れる黒い木々の中に、ついに一対《つい》の光る目を見つけた。

一羽《わ》の梟《ふくろう》が、ほっほー、と鳴いて、飛び立った。

「どうした？」

「……」

「おい、顔が真っ青だぞ」

とっくに居場所はばれているのではないか。サレントンからラウズボーンまで、ミューリの本気の足ならあっという間だろう。そこからシャロンの屋敷《やしき》に飛び込んで、頭から丸呑《の》みにする勢いで協力を頼《たの》んだとする。ただちに鳥の群れが飛び立って、雨上がりの空をサレントンを中心に、次々仲間の鳥に呼びかけながら調べ上げていく。身を隠《かく》すなら、修道院予定地の狐《きつね》の親子のように、地下以外になかったはずだ。

そしてミューリたちに居場所が割れているとしたら、ここは安全ではない。

当然、自分にとってではなく、クリーベントたちにとってという意味だが、彼らはもはや敵ではないのだ。王国内の問題や、教会との争いをどうにか穏便《おんびん》なかたちで着地させようという点については、目的を同じくした貴重な仲間とみなしてよいはずだった。

「逃《に》げ――」

とまで言いかけて、すぐに口をつぐむ。逃《に》げる？　自力で？　馬で？　どんな手段だろうと、間違《まちが》いなく追跡《ついせき》される。相手は銀色の狼《オオカミ》であり、空を支配する鳥なのだ。むしろこの屋敷《やしき》を離《はな》れ、彼らと自分が別々になることのほうが、彼らにとって危険ではないか。

クリーベントの言い訳にハイランドが耳を貸すだろうと信じたくはあったが、自分が攫《さら》われたことに、ハイランド以上にミューリが我を忘れている可能性を考慮《こうりょ》すべきだった。

もしも立場が逆だったとしたら、自分が冷静でいられるのか、確信がないのだから。

「おい、慌《あわ》てすぎだろ。まさか童話のように、道々パンくずでも落としてきたって言うのか？」

自分の様子にただならぬものを感じたらしいクリーベントが、半笑いにそう言った。

自分はなんと説明したらいいのか迷ったが、こう言うほかない。

「私の連れには、山奥《やまおく》生まれの、生粋《きっすい》の狩人《かりゅうど》がいるのです」

それは平原の国に暮らす者には、ずいぶん効果的な言い方だったようだ。

きっと、酒の席で聞く、魔法使《まほうつか》いと変わらない森の隠者《いんじゃ》を想像したのだろう。

「そ、その仲間にしても、ここの状況《じょうきょう》を見れば納得《なっとく》してもらえないか？　手違《てちが》いだったってわかってもらえないか？　いや、確かに教皇庁の遺いを狙《ねら》ったのはそうなんだが……」

「……」

自分がクリーベントたちを擁護《ようご》したとして、無理に言わされていると勘繰《かんぐ》られることはもちろんあろう。けれどもっとありうる厄介《やっかい》な話として、聞く耳を持っていないくらい怒《いか》り狂《くる》っている可能性があった。ミューリは賢《かしこ》いが、何百年と生きる母の賢狼《けんろう》のような落ち着きというものを欠いている。自分がなにかを言うよりも先に、暗闇《くらやみ》から一人ずつ、森の奥に引きずり込んでしまうかもしれない。

自分がようやくミューリの存在に気がつくのは、屋敷《やしき》に誰《だれ》もいなくなってから、なんてことが普通《ふつう》にあると思った。

どうすればいい？　クリーベント王子と完全に手を組むのが時期尚早《しょうそう》でも、彼らを盗賊《とうぞく》かなにかのように討《う》ってしまうのは明らかに間違《まちが》っている。なにより、カナンの計画がうまくいかなかった時には、新大陸にまつわる話で十分に共闘《きょうとう》が可能なのだから。

そしてクリーベントたちを助けられるとすれば、今この場には、自分しかいない。

「逃《に》げるのは無理です。絶対に追いつかれます。それに私が側《そば》にいなければ、すべての言い訳に耳を傾《かたむ》けてもらえず、罪を言《い》い渡《わた》されるかもしれません」

　聖クルザ騎士《きし》団の一件から、すでに王からなんらかの命が下されていてもおかしくない。

　クリーベントはそう簡単に処刑《しょけい》されずとも、付き従っている下級貴族の次男や三男たちはどうかわからない。その場で首を刎《は》ねられる可能性だって、ないわけではない。

「それに、怖《おそ》れるべきは私の連れです。このままでは、あなたの仲間を音もなく、暗がりから襲《おそ》いかねません」

　クリーベントの顔は引きつっているし、思わず木窓の外を見ていたので、自分の言葉を信じてくれているようだ。

「全員建物に入り、扉《とびら》を打ちつけ、木窓を閉めてください。向こうが頭に上った血を少しでも冷ましてくれたら、話し合いの余地があるはずです」

　できれば大広間で一か所に固まっていたいくらいだ。ミューリがどれほど頼《たよ》りになるかは、敵に回ってみて初めてその真価がわかる。

「籠城《ろうじょう》か……だが、問題は結局解決しなくないか？　ハイランドが俺の顔を見たうえで、許すかな。たとえあんたの口添《くちぞ》えがあってもだ」

　そんなことは、と思ったが、たとえば自分がエーブに抱《いだ》く感情を、シャロンやハイランドは共有していない。クリーベントが最悪の状況《じょうきょう》を想定しておくことを、考えすぎだと一蹴《いっしゅう》することはできない。

「いっそあんたをもう一度ぐるぐる巻きにして、こいつの命が惜《お》しくばって定番の流れのほうが可能性はないか？」

「ですが、それだと決別は決定的に……」

「少なくとも、あんたは俺のことを信じてくれてる。そうだろう？」

その茶色い目に射すくめられ、自分はなぜクリーベントに多くの者が付き従うのか、わかる気がした。

「悪ぶってるなら、最後まで悪に徹《てつ》するというのもまあ、筋が通った話ではあるしな」

それは冗談《じょうだん》だろうが、民衆からの評判もさほど悪くないという話を知っている。

本当に私利私欲のためだけに内乱をも辞さないという集団ならば、人々の見方はもっと違《ちが》うものだったはずだ。

「で、俺たちはあんたを解放する代わりに、王国に残っている俺の仲間に対しても、温情を示してもらえるように説得を試みる。我が妹も神の僕《しもべ》なら、一度した約束は覆《くつがえ》せないだろ」

クリーベントは自分よりも広い視野の持ち主だった。内乱の首謀《しゅぼう》者が王国外に逃亡《とうぼう》すれば、残党狩《か》りが行われるのは目に見えているが、それが正しいことではないと、自分も思っている。

クリーベントたちのやっていることが褒《ほ》められたことではないのは重々承知だが、それでも事情がないとは言いきれないし、たとえカナンを攫《さら》うことに成功していたとしても、そんなひどいことをしたとも思えなかった。脅《おど》しあげ、王国と教会の仲は最悪だと吹《ふ》き込んで、解放するのがせいぜいの目的だったはず。

やったことの報《むく》いは受けるべきだとしても、斬首《ざんしゅ》が相応だとはとても思えない。

だが演技とはいえ、自分を縛《しば》りつけて人質《ひとじち》にとるようなことをすれば、いよいよハイランドとクリーベントの間の溝《みぞ》を決定的なものにしてしまう。

「なにか、もっと良《い》い解決策があるはずです」

クリーベントに言うと、気のいい義賊《ぎぞく》の頭領は肩《かた》をすくめていた。

「あんたは良《い》い奴《やつ》だな」

からかうような口ぶりは、すでに腹をくくっているせいにも思える。

ただ、その潔《いさぎよ》さにかえって腹が立った。

「このままでは誤解されたままですよ！」

彼らの行動には彼らなりの事情があり、それは決して他人が軽《かろ》んじていいようなことではないはずだ。王国と教会の争いは、望むと望まずとに関わらず、様々な立場の人間を巻き込んでいる。そこで相手の事情を慮《おもんぱか》れなくなれば、自分はそもそも信仰《しんこう》を保っていられないと思った。

「……だが、どうしろってんだ？」

そのとおりだった。この状況《じょうきょう》は、クリーベント王子たちの身から出た錆《さび》の面も多分にある。

自分が攫《さら》われたのは事実で、クリーベント王子たちが不穏《ふおん》な集団だと思われているのも事実で、誘拐《ゆうかい》が単なる手違《てちが》いだった、なんて説明で納得《なっとく》されるようなことではないのだから。

だとすると。

手違《てちが》いでなくす必要がある？

「私が望んで、あなたと会談したいと思ったということならどうですか？」

「ん……ん？」

王子の太い眉《まゆ》がひそめられる。

「私が自らこの場にきたことにすれば、ハイランド様も矛《ほこ》を収めるのでは」

ひそめられていた眉《まゆ》が開いたかと思えば、呆《あき》れるような目で見られた。

「どんな理由で？　お前は我が妹を裏切るつもりだったのか？」

確かにそうだ。この話が成立するには、以前から自分がクリーベントと秘密裏《り》に通じていないとならない。自分はもちろんハイランドから裏切り者とみられることなど、考えたくもない。

それに僭越《せんえつ》なことかもしれないが、ハイランドが信じてくれないのではと思った。クリーベントもまた、腹違《はらちが》いの妹の性格をそんなふうに理解しているようだった。

ただ、自分は怯《ひる》まなかった。なにかこの思考の道に、手ごたえを感じたからだ。すべてを悪い方向に押し流す川の中に、飛び石があるような気がしたのだ。

「そのハイランド様とあなたとの、和解が目的ではどうです？」

小石を投げて、足場を探す。

そういうお節介《せっかい》なら、いかにも自分が秘密裏《り》に焼いてもおかしくない。

「うーん……護衛たちの目を欺《あざむ》いてまで？　いくら俺との段取りを整えるにしたって、もっと手順ってものがあるだろ。特に、その、あんたが怯《おび》えるほどの凄腕《すごうで》の従者まで欺《あざむ》くのがわからない。それだけあんたのことを心配してる奴《やつ》だってことだろ？」

「うっ」

確かにそうだ。宿屋から唐突《とうとつ》に姿を消すことが、どれだけミューリを心配させることになるのかは言うまでもない。

クリーベントがあまり乗り気でないのは、もう気にするな、ということなのだろう。むしろ自分たちは非難されるべき立場であり、どうなってもお前が気に病《や》むことではないと。

ハイランドとは異母兄妹《きょうだい》のクリーベントだが、まさにそういうところに、ハイランドと同じ血を分けた人物らしさを見た気がした。

「私が、ここに、自らの足で、くる理由です！」

自らを奮い立たせるようにそう言って、頭を巡《めぐ》らせた。

一体、どんな理由なら建前になる？

クリーベントたちが逃《に》げおおせるのが無理で、ハイランドたちと面と向かい合うことが確実なら、争いの矛《ほこ》を収めるのには、十分な建前が必要だ。自分が忽然《こつぜん》とあの宿屋から姿を消し、敵対しているはずのクリーベント王子と一緒《いっしょ》にいる、その正当な理由。

　このややこしい密会現場を説明する、もっともらしい理由だ。

「あなたも考えてください！　仲間がいるのでしょう！」

　クリーベントは一度だって、付き従う者たちのことを部下と言わなかった。

　王位継承《けいしょう》権第二位で、王と次期王に次いで、三番目にこの国で偉《えら》いはずなのに、日も暮れてから仲間内の争いから発展したような誘拐騒《ゆうかいさわ》ぎで呼び出されて、靴《くつ》を泥《どろ》だらけにして駆《か》けつけた。この人物は、悪い人ではありえないのだ。

　唸《うな》っていると、クリーベントはため息をついて、こう言った。

「なんだか立場があべこべだが……わかった、そうだな。仲間のためだ」

　クリーベントは苦笑《くしょう》し、背中を丸めて顎《あご》に手を当てた。

「そういや、そもそもなんであんたはサレントンに？」

「……？」

「人を探してるって話だったろ。その辺は理由にならないか？　たとえば……俺たちが重要な手掛《てが》かりを持ってるぜ、と接触《せっしょく》したとかな」

　いい案だと思ったが、重大な問題がある。

「その人はすでに見つかっていました」

「おお神よ、く――」

くそったれ、と続けようとしたのだろう。

「ただ、問題はありました。その人はその人なりの理由で、未来に絶望していました。私たちはどうしてもその人の力を借りたかったのですが、彼にはその気力がないのです」

「ふむ……。なら、そいつの苦悩《くのう》を、俺たちが解決できるってのはどうだ？」

「……」

「そんな都合のいいことないよな。いや、忘れてくれ」

「……」

自分が二の句を告げなかったのは、暗闇《くらやみ》の川に向けて投げた小石が、かつんとなにかに当たる音を聞いたからだった。

「……いえ」

「ん？」

「ある。あり、ます」

目を丸くするのはクリーベントの番だった。

「馬鹿言うなよ。いいよ、気休めは」

「違《ちが》います！　あります！　ありますよ！」

椅子《いす》から立ち上がり、クリーベントの肩《かた》を摑《つか》んで揺《ゆ》さぶっていた。

「ちょっと待ってください……そう、ええっと、そうです、そうですよ。なんで気がつかなかったのでしょう。ジャンさんの話を聞いた時点で、私はあなたの名前を思い出してもよかったのに」

「……なに？」

「その職人さんも、そしてあなたも、どちらも華々しい戦を必要としていたのですから」

クリーベントは怪訝《けげん》そうな顔をしているが、説明しようとすれば、まだ形になりきっていない思考の泡《あわ》がはじけてしまうような気がした。ジャンを巡《めぐ》る話と、このクリーベントたちの話は、戦《いくさ》という線でひとつに繋《つな》げることができるはずだった。

ただ、自分はどういう理由からか、カナンやオランドはもとより、あのミューリにさえなにも言わず、宿屋から姿を消す必要があった。そのすべてとつじつまを合わせる方便がなくてはならない。

「その職人さんは、戦《いくさ》の世界に関わりたかったのです。けれど腕《うで》っぷしはまったくだから、詩で関わろうとしていたのです」

うまく説明できたか不安だったが、クリーベントは訳知り顔にうなずいた。

「仲間にもそういうのがいるよ。貴族ってのは戦《いくさ》に魂《たましい》を縛《しば》りつけられてるからな。貧弱《ひんじゃく》な体に生まれたら、そっち方面にしか道がない。だとしたら……俺たちをその職人に紹介《しょうかい》するためとかってことか？　戦《いくさ》を起こす希望を見せるために？　ただ、それは、なんというか」

「妙《みょう》、ですね」

自分はまさにハイランドと共に、戦《いくさ》を止めようという立場なのだから。

けれど方向性としては間違《まち》っていないはずだ。

自分はカナンの持ち込んだ計画を、是《ぜ》が非でも形にしたいと望んでいたという設定は、問題ないだろう。そこから、毒を食らわば皿までとばかりに、ジャンを説得する話を用意するため、宿敵であるはずのクリーベントたちに接触《せっしょく》したという筋立ては、十分に成立するはずだった。

けれどそれは、反対していたはずの戦《いくさ》を起こす方向に舵《かじ》を切ることになる。

もしもなりふり構わず前に進もうと思うなら、カナンからのあのとてつもない計画、聖人列《れっ》聖《せい》計画をこそ、受け入れるべきではなかろうか。なにせカナンの聖人計画が成功すれば、資金の問題さえ解決してしまう。修道院の再建だの、その後の運営だのさえ、些末《さまつ》な話になる。

自分の列聖《れっせい》とジャンの協力があれば、聖典を溢《あふ》れ返るほど刷るのはまったく難しい話ではない。ならばクリーベントとわざわざ密会するからには、カナンの計画を容易に凌《しの》ぐようなものであるか、それをも巻き込むものでなくてはならない。

そして、ミューリだ。なぜ自分は、ミューリにも黙《だま》って宿屋から姿を消す必要があったのか。

ここが最も厄介《やっかい》なところだった。

あのノードストンの屋敷《やしき》で見た、星の形を模した球体の話を黙《だま》っている、というようなこととは訳が違《ちが》う。冒険《ぼうけん》の中での大事な決断を、ミューリ抜《ぬ》きに進めようという話なのだから。

それがあの少女をどれだけ傷つけるかと思うと、自分の身が斬《き》られたように辛《つら》い。

それでなくたって、ハイランドは自分とミューリの絆《きずな》を、誰《だれ》よりも大切に思ってくれている。ミューリとのことを説明できなければ、たちまちそこに欺瞞《ぎまん》を見出《みいだ》し、自分の言い訳には耳を貸さなくなるだろう。そのことはつまり、クリーベントの処罰《しょばつ》に繋《つな》がってくる。

「とにかく、あんたはその職人の機嫌《きげん》を取るため、なにか華々《はなばな》しい戦《いくさ》の話が必要だった。そこで、戦《いくさ》を計画しているらしい俺たちに接触《せっしょく》を図《はか》ったとする」

クリーベントは思考を整理するためだろう、そう言った。

「これだけだと、大きな丸い果実を小さな四角い箱に詰《つ》め込もうとするような話だ。入りそうだが、入らない。そもそもそれって、どんな戦《いくさ》なんだ？」

そう、どんな戦《いくさ》なら？　ジャンを説得できる可能性を見出《みいだ》すほど派手で、カナンの計画を袖《そで》にするほどで、ミューリにさえ黙《だま》って話を進めに行くような。

どんなものをでっち上げれば、この三つを混ぜ合わせられるだろうか。

「第一、あんたのこれまでの活動を聞くと、本当の戦《いくさ》じゃまずい。もうここが厳しい」

「そう……そう、ですよね」

国を追われた訳ありの王子が、苦難の果てに王位を取《と》り戻《もど》す話は居酒屋でも人気があろうが、まさかそれを実地でやろうという話を持ち出すのは、あまりに不自然だ。ジャンの力を借りようという目的とそもそも矛盾《むじゅん》しているからだ。

やはりクリーベントの言うとおり、ハイランドや王たちとの決定的な決別を覚悟《かくご》してでも、自分を人質《ひとじち》に取る三文芝居《しばい》のほうがまだしも彼らのためとなるのだろうか。

けれどそうなった時、おそらくクリーベントたちは二度と故郷の土を踏《ふ》めなくなってしまう。

それが正義だとは到底《とうてい》思えなかった。

「薄明《はくめい》の枢機卿《すうききょう》さんよ、俺はあんたの人柄《ひとがら》を十分に知れた。それにあんたは、俺のことを我が妹からの話ではなく、直接に知ってくれた」

丸めていた背中を伸《の》ばし、クリーベントがそんなことを言う。

一瞬《いっしゅん》見えた希望は、黒い川の流れに沈《しず》んだ。

「芝居《しばい》を打つなら、ここが取り囲まれる前のほうがいい。それに親父《おやじ》……王から軍の本隊が差し向けられるようなことになったら、それこそどうにもならなくなる」

確かにそうだった。立ち上がるクリーベントを前に、まだ自分が頭を巡《めぐ》らせるのに拘泥《こうでい》しているのは、命の瀬戸際《せとぎわ》に立たされているのは彼らであり、自分だけは安全な立場に立っていることゆえの悠長《ゆうちょう》さと言えるかもしれない。

それにクリーベントの案ならばすべてに説明がついて、ミューリも傷つかなくて済む。

「何度も縛《しば》ることになって、悪いがね」

そんな言葉にどうにか笑おうと努めたが、うまくいったかはわからない。

クリーベントは頭を掻《か》きながら、部屋を出ていこうとする。

その背中は大きく、多くの者たちを守り、導こうとする騎士《きし》のものだ。

畏敬《いけい》の念を抱《いだ》かざるを得ず、立ち上がって首から提《さ》げた教会の紋章《もんしょう》を握《にぎ》った、その直後だ。

「いくらかの気休めになるかもしれないから、一応あんたが無事だってことを手紙にして、我が妹に送りつけようと思うが……って、どうした？」

クリーベントが扉《とびら》に手をかけたところでこちらを振《ふ》り向《む》き、呆気《あっけ》に取《と》られていた。自分はそんなクリーベントの声を、聞いているようで聞いていなかった。視線は一点に注がれ、自力で剝《は》がすことさえできなかった。

視線の先にあったのは、貴族の屋敷《やしき》にはありがちな、調度品のひとつだ。底冷えのする石造りの建物では、冷たい空気が壁《かべ》から流れてくるのを防ぐ一方で、客人たちに家の名誉《めいよ》を伝える、それ。

「……壁《かべ》布がどうかしたか？」

数々の色付きの糸で編まれたその壁《かべ》布は、とある一場面を描《えが》いていた。多くの騎士《きし》が馬に乗り、互《たが》いに槍《やり》を携《たずさ》え、城の前で戦っている。けれどそこには血生臭《ちなまぐさ》さがなく、妙《みょう》な華《はな》やかさがあった。騎士《きし》の後ろにはラッパを鳴らす楽師たちがいて、彼らの周りには花を手にする女たちがいる。城の上には王や女王などの貴顕《きけん》がいて、色とりどりの旗を掲《かか》げている。

なぜならそれは、戦《いくさ》を模した騎士《きし》たちの――。

あのミューリが語った話が蘇《よみがえ》る。

派手なお祭りとしての、騎士《きし》たちが参加する戦《いくさ》の話だ。

「馬上、槍《やり》試合」

そこには、すべての答えがあった。

「いけます」

「なに？」

クリーベントは自分と壁《かべ》布の間で、二回視線を往復させていた。

「いけます。私には強烈《きょうれつ》な理由があって、あなたに会いに、ここきたのです」

神がそう采配《さいはい》したかのよう、とは言わなかった。カナンならそう言ったはずだが、カナンだって決して唯々諾々《いいだくだく》と運命が口の中に流れ込むのを待っていたわけではない。自ら進み、道を見つけたのだ。あのミューリでさえ、夢だった戦場で剣《けん》を振《ふ》り回《まわ》すことを諦《あきら》めた後は、自らの夢を綴《つづ》る場所を見つけ出していた。

ならば自分も、負けてはいられない。

理想論ばかり描《えが》いてしまう性格なら、たまには現実をその理想論の中に塗《ぬ》り込めてみせるべきなのだ。それこそ四角い箱に、大きな丸い果実を押し込むように、ミューリがテーブルの上のご馳走《ちそう》を、全部口に詰《つ》め込もうとするかのように。

「私には解決すべき問題があります。と同時に、あなたとハイランド様がいがみ合っているのは王国の損失です。私には神の教えに従って、あなたたちを和解させる義務があります。決定的に決別するようなことは絶対にさせません」

するとクリーベントは首をすくめ、図体《ずうたい》の割に小さい声で抗議《こうぎ》した。

「俺とあいつの話なら、いがんでるのはあいつだけだって……」

「些細《ささい》な問題です！」

ぴしゃりと言って、もう一度頭から計画を見直した。

鍵《かぎ》は馬上槍《やり》試合だ。これがあれば、ジャンからカナン、ミューリが飛びついて噛《か》みつくのも超《こ》えて、クリーベントまで届く。すべてをひとまとめにできるはずだ。

「私は、どうしてもここに、くる必要が、あったのです」

自分のことを、自分のことではないかのように語る。

クリーベントは扉《とびら》から手を放し、ため息をついた。

「聞かせてもらっても？」

きっと少年の頃《ころ》はそうやって家庭教師に質問したのだろうと、クリーベントは椅子《いす》に座るや、右手を掲《かか》げて質問したのだった。


サレントンの宿屋にいるところ、人目を忍《しの》んだクリーベント王子の仲間から接触《せっしょく》された。立場的にとても危険な邂逅《かいこう》だったため、万が一にも噂《うわさ》になることを避《さ》けようと、宿屋の主人には宿屋強盗《ごうとう》だと思ってもらうこととなった。

皆《みな》さんにはとても心配をおかけしたことをお詫《わ》びします。特にミューリには、後からどんな小言を言われることも覚悟《かくご》しています……。

そんなことをしたためた手紙を、自分がたまたま持っていた手拭《てぬぐ》いと一緒《いっしょ》にクリーベントの仲間に託《たく》し、サレントンに向けて夜の道を発《た》ってもらった。ミューリがうろうろしていれば匂《にお》いで気がつくだろうし、サレントンで牙《きば》を研《と》いでいるのなら、ひとまずこちらの安全は理解してもらえるはず。

クリーベントに計画を話すと、たちまち大柄《おおがら》な戦士は背中を丸めて唸《うな》り出したのだが、出てきたのは、「あんたを人質《ひとじち》に取るより勝算はありそうだ……」というものだった。

最悪でも自分が自分で喉《のど》に短剣《たんけん》を突《つ》き立《た》てでも、あなたたちの命は救いますと告げれば、苦笑いの後に背中を叩《たた》かれた。

その夜は、おそらくは扉《とびら》を食い破ってなだれ込んでくることもあるまいと思いながらも、クリーベントの仲間たちと一階の広間で雑魚《ざこ》寝《ね》をした。

やはり気が気ではなく、些《さ》細《さい》な物音で目を覚ましてしまったが、ようやく人心地《ひとごこち》ついたのは明け方のこと。外の様子を見ようと、二階の部屋に向かって木窓を開いてからだ。

昨晩の雨のせいで湿度《しつど》の高い中、紫色《むらさきいろ》の空に向かい生暖かく白い息を吐《は》いていると、一羽《わ》の立派な鷲《わし》が窓枠《まどわく》に舞《ま》い降《お》りてきた。

「……お手数、おかけします」

鷲《わし》のシャロンは体を膨《ふく》らませ、ため息をつくように縮めていた。

「ミューリは……どうでした？」

『真っ先に聞くのがそこか』

曲がらないはずの嘴《くちばし》が、笑《え》みの形に曲がったように見えた。

「心配させたと思いますし……」

シャロンはぱちぱちとまばたきをして、首を左右に傾《かし》げていた。

『狼《オオカミ》は笑っている顔と怒《おこ》っている顔の区別がつきにくいからな』

いずれにせよ、牙《きば》を見せて口角が吊《つ》り上《あ》がっている、ということだろう。

『昼過ぎにはハイランドともども、ここに到着《とうちゃく》する。その目で確かめたらいい』

そう言ったシャロンは、窓枠《まどわく》から少し部屋を覗《のぞ》き込むようにした。

『悪い待遇《たいぐう》ではなさそうだ』

「はい。皆《みな》さん親切でした」

呆《あき》れた目を向けられる。

「そもそも人違《ひとちが》いだったようです」

『果たしてその言い訳が成立するかどうか』

シャロンの口ぶりは、ハイランドの峻厳《しゅんげん》な態度を想像させた。

「成立しますよ」

『ふん？』

「雨降って地固まるとも言いますし」

シャロンが振《ふ》り向《む》くと、そこはいかにも雨上がりの翌日らしい早朝の景色だ。

『あんたは少なくとも一度、私たちのことを助けてくれたからな』

「今は助けられてばかりです」

いくらか謙遜《けんそん》の気持ちがなかったといえば嘘《うそ》になるが、シャロンからずいぶん鋭《するど》い目を向けられた。

『まったくな。さて寝《ね》ようと思ったら犬がやってきた。クラークを誤魔化《ごまか》すのが大変だったんだぞ』

その様子が目に浮《う》かぶ。

「とりあえずそのお詫《わ》びは改めてしますが、おそらく修道院のことも解決できます。それでいくらか許してもらえませんか」

『……』

シャロンはじっとこちらを見てから、羽をはためかせた。

『神の奇跡《きせき》ってやつを期待しているよ』

シャロンはそう言って、ぱっと飛び立っていった。

ほどなく部屋の扉《とびら》がノックされ、クリーベントが窺《うかが》うように顔を見せた。

「すまん、朝の祈《いの》りの途中《とちゅう》だったか？」

「いえ、立派な鷲《わし》が窓枠《まどわく》にいまして……」

クリーベントは首を伸《の》ばし、ははあ、と感嘆《かんたん》のため息を漏《も》らす。

「そんな聖人の話があるな。鳥や羊や、蛇《へび》や蜘蛛《くも》にまで説教をして回った聖職者がいると」

面映《おもは》ゆいが、そんな軽口にカナンの計画を思い出す。

自分がこの事態を丸く収める話の中で、唯一《ゆいいつ》、カナンの聖人の計画だけは収めることができなかった。どれだけ頭をひねってもその一件だけが宙に浮《う》いたままなのには、その話があまりに巨大《きょだい》すぎるということ以上に、別の心当たりがあった。

このクリーベントとハイランドが、遺恨《いこん》を水に流して握手《あくしゅ》を交《か》わす想像はできる。けれど自分が聖人としてあがめられるところだけは、想像できないどころか、積極的な感情として、嫌《いや》なのだ。

もちろん好《す》き嫌《きら》いで判断していい話でないことはわかっているので、この騒《さわ》ぎが落ち着いたら、真剣《しんけん》に検討するつもりだった。

「とりあえず、下の連中は起こして顔を洗わせている。我が妹が軍勢をつれてくる頃《ころ》には、服の皺《しわ》も伸《の》びてるだろう」

籠城《ろうじょう》している山賊《さんぞく》としてではなく、貴顕《きけん》と対峙《たいじ》する貴族として振《ふ》る舞《ま》う必要がある。

「戦《いくさ》では、見た目ってのも大事だからな」

体が大きく、髭《ひげ》も濃《こ》く、いかにも粗野《そや》で山賊《さんぞく》の頭領めいたクリーベントが言うと説得力がある。

「ま、これ以上は案じたところで仕方ない。飯でも食おうぜ」

古い友人のように肩《かた》を叩《たた》かれ、木窓の向こうの、緩《ゆる》やかな下り坂の道の先を見やる。

そこに鉄の直垂《ひたたれ》をつけた馬を先頭にした一行が到着《とうちゃく》したのは、シャロンの言葉どおり、昼を過ぎて少し経《た》ってからのことなのだった。

「野郎《やろう》ども、胸張っていけ。こっちには薄明《はくめい》の枢機卿《すうききょう》がついてるんだ！」

笑顔《えがお》も引きつってしまうクリーベントの檄《げき》だったが、彼らにとっては縛《しば》り首《くび》になるかどうかがかかっている。本物の戦《いくさ》といったって遜色《そんしょく》ない。全員が真剣《しんけん》な顔をしているし、仲間内の見《み》栄《え》の張り合いから自分を簀巻《すま》きにして連れ去ってしまった者たちも、クリーベントから一発もらったらしいあざを頬《ほお》に作って、そこに交じっている。

人生で一度くらい輝《かがや》いたっていいはずだ、とクリーベントは言った。

自分もまたそう思うし、緊張《きんちょう》の度合いでは自分も彼らとあまり変わっていない。

ハイランドとミューリがどんな顔をしているのか、まったく想像もつかないのだから。

「行きましょう」

屋敷《やしき》の両開きの扉《とびら》を開け放つと、昼の日差しが一斉《いっせい》に屋敷《やしき》の広間に流れ込んでくる。

その流れに負けないよう足を進め、ようやく目が慣れる頃《ころ》、彼らの様子が見て取れた。

「逃《に》げずにいたか」

全身鉄鎧《よろい》でこそなかったものの、鉄兜《てつかぶと》を被り、籠手《こて》を嵌《は》め、拍車《はくしゃ》のついた武骨な靴《くつ》を履《は》いたハイランドは、およそ儀《ぎ》礼《れい》的とは程遠《ほどとお》い、肉厚の長剣《ちょうけん》を腰《こし》に提《さ》げている。

その後ろには、数十からなる歩兵たちが控《ひか》えていた。

「逃《に》げないとも。俺たちには逃《に》げる理由がないからな」

仲間が全員屋敷《やしき》から出るのを見届けてから、クリーベントが答えた。

「王からの勅許状《ちょっきょじょう》が出ている」

ハイランドが顎《あご》をしゃくると、隣《となり》に控《ひか》えていたオランドが一葉の羊皮紙を広げて見せた。

もちろんここからは文字が見えないが、真っ赤な印が押されているのだけはわかる。

「逆賊《ぎゃくぞく》とわかり次第《しだい》、捕《と》らえよというお達しだ」

ハイランドの後ろには馬が十数頭と、装備を整えて槍《やり》を構えた歩兵がその三倍は控《ひか》えている。

一晩中駆《か》け続ければ、歩兵でもラウズボーンから間に合ったろうが、おそらくはハイランドが王族の権限でサレントンや近隣《きんりん》の貴族から借り受けてきた兵だろう。

ただ、その中にミューリの姿がなかった。てっきり目を吊《つ》り上《あ》げて長剣《ちょうけん》の柄《つか》に手をかけながら現れると思っていたのに、見当たらないのだ。カナンやル・ロワなどの姿もなく、それが不安を掻き立《た》てる。

「逆賊《ぎゃくぞく》か。だったら問題ないな」

クリーベントが言って、こちらを見た。

「薄明《はくめい》の枢機卿《すうききょう》と一晩じっくり話をさせてもらった。どう転ぶかこっちにも予想できなかったからな。会談のことを秘密にしていたのは謝ろう」

ハイランドはその言い分にそよとも表情を変えず、視線をこちらに向けた。

「ご無事か？」

いつもの気安い感じではなく、硬質《こうしつ》な声に背筋が伸《の》びる。

けれど怯《ひる》んでいる場合ではない。

「はい。王子とは存分に対話を」

ハイランドはうなずくと、剣《けん》の柄《つか》に手をかけた。

「王国のため奔走《ほんそう》する薄明《はくめい》の枢機卿《すうききょう》を、サレントンより誘拐《ゆうかい》した罪について、なにか言いたいことはあるか？」

ハイランドの後ろに従う者たちもまた、一斉《いっせい》に戦いの姿勢を取る。自分とクリーベントの後ろに控《ひか》える者たちが動揺《どうよう》を露《あら》わにしたが、クリーベントはもちろん微動《びどう》だにしなかったし、自分もまたそうだったはず。

深呼吸をして、口を開いた。

「誤解があるようです」

一歩前に出て、言った。

「誤解？」

ハイランドが眉《まゆ》をひそめてこちらを見る。初めて自分に向ける表情だった。

「ハイランド様。私たちがサレントトンに向かい、そこで直面した問題についてのご報告は？」

ハイランドは、慎重《しんちょう》にうなずく。

「聞いている。職人は見つけたが、協力を仰《あお》ぐのに説得が必要だと」

「はい。ですので、クリーベント様とお会いできたのは、まさに渡《わた》りに船でした」

そこに、えほんと咳払《せきばら》いが挟《はさ》まり、クリーベントが言った。

「なにやらサレントトンでこそこそしてると耳に入ったからな。聖クルザ騎士《きし》団の一件をどうも俺たちの仕業だと思われているようであるし、うちの連中が挨拶《あいさつ》に赴《おもむ》いたわけだ」

明確な嘘《うそ》とはならないぎりぎりの言い方だが、クリーベントの粗野《そや》な物言いのおかげで、なんとなくそれっぽく聞こえてくれる。

「まあ、騎士《きし》団のことは脇《わき》に置かせてくれ。水掛《みずか》け論《ろん》だしな」

「それで？」

王国で内乱をも辞さないと評判の王子の手により、薄明《はくめい》の枢機卿《すうききょう》が連れ去られた。そんな状《じょう》況《きょう》は、どんな理屈《りくつ》であっても説明しうるものではない。ハイランドの目はそう言っている。

ハイランドは自分の心配をしてくれてもいるのだろうが、それ以上に、クリーベントに対しての積年の確執《かくしつ》に引っ張られているように見えた。

ただ、この状況《じょうきょう》は説明しうるし、二人は和解できるはず。

大きく息を吸って、言った。

「ジャン様を説得するのに、クリーベント様の協力は不可欠です」

「……?」

ますますしかめられたハイランドの顔に怯《ひる》みそうになるのは、自分の発想が突拍子《とっぴょうし》もないものだと自覚があるからだ。けれど四角い箱に、大きな丸い果実はぴったりと収まるはずなのだ。

「馬上槍《やり》試合を、開催《かいさい》しないかと」

騎士《きし》や騎士《きし》を目指す者たちが、日々の鍛錬《たんれん》を披露《ひろう》する戦いの祭典のこと。

自分にはもっとも縁遠《えんどお》い存在でありながら、ミューリのおかげで頭の隅《すみ》に残っていた。

「馬上……?　いや、コル、君は――」

まったく想像もしていなかったのだろう。いつもの素が垣間見《かいまみ》えたハイランドに、ねじ込むように早口で、可能な限り大仰《おおぎょう》に言った。

「最高に盛り上がると思いますよ。なぜなら、クリーベント王子が王国内でどのように噂《うわさ》されているかは皆《みな》が知っているところです。迎《むか》え撃《う》つのがハイランド様や次期王だとしたら、一体どれだけの人たちが目を輝《かがや》かせることでしょうか？」

こんな破廉恥《はれんち》な発想は、ル・ロワが自分に持《も》ち掛《か》けた話の援用《えんよう》だった。今世間で最も注目されている薄明《はくめい》の枢機卿《すうききょう》が、教会を非難する書籍《しょせき》を出せば信じがたい値がつくだろうと言ってのけた。そんな発想、自分のどこを探したって出てこない。

けれど世間の耳目《じもく》とは、つまるところそれくらい俗《ぞく》なものなのだ。

「クリーベント王子のみならず、こちらにいる方々は日々鍛錬《たんれん》をし、騎士《きし》に相応《ふさわ》しい作法を身に着けてきたのです。あとはそれを発揮する場所を望むのみ。違《ちが》いますか？」

彼らの事情をハイランドが知らないわけではない。同情できないはずもない。クリーベントはハイランドの頑《かたく》なさについて、同族嫌悪《けんお》と言ってみせたくらいなのだから。

「王国内でもあらゆる年代記に残る催《もよお》しとなりましょう。そして当然！　多くの騎士《きし》の勇壮《ゆうそう》な戦いを記すペンが必要となるはずです」

ミューリが騎士《きし》の身分を賜《たまわ》っていることに興味を惹《ひ》かれていたジャンだから、間違《まちが》いなくこの話には興味を惹《ひ》かれるはずだった。この催《もよお》しを王族からの正式な依頼《いらい》として、文章にしてくれないか。その代わり、その手に宿る技術を貸してほしい……。

それに、最悪のところジャンの協力が得られずとも、この計画は聖典複製の話を前に進める威力《いりょく》を持っている。

なぜならば。

「試合の開催場所《かいさい》は、修道院予定地でいかがでしょう」

ハイランドはもはや二の句を継《つ》ぐことさえ忘れている。

目を見開いたまま、こちらを見つめていた。

「元は古代帝国《ていこく》の有名な騎士《きし》が暮らしたという屋敷《やしき》です。賑《にぎ》やかな催《もよお》しにはぴったりでしょうね。数多《あまた》の詩人たちが競《きそ》って歌い、王国内では知らぬ者のいない場所になるはずです。山ほどの巡礼者《じゅんれいしゃ》が訪《おとず》れるでしょうし、この催《もよお》しには王国中のお祭り好きが寄付をするはずです」

反乱の首謀者《しゅぼうしゃ》と目された反逆の王子と、正統なる王権の守護者の戦いなど、人々が生きている間に目の当《ま》《あ》たりにできるようなものではない。しかもそれは人々の生活を破壊《はかい》する血生臭《ちなまぐさ》い戦《いくさ》ではなく、花とラッパに彩《いろど》られた馬上槍《やり》試合なのだ。

無責任に楽しめる舞台《ぶたい》として、これ以上に整ったものなどありようはずもなかったし、王国中の貴族たちがこの伝説に参加したがるはずだ。

「修道院を美しく立派に補修してもお釣《つ》りがくるはずです。山ほどの寄付は、私たちの希望を形にする資金となりましょう」

山ほどの寄付は、たとえジャンの協力を得られずとも、聖典を力業《ちからわざ》で増やしてばら撒《ま》く資金となる。もちろんジャンの協力が得られれば、もはや我らを止めるものなしだ。

「ただ」

と、ようやく早口にまくしたてた言葉を切った。

どうして自分がクリーベント王子の屋敷《やしき》で一晩を友好的に過ごせたのか。どうしてクリーベント王子は反逆の徒ではありえないのか。その説明はここまでで十分だったはずだが、お人好《ひとよ》しの薄明《はくめい》の枢機卿《すうききょう》が、悪辣《あくらつ》なクリーベントの口車に乗っているのだと、なおハイランドが固執《こしつ》することは可能だ。なぜならば、どうしてあのミューリにさえ行き先を隠《かく》して宿屋から消えたのか、という一点があるからだ。

けれど、当のハイランドも、その道はすでにふさがれていることに気がついたのではないか。なぜならミューリがどれだけ騎士《きし》というものに熱を上げているのか、きっと自分以上によく知っているのだから。

「ただ、クリーベント王子がおっしゃられたように、私たちの間にはなお互《たが》いの不信がありました。話し合いがどのように転ぶかは神のみぞ知るところです。慎重《しんちょう》に、そして理性的にしなければなりません。決して感情に流されず、たとえ物別れに終わっても、お互《たが》い遺恨《いこん》を残さないように」

ハイランドの顔がどんどん渋《しぶ》くなっていく。それらはすべて正しい理屈《りくつ》である一方、その正しさを蹴飛《けと》ばそうとする誰《だれ》かの顔に、心当たりがあるからだ。

「けれど話題が話題なのです。こんな楽しそうな話を目の当《まあ》たりにしたら」

少し離《はな》れた森の木陰《こかげ》がガサガサ揺《ゆ》れているような気がしたが、あえてそちらを見ないようにして、言った。

「あのおてんば娘《むすめ》はなにがなんでも形にしようと思うでしょう。それこそ、私がクリーベント王子の口車に乗せられるような事態に見舞《みま》われても」

そこまでミューリが子供だとも思わないが、一概《いちがい》に否定できないだけの前科がいっぱいある。

なのでここは、ミューリに泥《どろ》を被ってもらうほかなかった。

あのミューリがいたら、間違《まちが》いなく落ち着いて馬上槍《やり》試合の相談や駆《か》け引《ひ》きなどできようはずもない、という想像だけは容易にできるのだ。目を輝《かがや》かせ、つま先立ちになって、隠《かく》しているはずの耳と尻尾《しっぽ》が振《ふ》られている様までがまざまざと見える。

万が一クリーベントと話が折り合わないとわかった時、自分は果たして理性的に判断ができるのかさえ自信がない。ミューリの目から光が失われるのを止めるためだけに、口車に乗りかねない……と、ハイランドは想像ができるだろう。

「ハイランド様もご想像いただけるのでは？　計画が流れそうになるのを泣き喚《わめ》いてでも止めにかかり、いざ流れたと決まった後には、自分たちだけでもいいから馬上槍《やり》試合を開いてくれと嚙《か》みついてくるあの子の姿が」

そしてミューリに甘いハイランドは、資金《しきん》繰りがただでさえ苦しいところに、余計な考えを巡《めぐ》らせ始めるのではないか。

もちろん、こんな話が避《さ》けられない未来かどうかは関係ない。この場で説得力を持ち、想像できるかどうかが鍵《かぎ》なのだ。

誰《だれ》も見ていない中で宿屋から消えた薄明《はくめい》の枢機卿《すうききょう》という話には、たくさんの説明がつけられる。神以外に真実を誰《だれ》の目にも明らかにできないのならば、その中で最もあっと驚《おどろ》き、笑ってしまうようなものを選び取るべきだった。

「……君は」

ハイランドはようやく我に返りつつも、まだ足元がおぼつかないような顔で、言った。

「君は……本当に」

ハイランド自身、胸いっぱいの感情を言葉にする術が見つからなかったのだろう。

けれどそこにあるのが悪いものとは、自分には思えなかった。

「勝手な行動のお咎《とが》めは受けましょう。けれど、私は神の正しき教えを世に広めるという、ハイランド様の思想に共鳴した者として、こう述べます」

隣《となり》を向き、クリーベントのごつい手を取って歩き出す。ハイランドやオランドは微動《びどう》だにしなかったが、背後の兵たちはややたじろいで、装備の金属音ががしゃがしゃと鳴った。

クリーベントをハイランドの前に立たせると、ハイランドは思いきり顔をしかめてこちらを見た。ここまでくれば、さしもの自分にもわかる。ハイランドは精一杯《せいいっぱい》、しかめっ面《つら》を作っていた。

それも、おそらくは、最初からずっと。

「血を分けた者たち同士、仲良くするべきです」

大の大人に言うことではないし、二人を巡《めぐ》る状況《じょうきょう》は、王族ですらない他人があれこれ言うべきものではないだろう。けれど自力でどうこうできるならば、とっくにしているくらいの分別は、この二人にならあるはずだ。

シアート親方とオランドの対立と、その解決法を思い出すべきなのだ。

自分はミューリほど可愛《かわい》くないが、無邪気《むじゃき》という点では、さほど負けていないだろう。

王国と教会がそうであるように、二人は和解のためのきっかけを待っていたのではないか。

自分がそのきっかけとなれるなら、お節介《せっかい》だと疎《うと》まれることだって物の数ではない。

「さあ、和解の握手《あくしゅ》を」

喧嘩《けんか》の仲裁《ちゅうさい》ならば、ニョッヒラの湯屋でミューリと村の子供たちとの間で散々取り持ってきた。ハイランドとクリーベントは、まるっきりその時の子供たちそっくりな顔で、互《たが》いにそっぽを向いていた。けれどちらちらと、それぞれ窺《うかが》うように視線を交《か》わしている。自分はそんな二人を交互《こうご》に見つめ、すべての不服を聞きましょう、と無言のうちに伝えたつもりだ。

それに納得《なっとく》したのかどうか、先に手を差し出したのは、クリーベントのほうだ。

「俺はお前に含《ふく》むところがないからな」

それは兄らしい大上段からのもの、と思ったのは一瞬《いっしゅん》のこと。

「ただ、兄貴らしいところがあったかどうかは疑問だ」

二人が子供時代にどんなやり取りを経てきたのかはわからない。

けれど越《こ》えられない溝《みぞ》ではないはずだ。

ハイランドはクリーベントの手をじっと見つめ、もう一度こちらを見た。

「……私は君のことをずっと恨《うら》むかもしれない」

真剣《しんけん》な青い瞳《ひとみ》でこちらを見たまま、ハイランドの手がクリーベントの手を握《にぎ》る。

「心の準備くらいさせて欲しかった」

二人が手にぐっと力を籠《こ》め、体重差のせいか、ハイランドが少し揺《ゆ》れる。

そして剝《は》がれた殻《から》の下から出てきたのは、困りきったいつもの笑顔《えがお》だった。

「兄貴たちは驚《おどろ》くだろうな」

「……馬上槍《やり》試合だったか……」

クリーベントは根っから反骨精神に満ちているのか、王たちが目を丸くすることならなんでも楽しいとばかりに笑っているし、真面目なハイランドはこの一件が王たちの目にどんな風に映るのかとげんなりしていた。

「なあに、俺がおとなしく頭を下げれば、お前の株は上がるってもんだ。万事《ばんじ》つつがなくいくだろうよ」

クリーベントの言葉に、ハイランドはますます嫌《いや》そうな顔をしていた。

「私があなたを嫌《きら》いなのは、そういうところなんだよ」

クリーベントはますます笑い、ハイランドは肩《かた》を落としている。けれど二人は手を放さず、

ひとまずどちらの陣営《じんえい》の者たちも、争いごとにはならないようだと胸を撫《な》で下ろしていた。

「それで、あの、ハイランド様」

一件落着というところだったのだが、自分にはまだ仕事が残っている。

「ミューリは、どこに？」

それは長年のつかえがとれたせいなのか、目尻《めじり》の涙《なみだ》を軽く拭《ぬぐ》ったハイランドが、仕返しとばかりに微笑《ほほえ》んでみせる。

「君もたっぷり困ればいい」

「……」

半笑いで返すほかなく、その隣《となり》から向けられるオランドの視線も、無鉄砲《てっぽう》を戒《いまし》める親戚《しんせき》の兄のようなものだった。シャロンもミューリの様子を教えてはくれなかった。

森の一角は依然《いぜん》としてガサガサと揺《ゆ》れ続け、自分はそちらを横目に見やりながら、居住まいを正した。

戦場に赴《おもむ》く時の気持ちは、きっとこんな感じに違《ちが》いない。ミューリが側《そば》にいてくれたら心強かろうにと思って、自分の間抜《まぬ》けさに気づいて笑う。ただ、断頭台ならぬ狼《オオカミ》の牙《きば》の中に赴《おもむ》こうと一歩を踏《ふ》み出《だ》したその瞬間《しゅんかん》、隣《となり》にミューリがいてくれたらと思ったのは本当の気持ちだった。隣《となり》にミューリがいてくれたのなら、たとえ本当の戦《いくさ》に臨《のぞ》む瞬間《しゅんかん》だって、怖《こわ》くないだろうから。

ただ、それは少し身勝手にすぎる考えかもしれない、とも思った。

なぜなら、ミューリはまさに、自分と一緒《いっしょ》に戦場に赴《おもむ》く場面は永遠にこないだろうと悟《さと》っていたのだから。剣《けん》を振《ふ》って誰《だれ》かの返り血を浴びるところを想像し、そんな自分を見た兄の顔を想像し、ミューリは自身が戦場で剣《けん》を振《ふ》るうことは永遠にないと諦《あきら》めていた。なのに自分のほうが戦場に赴《おもむ》く際、隣《となり》にミューリがいる様子になにも不自然なことを感じないのは、なにかがひどくねじれているといってよかった。

それとも、知識だけで現実を知らない自分が、戦《いくさ》というものを軽く見すぎているのだろうか？

それはさもありなんだが、自分の隣《となり》に立ち、共に戦場に赴《おもむ》こうとするミューリの姿を、手で触《ふ》れられそうなほどはっきりと想像できるのもまた事実なのだ。

共に戦場に並び立つことがありえないのなら、自分の隣《となり》に立つこの銀色の少女はなんなのか。その姿に目を凝《こ》らし、灰に銀粉を混ぜたような美しい髪《かみ》をなびかせて、自信いっぱいの笑顔《えがお》で隣《となり》を歩くミューリの姿をつぶさに見た。

「ああ……そうか、そういうことですか」

自分は最初から、ミューリに期待していることがあったではないかと思った。それに王国の歴史に残る馬上槍《やり》試合が開催《かいさい》されるとなれば、あのおてんば娘《むすめ》が参加したいと喚《わめ》き散らすのは目に見えていた。それをどうやってなだめようかというのは頭の痛い問題だったが、回避《かいひ》するための答えもまた、そこにあった。

丸い果物を四角い箱に収める最後の一押《ひとお》しは、意外なことにカナンがもたらしてくれた。

列聖《れっせい》などという、絶対に箱には収まらないだろうという、超《ちょう》特大の夢物語。

それは自分の口には入らずとも、夢の大きさでは比類ない人物が、一人いる。

「戦場には色々な役目がありますし」

服を整え、背筋を伸《の》ばす。

「馬上槍《やり》試合には、主賓《しゅひん》が必要ですからね」

四角い箱に、丸い果実がするりと滑《すべ》り込む。

踏《ふ》み出《だ》した一歩が大きかったのだとすれば、それはミューリの呆気《あっけ》に取られる顔が楽しみだったからだというのは、少し言いすぎだったかもしれない。

終幕

安居酒屋の井戸の横で、水をぶっかけられても起き上がらないほどやさぐれていたジャンが、仕立ての良《い》い服に身を包んで一端《いっぱし》の年代記作者となっていた。王族指名の公式年代記作者とあって、馬上槍《やり》試合の参加者や、彼らを応援《おうえん》する者たちからは、一文字でも多く文字を割《さ》いてもらえないかと、熱烈《ねつれつ》な訪問を受けていた。ジャンは懸命《けんめい》に取《と》り繕《つくろ》ってはいたものの、緊張《きんちょう》でひっくり返りそうになっていた。

修道院予定地の補修はろくに終わっていなかったのだが、かつてこの島にやってきた古代帝《てい》国《こく》の騎士《きし》にゆかりのある建物なら、むしろそのおんぼろさが味だろうということで、草木を刈《か》って、あまりにひどい石畳《いしだたみ》は直し、崩《くず》れそうなところだけ補強して、試合会場とした。

それに戦《いくさ》用の馬具を身に着けた馬が、完全装備の騎士《きし》を乗せて走り回るのだ。どれだけ綺《き》麗《れい》な場所だって、あっという間に土埃《つちぼこり》まみれになるのが目に見えていた。

ハイランドとクリーベントはあの屋敷《やしき》での邂逅《かいこう》の後、王の下《もと》に向かって諸々を説明したらしい。聞くところによれば、王は心臓が止まるのではないかというくらいの驚《おどろ》きようだったそうだが、王国の懸念《けねん》のひとつが晴れたとあって、喜びは留まることを知らなかったようだ。

そして挑戦《ちょうせん》を受ける側となった次期王の長兄《ちょうけい》だが、単なる生まれの差によって王になるのではないし、弟たちが無能だから家督《かとく》を継《つ》げないのではない、ということを示せる機会に、大喜びしているらしかった。数年の生まれの差で家督《かとく》を逃《のが》す側が鬱屈《うっくつ》するのなら、そんな弟たちを押しのけてしまう兄にもまた、それなりの葛藤《かっとう》があったのだ。

長兄《ちょうけい》と次兄《じけい》連名の告知に、馬上槍《やり》試合は始まる前から、想定していた以上の盛り上がりを見せることとなった。

そしてまだ教会との争いがあるため、王国内の不安がひとつ晴れたという話は、可能な限り早く世に知らしめるべきだということにもなり、おかげで馬上槍《やり》試合の準備は、目が回るような速さで進められた。

開催《かいさい》前から王国中から人々が押し寄せて、修道院の敷地《しきち》のみならず、周辺の村々にも臨時の小屋が建てられた。馬で一両日中に往復できる距離《きょり》にある、すべての町の宿が満杯《まんぱい》になった、という話も聞いた。サレントンの糸巻《いとま》き亭《てい》で寝起《ねお》きしていた者たちが追い出されるようなことになっていないといいのだが、と心配したことを覚えている。

修道院に投資していたエーブはもちろん上機嫌《じょうきげん》で、試合に掛《か》けられる賞金を気前よく出してくれた。クラークもついこの間まで黙々《もくもく》と一人で草を抜《ぬ》いていたというのに、試合会場となる修道院の主ということで、貴顕《きけん》からの挨拶《あいさつ》の対応にどこか夢うつつな様子だった。

そんな中、あのル・ロワが逆さまに挟《はさ》まっていた水路の入り口に続く、少しだけ静かな北の建物の二階で、子狐《こぎつね》に餌《えさ》を上げていたミューリに向けて手を叩《たた》いた。

「ほらほら、椅子《いす》に座ってください」

ミューリは狼《オオカミ》の耳をぱたんと伏《ふ》せたままで、尻尾《しっぽ》は不機嫌《ふきげん》そうに揺《ゆ》れている。自分が連れ去られた後、どんな活躍《かつやく》をしてくれたかはもちろん聞いた。心の底から心配してくれたらしい。

そして無事だったことそのものが、ある意味その不機嫌《ふきげん》さの燃料となったようだった。あの屋敷《やしき》の前での話からもう二週間は経《た》つというのに、相変わらず不機嫌《ふきげん》なままなのだから。

「ミューリ」

疲《つか》れたように言うと、子狐《こぎつね》はミューリの手の匂《にお》いを嗅《か》いでから、ぺろりと舐《な》めて、部屋から出ていった。ミューリはようやく立ち上がり、長くて真っ白なローブの裾《すそ》の下に、尻尾《しっぽ》をしまってからこう言った。

「私は兄様のこと、絶対許さないから」

ミューリの口からハイランドと同じこの言葉を向けられるのは、もう何度目かわからない。けれどその恨《うら》み言《ごと》を口にする時、大抵《たいてい》ミューリはこちらの胸にしがみついている。お前はこの先どんな理由があろうとも、我が身を振《ふ》り払《はら》えないはずだと聖者に語った悪魔《あくま》のようなのだが、当たらずとも遠からずだ。ミューリのわがままをしばらくは無条件に聞かなければいけないくらい、この少女には借りがある。

そしてそのうちのひとつが、目の前のミューリが目も覚めるようなおめかしをしていることなのだった。

「ねえ、せめて鉄兜《てつかぶと》はいいでしょ⁉　そういう戦《いくさ》女神《がみ》のお話があるじゃない！」

北の異教徒の語る伝説にそんなものが確かにあるが、ミューリの言葉は受け流し、どうにか椅子《いす》に座らせた。

「この格好に鉄兜《てつかぶと》はおかしいでしょう」

「なら剣《けん》が欲《ほ》しい！」

喚《わめ》くミューリの頭を手で摑《つか》み、前を向かせてから髪《かみ》の毛《け》に櫛《くし》を通す。この日のために方々手を尽《つ》くして取り寄せたという最上級の毛織物《けおりもの》で作られた純白のローブから覗《のぞ》く首筋は、軽くおしろいをはたかれいつも以上にすべすべだ。

その手の小さな爪《つめ》は昨晩やすりで散々磨《みが》かされたし、今日のあらゆる世話を焼くというのを交換条件《こうかんじょうけん》に、ようやくミューリをこの場に引っ張り出すことができた。

「あなたに重責を担《にな》わせて、申し訳なく思っています」

「ふんっ」

ミューリはそっぽを向いて、むくれていた。それでもひとまずおとなしくなってくれたので、髪《かみ》の毛《け》に櫛《くし》を通し、結《ゆ》い上《あ》げていく。

「あーあ、試合に出たかったなあ」

けれど黙《だま》っていられるのもほんの数瞬《すうしゅん》だ。すぐにそんなことを言って、足をぶらぶらさせ始める。

「じっとしてください」

「いーっ」

ミューリはわざと尻尾《しっぽ》を大きく振《ふ》って、ローブの裾《すそ》をはためかせて白い足をちらちらさせていた。こちらの小言を狙《ねら》っているのだろうが、釣《つ》られてばかりだと手に負えなくなる。

「大体ですよ。あなたの体格で試合に出られますか。本物の騎士《きし》たちを見たでしょう？」

ミューリがいかに身軽とはいえ、馬上槍《やり》試合は軍用の馬と完全装備の騎士《きし》が武器をぶつけ合うものなのだ。純粋《じゅんすい》な腕力《わんりょく》と頑丈《がんじょう》さがなければ、ろくなことにならないのは目に見えている。

「……兄様はいっつもそう」

現実的なことばかり口にしてつまらない、ということだろう。

蝶々《ちょうちょう》を追いかける子犬のように夢見がちなミューリは、しょっちゅう不満顔だ。

「でも、変なところで馬鹿みたいなこと考えるよね」

そう言ったミューリがこちらを振《ふ》り向《む》いたせいで、あと少しで編み終わるところだった髪《かみ》の毛《け》の房《ふさ》が、するりとほどけてしまう。

「あー、もう！」

「ふん」

いい気味だ、とばかりにミューリは鼻を鳴らしている。

「本当なら兄様がやるはずのことを、私がやるって話でしょ？　兄様はこの先、ずーっと私の言うことを聞くべきだね」

馬上槍《やり》試合の話を耳にしてから、この日のことを相談して以来、ずっとミューリはそんなことを言っている。ミューリに心配をかけた分も合わせ、その言い分も甘んじて受け入れなければならない、という自覚くらいはある。

とはいえ、ミューリにはまだ伝えていないだけで、こちらにもきちんと言い分はあった。それをミューリに伝えなかったのは、どんな反応を示すかちょっと予想がつかなかったから。

けれどいよいよミューリのわがままも極《きわ》まりつつあるので、この辺がちょうど良《い》い頃合《ころあ》いだと思った。

「確かに、カナンさんから提案された聖人の件を、あなたにお願いするかたちになっているのは否《いな》めません」

ミューリが馬上槍《やり》試合だというのに剣《けん》を持たず、純白のローブを着ておしろいまで使っておめかしをしているのは、自分がそう頼《たの》み込んだからだ。馬上槍《やり》試合というものにはその試合を捧《ささ》げる対象が必要になるのだが、その対象になってくれと頼《たの》んだのだ。

馬上槍《やり》試合の定番としては、参加する騎士《きし》たちが試合の主催《しゅさい》者である著名な貴族の女性に愛を捧《ささ》げるのがよくあること。

けれど今回のことは正統なる王位継承《けいしょう》者と反逆の弟の仮想の戦《いくさ》となれば、なににこの戦いを捧《ささ》げるかはよくよく吟味《ぎんみ》しなければ、将来に禍根《かこん》を残すかもしれない。

カナンはこれ幸いとばかりに、当然、薄明《はくめい》の枢機卿《すうききょう》こそ主賓《しゅひん》席に座って騎士《きし》たちによる武技の奉納《ほうのう》を神に代わって受けるべき、と主張した。

それに難を示したのはこれを興行と見なしているエーブで、いくら薄明《はくめい》の枢機卿《すうききょう》が人気者だとはいえ、騎士《きし》たちの祭典が男に捧《ささ》げられるというのはなんとも盛り上がらないものだというのだ。自分はもちろん目立つことは嫌《いや》だったし、試合が盛り上がらないようではそもそも意味がない。そこであれこれ議論が出尽《でつ》くしてから、代案を提示した。

それが、クリーベントとハイランドを和解させた後、茂《しげ》みの中でカナンとル・ロワから飛び出さないようにと押さえつけられていたミューリの下《もと》に向かう時、思いついたことだった。

ミューリに主賓席《しゅひんせき》に座ってもらおう。しかも、これから新しく作られる修道院の顔になる、ある意味で、聖女として。

「想像してください。あなたの笑顔《えがお》のために、たくさんの騎士《きし》たちが馬を駆《か》って、槍《やり》を振《ふ》るうのですよ」

町娘《むすめ》ならば夢に見るような話だろうが、ミューリはぶすっとしていた。

「私はその騎士《きし》のほうになりたいの！」

出しっぱなしの狼《オオカミ》の耳で、髪《かみ》の毛《け》を房《ふさ》に選《え》り分《わ》けるこちらの手をバシバシと叩《たた》いてくる。

そんなミューリに、少し声を落としてこう言った。

「でも、あなたは戦《いくさ》に赴《おもむ》くことを諦《あきら》めていたじゃないですか」

ミューリが短く息を吸う音が聞こえたような気がした。強張《こわば》らせた肩《かた》から力が抜《ぬ》ける頃《ころ》、肩《かた》越《ご》しに振《ふ》り向《む》いたミューリの顔は泣きそうなものだった。

「なんでそんな意地悪を言うのか、と思ってます？」

ミューリは騎士《きし》に憧《あこが》れていて、ついにその身分を手に入れた。けれどいざ本当に剣《けん》を振《ふ》るうかもしれないという場面に身を置いた時、そのありえなさを理解してしまった。

しかも自分が傷ついて倒《たお》れることに恐《おそ》れをなしたのではなく、剣《けん》を振《ふ》るって誰《だれ》かの返り血を浴びた時のことを想像して、ありえないと思ったのだから、ミューリという少女がどれだけ心優《やさ》しく、賢《かしこ》いかということだ。

とはいえそれであっさり諦《あきら》められるということもなく、ミューリにしては女々《めめ》しいことに、羽ペンで自分の望む物語を書いていた。それが叶《かな》わない夢だと理解しながら、熱心に。

そのことをあえて指摘《してき》するなんて、ということなのだろうが、自分が馬上槍《やり》試合の主賓《しゅひん》席にミューリを聖女として座らせようと思いついたのには、まだ誰《だれ》にも言っていない隠《かく》れた理由があるからだ。

そしてその理由を知らないミューリは、嫌《いや》なことを指摘《してき》してされたのは、叱《しか》られたのだと感じたらしい。

「……わがまま言いすぎて、怒《おこ》って、る？」

狼《オオカミ》の耳をしゅんとさせて、ミューリがそんなことを言った。

ニョッヒラでもたびたびこんなことがあった。この賢《かしこ》い少女が賢狼《けんろう》の二つ名を母から譲《ゆず》り受けるのにまだまだ日があるとすれば、ついはしゃいでやりすぎてしまうところだろう。

自分はそんなミューリに微笑《ほほえ》み、前を向きなさい、と指で示す。ミューリはためらいがちに前を向き、やっぱりこちらを振《ふ》り向《む》こうとする。

できれば試合が終わってから、落ち着いたところで言いたかったが、すべてが予定通りにいくわけではない。

ミューリの髪《かみ》の毛《け》を半分ほど結《ゆ》い終わってから、その正面に回った。

「ミューリ」

「……？」

夢だった騎士《きし》のことを巡《めぐ》る冷たい部分に、兄が遠慮《えんりょ》なく手を突っ込んできたのは、はしゃぎすぎた罰《ばつ》だと身をすくめていた。

ミューリが悲しげな目を向けてくるので、自分のほうもやりすぎたと反省した。

「あなたにこの聖女の役目をやってもらったのには、理由……いえ、私の願いがあるんです」

「……願、い？」

試合開催《かいさい》を前にして、続々と重装備の騎士《きし》たちが会場入りしているのか、ひっきりなしに歓《かん》声《せい》が遠くから聞こえてくる。その騒《さわ》ぎを遠くに聞きながら、ミューリの目《め》尻《じり》に滲《にじ》む涙《なみだ》を指で拭《ぬぐ》って、言った。

「ハイランド様とクリーベント様の手を握《にぎ》らせた後、あなたに噛《か》みつかれるために歩き出した時のことです」

「……」

ミューリはその時のことを思い出したのだろうが、不思議そうな顔をしていた。

「私はもう怖《こわ》くて怖《こわ》くて、隣《となり》にあなたがいればいいのにと、本気で思ったんです。これからあなたに怒《おこ》られにいくというのに」

ミューリは目を眇《すが》め、口元を奇妙《きみよう》な笑《え》みにゆがめながら、「なにそれ」と言った。

「笑ってしまいますよね。でも、本当だったんですよ。怖《こわ》い場所に向かう時、隣《となり》にあなたがいるのはもういつものことでしたから」

ミューリは目をしばたかせ、怒《おこ》ればいいのか笑えばいいのか迷っている。

「そしてそれは、きっと本物の戦場でも同じだろうなと」

その言葉に、ミューリは目を見開く。

母親譲《ゆず》りの、美しく、赤みが強い、宝石のような瞳《ひとみ》だった。

「それから私は思ったのです。この先、私たちが戦場に立つ可能性はありえないことではない。しかもその時には必ずあなたが側《そば》に立っていることに、なんの違和感《いわかん》も抱《いだ》かなかったのです」

自分は自分の隣《となり》に立つであろうミューリの姿を想像した。目を凝《こ》らしてその姿を捉《とら》えようとした。

そして見えたのは、まさに今目の前にいるような、ミューリの姿なのだ。

「あなたが私と同じ立場なら、戦場に立って戦いに赴《おもむ》くのはありうる話だなと」

ミューリはなにかを言おうとして、口を閉じる。

少し前のめりになったところ、その手を握《にぎ》った。

「戦《いくさ》では剣《けん》を振《ふ》るうだけが仕事ではありません。それは騎《き》士《し》団も同様です。従軍司祭、というものを聞いたことがあるでしょう？」

ミューリは信仰《しんこう》など気にかけない。けれどそれが騎《き》士《し》の物語に相応《ふさわ》しいことならば、その限りにない。

「私には似合わないでしょうが、あなたが聖典を手に騎《き》士《し》たちを鼓舞《こぶ》する姿は、きっと神々《こうごう》しいはずです。傷ついた騎《き》士《し》を癒《いや》す姿だって、まさに地上に舞《ま》い降《お》りた天使と呼べるでしょう。あなたは剣《けん》を握《にぎ》って戦場に立つという可能性こそ、諦《あきら》めざるをえませんでしたが――」

とまで言ったところで、言葉を続けられなくなった。天地がひっくり返ったと思った直後、ごん、という衝撃《しょうげき》が後頭部に走る。

「兄様の、馬鹿！」

ミューリはそう言って、こちらの首を絞《し》めんばかりにしがみついてくる。

「私は、せっかく、私は……！」

こちらの胸に顔を押し当て、爪《つめ》を立てて服を握《にぎ》りしめてくる。

その小さな背中に手を回し、ため息をつく。

「私は、せっかく……諦《あきら》めようと、思ったのに……」

「私だけが夢を追いかけるのは、ずるいですから」

ミューリは顔を上げ、ぽろぽろ涙《なみだ》をこぼしていた。

「もちろん、あなたが思《おも》い描《えが》いていたような、剣《けん》と咆哮《ほうこう》の世界とはちょっと違《ちが》いますが」

ミューリの涙《なみだ》を親指で拭《ぬぐ》っても、次から次に溢《あふ》れてくる。

「馬上槍《やり》試合については、この先もきっと何度でもあります。成長して、大きくなって、馬に乗る姿が周りの騎士《きし》たちと比べても遜色《そんしょく》なくなったら、一回くらいは参加してもいいかもしれませんし」

母である賢狼《けんろう》の人の姿を思い出すと、ミューリがどれほど女騎士《きし》らしい体格になるかは定《さだ》かではないが、可能性としてないわけではない。

そして、ミューリの諦《あきら》めの悪さは世界一だ。

「一回じゃ嫌《いや》」

「ええ、怪我《けが》をしない程度でしたら、何度でも」

大人の小言に対し、ミューリは子供らしく唇《くちびる》を引き結び、それから再び顔を伏《ふ》せてしがみついてくる。

「兄様の……馬鹿、意地悪！」

「はいはい」

背中をポンポンと叩《たた》いて、撫《な》でてやる。狼《オオカミ》の尻尾《しっぽ》が大きく振《ふ》られ、すっかりローブめくれあがっている。これから聖女役をやるというのにはしたない、と直そうとしていたら、唐突《とうとつ》に扉《とびら》がノックされ、返事も待たずに開かれた。

「……おい、お取込み中か？」

冷たい目の、シャロンだった。

「ご理解いただけると信じていますが、誤解です」

シャロンは肩《かた》をすくめ、大股《おおまた》に部屋に入ってくると、シャロンのことなど露《つゆ》ほども気にせずこちらにしがみついたままのミューリの頭を、ぽこんと叩《たた》いた。

「さっさと準備しろ。クラークと一緒《いっしょ》に開会の儀《ぎ》の確認《かくにん》をするぞ」

「……」

とっくに肉などなくなっている羊のあばら骨を、最後に髄《ずい》まで吸い取ろうかというくらいしがみついていたミューリは、ぱっと体を起こしてシャロンを睨《にら》みつけていた。

「鶏《にわとり》！」

「はいはい。なんでもいいからさっさとしろ。お前も犬を甘やかしすぎなんだよ。ああ、もういい、私がやる」

「やだ！　兄様がいい！」

「黙《だま》れ。孤児《こじ》院の子供たちを相手にしてるからな、お前みたいなのの扱《あつか》いには慣れてるんだ」

シャロンはどことなく面白《おもしろ》そうに、こちらの手から櫛《くし》を奪《うば》って、ミューリの髪《かみ》の毛《け》を梳《す》いていく。ミューリはああだこうだと暴れていたが、結局おとなしく受け入れていた。

「お前もここでぼんやりしてられないだろ」

シャロンに言われ、それもそうだと立ち上がる。

「では、また後で」

ミューリにそう言うと、つんとそっぽを向いていたミューリは、シャロンの邪魔《じゃま》にならないよう、ゆっくりとこちらを振《ふ》り向《む》いた。

「お嫁《よめ》さんにしなかったことを、後悔《こうかい》させてあげるから」

そんな言葉が出てくるようなら、大丈夫《だいじょうぶ》だ。

「あなたの聖女姿、楽しみにしていますよ」

「いーっ！」

向こうが薄明《はくめい》の枢機卿《すうききょう》の間抜《まぬ》けさを知っているのなら、ミューリの子供っぽさを知っているのも自分だけ。そんなことを思いながら部屋を後にし、廊下《ろうか》の先に子狐《こぎつね》がいるのを見かけた。

ここを綺麗《きれい》にしてしまえば、彼もここから出ていくのだろうか。

できればそんなことはしたくないし、それは世の誰《だれ》についてもそうだ。

王国と教会の争いはきっと平和に解決できる。

自分はその信念を胸に、静かな北の建物から、賑《にぎ》やかな南の敷地《しきち》へと歩いていったのだった。

あとがき

いつもお世話になっております、支倉《はせくら》です……というあとがきの出だしを、つい最近書いたような気がします。『狼《おおかみ》と香辛料《こうしんりょう》』の新刊から三か月後、『狼《おおかみ》と羊皮紙《ようひし》』の前の巻からはおよそ九か月ぶりということで、今年はすごく本が出ている気になっています。世間的には普通《ふつう》か、ちょっと遅《おそ》いくらいなのですが……。

さて、今回の『狼《おおかみ》と羊皮紙《ようひし》』はずいぶん分厚くなってしまいました。まだ序盤《じょばん》しか書いてないのにすでに百ページを超《こ》えている！　なんて震《ふる》えるのも久しぶりでした。さほど複雑な話の筋ではないはずなのですが、書きたいこと、書いたほうが盛り上がること、書かなければならないことがとても多く、シリーズも中盤《ちゅうばん》に差《さ》し掛《か》かってきたな、と実感いたします。

また、今回はいつになく話を前に進められたのではないかなと思っています。次巻以降の進め方も、自分の中でなんとなく思《おも》い浮《う》かべられる流れになっていて、満足しています。満足していますが、果たして自分の力量でこの大きな風呂敷《ふろしき》をまとめられるのだろうか、と不安な気持ちがないわけではありません。なので作中でコルが世の大きな流れを前に恐《おそ》れおののいている感情は、シリーズの中盤《ちゅうばん》を前にしている作者としても共感できるところであります。

それとこれは『狼《おおかみ》と香辛料《こうしんりょう》』シリーズの『SpringLog』を既読《きどく》の方向けなのですが、ミューリがどうして有名に⁉　という伏線《ふくせん》をようやく今回で回収できてほっとしました。実は『SpringLog』のほうに先に書いた時は、なんとなく雰囲気《ふんいき》で書いてしまって、後になってから、どうしよう……と頭を抱《かか》えておりました。

今回の唯一《ゆいいつ》の心残りとしては、新しい女の子キャラを出せなかったことでしょうか。『狼《おおかみ》と香辛料《こうしんりょう》』ではなんだかんだ次から次に女性陣《じん》が加わっていたことを考えると、ホロがやきもきするのもむべなるかな、と思ったり思わなかったりします。反面、『狼《おおかみ》と羊皮紙《ようひし》』では、シャロンなどミューリとやいのやいのやり合ってくれるキャラが何度も登場してくれて、それはそれで魅力《みりょく》になっているかなとも感じています。シャロンさんは、お話づくりにおいてもとても頼《たよ》れる良《い》いキャラです。

そんな感じで書いていたら紙幅《しふく》が埋《う》まってくれました。

次の巻は九か月以内、できれば半年以内……と祈《いの》りながら頑張《がんば》りたいと思いますので、引き続き『狼《おおかみ》と羊皮紙《ようひし》』をよろしくお願いいたします。

文倉凍砂《はせくらいすな》

◉支倉凍砂著作リスト

「狼と香辛料Ⅰ～XXIII」（電撃文庫）
「新説 狼と香辛料 狼と羊皮紙Ⅰ～Ⅶ」（同）
「マグダラで眠れⅠ～Ⅷ」（同）
「少女は書架の海で眠る」（同）
「WORLD《ワールド》 END《エンド》 ECONOMiCA《エコノミカ》 Ⅰ～Ⅲ」（同）
「DVD付き限定版 狼と香辛料 狼と金の麦穂」（電撃文庫ビジュアルノベル）

本書に対するご意見、ご感想をお寄せください。

ファンレターあて先
〒102-8177　東京都千代田区富士見2-13-3
電撃文庫編集部
「支倉凍砂先生」係
「文倉 十先生」係

本書は書き下ろしです。

電撃文庫

新説《しんせつ》 狼《おおかみ》と香辛料《こうしんりょう》
狼《おおかみ》と羊皮紙《ようひし》VII

支倉凍砂《はせくらいすな》

2021年12月10日　初版発行

発行者　青柳昌行
発行　株式会社KADOKAWA
〒102-8177　東京都千代田区富士見2-13-3
0570-002-301（ナビダイヤル）
装丁者　荻窪裕司（META＋MANIERA）
印刷　株式会社暁印刷
製本　株式会社暁印刷

●お問い合わせ
https://www.kadokawa.co.jp/（「お問い合わせ」へお進みください）
※内容によっては、お答えできない場合があります。
※サポートは日本国内のみとさせていただきます。
※ Japanese text only

※定価はカバーに表示してあります。

ISBN978-4-04-914040-8　C0193　Printed in Japan

電撃文庫　https://dengekibunko.jp/

電撃文庫創刊に際して

文庫は、我が国にとどまらず、世界の書籍の流れのなかで〝小さな巨人〟としての地位を築いてきた。古今東西の名著を、廉価で手に入りやすい形で提供してきたからこそ、人は文庫を自分の師として、また青春の想い出として、語りついできたのである。

その源を、文化的にはドイツのレクラム文庫に求めるにせよ、規模の上でイギリスのペンギンブックスに求めるにせよ、いま文庫は知識人の層の多様化に従って、ますますその意義を大きくしていると言ってよい。

文庫出版の意味するものは、激動の現代のみならず将来にわたって、大きくなることはあっても、小さくなることはないだろう。

「電撃文庫」は、そのように多様化した対象に応え、歴史に耐えうる作品を収録するのはもちろん、新しい世紀を迎えるにあたって、既成の枠をこえる新鮮で強烈なアイ・オープナーたりたい。

その特異さ故に、この存在は、かつて文庫がはじめて出版世界に登場したときと、同じ戸惑いを読書人に与えるかもしれない。

しかし、〈Changing Times,Changing Publishing〉時代は変わって、出版も変わる。時を重ねるなかで、精神の糧として、心の一隅を占めるものとして、次なる文化の担い手の若者たちに確かな評価を得られると信じて、ここに「電撃文庫」を出版する。

1993年6月10日
角川歴彦

電撃文庫DIGEST　12月の新刊

発売日2021年12月10日

創約　とある魔術の禁書目録《インデックス》⑤

【著】鎌池和馬　【イラスト】はいむらきよたか

冬休み。上条当麻が目を覚ますと、何故か同じ毛布の中には金髪少女が!?　ええーっと、アリスー？　迷子とか言わないよね。今、学園都市の闇が動いてるみたいだけど、パートナーは本当にこの子で大丈夫なのか!?

新説 狼と香辛料　狼と羊皮紙Ⅶ

【著】支倉凍砂　【イラスト】文倉 十

聖書の俗語翻訳版を世に広めるため、教会が禁じた印刷術の技師を探すコルとミューリ。だが、教会から追われる身の技師は協力する代わりに胸躍らせる物語を要求してきて!?

男女の友情は成立する？（いや、しないっ!!）

Flag 4. でも、わたしたち親友だよね？〈上〉

【著】七菜なな　【イラスト】Parum

ついに進展した悠宇と日葵の仲。夏祭りデートを彩る打ち上げ花火に、兄姉総出の海遊び。ちょっとだけ変わった二人の日常を、穏やかな時間が流れていく。激動の夏休みも無事終わるかに思われた、そんなある日――。

声優ラジオのウラオモテ

#06 夕陽とやすみは大きくなりたい？

【著】二月 公　【イラスト】さばみぞれ

アイドル声優プロジェクト『ティアラ☆スターズ』が始動！　企画の幕開けは、二組に分かれての対抗ライブ。先輩も参加する中、リーダーは何と夕陽とやすみ!?　問題児揃いの後輩を前に、二人はちゃんと先輩できる？

虚ろなるレガリア2

龍と蒼く深い海の間で

【著】三雲岳斗　【イラスト】深遊

民間軍事会社が支配する街、横浜要塞を訪れたヤヒロと彩葉。そこで彼らが出会ったのは、新たな龍の巫女と不死者たち。それぞれの復讐の正しさをかけて、龍の巫女の加護を受けた不死者同士の戦いが始まる。

嘘と詐欺《ペテン》と異能学園2

【著】野宮 有　【イラスト】kakao

ベネットとの決闘から数日後、ニーナに二人の天才能力者がそれぞれ別に同盟を持ち掛けてくる。ジンとニーナは同時に同盟を組み、情報を引き出す計画を始動。嘘がバレたら即終了となる、究極の知略ゲームが始まる。

キミの青春、私のキスはいらないの？2

【著】うさぎやすぽん　【イラスト】あまな

日野とのこと、キスのこと。悶々と悩む日々、文化祭が迫るなか突然、軽音部の阿部と「一緒に日野を文化祭のステージに引っ張り出そう」なんて話になって……拗らせ者たちは想いを歌詞に託し――今叫び声を上げる！

無自覚チートの箱入りお嬢様、青春ラブコメで全力の忖度をされる②

【著】紺野天龍　【イラスト】塩かずのこ

当面の危機は去り、これからも全力で青春を楽しもうとする琥太郎と天津風。天津風は初めてのクラス旅行に張り切るが、そこには新たなトラブルの種＝世界崩壊の危機が待ち構えていた。今度は加賀美が消滅のピンチ？

インフルエンス・インシデント

Case:03 粛清者・茜谷深紅の場合

【著】駿馬 京　【イラスト】竹花ノート

夏から立て続けに発生したSNSトラブルを解決する中で、ひまりたちはトラブルの発端・RootSpeakの発案者、茜谷深紅と遭遇する。そこにはひまりの友人であった早蕨冬美の姿もあり――急展開の第３巻。

新作　魔法少女ダービー

【著】土橋真二郎　【イラスト】加川壱互

俺の娘は魔法少女らしい。ある日、未来からやってきた娘たちは、自分の生まれる未来のため、俺とそれぞれのママを付き合わせようとしてきて……？　頼むから部屋で喧嘩しないでくれよ、魔法で壊れるから！

新作　恋は夜空をわたって

【著】岬 鷺宮　【イラスト】しゅがお

小柄なのに大人びた、お洒落な美人。つれない態度のクールな後輩、御簾納咲。だがある日、聞いていたラジオから御簾納の声が。あいつが恋バナ配信？　……ってか話に出てくる"好きな先輩"が明らかに俺なんだけど!?

新作　可愛い可愛い彼女《わたし》がいるから、お姉ちゃんは諦めましょう？

【著】上月 司　【イラスト】ろうか

大好きな先輩への愛の告白。だけど相手は、彼女の"妹"だった。誤爆に気づいたが時すでに遅し、腕に抱きついてきた先輩の妹は「お姉ちゃん、わたしこの人とお付き合いすることになりました！」と言い出して――!?

〝行商人〟と〝賢狼〟の旅を描いた
剣も魔法も登場しない、経済ファンタジー。
狼と香辛料
支倉凍砂
イラスト／文倉十
行商人ロレンスが旅の途中に出会ったのは、狼の耳と尻尾を有した
美しい娘ホロだった。彼女は、ロレンスに
生まれ故郷のヨイツへの道案内を頼むのだが——。
電撃文庫